모두가
나를
죽이려고 해

천지수 장편소설

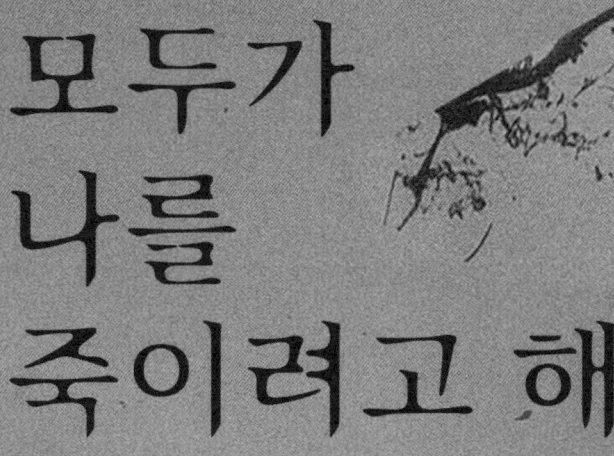

닥터.지킬

사랑받고 싶었어. 그런데 모두 나를 죽이려고 했어.

차례

프롤로그 007

사라진 그날의 기억 011

진실을 감추려는 자들 042

혼돈 속에서 마주한 비극 080

기억의 파편을 쫓아서 119

어둠 속의 습격 156

믿을 자는 없다, 그 누구도 202

드러나는 기억의 조각들 223

끝나지 않은 음모 264

피로 물든 마지막 만찬 292

사랑이라는 이유로 316

에필로그 348

소설 속 인물과 사건 등은 모두 허구입니다.

프롤로그

폭우가 산을 깎아내리고 길을 끊어 놓았다. 화재를 진압하는 데 쓰이는 소방차는 물을 빼내는 일로 하루를 보냈다. 도내 모든 소방관은 물과의 전쟁으로 곤혹을 치르고 있었다.

자정이 가까운 시각, 홍천군 119 상황실로 화재 신고와 구조 신고가 접수되었다. 2인 1조로 움직이던 정욱과 미향의 구급차에 무전이 들어왔다. 무너진 담장에 깔린 노인을 병원에 후송하고 나서 소방서로 돌아가던 중에 호출된 것으로 보아 초비상 상황일 것이었다.

긴급, 홍천로 위평길 19, 화재 발생, 인명 구조 요청.

"이 날씨에 불이 났다고?"

와이퍼가 밀어내지 못한 빗물로 시야를 확보하기 어려울 정도의 폭우였다. 물론 비가 온다고 해서 불이 안 나는 건 아니었다. 하지만 근처를 지나가는 고압선이 없었고, 암반 지역이라서 산사태가 일어날 확률도 없었다. 방화로 인한 화재일 거라는 생각이 두 사람의 머릿속에 동시에 떠올랐다. 폭우 속에 불길이 치솟았다면 화학 약품을 썼을 게 분명했다. 그렇다면 훨씬 더 위급한 상황이었다.

"접수 완료. 10분 안에 도착합니다."

굵은 빗방울이 우박처럼 내리꽂혔다. 빗물에 젖은 노면은, 브레이크를 잡기라도 하면 스케이트를 타게 해 주겠다는 듯 미끄러웠다. 2차선 국도 옆은 낭떠러지였다. 정욱은 등허리를 곧추세우고 핸들을 움켜잡았다.

미향은 구조 요청을 해 온 휴대폰 번호로 통화를 시도했다. 상대는 전화를 받지 않았다. 의식을 잃었거나 사망했거나 둘 중 하나였다. 전화기를 움켜쥔 손바닥에 땀이 고였다.

'캠프파이어'라고 쓰인 하얀 간판이 헤드라이트 불빛에 보였다. 정욱이 간판에 그려진 화살표를 따라 핸들을 돌렸다. 홍천강 지류로 이어지는 계곡을 따라, 나무로 지은 방갈로처럼 생긴 독채 펜션들이 띄엄띄엄 눈에 들어왔다. 화재가 일어나면 구경꾼들이 몰려들기 마련이지만, 이틀째 호우주의보가 내려 있어 펜션들은 텅텅 비어 있었다.

산등성이에 솟아오른 불기둥이 보였다. 우거진 나무숲을 돌자 불타고 있는 펜션이 보였다. 여자가 펜션 안에서 빠져나오지 못했다면 살아 있을 거라는 희망은 없어 보였다.

정욱이 거칠게 펜션 마당에 차를 세웠다. 미향은 구르듯 차에서 뛰어내렸다. 철퍽하고 웅덩이에 발이 빠졌다. 조경 공사를 하다 말았는지, 마당은 진흙과 빗물이 뒤엉켜 거대한 뻘밭이 되어 있었다.

발을 디딜 때마다 신발이 쩍쩍 들러붙었다.

펜션으로 다가가자 현관 기둥에 묶인 채 불타고 있는 사람의 형체가 보였다. 비명을 지르다가 오그라든 모양의 입안에서 불이 뿜어져 나오고 있었다. 사고가 아니라 살인사건 현장이었고, 피해자가 몇 명인지 알 수 없는 상황이었다.

미향은 질식할 것 같은 공포로 숨을 멈추었다. 수많은 현장에 출동을 나갔지만 이토록 겁에 질린 건 처음이었다. 이런 짓을 한 살인자의 악의에 진저리를 쳤다. 살인자가 아직 현장을 떠나지 않고 어딘가에서 지켜보고 있을지 모른다는 추측마저 들었다. 빨리 생존자를 찾아내 이곳을 떠나고 싶다는 생각만이 간절했다.

구조를 요청한 번호로 다시 전화를 걸었다. 빗소리에 섞인 휴대폰 벨 소리가 근처에서 울렸다. 미향은 소리를 쫓다가 뭔가에 걸려 넘어졌다. 통증을 느낄 사이도 없이 길게 늘어져 있는 줄이 손에 걸렸다. 줄을 잡고 일어나려는데, 쓱하고 사람의 몸통이 끌려왔.

"앗!"

미향은 줄을 놓아 버리고 나서 몸을 벌벌 떨었다. 그때 정욱이 소리쳤다.

"여기! 생존자가 있어!"

그의 고함에 정신이 번쩍 들었다. 미향은 있는 힘을 쥐어짜 내 비틀거리며 몸을 일으켰다. 진흙 바닥에 진흙보다 더 뭉개진 여자가 누워 있었다. 펜션 불기둥에 비친 여자의 주변은 온통 피바다였다. 살아 있다는 게 믿어지지 않을 만큼 참혹한 모습이었다.

재빨리 여자의 생체 반응을 살폈다. 동공은 풀려 있었고, 미약하게 맥박이 잡혔는데 너무 빨랐다. 출혈이 심하다는 뜻이었다. 아직 살아 있지만 앞으로 얼마나 더 버틸지 장담할 수 없는 상황이었다.

미향이 여자의 출혈 부위를 찾는 동안 정욱이 응급처치 키트를 가져왔다. 미향은 저혈량성 쇼크에 빠진 여자에게 휴대용 산소 소생기로 산소를 공급했다. 여자는 복부에 여러 군데 자상이 있었고, 하지의 대퇴골 골절이 심각했다. 피가 뿜어져 나오는 허벅지 밖으로 뼛조각이 삐죽 나와 있는 게 보였다.

"여기부터 막아야 해요."

"알았어."

정욱이 여자의 종아리와 발목을 잡아당겨 대퇴골을 정렬시켰다. 미향은 신속하게 지혈 처치를 한 다음, 다리를 고정했다. 피가 뿜어져 나오는 복부 자상을 지혈할 차례였다. 예리한 흉기로 여러 차례 찔린 것으로 보이는 크고 작은 구멍에 힘껏 압박붕대를 둘렀다. 이제 수술이 가능한 병원으로 신속하게 이동하는 일만 남았다.

여자를 구급차에 태우고 펜션 마당을 빠져나오는데 소방지휘차와 소방펌프차, 굴절차가 물난리 뒤치다꺼리를 하느라 뒤늦게 도착했다. 선두에 섰던 지휘차에서 화재 조사관이 내렸다. 그는 연기에서 미세한 화학 약품의 냄새를 맡았다. 펜션으로 다가가니 현관 기둥에 묶인 채로 불타는 사람의 형체가 보였고, 마당 한가운데는 차에 묶인 채 죽어 있는 여자의 시체가 있었다. 화재로 살인을 위장하려는 게 아니라, 파티를 즐기기 위해 캠프파이어를 한 게 분명했다.

그는 갑자기 담배를 피우고 싶어져서 마른침을 삼켰다.

사라진 그날의 기억

강수철은 화양동 일본식 선술집을 휘둘러보았다. 유리문이 깨져 있지 않다면 절도범이 침입했다는 게 믿기지 않을 정도로 깨끗했다. 유리문은 열쇠 잠금장치 부분만 손 하나가 들어갈 정도로 깨져 있었는데, 그 틈으로 손을 집어넣고 문을 연 게 분명했다.

수철은 일대에서 일어나고 있는 절도사건들을 떠올렸다. 보안업체에 가입하지 않은 영세한 점포들만 털렸는데, 가게 문을 닫은 새벽 시간에 열쇠고리를 뜯어내거나 유리문을 깨고 침입해서 금고에 있는 현금만 가져갔다. 이곳 선술집의 범행 수법도 같았다. 그렇다면 연쇄 절도사건이라는 건데….

40대 중반의 주인 여자는 금고를 턱으로 가리키며 인상을 찡그렸다. 산전수전 다 겪었지만 도둑질당한 것만큼은 참을 수 없다는 듯 분통을 터뜨렸다.

"아침에 와 보니 저렇게 돼 있지 뭐예요. 음식 재료비 줄 돈인데 그걸 어떻게 알고 털어 갔는지! 순찰차가 저 아래 골목에만 지나가고, 이쪽으로는 아예 와 보지도 않으니 이런 일이 생기잖아요."

가게가 털릴 때 경찰은 뭘 하고 있었냐는 질책이 담겨 있었다. 수철은 유리문이 보안에 허점이 많다는 걸 설명하려다 말았다. 텅 빈 금고를 확인한 순간, 여자는 쉽게 깨져 버린 유리문부터 원망했을 테니까. 그다음이 경찰이고, 그다음이 절도범이고, 그다음은 기구한 자신의 팔자를 원망했을 테고. 피해자들은 대부분 억울하다는 생각부터 하기 마련이었다. 누군가에게 책임을 떠넘기고 싶은 타이밍인데 말려들어서는 안 되었다.

수철보다 10년 선배인 최천식이 나섰다.

"아휴! 저런. 속이 많이 상하시겠네. 돈 있는 걸 어떻게 알아서 귀신같이 털어 갔을까? 가게 주변을 맴돌면서 기회를 봤다고 생각하면 기분 진짜 더럽거든요. 우리 사장님, 마음이 너무 안 좋으시겠다. 내가 다 속상하네."

수사를 잘해 놓고도 불친절했다는 민원성 글이 경찰서 홈페이지에 올라온 다음부터, 천식은 립서비스를 아끼지 않았다. 어떤 기자가 그 글을 기사로 옮겨서 경고까지 받게 되자, 친절 수사를 위한 대책을 마련한 것이었다.

"제가 범인 꼭 잡아 드릴 테니까 걱정 붙들어 매십시오. 못 잡으면 그냥 확!"

"확, 뭐요?"

"삐끼라도 하죠, 뭐. 쉬는 날에 와서."

주인 여자는 농담하지 말라는 듯 코웃음을 쳤는데, 이미 천식의 넉살에 반쯤은 넘어간 상태였다. 가슴 위에 끼고 있던 팔짱을 풀고 나서 그녀가 말했다.

"커피 한 잔 하실래요?"

"커피 한 잔 얻어먹고 비리 경찰 소리 들을까 봐 무섭지만, 주시면 사양은 안 할게요. 기왕이면 아이스로다."

천식이 친절 수사를 하는 동안, 수철은 절도범이 어느 쪽에서 걸어와 어느 방면으로 도주했는지 살펴보기 위해 선술집에서 나왔다.

정오를 지나면서 태양이 뿜어내는 열기가 정수리와 등에 채찍처럼 박혔다. 평년 기온을 훌쩍 넘었다든지, 사상 최고 기온을 갱신했다는 보도가 이틀이 멀다 하고 쏟아졌다. 단순히 기온만 높은 게 아니라 유난히 변덕스러웠다. 더울 때는 숨도 쉬지 못할 정도로 푹푹 찌다가, 비가 오기 시작하면 이틀이고 삼일이고 내리 들이부었다. 일주일 전에는 강원도 전체가 잠겼다고 할 정도로 폭우가 쏟아졌다.

범죄도 날씨를 닮아 가는지 예년보다 그악스러웠다. 시비로 인한 폭행 사건이 끊이지 않았고, 휴가철을 맞아 아파트는 물론 상가 건물이 연달아 털렸는데 피해 규모가 사상 최고였다. 수법이 교묘한 데다가 흔적마저 남기지 않았기 때문에 어디서부터 꼬리를 잡아야 할지 막막했다.

이른 시간 먹자골목은 잠이 덜 깬 취객의 얼굴처럼 부스스했다. 대리운전이나 안마방 홍보 전단지가 취객의 발길에 찢겨 뒹굴거나 말라붙은 토사물에 들어붙어 있었다. 오줌 지린내가 코를 찔렀고 쓰레기 봉지에서 흘러나온 썩은 물에서도 악취가 풍겼다. 시비, 폭행, 절도, 성폭행 같은 범죄가 하루도 끊이지 않고 일어났지만, 사람들은 밤이면 이곳으로 흘러들어 술에 취했고 배설물을 쏟아 냈다.

수철은 이곳이 거대한 변기 같다고 생각했다. 자신은 오물을 헤집고 다니면서 해충을 잡는 중이고. 매일 나쁜 것, 악한 것, 거짓인 것들을 상대하다 보니 찌들어 갔다. 가슴을 누르는 묵직한 답답함이 가시지 않는 피로와 함께 그를 괴롭혔다.

골목을 빠져나와 큰길 쪽으로 25미터 정도를 내려가면 버스 정류장이 있었다. 새벽녘 사람이 많은 유흥가보다는 한적한 길이니 도주로로 이용했을 가능성이 높았다. 버스 정류장 앞에 편의점이 하나 있었다. 운이 좋으면 절도범의 모습이 편의점 CCTV에 녹화되었을 수도 있었다.

"안녕하세요. 수고가 많으십니다."

현장을 탐문할 때마다 수철이 습관적으로 하는 인사말이었다. 나무 그늘에서 쉬고 있는 노인에게도 수고가 많으십니다, 라고 해 놓고 민망했던 적이 있었다. 정말로 수고가 많은 사람은 더위에 삐질삐질 땀을 흘리고 있는 자신인데도 말이다. 너무 뻔하고 지겨워서 다른 인사말을 궁리해 보았지만 적당한 말이 없었다. 다짜고짜 경찰입니다, 또는 뭐 좀 물어볼게요, 하고 경찰 신분증을 들이대면 경계심을 가지게 되어 사람들은 대부분 모르겠는데요, 라고 대답했다. 그러니 상대가 놀고 있든, 자고 있든, 아파서 누워 있든 '안녕하세요. 수고가 많으십니다.'라고 운을 떼게 된 것이었다.

편의점 알바는 계산대 위에 책을 펼쳐 놓고 공부하다가 '뭐요?' 하는 눈빛으로 수철을 올려다보았다. 물건을 사지 않고 길을 물어보려는 사람에게 방해받았다고 생각했는지, 수철을 대하는 인상에 짜증이 묻어 있었다.

"요 뒤쪽 골목에서 절도사건이 발생했는데 말입니다."

"아, 경찰이세요?"

알바는 수철이 내민 경찰 신분증을 보더니 공부하던 책을 들어 보이며 환하게 웃었다. 순경시험 기출문제집으로 8월 말에 치러지는 2차 시험을 준비하는 모양이었다. 수철은 과거 순경시험을 준비하던 때를 떠올리고 씁쓸하게 웃었다.

"왜 경찰이 되려고 하는데?"

"멋있잖아요. 총도 쏠 수 있고."

알바가 손가락 총을 탕탕 쏘아 보였다. 한 달에 한 번, 총알 네 발을 연습 삼아 쏘는 게 전부였다. 실탄을 쓸 일이 없었고 실탄을 쏘아서 범인을 잡을 수도 없었다. 과잉 수사라는 논란을 피할 수 없었기에 총은 장식품이 된 지 오래였다.

"대한민국 경찰은 총으로 범인 안 잡는데?"

"그럼 뭘로 잡는데요?"

"바로 저거."

수철은 천장에 달린 CCTV를 가리켰다. 은행과 편의점, 공공건물의 CCTV, 방범과 주차 단속 CCTV, 택시와 버스, 일반 승용차에 달린 블랙박스 등등. 모든 수사의 시작은 CCTV였다. 문제는 녹화된 영상이 영구적이지 않다는 데 있었다. 보통은 열흘에서 한 달이면 기록이 지워지기 때문에 서두르지 않으면 단서를 찾을 수 없었다. 사건이 일어나면 가장 먼저 CCTV부터 확인해야 하는 것도 같은 이유였다. 그러니 짜장면을 먹으며, 발톱을 깎으며, 졸면서 수많은 CCTV를 검색하는 게 일이었다. 총질을 해 대는 게 아니라.

"지난밤 자정부터 새벽 5시까지 녹화된 영상을 볼 수 있을까?"

알바는 녹화 기계가 있는 창고로 안내하면서 물었다.

"형사님은 왜 경찰이 되셨는데요?"

비슷한 질문을 여러 번 받았다. '경찰 안 하게 생기셨는데요.'라는 말도 꽤 많이 들었다. 경찰이면 꼬질꼬질하고, 우락부락하고, 싸움 잘하게 생긴, 그런 이미지여야 하는데 수철은 마르고, 하얗고, 운동과는 거리가 멀게 생겼다. 강력반에 처음 배정받았을 때 그를 본 팀장도 '저걸 어디다 써?' 하는 표정이었다. 지금은 두루두루 잘 가져다 쓰고 있었다.

"대대로 경찰을 하는 집안이라든가, 가족 중에 누군가 억울하게 살해당했다든가 하는 이유 말이에요. 경찰하고는 정말 안 어울리셔서요."

"범인을 잡고 싶어서 경찰이 되었어. 됐냐?"

"예~에?"

알바는 하나 마나 한 대답을 들은 게 억울하다는 듯 인상을 찡그렸다. 좀 더 근사한 이유나 극적인 사연을 기대한 모양이었다. 알바가 더 귀찮게 하기 전에 수철은 얼른 CCTV 모니터 앞으로 갔다.

전날 밤의 기록을 훑어보니 특이한 사항은 없었다. 그렇다면 범인은 편의점에 이르기 전에 방향을 틀어 도주했다는 건데…. 선술집의 오른쪽과 왼쪽 골목은 끝없이 이어지는 유흥가였고 그 흔한 방범용 CCTV조차 하나도 없었다. 수철은 USB에 영상을 복사하며 낮게 한숨을 내쉬었다. 화양동 일대가 사막이라면 범인을 잡는 일은 바늘을 찾는 것이나 마찬가지였다. 사건을 해결하기까지 앞으로 얼마나 많은 시간을 이 지저분한 골목에 쏟아부어야 할지 생각하자 벌써 지쳤다.

선술집으로 되돌아가고 있는데 휴대폰이 울렸다. 팀장이었다.

"어디야?"

"화양동 절도사건 현장에 나와 있습니다."

"일주일 전에 강원도 홍천에서 여자 두 명이 살해되고, 여자 한 명은 중태에 빠진 사건이 발생했어. 홍천서에서 수사하다가 우리 쪽으로 협조를 요청해 왔는데, 생존자가 위독한 모양이야. 지금 서운대병원에 있다니까 죽기 전에 범인 인상착의라도 받아 와. 나이는 26세, 이름은 박마리."

"예, 알겠습니다."

선술집으로 돌아가니 천식은 선풍기 바람을 쐬면서 설레발을 떨고 있었다. 수철은 그에게 눈짓을 해 보이고 말했다.

"최 형사님, 팀장님 긴급 지시입니다. 서두르셔야겠어요."

천식은 좀 더 노닥거리고 싶은 걸 참고 일어섰다. 주인 여자가 더 아쉬워하며 배웅했다.

"또 오실 거죠?"

직업의식이 투철한 여자였다. 벌써 단골손님 한 명을 확보했으니. 천식은 주인 여자에게 그러마, 하는 뜻으로 한 손을 들어 보였다.

태양의 열기는 조금 전보다 더 사나워져 있었다. 수철은 가벼운 탈수 증세를 느끼며 물기 없는 혀로 입술을 핥았다.

"홍천에서 여자 두 명이 살해된 사건이 일어났어요. 유일한 생존자가 서운대병원에 있는데 위독한 모양이에요."

"위독하다면 가망이 없다는 건가?"

"죽기 전에 범인의 인상착의라도 받아 오라는 걸 보면, 아마 그런 것 같습니다."

"거 참! 사람 죽어 가는데 범인이 어떻게 생겼냐고 하면 대답하겠어? 사건 초반부터 투입된 것도 아니고. 이런 사건은 안 가져오는 게 좋은데…."
"홍천서에서 뒤늦게 공조 요청이 들어왔겠죠."

서운대학교병원은 규모나 시설 면에서 대한민국 최고 수준의 종합병원이었다. 리모델링한 본관 건물은 언론에서 아름다운 건축물로 거론될 정도로 근사했다. 로비에 들어서자 쾌적하고 시원한 냉기가 땀으로 젖은 티셔츠를 파고들었다.
"안녕하세요. 수고가 많으십니다."
수철은 안내데스크 여직원에게 예의 그 인사말을 먼저 읊었다. 그리고 경찰 신분증을 보여 주며 말을 이었다.
"박마리라는 환자를 만나려면 어디로 가야 합니까?"
"잠깐만 기다리세요."
여직원이 어딘가로 전화를 걸었다. 전화를 끊고 얼마 지나지 않아서 보안요원 두 명이 나타났다. 한 명은 연륜이 있어 보였고, 또 다른 한 명은 젊은 친구로 체구가 좋았다. 연륜 있는 쪽이 보안대장인 듯했는데 눈매가 예사롭지 않았다. 전직 경찰이었거나 보안부대를 전역한 군인 느낌이 났다.
"무슨 일 때문입니까?"
"홍천에서 일어난 살인사건 수사 때문에 박마리 씨를 만나려고 합니다."
보안대장이 손목시계를 흘깃 보더니 표정 없이 말했다.
"안 됐군요. 너무 늦었습니다. 박마리 씨는 지금쯤 사망했을 겁니다."
'사망했다'라는 과거형이 아니라, '사망했을'이라고 추측하다니 이상한 일이었다. 수철은 영문을 알 수 없어 물었다.

"그게 무슨 뜻입니까?"

"조금 전에 인공 호흡기를 뗐거든요."

"젠장!"

짜증스러운 욕설이 저도 모르게 튀어나왔다. 여자 셋을 한꺼번에 죽이려고 한 놈이라면 살인이 처음이 아닐 수 있었다. 밝혀지지 않은 살인이 더 있을 수 있었고, 연쇄 살인일 가능성도 배제할 수 없었다. 생존자마저 죽었으니 사건을 해결하는 일이 힘들어질 수밖에 없었다. 화양동에서 바늘을 줍는 것보다 훨씬 더.

수철은 땀이 식자 한기가 느껴져 몸서리를 쳤다.

∞∞∞

마리는 자신이 죽어 가고 있다는 걸 알았다. 아무것도 보이지 않았고 몸을 움직일 수도 없었다. 산소를 들이켜지 못한 폐가 딱딱하게 굳어 갔다. 갑자기 과거에 있었던 일들이 선명하게 떠올랐다. 죽기 직전에 자신이 살아온 과거를 떠올린다는 말이 사실인 모양이었다. 실제로는 스위치를 켰다 끄는 순간처럼 짧은 시간이었겠지만, 그녀에게는 그 시간이 아주 길게 느껴졌다.

처음 떠오른 건 푸른 잔디가 펼쳐져 있는 마당이었다. 갑자기 공중으로 몸이 솟구치더니, 아버지의 얼굴이 위에서 아래로 그녀를 탔다. 아버지가 마리의 볼에 얼굴을 비벼 댔다. 까슬거리는 수염에 소스라치게 놀라 울음을 터뜨렸다. 놀란 아버지의 눈동자가 '미안해.'라고 말하고 있었다. 마리는 가슴이 먹먹해지면서 걷잡을 수 없는 슬픔이 밀려들었다. 감정을 추스를 사이도 없이 다른 기억이 휙 하고 떠올랐다.

역시 푸른 잔디밭이었다. 아장아장 걷는 맨발이 보였다. 마리는 발바닥에 닿는 잔디와 부드러운 흙의 감촉이 좋았다. 발등에 개미 한 마리가 올라탔다. 쪼그리고 앉아서 개미가 어디까지 올라오나 지켜보려는데, 간질거리는 걸 참고 있기가 힘들었다. 손톱을 세워서 개미를 꾹 눌러 버렸다. 허리가 두 동강이 난 개미는 죽지 않고 더듬이를 움직였다. 끊어진 몸통에서 다리들이 연신 꼼지락거렸다.

마리는 개미의 입에 다리를 밀어 넣었다.

"먹어. 맛있어."

어째서 어렸을 때는 개미를 밟아 죽이고, 개구리를 해부해 보고 싶었던 건지. 지금 생각해 보면 끔찍한 짓이 아닐 수 없었다.

"마리야!"

돌아보니 청운동 이층집이 보였다. 마리가 태어나서 일곱 살이 될 때까지 살았던 집이었다. 가족들은 이곳에 살았던 때를 청운동 시절이라고 불렀다. 서울에서 차로 한 시간 반 거리에 있는 청운동에는 할아버지가 세운 서운대학교 지방 캠퍼스가 있었다. 아버지는 청운 캠퍼스의 학장으로 있다가, 할아버지가 돌아가시자 서운재단의 이사장이 되었다.

대학병원과 종합대학을 포함한 총 7개의 학교를 거느린 사학재단 '서운'은 하나의 왕국이었다. 아버지가 왕이면 딸은 자연스럽게 공주가 되는 것처럼, 마리는 사람들의 사랑과 관심을 온몸에 받는 공주님이었다.

"어서!"

이모가 현관에 서서 오라고 손짓했다. 마리는 더 놀고 싶다며 고개를 저었다. 이모는 "이 고집쟁이야!"라고 툴툴거리며 걸어왔다.

"동생이 태어났어."

이모의 손에 이끌려 집 안으로 들어서자 비릿하고 기분 나쁜 냄새가 났다. 마리는 하얀 가운을 입은 의사와 간호사를 지나쳐 엄마에게 다가갔다. 엄마는 빨갛고 작은 아기를 품에 안고 있었다.

"예쁘지?"

엄마의 목소리였는지, 이모의 목소리였는지 기억나지 않았다. 낯선 존재의 등장이 마음에 들지 않아 마리는 울음을 터뜨렸다. 잠에서 깬 아기도 따라서 울음을 터뜨렸다. 아기와 마리는 누가 더 크게 울 수 있는지 시합하는 것처럼 울어 댔다.

갑자기 텅 빈 무대가 보였다. 분홍색 드레스를 입은 동생 마령이 무대 중앙으로 걸어 나왔다. 마령은 드레스 색깔과 같은 색깔의 머리띠를 하고 있었다. 엄마가 특별히 주문해서 만든 머리띠로 분홍색 꽃도 달려 있었다. 마리는 마령에게 쏟아지는 박수보다 머리띠가 더 부러웠다. 마령이 피아노를 치기 시작하자 사람들이 숨을 죽였다. 엄마는 온 세상을 다 가진 것처럼 행복해 보였다.

아! 우아하고 아름다운 나의 엄마.

엄마는 아버지를 만나기 전에 가난한 소설가였다. 더 이상 글을 써서는 먹고살 수 없어 포기하려던 바로 그때, 출판사의 소개로 할아버지의 자서전을 대필하게 되었다. 일주일에 한 번씩 할아버지와 티타임을 가지면서 자서전을 쓰다가, 엄마는 우연히 아버지를 만나게 되었다.

아버지는 엄마를 처음 본 순간을 이렇게 표현했다.

"완벽한 내 인생을 빛내 줄 아름다운 보석을 발견한 느낌이었지."

할아버지는 아침 드라마에 나오는 못된 시아버지처럼 두 사람의 만남을 반대했다. 아버지는 엄마와 결혼하지 못한다면 목숨을 버리겠다고 선언했다. 결국 할아버지는 자식 이기는 부모가 없다는 만고불변의 법칙을 몸소 행동으로 보여 주었다.

어렵사리 결혼을 허락받은 아버지는 엄마를 위해 서프라이즈를 준비했다. 강이 내려다보이는 카페 전체를 빌려 온갖 꽃으로 장식한 다음, 한쪽 무릎을 꿇고 엄마에게 프러포즈한 것이었다.

엄마는 그 순간을 이렇게 표현했다.

"어두웠던 긴 터널을 빠져나와 밝은 빛 속으로 걷는 기분이었어."

엄마의 얼굴이 점점 흐려졌다. 마리는 다른 기억을 떠올리려고 했지만 어둠뿐이었다. 일생의 반도 되돌아보지 못하고 숨이 끊어지고 있었다. 어쩌면 벌써 죽은 게 아닐까, 하는 생각마저 들었다.

"흐흑! 마리야!"

엄마가 흐느끼는 소리가 들렸다. 엄마가 곁에 있다는 걸 알게 되자 무척이나 안심되었다. 마지막 인사라도 하고 싶어서 엄마, 하고 외쳤지만 목소리가 나오지 않았다.

낯선 남자의 목소리가 들렸다. 무겁게 가라앉은 저음의 탁한 목소리였다.

"그러므로 염려하여 이르기를 무엇을 먹을까, 무엇을 마실까, 무엇을 입을까 하지 말라. 이는 다 이방인들이 구하는 것이라. 너희는 천부께서 이 모든 것이 너희에게 있어야 할 줄을 아시느니라. 너희는 먼저 그의 나라와 그의 의를 구하라. 그리하면 이 모든 것을 너희에게 더하시리라. 그러므로 내일 일을 위하여 염려하지 말라. 내일 일은 내일 염려할 것이요, 한 날 괴로움은 그날에 족하느니라."

 신부님이 임종 미사를 하는 모양이었다. 갑자기 천국이 있기는 한 걸까, 하는 의문이 들었다. 천국이 있다면 지옥은 어떤 곳일까, 하는 생각도 들었다. 개미를 잔인하게 죽여서 천국에 못 가면 어쩌나 걱정되었다. 한 번도 죽음 이후의 세계에 대해 깊이 생각해 보지 않은 게 후회되었다. 이렇게 빨리 죽을 줄 알았다면 조금 더 준비를 해두는 건데. 그러나 도대체 무엇에 대한 준비를 해야 했을까?

 "언니!"

 슬픔에 젖은 마령의 목소리도 들렸다. 내 동생도 옆에 있어 주었구나. 마령은 의사가 되려고 학교와 병원을 오가며 정신없이 바쁘게 살고 있었다. 마리가 죽고 나면 마령은 서운재단의 유일한 후계자가 되어 더 큰 책임감을 느끼게 될 것이었다. 마리는 걱정하지 않았다. 동생은 분명히 잘 해낼 테니까.

 마령은 모든 부모가 꿈꾸는 완벽한 아이였다. 착하고, 공부 잘하고, 예쁜 데다가, 몸매도 좋았다. 마리는 질투 때문에 사소한 일로 동생에게 시비를 걸기도 했다. 그렇다고 마령을 사랑하지 않은 건 아니었다. 오히려 얼마나 마령처럼 되고 싶었는지 모른다. 아무리 노력해도 마령처럼 될 수가 없어서 너무나도 속상했다. 같은 부모 밑에서 태어났는데 어쩌면 이렇게 다를 수가 있는지 분통이 터졌다.

 '이렇게 일찍 죽게 될 줄 알았으면 잘해 줄걸. 좋은 언니가 될걸.'

 뒤늦게 후회가 밀려들었지만 소용없는 일이었다. 그런데 아버지는 어디에 있는 거지? 아! 맞다! 아버지는 마리가 고등학교 2학년 때 사고로 돌아가셨다. 까슬거리는 수염 때문에 마리가 울자 미안한 눈빛으로 바라보던 아버지를 떠올렸을 때, 가슴이 아팠던 이유를 이제야 알 것 같았다. 죽고 나면 아버지를 만나게 되는 걸까? 아버지를 만나는 건 기뻤지만, 엄마와 마령을 두고 떠나야 한다고 생각하니 눈시울이 뜨거워졌다.

온몸에서 뭔가 쭉하고 빠져나가는 듯한 느낌이 들었다. 그때 삐~ 하고 심장 박동이 멈췄음을 알리는 기계음이 울렸다. 그러자 엄마와 마령의 울음이 통곡으로 변했다. 소리가 점점 옅어지고 몸을 짓누르던 고통이 서서히 물러갔다. 암흑보다 더 짙은 어둠 속에서 마리는 아무것도 느낄 수 없었다.

생각마저 사라지려는 찰나, 귀 안쪽에서 정체를 알 수 없는 목소리가 들렸다.

(포기하지 마!)

싸늘하면서도 단호한 목소리였다. 공포에 질린 마리는 아무 소리도 듣지 못하는 척했다. 목소리는 집요했다.

(숨을 쉬어! 넌 살아야 해! 살 수 있단 말이야!)

마리는 할 수만 있다면 고개를 젓고 싶었다.

'싫어. 끝났어. 이제는 끝내고 싶어.'

(아니! 넌 살아야만 해.)

'내가 죽겠다는데 왜 간섭이야. 왜 이래라저래라 하는 거야?'

(내가 누구라고 생각해? 난 바로 너야! 난 살아야겠어!)

목소리가 고막을 찢고 뇌 안쪽으로 파고들더니, 뇌수를 헤집으며 온몸의 신경을 팽팽하게 잡아당겼다. 갑자기 온몸의 살이 찢기는 것 같은 고통이 밀려들었다. 폐가 부풀어 오르고 심장이 불에 타는 것처럼 쓰라렸다. 반사적으로 숨을 들이마시려고 입을 뻐끔거렸더니 폐에 수십만 개의 바늘이 꽂힌 것처럼 불이 일었다. 짙은 피 냄새가 역하게 올라왔다. 끔찍한 고통 속에서 옅은 소리가 들리기 시작했다.

쿵. 쿵. 쿵. 쿵.

그것은 마리의 흉곽 안에서 들려오는 심장이 뛰는 소리였다.

뚜우~. 뚜우~.

멈춰 있던 심전도 모니터가 다시 소리를 내기 시작했다. 그러자 엄마와 마령의 울음소리가 뚝 끊겼다. 그때 누군가 외쳤다.

"오! 하느님!"

∞∞∞

신경외과 과장 서상묵은, 환자의 뇌혈관에 생긴 꽈리 모양의 뇌동맥류 기시부를 90도 각 클립으로 결찰하려는 순간, 난데없는 호출을 받았다.

"교수님, 전화 받으셔야겠습니다."

서상묵은 펠로우(전문의 자격을 취득한 후 특정 분야에서 더 깊이 있는 훈련을 받는 의사.)를 쏘아보았다. 환자는 조금만 늦게 두개골을 열었다면 동맥류가 터져 손을 써보지도 못하고 사망선고를 내려야 할 만큼 위급했다. 동맥류의 기시부를 확보했다고 해도 위치가 좋지 않은 곳에 동맥류가 하나 더 남아 있었다. 그곳이 터진다면 후유증이

뇌동맥류는 뇌의 동맥벽이 약해져 일부가 꽈리 모양으로 부풀어 오르는 질환이다. 동맥류의 기시부를 결찰한다는 건 동맥류가 파열하거나 더 커지는 걸 막기 위해, 그 시작 부위를 클립이나 실로 묶어 혈류를 차단하는 행위를 의미한다.

없으리라는 보장은 없었다.

"수술방에서 전화 안 받는 거 몰라서 그래?"

"이사장님이십니다."

서상묵은 서운의 이사장인 정혜선의 뇌를 들여다보고 싶은 충동을 느꼈다. 뇌가 정상적으로 활동하는 사람이라면 수술방에 들어간 자신을 호출할 이유는 없었다. 전두엽에 문제라도 생겼나? 신경외과 쪽이 아니라 정신과 쪽에 문제가 있을 수도 있었다. 딸이 사고를 당해 뇌사 판정을 받았으니 제정신일 리 없었다. 지금쯤 이사장의 딸은 산소 호흡기가 제거되어 사망선고가 내려졌을 것이다. 그래서 전화한 건가? 뒤늦게 안쓰러운 마음이 들었다.

서운의 여왕으로 군림하고 있지만 누구 하나 의지할 데 없는 가여운 사람이었다. 그렇다고 만만히 생각해서도 안 되는 사람이었다. 약한 생물 중 어떤 것들은 포식자의 만만한 먹이가 되기도 하지만, 어떤 것들은 자신을 지키기 위해 진화의 과정을 거쳤다. 날카로운 발톱도 없고 빨리 달릴 수 있는 다리도 없지만 치명적인 독을 가진 뱀처럼, 이사장은 어떻게 하면 사람의 숨통을 조이고 끊어 놓을 수 있는지 알고 있었다. 그러니 괜히 버텨 봐야 다치는 건 자신이었다.

서상묵은 뇌동맥류를 결찰한 뒤 위치가 좋지 않은 동맥류에 거즈를 댔다. 그리고 펠로우에게 말했다.

"일단 결찰한 부위부터 절개해서 봉합해."

간호사가 수화기를 서상묵의 귓가에 가져다 댔다.

"네, 서상묵입니다."

"급하게 상의드릴 일이 있습니다. 마리의 병실로 당장 와 주셔야겠습니다."

"아무리 이사장님의 딸이라고 해도, 죽은 사람이 살아 있는 환자보다 우선일 수는 없습니다. 저는 살아 있는 환자의 수술을 진행하겠습니다."

"마리가 살아났어요."

수술방이 한 바퀴 공중제비를 도는 것처럼 정신이 아찔했다.

"서 교수님이 살아 있는 제 딸에게 뇌사 판정을 내려 죽일 의도가 없었다는 걸 설명해 주셔야 해요. 만약 그렇게 못하시겠다면 상상하는 것보다 훨씬 더 많은 것들을 잃게 될 거예요."

서상묵은 전화가 끊기는 것과 동시에 펠로우에게 간단한 지시를 내리고 고글을 벗었다. 수술용 장갑을 벗어 던지고 가운도 갈아입지 않은 채 수술방을 나갔다. 한달음에 의국에 도착해서 거칠게 문을 열어젖혔다.

"박마리 차트를 전부 가져와! 박마리 담당이 누구였지?"

졸다가 깨어난 레지던트 1년 차가 겁에 질린 표정으로 말했다.

"이도문 선생님입니다."

"호출해. 당장!"

서상묵은 컴퓨터에 입력된 박마리의 검사 기록을 훑었다. 그 사이 치프 레지던트 이도문이 마리의 의료기록을 가지고 뛰어 들어왔다. 얼떨떨해하는 레지던트의 손에서 의료기록을 빼앗아 살폈다.

박마리는 일주일 전 홍천 아산병원에서 응급처치를 마치고 구급차로 실려 왔다. 서상묵을 포함해 응급의학과, 외과, 정형외과 과장들이 새벽 3시에 총출동했다. 환자는 가슴과 복부에 일곱 군데의 자상이 있었고, 대퇴부 골절로 인한 출혈이 심해서 쇼크로 사망할 가능성이 컸다. 살아 있는 게 신기할 정도였다. 무엇보다 까다로운 건 환자가 이사장의 딸이라는 사실이었다. 살려야 하는 건 당연했고, 살리지 못한다면 서운재단의 후계자를 죽였다는 불명예를 피할 수 없었다.

각 분야의 의사들이 달려들어 할 수 있는 최선의 선택을 했고, 가능한 모든 치료를 시도했다. 그러나 환자의 상태는 호전과 악화를 반복했다. VIP 증후군(중요한 환자를 특별 대우하려다 과도한 진료 등으로 오히려 환자의 건강을 해치는 현상.)이라고 하기에는 설명할 수 없는 뭔가가 있었다. 누군가 아무도 모르게 독약을 서서히 주입하기라도 하는 것처럼, 회복 시그널이 잡혔다가도 다음 날이면 전날보다 더 상태가 안 좋아졌다. 그러더니 어젯밤 그녀의 뇌는 모든 기능이 정지하고 말았다. 서상묵은 뇌사 위원 회의를 소집했고 뇌사 판정을 내렸다. 그 어떤 실수나 오진이 없었다는 걸 의료기록은 말해 주고 있었다.

"박마리의 뇌사 판정은 이도문 선생이 작성한 차트를 보고 내린 결정이야. 그런데 박마리가 살아났어. 어떻게 된 일이야?"

서상묵은 자신의 생존을 위해 제물이 필요할지도 몰라 치프 레지던트를 끌어들였다. 치프 레지던트가 질린 얼굴로 말했다.

"저는 교수님께서 시키는 검사를 했고, 검사 결과를 몇 번씩 확인했습니다."

"이사장님 앞에 가서 방금 했던 말 다시 할 수 있지? 자네가 검사 결과를 몇 번씩 확인했다고 말해. 앞장서."

앞장서, 라고 해 놓고 서상묵은 먼저 의국을 나갔다. 서상묵의 뒤를 그의 제물이 따랐다.

서상묵이 VIP 병실에 들어섰을 때 이사장은 응접실 소파에 앉아 있었다. 서운의 후계자를 한눈에 사로잡았던 매력을 고스란히 간직한 채 그녀는 이사장이라는 직함에 맞는 품위까지 갖추고 있었다. 뒤늦게 그녀의 검은색 투피스 차림이 눈에 들어왔다. 살아 있는 큰딸을 죽이고 상복까지 챙겨 입게 만든 누군가에게 책임을 물으려고 손톱을 바짝 세운 모습이었다. 서상묵은 사태의 심각성을 다시금 확인하고 마른침을 삼켰다.

이사장의 뒤쪽에는 의사 가운을 입은 작은딸 박마령이 서 있었다. 서운대학교병원에서 최연소 나이로 레지던트 과정을 밟고 있는 그녀는, 이사장의 미모와 서운의 후계자였던 전 이사장 박우택의 지성을 물려받았다. 게다가 심각한 노력파에다 완벽주의자였다. 몇 년 안에 전공의 자격을 취득하고 미래의 서운대학교병원장이 될 인물이었다. 목숨 걸고 마령을 잡겠다는 의사 놈들이 널리고 널린 게 이해 못할 일도 아니었다.

서상묵은 상황이 마땅찮아 미간을 찡그렸다. 자칫 잘못했다가는 제자 앞에서 웃음거리가 되는 것으로도 모자라, 지금까지 쌓아 올린 모든 걸 잃을 수도 있었다. 불현듯 이사장에게서 무조건 '예스'라는 답을 얻어낼 비장의 카드가 떠올랐다. 그 카드를 꺼낸다면 이사장은 잘잘못을 따지려 들지 못할 것이었다. 하지만 그가 지금의 자리를 얻고 지키기 위해서 17년 동안 간직해 온 카드를 함부로 꺼낼 수는 없었다.

"이쪽으로 앉으시죠."

이사장이 말했다. 서상묵은 자리에 앉고 나서 제물에게 고개를 끄덕여 보였다. 제물이 공손하게 환자의 의료기록을 테이블에 올려놓았다.

"저는 교수님이 시키는 검사를 했고, 검사 결과를 몇 번씩 확인했습니다. 여기 따님의 차트를 보시면 아실 겁니다."

이사장은 제물 따위에는 관심도 없다는 듯 찌르는 눈빛으로 서상묵을 쏘아보았다.

"제가 알고 싶은 건 검사 결과가 아닙니다. 현재 일어난 상황을 설명해 보시라는 겁니다."

"논문에 보면 간혹 뇌사 상태에 빠진 사람이 다시 살아나는 경우가 있기는 합니다."

"그 반대 아닌가요? 죽었다가 살아난 게 아니라 살아 있는 아이를 죽일 뻔했어요. 어떻게 책임지실 건가요?"

적절하게 대응하지 못한다면 졸지에 살인자가 될 위기였다. 제물을 바친다고 해서 될 일도 아니었다. 서상묵은 물살을 막기보다 물길을 다른 쪽으로 돌려 살 방법을 찾기로 했다.

"지금은 뇌사 판정이 잘못되었는지를 따질 때가 아닌 것 같습니다. 여기 보니까 심장 박동이 멈추고 꽤 오랜 시간 동안 호흡이 이뤄지지 않은 걸로 기록되어 있습니다. 이건 뇌에 산소가 공급되지 않은 질식 상태였다는 겁니다. 그러니까 환자가 살아 있다고는 하지만 정상적인 뇌 활동을 하고 있다고 보기 어렵습니다."

서상묵이 돌려 놓은 물길에 이사장이 말려들었다.

"그게 무슨 뜻이죠?"

"일시적으로 심폐 기능만 돌아온 것일 수도 있습니다. 뇌가 제대로 활동하는 건지, 아니면 또다시 뇌사 상태에 빠져 모든 기능이 정지될 건지 알 수 없는 상황입니다. 환자를 보게 해 주십시오."

"그럼 마리가 회복되기 힘들 수도 있다는 건가요?"

그렇다고 할 경우와 아니라고 할 경우 모두 불리했다. 아드레날린이 분비되며 맥박이 빨라졌고 호흡이 가빠왔다. 서상묵은 릴랙스를 마음속으로 외치며 남은 말을 이어갔다.

"뇌의 어떤 부분이 손상을 입었는지 확인해야 판단할 수 있을 것 같습니다. 그래야 정확한 치료를 해서 상태가 악화되는 걸 막을 수 있습니다."

이사장은 한쪽 손으로 관자놀이를 짚었다. 하얗고 긴 손가락에서 결혼반지가 반짝였다. 박우택이 죽은 지 8년이나 흘렀는데도 이사장은 자신을 서운 왕국으로 이끌었던 결혼반지를 손가락에서 빼지 않았다. 이사장은 고개를 돌려 뒤에 서 있는 마령을 보았다. 눈빛으로 어떻게 하면 좋을까, 하고 묻고 있었다.

서상묵은 가벼운 질투를 느꼈다. 이사장이 저런 애잔한 눈빛으로 자신을 바라보던 때가 있었다. 덜덜 떨리는 입술을 깨물면서 '날 도와줘요.'라고 말했던 그때, 이사장은 한없이 연약했다. 그가 한 손에 움켜쥐고 휘두를 수 있을 정도였다. 그러나 지금은 상황이 바뀌어 있었다. 그녀는 서운의 여왕으로 군림하고 있는 데다가 철저히 선을 그은 채로 냉정하게 서상묵을 밀어내고 있었다. 그 이유가 딸의 상태를 포함해 모든 책임을 그에게 떠밀려는 것인지, 아니면 뭔가를 감추려는 의도 때문인지 서상묵은 정확하게 파악할 수 없었다. 질투로 찌릿하게 아프던 가슴에 서운함이 번졌다. 마령이 없었다면 그는 이렇게 이야기했을지도 모른다. '이사장님, 저한테 이러시면 안 되는 거 아닙니까? 저는 한평생 이사장님 편이었습니다.'라고.

마령은 감정이 실리지 않은 어조로 말했다.

"정밀검사를 해 보고 나서 판단하는 게 좋을 것 같아요."

사라진 그날의 기억 31

"지금까지 검사를 안 한 게 아니잖니?"

"어쨌든 지금은 교수님의 잘잘못을 따질 때가 아니라고 봐요. 이건 기적이라고 보는 게 맞아요."

서상묵은 마령의 의견에 동의한다는 뜻으로 힘주어 고개를 끄덕여 보였다. 의학과 과학으로는 설명할 수 없는 초자연적 현상, 기적으로밖에 설명할 수 없었다. 그가 이 상황에서 살아남을 수 있는 좋은 구실이기도 했다.

이사장은 더 나은 방법이 생각나지 않는다는 듯 한숨을 내쉬고 나서 말했다.

"최대한 빨리 검사를 해서 마리의 상태를 제게 알려 주세요."

이사장은 이야기를 끝내고 싶다는 듯 자리에서 일어났다. 서상묵도 따라서 일어났다.

"마리에 대한 이야기가 외부로 흘러 나가서는 안 됩니다. 만약 이 부분마저 실수하신다면 정말로 기적을 바라셔야 할 겁니다."

서상묵은 VIP 병실을 나오면서 자신의 제물에게 말했다.

"지금 빨리 박마리 MRI랑 CT 준비해."

치프 레지던트 이도문은 죽다 살아난 심정으로 고개를 숙였다.

"네, 교수님."

환자의 검사는 신속하게 이루어졌는데 뇌 손상이 없다는 결과가 나왔다. 임상적으로 보기 드문 사례였으므로 담당 의사가 책임을 추궁당할 이유가 전혀 없었다. 환자가 깨어나기만을 기다리면 되는 상황이었다. 그러나 환자는 좀처럼 의식을 찾지 못했다. 한 달이 흐르자 초조해하던 이사장마저 지쳐가는 것 같았다. 더 이상 서상묵을 불러 마리가 언제 깨어날 것 같으냐고 묻지 않았다.

서상묵은 차라리 잘 된 건가 싶었다. 인간은 시간이 지나면 상황을 자연스럽게 받아들이기 마련이니까. 마음을 놓아도 되겠구나 싶었던 순간 강력한 반전이 펼쳐졌다. 마치 잠을 자다 깬 사람처럼 환자가 눈을 떴는데 최근의 기억을 완전히 잃어버렸다. 서상묵은 롤러코스터를 타고 추락하는 기분이 들었다. 이번에는 어떤 제물로 살 궁리를 찾아야 할지 빠르게 머리를 굴리기 시작했다.

∽∽∽∽

마리는 지금이 몇 시인지 궁금했다. 시간뿐만 아니라 어디에 있는지도 알 수 없었다. 눈꺼풀을 밀어 올렸다가 끔찍한 두통을 느끼고 신음을 터뜨렸다. 눈을 떴을 때 잠깐 보였던 희미한 형체가 놀란 목소리로 호들갑을 떨었다.

"정신이 들어요?"

그런 것 같다고 말하고 싶은데 입술을 움직일 수 없었다. 온몸이 가는 철사로 단단히 묶인 것처럼 꼼짝도 할 수 없었다. 조금만 움직이려 해도 철사가 살을 파고들어 찢어 놓을 듯한 고통이 밀려왔다.

"의사 선생님을 모셔 올게요. 기다려요."

문을 나가는 성급한 발소리가 들렸다. 발소리의 주인공이 어서 의사를 데려와 이 끔찍한 고통에서 구해 주기를 바랐다.

하이힐이 바닥을 튕기며 다급하게 걸어오는 소리가 들렸다. 익숙한 향수 냄새가 났다. 마리는 가느다랗게 눈을 떴다. 눈을 찌르고 들어오는 빛 때문에 눈물이 맺혀 희미한 형체로만 보였던 엄마가 서서히 선명해졌다. 엄마의 표정은 복잡하게 뒤엉켜 있었다. 울 것 같기도 했고, 겁을 집어먹은 것 같기도 했다. 마리는 입술을 힘겹게 열었다.

"엄마…."

쇠를 긁어내는 것처럼 갈라진 목소리가 흘러나왔다. 도저히 자신이 내는 거라고 믿을 수 없는 소리였다. 엄마를 향해 손을 내밀려는 순간, 끝이 무딘 창이 옆구리를 쑤시고 들어왔다. 엄마는 무엇을 해야 좋을지 알 수 없는 사람처럼 벌벌 떨었다. 파르르 떨리는 입술을 피가 날 만큼 꽉 깨문 채 마리를 지켜보기만 할 뿐이었다.

"미안해."

마리가 말했다. 그러자 엄마는 난데없이 따귀를 맞은 사람처럼 분노와 황당함이 뒤섞인 표정으로 파르르 떨었다. 속이 문드러지게 걱정시켜 놓고, 미안하다고 하면 그만이냐고 화가 난 것이리라.

"다… 내가 잘못했어."

"뭐가?"

목소리도 싸늘했다.

"걱정하게 해서…. 엄마 말… 들었어야 했는데."

"거짓말."

"내가… 왜 거짓말을 해?"

"날 괴롭히려고."

그동안 엄마가 하지 말라는 짓만 골라서 했다. 엄마가 화가 나서 발을 동동 구르는 모습을 보면 아직은 날 사랑하는구나, 하고 안심했다. 엄마에게 소중한 존재라는 걸 확인받는 그 짜릿함을 느끼고 싶어서 못된 짓을 서슴지 않았다. 이렇게 아픈 것도, 죽다가 살아난 것도 모두 내 탓이 분명했다. 뭘 잘못했는지는 기억나지 않았다. 음주 운전을 했나? 질 나쁜 사람들과 어울려 안 좋은 일에 휘말렸나? 그런 짓을 한두 번 한 게 아니라 궁금하지도 않았다. 다만, 죽다가 살아났는데 엄마가 사과를 안 받아 주니 그게 속상할 따름이었다.

"너무해."

"너는 그런 말을 할 자격이 없어!"

단호한 엄마의 말이 비수처럼 꽂혔다. 하지만 여태 얼마나 속을 태웠으면 저럴까 싶었다. 심장이 멎었던 순간 비통하게 들리던 엄마의 울음소리는 처절하고 구슬펐다. 그렇게 엄마를 울린 자신이 미울 정도였다.

"잘못했어."

"뭘?"

"…."

"뭘 잘못했는데?"

따지듯 묻는 엄마에게 마리는 고개를 저어 보였다.

"모르겠어."

"어쩌다 다치게 된 건지 기억나지 않는 거야? 내가 그 거짓말 믿을 것 같아?"

엄마의 화를 달래 줄 수 없다는 안타까움이 몸을 짓누르는 고통보다 더 아프게 퍼져 나갔다. 괴로운 신음을 삼키며, 마리는 계속 고개를 저었다. 그럴 때마다 머릿속에서 커다란 골프공이 데굴거리며 뇌를 짓이기는 것만 같았다.

"정말 미안해. 내가… 다 잘못했어."

의사와 간호사들이 뛰어 들어왔다.

"저, 이사장님. 잠깐만요."

엄마가 마지못해하며 시야에서 물러났다. 의사는 마리의 눈꺼풀을 열어 보고 맥박을 체크했다.

"어디가 가장 불편해요?"

"머리가 너무 아파요."

"이게 몇 개인지 보여요?"

"세… 개."

"올해가 몇 년도인지 말해 봐요."

마리는 왜 그런 바보 같은 질문을 하냐는 듯 인상을 찡그렸다.

"대한민국의 수도가 어디죠?"

"아니, 무슨….."

화를 내려는데 배터리가 다 된 것처럼 몸에서 힘이 빠져나갔다. 그것이 무거운 잠이라는 사실조차도 느끼지 못할 정도였다. 마리는 잠으로 빨려 들어가기 전에 엄마가 들어 주기를 바라며 말했다.

"착한 딸이 될게. 마령이처럼."

감았던 눈을 뜨니 밝았던 창밖이 어두워져 있었고, 다시 눈을 감았다가 뜨니 어둠이 물러가고 햇살이 비추고 있었다. 그런 식으로 시간이 빠르게 휙휙 지나갔다. 어떤 때는 엄마가 지켜볼 때도 있었고, 어떤 때는 의사들이 내려다보고 있을 때도 있었다. 그들이 뭐라고 말을 시켰지만 알아들을 수 없었다. 의식이 들면 머릿속에 말벌집이 있는 것처럼 윙윙거리는 소리와 함께 끔찍한 두통이 찾아왔다.

"정신을 차려 봐."

엄마가 가볍게 몸을 흔들어서 잠을 깨웠다.

"눈을 떠 보라니까."

마리는 무거운 눈꺼풀을 밀어 올렸다. 엄마의 얼굴이 닿을 듯 가까이 있었다.

"무슨 일이 있었는지 기억해 봐."

"… 모르겠어."

"죽을 뻔했어."

"알아. 심장이 멈추는 걸 느꼈어. 영혼이 몸을 떠나는 것 같았어."

"…."

"후회했어. 엄마 말 잘 들을걸. 그래서 다시 기회가 주어졌나 봐. 살아난 걸 보면 말이야."

마리는 손을 잡아 달라고 손가락을 움직여 보였다. 엄마가 망설이다가 그녀의 손을 잡았다. 따뜻한 엄마의 체온이 혈관을 타고 심장으로 흘러들었다. 이런 순간이 오기를 얼마나 바랐는지 모른다.

"의사 선생님도 무슨 사고가 났는지 물었어. 모르겠어. 내가 또 무슨 사고를 친 거겠지."

말하는 것조차 힘들어서 잠깐 멈추고, 밭은 숨을 토해 냈다. 목에서 갸릉갸릉 가래가 끓었다.

"이전과는 달라질 거야."

고통이 기어올라와 잠으로 도망치고 싶었다. 잠들기 전에 엄마에게 꼭 해야 할 말이 있었다. 너무나도 하고 싶었지만 그동안 차마 하지 못했던 말.

"엄마, 사랑해."

다시 의식이 들었을 때는 몸을 짓누르던 고통이 어느 정도 가벼워져 있었다. 유리창이 있는 쪽으로 고개를 돌렸다. 파란색 하늘에 솜털 구름이 천천히 움직이고 있었다. 깊이 잠수했다가 물 위로 튕겨 올라온 것처럼 가슴이 뻐근했다. 살아 있다, 라는 그 느낌을 더욱 만끽하고 싶어서 마리는 천천히 숨을 들이마시고 내쉬었다.

옆에서 인기척이 났다. 마령이 침대 옆 테이블에서 의학 서적을 읽고 있었다. 의사 가운을 입고 있어서 그런지 평소보다 더 서먹하게 느껴졌다. 마리는 어색함을 떨치기 위해 장난처럼 말했다.

"오랜만이야."

마령은 날카로운 것에 찔린 것처럼 당황하더니 금방 무표정한 얼굴로 돌아왔다.

"기분은 어때?"

"술을 진탕 마신 다음 날 아침 같아. 어지럽고 머리가 아파."

"조금 더 끔찍한 기분일 거야. 간과 폐를 다쳤고, 출혈이 심했어. 대퇴부에 골절상을 입어서 수술해야 했어. 엄마 말로는 무슨 사고가 일어났는지 기억을 못 한다던데, 정말이야?"

"다들 그걸 묻는데 정말 기억이 안 나."

"끔찍한 사고였어."

마령은 침대로 다가와 링거액이 잘 들어가는지 확인하고 나서 마리의 의식 어딘가에 숨겨져 있는 비밀을 찾아내려는 듯 집요한 시선으로 그녀를 바라보았다.

"사고 나던 날 비가 왔는데…."

"그래?"

비 오는 날을 떠올려 보면 혹시 마령이 원하는 대답을 해 줄 수도 있을 것 같았다. 눈을 감고 기억을 뒤졌다. 하지만 비 오는 날의 사고에 대한 어떤 영상도 떠오르지 않았다. 머리만 아플 뿐이었다.

"몰라. 모르겠어."

"언니 말이 사실이라면 사고의 충격으로 기억을 잃은 거겠지."

"그럴 리가. 아주 아기였을 때도 기억나."

아버지가 안아주던 모습과 마령이 피아노를 연주하던 모습까지도 생생했다. 분홍색 드레스를 입고 무대 위에 오르던 마령의 모습과 그때 마령이 썼던 머리띠 모양까지도.

"과거의 일을 기억 못 하는 게 아니라 사고 당시의 상황을 기억 못 하는 거 아닐까? 언니가 거짓말을 하는 게 아니라는 전제하에서 말이야."

"내가 왜 거짓말을 하겠어?"

"그러게 말이야. 언니가 왜 거짓말을 하겠어?"

비꼬는 듯한 말투였는데 원래 마령은 매사에 시니컬했다. 똑똑한 데다가 완벽하려고 죽을힘을 다해 노력하는 마령의 기준으로 보았을 때, 마리는 물론이고 모든 사람이 한참 모자라 보일 게 분명했다. 그런데 못난 언니가 매일 사고만 치는 데다가 열등감으로 동생을 질투만 해 왔으니, 마령의 입장에서는 성가신 존재였을 것이다. 차라리 없는 게 나은 언니였을 테니까.

"나 이제 괜찮아. 걱정하지 마."

"…."

"바쁠 텐데 나 때문에 쉬지도 못하고…. 병간호 안 해도 된다는 소리야."

앞으로 잘 지내보자는 의미로 화해를 요청한 건데, 마령은 몹시 화난 얼굴을 하고 성큼 뒤로 물러났다.

"그만 가 봐야 해. 엄마가 곧 올 거야."

"마령아."

서둘러 의학 서적을 챙기던 마령이 고개를 들었다. 차마 눈을 마주보고 말하기에는 쑥스러워서 마리는 시선을 내렸다. 입안에서 맴돌고 있던 말을 꺼낸 건 한참 뒤였다.

"노력할게. 네가 나 때문에 창피하면 안 되니까."

"제정신이 아니군."

"어?"

"두고 보면 알게 되겠지."

몹시 화난 사람처럼 마령은 거칠게 숨을 들썩였다. 한두 번 속은 게 아니라는 투였다. 마리야말로 자신이 얼마나 달라졌는지 빨리 보여 주고 싶었다. 착한 딸, 좋은 언니가 되어서 가족한테 인정받고 싶었다.

노크 소리가 들리고 간호사가 들어왔다.

"저기요, 선생님. 그분이 또 찾아오셨는데요?"

가뜩이나 화가 나 있던 마령은 지긋지긋하다는 듯 짜증스럽게 머리카락을 쓸어 넘겼다.

"한성우가 계속 언니를 만나려고 찾아오고 있어."

성우는 마리의 남자친구였다. 그녀가 성우를 만나는 걸 엄마와 마령이 끔찍해했기 때문에 저절로 눈치가 보였다. 마리는 입술을 축이며 작은 목소리로 말했다.

"성우도 내가 사고당한 걸 알고 있구나. 하긴 매일 만나다시피 했으니까 모를 수가 없지."

"그래서 그놈이랑 계속 헛짓거리를 하겠다는 거야?"

"다른 사람 앞에서는 항상 예의 바른 말만 하면서 나한테는 못되게 군다니까."

더욱 차가워진 마령의 표정에 마리는 한숨을 내쉬었다.

"네가 대신 성우한테 전해 줘. 다신 만나고 싶지 않다고."

"진심이야?"

"약속할게. 다시는 만나지 않을게."

"그 약속은 반드시 지켜야 할 거야."

"반드시 지킬게."

마령의 입가가 살짝 위로 들렸는데 미소를 짓느라 그런 건지, 아니면 찡그린 건지 알 수 없었다. 아무래도 상관없었다. 엄마와 마령에게 하고 싶은 말을 모두 했고, 그 말을 지킬 수 있는 시간이 주어졌으니까.

그때까지만 해도 마리는 자신이 어떤 기억을 잃었는지 알지 못했다. 잃었던 기억을 떠올리는 순간 마주하게 될 끔찍한 진실에 대해서도. 그랬기에 살아남을 수 있었다는 사실조차도.

진실을 감추려는 자들

신경정신과 교수 김영종은 동이 트지 않은 창밖을 바라보고 있었다. 태양의 기운은 어디에도 없는데 어둠이 조금씩 걷혀 가기 시작했다. 검기만 했던 하늘이 점점 옅어지면서 건너편 아파트와 그 아래에 주차된 차들이 선명하게 보였다. 이제 그만 밤을 정리하고 아침을 맞이할 시간이었다. 묵직한 피로가 눈에 몰려들었다. 손바닥을 비벼 눈가를 꾹꾹 누르고 나자, 희부옇게 밝아 오는 새벽이 안개에 잠긴 것처럼 흐리게 보였다.

김영종은 책상으로 돌아와 자신을 잠 못 들게 했던 휴대폰을 만지작거렸다. 한밤중에 불쑥 걸려 온 서상묵의 목소리에는 불편한 긴장감이 묻어 있었다.

"자는 걸 깨운 건 아니겠지? 자네가 나 좀 도와줘야겠네. 이사장 딸이 살인사건에 휘말려서 뇌사 판정을 받았지만 어찌어찌해서 살아났어. 그런데 기억에 문제가 생겼다네. 어떤 건 기억하고, 어떤 건 기억을 못 해서 환장할 지경이야. 자네가 한 번 봐 줘야겠어."

"그렇게 하겠습니다."

"그런데 그게 말일세…. 치료하라는 게 아니야. 환자가 그렇게 된 이유가 내 책임이 아니라는 것만 밝혀 주면 된다네. 일을 크게 부풀리지 말란 뜻이야. 무슨 말인지 알겠지?"

병원에서 은밀하게 떠도는 소문은 김영종도 들어서 대충 알고 있었다. 이사장의 딸, 살인사건, 뇌사 판정, 드라마틱한 소생. 그런 이야기가 강 건너 불일 때는 흥미로웠지만, 자신이 떠안아야 할 상황이 되었을 때는 달라졌다. 서상묵이 보내온 환자의 기록은 임상적으로 보기 드문 케이스인 데다가 앞으로 어떤 상황에 빠질지 예측할 수 없었다. 자칫 잘못했다가는 서상묵의 제물이 될 판이었다.

김영종은 낮게 한숨을 내쉬고 나서 이미 식어 버린 보이차를 한 모금 입에 물었다. 병원 사람들 모두가 알고 있듯, 그는 굴러들어 온 돌이었다. 서운대학교병원에서 인턴과 레지던트 과정을 밟은 것도 아니었고, 의지할 인맥이 없어 오로지 서상묵에게 매달려야 할 처지였다. 지방대학에서 조교수로 있던 그를 서상묵이 불러들인 이유 역시 바로 그 지점이었다.

"내가 큰 그림을 그리고 있다는 걸 자네도 알고 있겠지? 내게 필요한 건 잘난 사람이 아니야. 나와 같은 운명으로 움직일 내 사람이 필요하네."

김영종은 '서상묵 배경화면'이라는 별명이 붙을 정도로 충성을 다하고 있었다. 이런 상황에서 서상묵이 목이 잘리거나 이사장의 눈 밖에 나게 된다면, 그 역시 무사할 수 없었다. 그렇다고 서상묵을 대신해서 칼을 맞을 수도 없는 노릇이었다. 자신도 살고 서상묵도 살릴 수 있는 방법을 찾아야 했다.

　창밖은 완전히 밝아져 있었다. 답답한 마음에 창문을 열었더니 후덥지근한 바람이 축축한 습기를 머금고 방 안으로 스며들었다.

　'환자를 진찰하되 치료하지 말라?'

　김영종은 씁쓸하게 웃었다. 왜 그런 일을 해야 하는지도 모른 채 서상묵의 지시에 따를 수밖에 없는 자신이 초라하게 느껴졌다. 서상묵의 지시를 어길 배짱도 없는데 고민하는 것도 웃기는 일이었다. 상황이 곧 진실이라는 결정을 내렸다. 그 이외에 다른 건 생각하지 말자고. 그것이 지금 그가 살아남을 수 있는 유일한 방법이었다.

　VIP 병실에서 만난 박마리는 찢기고 터진 몰골이었지만 아름다웠다. 이사장의 작은딸도 병원 전체가 수군거릴 정도로 미인이었는데 느낌은 서로 달랐다. 작은딸이 모델처럼 늘씬한 몸매에 귀족적인 느낌을 풍기는 이미지라면, 마리는 보호해 주고 싶고 지켜 주고 싶은 느낌을 불러일으켰다.

　김영종은 그녀의 눈동자에 시선을 멈췄다. 영혼을 빨아들일 것 같은 깊은 눈동자는 지독하게 뭔가를 갈구하는 것 같으면서도 지겹도록 무심해 보였고, 쾌락과 퇴폐의 냄새가 느껴지면서도 손끝 하나 건드려서는 안 될 것 같은 성스러움으로 빛나고 있었다. 차가운 불, 소리 없는 천둥, 불타오르는 물처럼 조합이 될 수 없는 것들을 모아 놓은 신비로움이 그녀를 감싸고 있었다. 기쁨과 슬픔을 한곳에 버무려 놓고, 세상에서 가장 밝은 것과 가장 어두운 것을 혼합해 놓은 것 같았다. 생과 사를 경험했기에 영적으로 초월한 분위기가 느껴지는 것인지도 몰랐다.

"저는 신경정신과 과장 김영종이에요. 박마리 씨의 뇌는 이상이 없는데 기억에 문제가 생긴 거라면, 마음에 문제가 생긴 게 아닐까 싶어서요."

"선생님은 제가 미쳤다고 생각하세요?"

그녀는 이사장과 박마령과는 다른 종족이었다. 그들은 만인이 미쳤다고 손가락질해도 절대 제 입으로 저런 말을 할 사람들이 아니었으니까. 그들과 달리 마리는 지독하게 솔직하고 단순하달까? 죽은 전 이사장 박우택을 닮은 모양이었다.

"마리 씨 생각에는 어떤 것 같아요? 자신이 미친 것 같아요?"

"저는 의사가 아니에요. 정상인지 아닌지는 선생님이 판단해 주셔야죠."

"묻는 말에 대답해 주시면 판단도 하고 치료도 할게요."

시선을 살짝 내리면서 마리는 양팔로 몸통을 끌어안았다. 방어하기 위한 자연스러운 반응이었다. 하지만 마주친 시선에는 거부감이 가득했다. 그 이유가 뭘까? 김영종은 정신과 의사로서 순수한 호기심을 느꼈다.

"잠은 잘 자고 있어요?"

"…."

"잠들기 힘든 모양이군요."

그가 차트를 작성하려고 하자, 마리가 말리려는 듯 소리쳤다.

"수면제는 싫어요!"

"기록하는 것뿐이에요."

해치지 않아요, 라는 뜻으로 김영종은 자애롭게 웃어 보였다. 그 모습에 조금은 경계심이 풀렸는지 마리가 입을 열었다.

"사고 이전에 저는 집안의 골칫덩이였어요. 그때는 확실히 제정신이 아니었죠."

"…."

"제가 저지른 일들을 수습하면서 엄마는 최선을 다해 숨겼어요. 몇몇 사람들은 제가 일으킨 문제를 눈치챘지만 모른 척해야 했어요. 선생님이 어디까지 알고 싶은지 모르겠지만, 저는 모든 걸 다 말해 드릴 수는 없어요."

"환자와 나눈 대화는 절대 다른 사람에게 말하지 않아요."

그 말을 믿을 정도로 순진하지 않다는 듯 마리는 어깨를 으쓱해 보였다.

"엄마와 동생한테는 말할 거잖아요."

"가족들도 알아서는 안 되는 일이 있나요?"

"엄마와 동생이 저 때문에 걱정하는 건 싫어요."

"그런 걱정이라면 안 해도 좋아요. 저는 마리 씨에 대한 개인적인 이야기는 아무한테도 하지 않을 겁니다."

"선생님을 어떻게 믿죠?"

믿을 수 없다는 게 아니라, 믿을 수 있도록 확신을 달라는 말로 들렸다. 거래를 원하고 있으니 먹음직스러운 미끼를 던져야 했다.

"저는 아내를 사랑해서 결혼한 게 아니에요. 공부하려면 돈이 필요했는데 아내의 집안은 경제력이 있었죠."

"그 정도로는 너무 약해요."

"절대 그렇지 않아요. 아무한테도 말하지 않은 비밀인 데다가 죽을 때까지 들켜서는 안 돼요. 아내가 가만히 있지 않을 거예요."

김영종의 말에 마리는 조금 웃어 보였지만 말려들지는 않았다.

더욱 직접적인 약점을 원하는 게 분명했다.

"서운대병원에서 잘리면 제약회사에서 받은 리베이트를 폭로하려고 모아 놓은 자료가 있어요. 이 사실을 알게 되면 병원장님이 킬러를 붙여서 저를 죽이려고 할 겁니다."

마리가 "킬러?"하고 조금 웃어 보였다.

"좋아요. 선생님을 믿겠어요."

"아까 물어봤는데 대답을 안 해서 다시 물을게요. 잠은 잘 자고 있어요?"

"사실 그게 제일 큰 문제예요."

"잠이 안 와요? 물론 수면제부터 처방하지는 않을게요."

"잠이 드는 게 무서워요. 계속해서 같은 악몽을 꾸는 것 같은데 깨어 보면 하나도 기억나지 않아요. 낯선 사람만 봐도 위가 뒤틀릴 정도로 겁이 나요. 그리고 제 몸에는…."

시선을 피한 마리의 옆얼굴은 수치스러움과 고통스러움이 뒤섞여 있었다.

"끔찍한 흉터들이 나 있어요. 어떤 것은 칼에 찔린 자국이 확실해요. 평생 수영복을 입거나 스파에 가는 건 포기해야 할 정도예요."

"무슨 사고를 당했는지 이사장님께서 말씀해 주지 않던가요?"

"엄마는 제가 알면 더 힘들 거라고, 차라리 모르는 게 낫다고만 해요. 마령이도 그렇고."

"…."

"이만큼 많이 다쳤는데 아무것도 기억나지 않아요. 이런 게 의학적으로 가능한 일인가요?"

임상적으로 많은 사례가 있었다. 그러니 서둘러 치료를 받아야 했다. 서상묵의 지시만 없었더라면 김영종은 반드시 그런 수순을 밟았을 것이다.
 "모든 일에는 이유가 있어요. 지금은 몸부터 회복하는 게 먼저니, 일부러 기억을 떠올리려고 애쓰지 말아요. 어쨌든 살아났잖아요."
 "어쨌든 살아났다, 라는 그 사실이 안심되지 않아요. 누군가 저를 찾아와서 죽일 것만 같아요."
 마리는 말하는 것만으로도 끔찍한지 진저리를 쳤다. 그녀의 기억은 잊고 있었지만, 그녀의 몸은 사고 당시의 참혹했던 순간을 기억하고 있는지도 몰랐다.
 "시간이 지나면 좋아질 거예요. 가장 최근에 있었던 일 중에서 마지막으로 기억나는 걸 말해 주겠어요?"
 마리는 어떤 게 마지막 기억인지 떠올리려고 애쓰는 듯 미간을 모은 채 생각에 잠겼다. 그 사이 김영종은 그녀를 관찰했다.
 '박우택보다는 이사장을 많이 닮았는데….'
 여린 듯 보이지만 결코 만만히 봐서는 안 되는 상대랄까? 그는 더욱 궁금해졌다. 왜 서상묵은 기억을 잃은 사람을 치료하려고 애쓰지 말라고 했을까? 뇌사 판정을 받은 박마리가 살아났다. 그러니 뇌에 문제가 생겨 기억을 잃은 게 아니라는 사실을 밝혀내야, 서상묵이 기를 펼 수 있는 상황이었다.
 "참나무를 들여왔는데 옹이가 너무 많아서 화가 났어요. 재료상에 전화를 걸어서 화를 내고 난 후에 깨어 보니 병원이었어요."
 다른 생각에 빠져 있던 김영종이 물었다.
 "참나무?"
 "조각을 전공했어요. 제가 미대 나온 여자거든요."

마리는 하얀 손을 얼굴 앞으로 들어 올렸다. 예쁘고 가녀린 손에 오래된 상처들이 옅게 남아 있었다.

"여기는 조각칼에 베인 곳이고, 여기는 향나무에 찢긴 상처예요. 장갑을 안 꼈으면 손가락이 날아갈 뻔했죠."

"예술을 하시는 분이셨군요. 좋아하는 일을 하면서 사는 건 행복한 일이죠."

마리는 딱히 그렇지도 않다는 듯 씁쓸하게 웃고 나서 김영종을 바라보았다.

"선생님은 꿈이 있으신가요?"

생각지도 못한 질문을 받자 당황스러웠다. 그는 신경정신과 전문의가 되는 것만 생각하며 살았고, 목표를 달성한 후에는 더 좋은 조건에서 인정받기 위해 발버둥쳤다. 꿈과는 거리가 먼 삶을 살고 있다는 허점을 찔렸지만, 환자에게 들키면 곤란했다.

김영종은 당황스러움을 감추고 질문을 되돌려주었다.

"마리 씨는 꿈이 없어서 속상해요?"

"전에는 왜 존재해야 하는지 몰랐어요. 겉돌고 있었거든요. 몸은 쓰러질 것처럼 너무 피곤한데, 집 열쇠를 잃어버려서 잠긴 문 앞에 서 있는 기분 같았어요. 가족 중에 누군가 돌아오기를 기다려야 하는 막막한 심정이요. 이해되세요?"

"물론이에요. 그런 상황에서 배가 고프거나 화장실에 가고 싶으면 화가 나기도 하죠."

공감을 해 주었더니 그녀의 얼굴이 슬픔으로 일그러졌다.

"저는 화가 나기보다는 울고 싶은 심정이었어요. 불행했죠."

마리는 '불행'이라는 단어를 쓰면서 김영종의 눈치를 살폈다. 다른 사람들에게 보여 줘야 하는 삶을 살아가는 상류층은 완벽한 삶을 연기하며 살아간다. 그러다 보니 이중적인 삶을 살게 되고 정신적으로 피폐해진다. 서운재단의 장녀로 살아온 그녀 역시 스트레스가 많았을 것이다.

김영종은 고개를 끄덕여 보이며 말했다.

"왜 불행한지 그 이유를 아는 건 아주 중요한 거예요. 아무 이유 없이 막연히 불행한 게 문제인 거죠."

마리는 경계를 푼 눈으로 조심스럽게 말했다.

"그럼 저는 덜 불행한 거네요. 제가 불행했던 이유를 이제 알게 됐으니까요. 해답도 찾았어요. 열쇠를 가방 속에서 찾아냈거든요."

"이제 그 열쇠로 무엇을 할 거죠?"

"문을 열고 집 안으로 들어갈 거예요. 그리고 따뜻한 거실에서 엄마와 동생을 기다릴 거예요."

마리는 상상하는 것만으로도 행복한지 슬픈 표정을 지우고 희미하게 웃었다.

"퇴원해서 집으로 돌아가면 엄마의 바람대로 서운의 후계자답게 살고 싶어요."

"대화를 나누면서 느낀 건데, 마리 씨는 긍정적인 사람이에요. 힘든 일을 겪었지만 잘 이겨 낼 수 있을 거예요."

개소리를 더는 지껄일 수 없어 김영종은 상담을 끝내기로 했다.

"잃어버린 기억이 떠오르거나 궁금한 게 있으면 언제든지 저를 불러도 좋아요."

그가 자리에서 일어나자 마리가 물었다.

"선생님, 아직 대답 안 하셨어요. 꿈이 있냐고 질문했잖아요."

"좋은 의사가 되고 싶어요."

그는 마음속으로 '앞으로는'이라고 덧붙였다.

"선생님의 꿈도 꼭 이뤄지기를 바라요."

김영종은 병실을 나오면서 뒤통수가 당기는 것 같아 힘주어 문을 닫았다.

병실 밖 응접실에는 이사장과 서상묵이 가죽 소파에 앉아 있었다. 분위기는 무거웠고 팽팽한 긴장감이 감돌았다.

"제 딸의 상태는 어떤가요?"

이사장이 물었다.

"심인성 기억 상실증입니다."

김영종은 마리와 약속한 대로 개인적인 이야기를 빼고 객관적인 환자 상태에 대해 말했다.

"따님께서 끔찍한 사고를 당했다고 들었습니다. 그것을 기억하는 게 너무 괴로운 나머지, 고통스러운 기억만 선택적으로 지워 버린 겁니다. 생존을 위해 선택한 거라고 생각하시면 될 것 같습니다."

"마리는 사고 당시의 기억뿐만이 아니라 여러 가지로 기억의 혼선을 겪고 있어요."

이사장은 몹시 초조해 보였다. 딸의 정신 건강을 걱정하는 걸까, 아니면 혼란에 빠진 딸을 감당해야 하는 게 짜증이 나는 걸까?

"그것 역시 자기방어에 의한 거라고 보시면 될 것 같습니다."

"몸이 회복되면 기억도 다시 떠오르나요?"

옆에 앉은 서상묵이 작게 안도의 숨을 내쉬는 소리가 들렸다. 자신에게 넘어왔던 공이 네트를 넘어 김영종에게 넘어간 걸 확인했기 때문이리라. 확실한 제물이 되어 버렸으니, 김영종은 알아서 살길을 찾아야 했다.

"그건 저도 뭐라고 답할 수가 없습니다."

"이런 경우 기억을 떠올릴 수 있는 확률이라도 말해 봐요."

이사장이 다그치듯 말했다.

"뇌에 관한 연구는 계속되고 있지만, 현재까지는 바닷가에서 망망대해를 바라보고 서 있는 단계 정도밖에는 와 있지 못합니다. 아직 배도 띄우지 못했어요. 그러니 저 바다에 뭐가 있고, 얼마나 가야 끝이 있는지도 모릅니다. 환자의 경우 뇌사 상태에서 다시 살아났다는 이야기를 들었습니다."

서상묵은 공이 네트를 넘어 다시 자신에게 돌아오는 건가 싶어 바짝 긴장했는지, 김영종을 쏘아보았다. 만에 하나 그러기만 하면 이 자리에서 어떻게든 그를 무너뜨리겠다는 듯 날카로운 눈빛이었다. 어쩔 수 없이 김영종은 공을 마리에게 넘겼다.

"임상적으로 보기 드문 상황이라서 뭐라고 단언할 수 없지만, 무엇보다 환자의 의지가 중요합니다."

"환자의 의지가 강하면 기억을 떠올릴 수 있다는 건가요? 내가 궁금한 건 마리의 기억이 완전히 지워진 건지, 아니면 일시적인 건지 그거라고요!!!"

무슨 이유 때문인지 몰라도 이사장은 마리가 사고 당시의 기억을 떠올리는 걸 원치 않는 느낌이었다. 이제야 왜 치료하지 말라는 건지 이해가 되었다. 이사장은 자기 딸이 관련된 살인사건을 조용히 묻어 버리고 싶은 것이었다.

"누군가 저를 찾아와서 죽일 것만 같아요."

김영종은 마리가 했던 말을 떠올렸다. 아마도 그녀가 살인자의 얼굴을 보았을 가능성이 컸다. 그렇다면 빨리 기억을 떠올리게 해서 살인자를 잡아야 했다. 반대의 상황을 원하는 이유는 하나뿐이었다. 이사장은 살인자가 누구인지 안다는 것!

섬뜩한 느낌에 김영종은 영혼 없이 지껄이기 시작했다.

"심인성 기억 상실증의 경우, 환자마다 다른 패턴을 보여서 정의를 내리기가 쉽지 않습니다. 어떤 환자는 평생 기억을 떠올리지 못하기도 합니다. 중요한 건 환자의 상태를 제대로 인지하는 것입니다. 환자는 기억의 일부를 전부라고 믿게 되면서 가족과 갈등을 겪기도 합니다. 서로 다르게 기억하는 부분 때문에 불화를 겪는 것이죠. 환자와 보호자의 소통이 제일 좋은 치료입니다."

서상묵은 흡족한 얼굴로 김영종을 바라보았다. 이제 마리의 상태는 그녀 자신과 가족의 몫이었다.

병실을 나오자마자 서상묵은 김영종의 어깨를 툭툭 쳤다.

"수고했네. 자네가 유능한 건 알고 있지만 오늘은 정말 잘했어."

"과찬이십니다."

"나한테만 솔직하게 말해 봐. 박마리가 언제쯤 기억을 떠올리게 될 것 같아?"

"이사장님께 말씀드린 것과 다르지 않습니다."

"영원히 기억이 떠오르지 않았으면 좋겠군."

서상묵 역시 그녀의 봉인된 기억과 관련해 뭔가를 알고 있다는 건가? 하긴, 정치적인 그가 마리를 치료하지 말라고 나설 정도였으니…. 김영종은 의사로서 도리를 외면했을 뿐만 아니라 호기심마저 억눌렀다. 비밀을 안다는 건 그만큼 떠안아야 하는 책임과 위험이 크다는 거니까. 두 사람은 서로를 어색하게 바라보다가 반대 방향으로 걸어갔다. 다음번에는 누가 공을 받아쳐야 할지 궁금해하면서.

∽∽∽

마리가 잃어버린 건 기억뿐만이 아니었다. 고등학교 때부터 친하게 지냈던 친구 윤주는 전화를 받지 않았고, 미희의 휴대폰에서는 없는 번호라는 메시지가 나왔다. 윤주에게 카카오톡 메시지를 보냈지만 확인조차 하지 않은 상태였다. 남자가 생기면 연락이 끊겨 버리는 윤주야 그렇다 쳐도, 친구관계에서 성실한 미희까지 연락이 끊긴 건 이해할 수 없었다.

성우 말고 다른 친구가 병원으로 찾아온 적은 없냐고 간호사에게 물었다. 간호사는 모른다고 대답하고 나서 충성스럽게 엄마에게 고해바쳤다. 곧바로 병실로 달려온 엄마는 몹시 언짢아했다.

"성우를 포함해서 전에 어울리던 사람들하고 다시 만나지 않았으면 좋겠어. 그런 격 떨어지는 애들 때문에 네가 더러운 구설에 오를 때마다, 내가 뒤치다꺼리하느라 얼마나 힘들었는지 알아? 그것도 기억 안 난다고 할래?"

"정리할 생각이었어. 그렇지만 둘 다 연락이 안 되니까 나처럼 사고를 당한 건 아닌지 궁금했던 거야."

"그 애들이 짜고서 네 연락을 따돌리는 거야. 그 애들이 널 배신하고 버린 거라고. 제발 그만 이용당해, 제발."

"혹시 내가 그 애들이랑 싸운 거야? 혹시 나처럼 그 애들이 다치기라도 한 거야?"

"그 애들이 널 이렇게 만들었어. 다 그년들 때문이라고."
거친 욕설을 내뱉고 나서 엄마는 강조하듯 재차 말했다.
"절대 그 애들하고 연락할 생각도 하지 마. 알았어?"
"… 알았어."
성우에게서 몇 번 더 전화가 걸려 왔지만, 마리는 받지 않았다. 그는 일방적인 이별에 화가 났는지 문자를 남겼다.
"실수하고 있는 거야. 후회하게 될 거야."
성우는 마리에 대해 모르는 게 없는 데다가 지나치게 똑똑했다. IQ 160이 넘는 두뇌로 마음먹는다면, 마리는 충분히 괴로울 수밖에 없었다. 일방적으로 연락을 끊는 방법이 아닌, 적어도 얼굴을 보고 '이제 그만 헤어져.'라는 말이라도 하고 끝내야 했다. 그렇다고 이제 와 그에게 이해를 구할 수도 없었다. 이미 상처를 받은 성우를 만나 이별 수순을 밟는다고 해서 상황을 되돌릴 수 있을 것 같지 않았다.

몸은 빠르게 회복되었다. 혼자 일어나 앉을 수 있었고 부축을 받으면 걸을 수도 있었다. 퇴원해도 좋다는 결정이 내려졌다. 마리의 마지막 기억은 여름이었는데, 거리에는 가을이 찾아와 있었다. 병원 생활을 끝내고 집으로 돌아가는 게 설렜던 것도 잠깐. 차가 대문을 지나 마당에 들어서는데 반려견 슈가 보이지 않았다. 순종 골든 리트리버 슈는, 마리의 벤츠가 골목을 올라오는 소리만 들어도 매끈한 몸을 공중으로 튕겨 오르며 컹컹 짖어 대고는 했다.
"엄마! 슈는 어디 있어?"
엄마는 황당한 표정을 지어 보였다.
"네가 좋은 곳으로 데려다준다고 차에 태워 갔잖아."

"어디로 데려다준다고 말 안 했어?"

"네가 언제 엄마가 물으면 친절하게 대답한 적 있어? 슈를 어디에 보낸 것도 기억 안 나는 거니?"

슈를 줘 버린 일도, 누구에게 줘 버렸는지도 전혀 기억나지 않았다. 게다가 '기억 안 나는 거니?'라는 엄마의 말이 더 절망스러웠다. 마리가 기억해 내지 못한다면 슈가 어디 있는지 알아낼 방법이 없다는 뜻이었다. 젖을 막 뗀 강아지 때부터 10년을 키웠던 터라, 그녀에게는 가족 같은 개였다.

슈는 가죽이라면 그냥 지나치지 못해서 마리가 아끼는 신발이나 가방을 물어뜯는 말썽을 부렸다. 혼내 주기 위해 슈의 주둥이를 잡고 정말로 멀리 보내 버릴 거야, 라고 화를 낸 적이 있었다. 슈가 또다시 말썽을 부려서 믿을 만한 사람에게 잠깐 데리고 있어 달라고 보냈을 수도 있었다.

마리가 그런 부탁을 할 수 있는 사람은 윤주와 미희 둘뿐이었다. 친구들과 연락이 끊겨 버렸으니 알아낼 방법이 없었다. 기억을 잃은 게 아니라 다른 세상에 던져진 기분이었다. 여태 살아왔던 인생을 잘게 쪼개서 퍼즐로 만든 후, 누군가 퍼즐판을 확 뒤집어 버린 것처럼 혼란스러웠다.

"슈는 잘 있을 거야. 네가 어디에 보냈는지 엄마가 찾아볼게. 그동안은 너한테 정신을 쏟느라고 신경 쓰지 못했어."

엄마가 마리를 부축해 현관으로 걸어갔다. 산에서 불어오는 바람이 집을 훑고 언덕 아래로 내려갔다. 해가 구름에 가려지면서 아차산과 집이 검은 그림자에 잠겼다. 와서는 안 되는 공간에 온 것처럼 몸 안에서 두려운 경고가 울렸다.

(도망쳐. 어서.)

귀 안쪽에서 들려오는 소리였다.

(살려면 도망쳐. 살고 싶어 했잖아.)

병실에서 심장이 멎었을 때처럼, 고막 안쪽에서 울리는 소리에 마리는 양손으로 귀를 막았다.

"그만…. 그만해."

괴로워하는 마리를 엄마가 두려운 표정으로 바라보았다.

"마리야, 왜 그래?"

엄마의 손이 닿자마자 소리는 사라졌다.

"엄마…."

"머리가 아파?"

그렇게 오고 싶었던 집 앞에서 내게 관심을 가져 주는 엄마가 옆에 있는데 어째서 이렇게 불안한 걸까?

"내가 사고를 당한 곳이 집이야?"

"아니."

왜 그런 걸 묻냐는 듯 엄마가 눈을 깜빡였다. 설명할 수 없는 일이라서 마리는 고개를 저었다. 엄마에게 사실대로 털어놓으면 결국 걱정만 시킬 게 분명했다.

"피곤했나 봐."

"감기 걸리면 안 되니까 어서 들어가자."

엄마는 2층에 있는 마리의 방 대신 게스트룸으로 그녀를 데려갔다. 2층을 오르내리는 게 아직은 무리라는 이유였다.

"욕실도 네 방에 있는 것보다 두 배는 커. 제일 중요한 건 엄마 방하고 가깝다는 거야. 아직은 회복이 덜 되었으니까 밤에 아플 수도 있고 악몽을 꿀 수도 있잖아. 엄마가 항상 옆에 있다고 생각하면 안심이 될 것 같아서."

흰색으로 꾸며진 방은 한 번도 본 적 없는 새로운 물건들로 채워져 있었다.

"내가 쓰던 물건은 다 어쩌고 새 걸 장만한 거야?"

"너를 위해서 전부 새로 준비한 거야. 마음에 안 들어?"

"나는 집으로 돌아오고 싶었어. 호텔 방이 아니라."

"새로운 기분으로 출발하자는 의미였어. 엄마를 이해 못하겠니?"

엄마의 목소리는 연극 무대에 선 배우처럼 과장되어 있었다.

'왜 이렇게 어색한 연기를 하는 거야?'

마리는 속으로 물었다. 처음 의식을 차렸을 때도 엄마는 어떻게 해야 좋을지 모르는 사람처럼 안절부절못했다. 아무리 화가 나 있더라도 다시 살아난 딸을 대하는 엄마의 태도라고 할 수 없었다. 병실에 24시간 교대로 근무하는 간호사가 있는데도 엄마와 마령은 번갈아 가며 마리 곁을 떠나지 않았다. 세심하게 간호해 준 게 아니라, 지나칠 정도로 옆에 붙어 있었다는 걸 뒤늦게 깨달았다.

"머리가 아파."

"어서 옷 갈아입고 쉬자."

옷장에서 흰색 잠옷을 꺼내는 엄마를 물끄러미 바라보며, 마리는 끝내 묻고야 말았다.

"엄마는 뭐가 그렇게 불안해?"

"네가 집에 오자마자 모든 게 불만인 얼굴을 하고 있으니까 그렇지. 엄마는 널 위해 최선을 다하고 있어. 네 눈에는 그게 안 보이는 거야? 뭐가 문제야? 가구가 마음에 안 들어? 아니면 집으로 돌아온 게 마음에 안 들어?"

"하나만 대답해 줘. 내가 살아난 게 기쁘기는 해?"

'아니.'라는 대답이 나오면 죽어야 하는 걸까? 그런 생각을 하고 있는데 엄마가 서운한 표정으로 울먹였다.

"당연한 말을 왜 하는 거야."

"모든 게 혼란스러워."

"나쁜 일들은 다 지나갔어. 앞으로는 좋은 일만 있을 거야. 엄마를 믿어."

엄마가 나가고 나서 마리는 창가로 갔다. 그녀가 지내던 2층 방에서는 마을 전경과 한강까지 내려다보였는데, 게스트룸에서는 아차산으로 이어지는 숲이 보였다. 한낮인데도 나무가 빽빽한 숲은 을씨년스러웠다. 바람이 우르르 창을 흔들었다. 창문이 닫혀 있었는데도 이끼 냄새 같은 숲 냄새가 비릿하게 맡아졌다. 누군가 숲의 그늘진 곳에 숨어서 그녀를 노려보고 있는 것 같아 소름이 돋고 등줄기가 서늘해졌다.

마리는 창가에서 물러나면서 생각했다. 뭔가 잘못되어도 대단히 잘못되었다고. 가슴과 복부에 어지럽게 나 있는 상처들은 교통사고로 생긴 상처가 아니었다. 그런데도 자동차 불빛이나 눈앞에서 터지는 불꽃만 보아도 공포에 질렸다. 발작처럼 찾아온 공포는 마리의 숨통을 끊어 놓을 듯 강렬했다.

마리는 침대에 누웠다. 엄마가 방을 나가기 전에 먹인 약기운이 도는 모양이었다. 벽과 천장이 빙글빙글 돌았다. 윙 소리를 내며 빠르게 공기를 가르는 뭔가가 그녀에게 달려들었다. 등과 허리에 불이 일었다. 뜨겁게 달군 쇠가 살을 지졌다. 짐승의 눈처럼 붉은 두 개의 불이 달려들었다. 그녀는 비명을 지르려고 했지만 입 밖으로 소리가 나오지 않았다.

"마리야."

그때 차갑고 축축한 목소리가 들렸다.

"살려줘."

목소리의 주인은 생명이 꺼져 가면서 필사적으로 애원했다.

"마리야, 살려줘."

마리는 팔다리를 휘저으며 눈을 떴다.

사고 이후 처음으로 꿈을 기억했지만 전혀 반갑지 않았다. 창밖은 어두워져 있었다. 마리는 덜덜 떨리는 몸을 두 팔로 감싸 안았다.

'이러다 정말 미치는 거 아닐까?'

김영종 교수는 시간이 지나면 좋아질 거라고 했지만 전혀 그렇지 않았다. 점점 커지는 공포 속에서 마리는 무엇을 두려워해야 하는지조차 몰랐다. 집에만 돌아가면 기억을 되찾을 수 있을 거라는 생각으로 버텼다. 막상 집에 와 보니 슈는 사라졌고, 집은 낯설었고, 엄마는 예민하게 굴었다.

거실은 어둠에 휩싸여 있었고 계단 위는 동굴 입구처럼 컴컴했다. 마리는 자신의 방으로 가기 위해 계단을 기어오르기 시작했다. 중간에서 몇 번이고 멈춰 서 이마에 맺힌 식은땀을 닦았다. 창문을 모두 닫지 않았는지 계단 위쪽에서 바람 소리가 사납게 들렸다. 뒤통수를 잡아당기는 것 같은 공포와, 눈앞에서 뭔가 와락 달려들 것 같은 알 수 없는 두려움을 참고 겨우 2층에 도착했다.

마령의 방문 밑으로 새어 나오는 희미한 불빛에 의지해 마리는 자신이 쓰던 방 앞에 섰다. 과거에 쓰던 물건을 보면 뭔가 기억나는 게 있을지도 몰랐다. 문을 열고 안으로 들어간 그녀는 얼음처럼 굳었고 와장창 부서져 내렸다. 물건이 모두 치워진 텅 빈 방 안에는 그녀의 흔적이 아무것도 남아 있지 않았다. 커튼조차 걸려 있지 않은 창문은 꽉 닫히지 않아 짐승의 울음소리 같은 바람 소리를 냈다.

마리는 충격으로 얼떨떨하던 감정이 가라앉으면서 고통스러운 의문으로 무너졌다.

'엄마는 내가 깨어나지 않고 죽을 거라고 생각했던 걸까? 아니면 죽기를 바랐던 걸까?'

아닐 거야, 하고 고개를 저었지만 그럴수록 강한 확신이 들었다. 꾹 다물고 있던 입술에서 울음이 터져 나왔다. 마리는 살아난 걸 처음으로 후회했다. 모든 게 잘못되었다. 그것도 아주 많이.

∞∞∞

마령은 무엇을 하든지 완벽하게 해냈다. 부모의 기대는 점점 높아졌고 사람들은 존경을 담은 시선으로 그녀를 대했다. 마령은 무대 중앙에서 스포트라이트를 받는 주인공이었다.

반면에 언니는 스포트라이트 따위에는 관심이 없는 호기심 많고 자유분방한 아이였다. 기분이 좋으면 춤을 추었고, 마루를 쿵쿵대며 뛰어다녔다.

엄마는 그런 언니를 바꾸려 했고, 아버지가 집에 없는 날이면 언니를 가혹하게 훈육했다. 만약 마령이 같은 처지였다면 다시는 엄마와 상대도 하지 않았을 것이다. 그러나 언니는 달랐다. 훈육이 가혹할수록 엄마에게 버려질까 봐 두려워하면서 사랑받기를 갈구했다.

사춘기가 되자 언니는 엄마의 관심을 끌기 위해 자신의 인생을 파괴하기 시작했다. 엄마는 언니를 바꾸려는 시도를 멈추지 않았다. 훈육과 일탈, 더 강한 훈육과 더 강한 일탈은 점점 강도가 높아지는 우상향 그래프였다. 마령에게 두 사람의 대치 상황을 지켜보는 건 고통스러웠다.

언니가 자기 파괴를 계속하면서 살았거나, 엄마와 갈등하다가 결국 인연을 끊었다면 차라리 동정심을 가졌을 수도 있었다. 잘난 동생에게 비교당하고 사는 열등한 언니, 엄마에게 가혹한 훈육을 당하는 언니, 자기 인생을 파괴하면서 분풀이하는 언니, 힘내! 하면서.

어느 순간부터 언니의 분풀이 대상이 바뀌었다. 마령이 아끼거나 소중하게 생각하는 물건들이 사라지기 시작했다. 아무리 찾아도 찾을 수 없던 물건들이 소파 밑에서, 창고 깊숙한 곳에서, 다락방에서 찢긴 채로, 불에 태워진 채로, 깨진 채로 발견되었다. 마령과 통화하기 위해 집으로 걸려 오는 전화나 마령에게 배달되어야 할 택배는 전해지지 않았다.

언니는 싸움을 걸어 오고 있었다. 마령은 언니와 머리채를 잡고 뒹굴며 동급으로 전락할 수는 없어서 무조건 언니를 피했다. 어쩌다 둘만 집에 있게 되면 반드시 방문을 걸어 잠갔다. 언니와의 사이는 점점 더 멀어졌고, 어느덧 남보다 더 서먹한 사이가 되어 버렸다.

언니는 마령과 눈을 마주친 적이 없었다. 언제나 훔쳐보는 것 같은 시선으로 관심 없는 척하면서 슬쩍슬쩍 곁눈질했다. 그럴 때마다 마령은 불쾌한 무엇이 피부에 닿는 것 같았다. 의식을 되찾은 언니가 그녀와 눈을 마주치며 미소 지었을 때는 얼떨떨하기까지 했다.

언니는 기억을 잃은 것뿐만 아니라 확실히 달라져 있었다. 너 때문에 패배자가 되었어, 너 때문에 사랑을 모두 빼앗겼어, 하는 따위의 원망 같은 건 찾아볼 수 없었다. 언니의 변한 태도는 엄마에게 감동을 주었다. 엄마는 잃어버린 딸을 되찾기라도 한 것처럼 한껏 들떠서 말했다.

"이건 기적이 아니라 축복이야. 마리가 영영 기억을 떠올리지 못한다면 얼마나 좋을까? 그렇게만 된다면 우리 셋이 함께 행복하게 살 수 있는데 말이야. 안 그러니?"

정말 그렇게만 된다면 모든 게 완벽해질 거라고 마령은 생각했다. 그녀가 추구하는 생존 방식은 완벽함이었다. 자신뿐만 아니라 가족 모두가 완벽하기를 원했다. 지금까지 이중적인 엄마와 사고뭉치 언니 때문에 완벽함이 상처받았지만, 언니가 사고 이전과는 정반대의 모습으로 변한다면 그 상처도 치유될 수 있을 것 같았다. 다만, 언니의 결심이 언제까지 유효할 것인가, 그걸 예측할 수 없다는 점이 목에 가시처럼 걸렸다.

엄마는 집으로 돌아온 언니가 1층 게스트룸에서 지내도록 했다. 불편한 몸으로 2층 방을 오르내리는 게 위험하다는 이유였지만, 사실은 다른 이유가 있었다. 그 사실을 언니가 알아채고 말았다.

문밖에서 흐느끼는 소리가 들려 나가 보니, 언니가 자신의 텅 빈 방 안에서 혼란과 충격으로 울고 있었다.

"엄마와 네가 다시 살아난 나를 대하는 태도가 이상하다고 생각했어. 무엇을 숨기고 있는 걸까, 불안하고 두려웠어."

"그 대답을 알게 된 거야?"

마령이 싸늘하게 묻자 언니가 뒷걸음질쳤다.

"내가 살아난 게 싫은 거잖아."

"……."

"대답하지 않는 걸 보니 사실인 모양이네. 그래서 내가 쓰던 물건을 전부 버린 거야?"

누가 감정적이고 충동적인 사람이 아니랄까 봐, 언니는 서운함 따위에 휘둘려 눈물을 줄줄 흘렸다. 그렇다면 언니가 알아듣게 감정적인 말로 설득해야 했다.

"엄마는 사고 이전에 쓰던 물건들이 불길하다고 버린 거야."

"불길해?"

"안 좋은 사고를 당했잖아. 그리고 엄마는 언니가 새로운 인생을 시작하겠다는 말에 방도 다시 꾸민다고 했어. 그게 불만이라면 너무 예민한 거 아냐?"

"기억을 되찾고 싶었어. 예전에 쓰던 물건들을 보면 뭐가 떠오를지도 모른다고."

그래서 버린 거라는 생각은 못 하는 모양이었다.

"슈도 내가 데려간 게 아니지?"

그래.

"윤주와 미희는 어떻게 된 거야? 설마 죽은 건 아니지?"

아니, 죽었어.

마령은 모든 진실을 숨긴 채 언니를 다독거렸다.

"아직 환자인 거 잊었어? 빨리 회복하는 일에만 신경 써."

다급한 마음에 언니를 안아 주고 나서 마령은 당황했다. 기억의 범위 안에서 언니와 포옹한 적은 단 한 번도 없었다. 언니도 어색했는지 어깨를 움찔하며 몸을 움츠렸다. 언니의 등을 잡아당긴 손을 거두려고 하는데 언니가 품 안으로 파고들었다.

"불안해서 미칠 것만 같아. 누군가 나를 죽이려고 올 것 같아."

"그런 일은 없어."

"꿈을 꾸고 있는 게 아닌데도 수시로 목이 졸리고 숨이 멎을 것처럼 두려워. 간신히 잠이 들면 악몽을 꿔."

"어떤 꿈을 꾸는데?"

"설명할 수 없는 꿈이야. 매번 살려 달라고 고함치다가 잠에서 깨어나. 온몸은 땀에 젖어 있고, 근육이란 근육은 모두 딱딱하게 굳어 있어. 마령아, 제발 알고 있는 걸 말해 줘. 나한테 무슨 일이 있었던 거야?"

"지나간 일은 중요하지 않아."

"중요하지 않은데 왜 말해 주지 않는 거야? 대체 뭘 숨기고 있는 거야. 아무도 말해 주지 않으니까 더 미칠 것 같아."

마령은 언니의 응석을 무작정 받아 줄 만큼 인내심이 크지 않았다. 슬슬 짜증이 나기 시작해 더는 듣고 있을 수 없었다.

"엄마와 나를 못 믿겠어? 우리가 언니를 위해 애쓰는 게 안 보이냐고? 투정 좀 그만 부려!"

언니는 신경안정제를 먹고 나서야 간신히 잠이 들었다.

늦은 밤 이사장들 모임에 참석했던 엄마가 돌아왔다. 엄마가 내뿜는 호흡에서 달콤한 와인 향이 풍겼다. 마령은 언니가 자신의 물건들이 치워진 걸 알고 불안에 떨었다는 말을 전했다.

"좀 더 조심해야 했어요."

와인의 취기로 들떠 있던 엄마가 무겁게 가라앉았다.

"그 몸으로 2층까지 올라갈 줄은 상상도 못 했어."

"그만큼 절박한 거예요."

"나는 그 이상으로 절박해. 마리가 만약 기억을 떠올리게 되면-."

마령이 잘라 내듯 말했다.

"그런 일은 없을 거예요. 절대로."

마령의 확고하고 침착한 태도에 엄마는 안심한 듯 희미하게 웃었다. 마리가 깨어난 후 처음으로 마령도 미소를 지었다.

∽∽∽

홍천 살인사건의 생존자 박마리의 집은 광진구와 남양주시의 경계에 있었다. 워커힐 호텔을 지나 10분 정도 더 달리니, 내비게이션이 좌회전하라는 신호를 보냈다. 언뜻 보기에 시골 동네처럼 보이는 마을을 지나 아차산 기슭을 올라갔다. 경사진 언덕길 양옆으로 고급스럽게 지은 집들이 하나둘씩 나타났다.

미술관처럼 세련된 집, 한옥미가 풍기는 이층집, 스위스에서 볼 수 있는 목조 주택, 지중해풍으로 지은 대리석 주택 등 주인의 취향에 따라 아름답게 지어진 집에는 잔디가 깔려 있었고, 조각품이 전시되어 있거나 골프 연습을 할 수 있게 꾸며져 있었다.

"와! 이런 동네가 다 있었네요?"

수철이 얼떨떨해하자 천식이 피식 웃었다.

"여기가 풍수지리에서 명당 아니냐. 알 만한 부자들이 하나둘씩 모여들다 보니까 부촌이 되어 버린 거지. 청담동, 성북동 골목이 폭설로 빙판이 되어도 우리가 지나가는 이 길은 말이야, 눈이 쌓이지 않는다고."

"명당이라서요?"

"이런 바보. 그럴 리가 있겠냐? 얼지 말라고 콘크리트 아래에 열선이 지나가게 해서 눈이 오자마자 다 녹게 만든 거지. 그 정도로 여기는 관리가 잘되는 곳이란 이야기야. 밤에는 순찰차가 아까 우리가 좌회전한 곳에서 외부 차량을 감시하고 있단 말이지."

박마리의 집은 명당 중에서도 최고로, 아차산이 바로 뒤에 있고 멀리 한강이 내려다보이는 마을 끝자리에 있었다.

낮은 담장 너머로 대리석으로 지은 세련된 이층집이 들여다보였다. 거실로 보이는 전면에 통유리로 된 창이 설치되어 있었고, 그 외에도 군데군데 커다란 창들이 많았다. 유리에 특수 처리가 되어 있는지 내부는 보이지 않았다. 대문은 다양한 문양이 새겨진 철문이었다. 주인이 전망을 중요시해 집 안에서 마을을 내려다볼 수 있게 담장을 낮추고, 한강을 볼 수 있게 대문을 설계한 것처럼 보였다.

수철은 차에서 내려 대문을 향해 걸어갔다. 문 한쪽에 경비회사가 보안을 담당하고 있다는 내용의 현판이 붙어 있었다. 초인종을 누르고 기다렸지만 응답이 없었다. 아무리 둘러보아도 집 안에서 인기척이 느껴지지 않았다. 천식이 조수석에서 내리며 허허 웃었다.

"무슨 지랄을 해야 이렇게 부자로 살 수 있는 거지?"

"원래 부자였어요. 서운재단의 전신이 서운학당이었다는 거 모르세요? 이 집안 사람들은 조선 후기부터 대대손손 잘 먹고 잘 살았던 사람들이에요."

"잘 먹고 잘 사는 건 좋은데, 수사에 협조를 안 하는 건 영 글러 먹었단 말이지. 생존자가 회복될 때까지 무조건 기다려라 해 놓고, 말 한마디 없이 퇴원하는 게 말이 돼? 젠장, 경찰을 똥으로 보나."

진실을 감추려는 자들

박마리의 어머니 정혜선은 수사 방해에 가까울 정도로 비협조적이었다. 호흡기가 제거되어 죽었다던 박마리가 살아났는데도 건강상의 이유로 조사를 거부했다. 그녀가 충격을 받고 건강이 나빠지면 수사하는 데 어려움이 많아질 것이기에, 수철은 적극적으로 나서지 못했다. 대신 피해자 주변 인물들을 수소문해 나갔다.

살인사건을 수사할 때 첫 번째로 해야 할 일은 피해자에 대해 파악하는 것이었다. 피해자가 어떤 사람이었는지, 원한관계가 있었는지, 평소 뭘 좋아했고, 어떤 걸 싫어했는지 등을 알아야 살인범의 윤곽을 그려 낼 수 있었다.

홍천에서 불에 타 죽은 마윤주는 이혼한 부모에게서 독립해 혼자 살고 있었다. 차에 끌려다니다 죽은 정미희는 가족과 함께 17평 영구 임대 아파트에서 살고 있었다.

사치가 심하고 남자관계가 복잡했던 마윤주, 억척스러울 정도로 아르바이트를 하면서 정규직으로 취업하려고 발버둥쳤던 정미희, 그리고 준재벌 수준인 서운재단의 후계자 박마리. 이들 세 사람에게 공통점이라고는 없었다. 그럼에도 고등학교 때부터 친구였고 잦은 만남을 이어 가고 있었다.

무엇이 이 여자 세 명을 뭉치게 한 걸까? 수철은 그 부분에 물음표를 해 놓은 상태로 수사를 계속해 나갔다.

사건이 일어난 8월 10일, 백화점 골프용품 매장의 매니저였던 마윤주는 갑자기 휴가를 냈다. 여름 세일 기간에 매니저가 자리를 비우는 건 흔치 않은 일이라서 애초에 계획에 없던 일로 볼 수 있었다. 약국에서 아르바이트를 하던 정미희도 갑자기 집안에 일이 생겼다고 핑계를 댔다. 두 사람 모두 충동적인 동기가 생겨 여행을 떠난 것으로 볼 수밖에 없었다.

 펜션을 예약한 사람은 마윤주였고, 세 사람은 오후 6시쯤 사건이 일어난 펜션에 도착했다. 119 상황실에 구조 요청을 한 사람은 박마리였고, 때는 자정이 다 된 시각이었다. 수철은 6시부터 자정 사이에 펜션 인근을 지나간 것으로 확인된 모든 차량의 블랙박스를 뒤졌지만 별다른 소득이 없었다. 기를 쓰고 생존자 박마리를 만나야 하는 이유가 바로 그 때문이었다. 그녀가 사건을 해결할 수 있는 유일한 열쇠를 쥐고 있는 것이나 마찬가지였다.

 천식이 대문에서 조금 떨어진 곳에 보이는 건물을 턱으로 가리켰다. 담쟁이넝쿨이 덮여 있는 두 동의 건물은 방치된 지 꽤 오래된 듯 보였다. 창문은 먼지가 끼어 반투명 상태였고, 건물 주변의 잔디가 웃자라 을씨년스러웠다. 낮은 담장에 딸린 쪽문으로 외부에서 드나들게 되어 있는 구조인데, 마지막으로 나온 사람이 문 닫는 걸 깜빡 잊은 모양이었다.

 천식이 문을 잡아당기자 끼익하고 열렸다. 수철과 천식은 쪽문을 통해 마당으로 들어갔다.

 "창고로 쓰는 곳인가?"

 건물의 창문에 달린 덧문이 이음새 나사가 빠져 삐딱하게 붙어 있었다. 그 틈으로 안이 들여다보였는데 살림집으로 꾸며져 있었다.

 "사람이 살았던 흔적이 있는데요?"

 "일하는 사람이 살던 곳인 모양인데? 이런 저택을 주인이 직접 청소하지는 않을 테니까 말이야."

 천식은 뒤쪽에 있는 주택처럼 보이는 건물로 움직였고, 수철은 앞쪽에 있는 창고 모양의 건물로 다가갔다.

수철이 들어간 곳은 목공예 공방이었다. 톱밥보다 잘게 갈린 나무 조각이 질 좋은 카펫을 밟는 것처럼 쿠션감을 주었다. 벽에 달린 선반에는 조각 공구들이 정리함에서 벗어나 아무렇게나 흩어져 있었다. 바닥은 잘라 낸 나무 조각들로 어수선해서 넘어지지 않으려면 조심해서 걸어야 했다. 최근에는 작업을 하지 않았는지 작업대 위에 거미줄이 걸려 있었고, 작업대 뒤쪽에 만들다 만 조각이 천으로 덮여 있었다. 천을 들쳐 보려는데 차가 와서 멎는 소리가 들렸다.

공방 창문으로 은색 벤츠의 미끈한 몸매가 보였다. 수철은 공방에서 나와 벤츠로 다가갔다. 대문 앞에 주차된 그의 SM5 뒤에 멈춰 선 벤츠에서 여자가 내리더니 불청객을 날카롭게 쏘아보았다. 한눈에 보기에도 대단한 미인이었는데, 단순히 예쁘게 생겼다기보다 풍기는 이미지와 눈빛에서 귀티가 났다. 쭉 뻗은 척추와 반듯한 어깨, 그리고 균형 잡힌 몸매. 그녀가 하이힐을 신은 걸 감안하더라도 키가 170센티미터 정도는 되어 보였다.

"누구시죠?"

수철은 '안녕하세요. 수고가 많으십니다.'라는 말이 입에서 튀어나올까 봐, 한 템포 쉬고 나서 말했다.

"광진경찰서에서 나왔습니다. 홍천에서 일어난 살인사건 때문에 박마리 씨를 만나러 왔습니다."

"경찰이면 주인 허락도 받지 않고 함부로 남의 집에 침입해도 되는 건가요?"

여자는 불쾌함을 감추지 않고 건물 뒤쪽에서 걸어오는 천식을 바라보았다. 천식이 머리에 들러붙은 거미줄을 떼어 내며 말했다.

"문이 열려 있어서요. 세상이 얼마나 무서운데 문단속을 제대로 안 하고 그러십니까? 무슨 봉변을 당하시면 어쩌려고요. 안전의 기본은 문단속을 철저히 하는 겁니다, 하하하."

천식의 넉살은 여자에게 먹히지 않았다. 여자는 잔뜩 찡그린 얼굴로 미간을 모은 채 천식과 수철을 번갈아 보고 나서 말했다.

"미리 연락을 주고 오시는 게 예의 아닌가요?"

"저희가 택배 직원처럼 시간 딱딱 맞춰서 움직일 수가 없거든요."

천식이 능글거리자 여자가 짜증이 난다는 듯 머리칼을 거칠게 쓸어 넘겼다. 몹시 귀찮은 티를 숨기지 않으며 그녀가 말했다.

"계속 여기서 이야기할 게 아니라면 저를 따라오시죠?"

당장 돌아가라고 하고 싶지만 그랬다가는 또 찾아올 거라는 걸 아는 모양이었다. 여자가 보안을 해제하자 대문이 양옆으로 스르르 열렸다. 벤츠가 대문을 통과하자 수철과 천식도 그 뒤를 따랐다.

"엘리베이터가 있는 집이 있다더니만 대문에서 집 앞까지 차를 타고 가야 하다니, 원."

천식이 혼잣말하듯 중얼거렸다. 수철은 으리으리한 집 따위는 눈에 들어오지 않았다.

"누굴까요? 저 여자."

"일하는 사람으로 보이지는 않는데, 왜? 미인이라서 땡겨?"

"제가 좋아하는 스타일은 아닙니다."

"저 여자도 그런 것 같더라. 우리를 보는 시선이 완전히 똥 묻은 개를 보는 것 같았단 말이지, 젠장."

대리석으로 지어진 이층집이라서 안이 휑하니 넓을 줄 알았는데, 집 안은 무척이나 아늑했다. 현관문을 열고 들어가면 천장이 아치

진실을 감추려는 자들 71

형으로 된 복도가 나왔다. 복도 벽에는 눈에 익은 그림들이 걸려 있었는데, 그림책이나 엽서 같은 데서 보았던 명화였다. 그렇게 대단한 그림들이 미술관에 걸려 있지 않고 개인이 소장하고 있다니, 얼떨떨할 따름이었다. 복도를 지나면 탁 트인 거실이 나왔고, 밖에서 보이던 통유리가 거실 전면에 있었다. 통유리로 마당과 마을 전체는 물론이고 멀리 한강까지 내려다보였다. 저런 경치를 보기 위해 담장을 낮추고 대문을 특이하게 설계했을 거라는 수철의 짐작이 맞았다. 유리가 햇살을 그대로 들여오지 않고 적당히 걸러 주고 있어 은은한 분위기를 만들었다. 거실 끝에 식당으로 가는 입구와 2층으로 올라가는 계단이 있었고, 거실 중앙에 크고 기다란 가죽 소파가 'ㄷ'자 모양으로 놓여 있었다.

"이쪽에 앉으시죠."

여자는 다른 자리에 앉는 걸 용납하지 않겠다는 듯, 손으로 소파 한쪽을 가리키며 앉을 자리를 지정해 주었다. 계획적이고 자기 주도적인 여자라고 생각하며, 수철은 지정된 자리에 앉았다. 마치 교무실에 불려 온 학생처럼 무릎이 저절로 모아졌다.

여자가 상석에 자리를 잡고 나서 수철과 천식을 바라보며 하고 싶은 말을 해 보라는 듯 눈짓을 했다.

"박마리 씨는 댁에 안 계신가요?"

수철이 말했다.

"언니는 아까 열려 있던 쪽문을 통해서 산책하러 나갔을 거예요. 엄마가 항상 주의를 줘도 문단속을 제대로 안 하거든요."

수철이 조사한 바로는 박마리에게 친동생이 하나 있었다. 수첩에 메모한 걸 슬쩍 보니 박마렁이라고 적혀 있었다. 서운대학교병원에서 최연소 나이로 레지던트 과정을 밟고 있는 의사였다. 그녀는 콧대가 하늘 높은 줄 모른다는 걸 증명이라도 하려는 듯, 턱을 한껏 치켜 올리고 있었다.

　수철은 마령과 정반대의 기질을 가진 여자를 떠올렸다. 지독히 운이 없어서 아주 사소한 것마저 쉽게 얻을 수 없었던 여자. 죽을 고생을 해서 어렵게 얻은 걸 빼앗겨도 원래 자신의 것이 아니었다고 포기하는 여자. 모든 것이 그저 미안하기만 했던 여자, 김우희.

　우희는 수철이 잡았다가 놓아준 소매치기였다. 훔친 돈이 고작 2만 원에 불과했지만, 동종 전과가 있어 가중처벌을 받게 될 상황이었다. 그는 다시는 잡히지 말든가 다시는 훔치지 말아라, 하고 그녀를 풀어 주었다. 우희는 땀 흘려 돈을 벌겠다고 호프집에 취직했다가 두 번째 월급을 받기 전에 살해당했다. 며칠 뒤, 귀가하던 20대 여성과 집 안에서 잠자고 있던 30대 여성이 강간당한 다음 살해당했는데, 용의자의 DNA가 우희를 살해한 범인과 일치했다.

　수철은 살인범을 잡기 위해 미친놈이 되었다. 우희의 사건이 일어난 시점부터 재수사를 시작했고 아주 작은 단서도 샅샅이 살폈다. 이러한 노력에도 불구하고 살인범을 끝끝내 밝혀내지 못했다.

　그는 모든 게 자신의 책임인 것만 같았다. 인정을 베푼다고 우희를 풀어 줘서 죽게 했고, 살인에 맛을 들인 범인이 다른 피해자까지 살해하게 했다는 죄책감을 떨쳐 버릴 수 없었다. 현장에서 물러난 선배들이 입만 열었다 하면 과거에 담당했던 사건에 대해 아쉬움을 토해 낼 때, 왜 저렇게 과거에 갇혀 살고 있는지 이해할 수 없었다. 그런데 수철 자신이 그 처지가 되고 말았다.

눈만 뜨면 새로운 사건이 쌓여 가는데 우희의 사건에서 벗어날 수 없었다. 그런 와중에도 사건이 계속해서 일어났다. 깨끗한 마무리나 완전한 끝이 없는, 계속해서 이어지는 악몽 속에서 살고 있는 느낌이었다. 그래서일까? 수철은 홍천 살인사건이 우희의 사건처럼 될까 봐 두려웠다. 악몽 위에 또 다른 악몽 하나를 더 얹고 싶지 않았다. 지금으로도 버거웠다.

"그러면 박마리 씨가 돌아올 때까지 기다리겠습니다."
"언니를 만나는 건 어렵겠는데요? 언니는 충격 때문에 사건에 대한 기억을 포함해서 부분적인 기억을 하지 못해요. 믿지 못하시겠다면 신경정신과 닥터의 진단서를 발급해 드리죠."

부탁을 한 게 아닌데도 마령은 딱 잘라서 거절했다. 수철은 공격이나 명령이 아닌 감정에 호소하기로 했다.

"박마리 씨와 함께 여행을 갔던 여자 두 명이 살해된 건 알고 계시죠? 혹시 그분들이 누구인지 아십니까?"
"언니 친구들이에요."
"동생분도 아는 사람들인가요?"
"그냥 이름과 직업 정도만 알아요."
"언니랑 별로 안 친하셨나?"

천식이 농담처럼 툭 뱉었다.

"언니 친구들과 안 친했던 것도 법에 걸리나요?"

수철은 마윤주와 정미희를 부검하기 전에 찍은 사진을 마령이 볼 수 있게 테이블 위에 놓았다. 그녀는 끔찍한 시체 사진을 보고도 놀라지 않았다. 오히려 '그래서 어쩌란 말이냐?'라고 반문하는 눈빛으로 수철을 쳐다보았다.

"이걸 왜 보여 주시는 거죠?"

"마윤주 씨는 불에 타서 죽었고, 정미희 씨는 차에 끌려다니다가 뇌진탕으로 죽었어요. 박마리 씨는 칼에 일곱 번이나 찔렸고, 대퇴골이 부러졌죠. 처음에 우리는 박마리 씨가 피해자가 아니라 범인이 아닐까, 의심했습니다."

"그런데요?"

"전과가 없는 여자 혼자서 친구를 두 명이나 살해했다고 생각하기는 힘들었습니다. 게다가…."

수철은 굵은 침을 삼키고 나서 말을 이었다.

"박마리 씨가 성폭행당한 흔적이 있는 건 아시죠?"

마령은 긍정도 부정도 하지 않았다. 수철은 이 여자에게 '감정'이라는 게 있는 걸까, 의문이 들었다. 내친김에 확인하고 싶었다.

"박마리 씨는 칼에 찔린 채로 성폭행당하면서, 친구들이 죽어 가는 모습을 지켜봤을 가능성이 높아요. 친언니가 그런 일을 당했는데도 참고만 있을 겁니까? 범인을 잡고 싶지 않아요?"

벽처럼 버티고 있던 마령이 외마디 비명을 질렀다.

"언니!"

가냘픈 어깨를 가진 여자가 식당으로 나가는 입구에 서 있었다. 슬픔에 젖어 있는 것 같으면서도 묘하게 서늘한 분위기가 여자의 주변을 감돌고 있었다.

"박마리 씨?"

수철이 말했다. 하지만 그녀는 딴소리를 했다.

"죽었구나. 윤주와 미희가 죽었어. 그래서 연락이 안 된 거였어."

진실을 감추려는 자들 75

어떻게 그런 사실을 말해 주지 않았냐는 듯, 마리가 마령을 원망스럽게 바라보았다.

"왜 나한테 말을 안 해 줬어?"

"이미 죽은 사람들이야. 안다고 뭐가 달라져?"

"내가 계속 악몽을 꾼다고, 누군가 날 죽이러 올 것 같아서 무섭다고 울었을 때 네가 한 말 기억해?"

"….."

"투정 그만 부리라는 말을 어떻게 할 수가 있어? 다 알고 있으면서 어떻게 그럴 수 있어?"

뭐지, 이 관계는? 수철은 상당히 의아했다. 마리는 질책하는 게 아니라 속상해하는 것 같았다. 통상적인 반응이 아니었다. 그녀는 동생에게 기가 눌린 모습이었다. 살인사건에 휘말렸고 친구들이 죽었다는 충격보다 동생을 향한 서운한 감정이 더 커 보였다. 마령의 태도 역시 이해하기 어려웠다.

"우리가 평범하지 않다는 걸 알잖아. 우리를 보는 시선이 많다는 걸 몰라? 사건이 외부로 알려지면 엄마와 내가 당할 고통이 얼마나 클지 상상이라도 해 봤어?"

마령은 마리에게 품은 분노를 표출하는 듯 보였다. 곧 마리가 슬픈 표정으로 말했다.

"만약 너한테 그런 일이 일어났다면, 나는 사실을 숨기려고 하기보다 범인을 잡으려고 애썼을 거야. 너를 해치려고 한 범인을 찾아내서 마땅한 벌을 받게 했을 거라고."

"범인은 경찰이 잡는 거야, 피해자가 아니라."

"형사님들을 도와야 범인을 잡을 수 있는 거잖아. 어디서 그런 일이 생긴 건가요?"

 마령에 대해 반항이라도 하려는 듯, 마리가 수철에게 물었다.

 "홍천입니다."

 "강원도 말인가요?"

 "박마리 씨의 벤츠 승용차로 마윤주 씨와 정미희 씨, 이렇게 셋이 홍천에 있는 펜션으로 여행을 갔다가 사고를 당했습니다. 그날 밤 강원도에 호우주의보가 내려져 있어 여행객이 많지 않은 데다가 독채 펜션이라서 목격자도 없었습니다."

 "윤주와 미희, 그리고 저만 여행을 간 건가요?"

 "언니!"

 마령이 다가가자 마리는 그녀를 피해 수철에게 걸어왔다.

 "셋이 여행을 가기로 약속한 기억이 없어요. 그렇다면 제가 사고 당시의 기억만 잃은 게 아닌 거네요."

 "그럴 수도 있겠군요."

 "목격자도 없었다면 누가 신고한 건데요?"

 "의식을 잃기 전에 박마리 씨가 직접 119에 전화했습니다."

 도저히 기억나지 않는지 마리는 고개를 세차게 저었다. 그제야 친구들이 죽었다는 사실이 충격으로 다가온 모양이었다.

 "그 애들은 이미 죽었고 저만 의식이 있었던 건가요?"

 "아마도 그랬을 겁니다."

 "누가 그런 짓을 했을까요? 우리가 대체 뭘 잘못했다고."

 "범인은 박마리 씨가 죽었다고 생각하고 도주한 것으로 보입니다. 아직은 이렇다 할 용의자를 찾아내지 못했습니다. 범인을 잡으려면 생존자이자 유일한 목격자인 박마리 씨의 진술이 필요합니다."

"제가 당한 일을 형사님한테 듣고 있는데 무슨 도움이 되겠어요."

떨리는 몸을 두 팔로 꼭 끌어안고 마리는 고개를 저었다. 그녀는 충격과 무기력함이 동시에 밀려들어 어찌할 바를 모르고 있었다. 이럴 경우 다음에 찾아오겠다, 하고 슬쩍 빠져 줘야 했지만 수사에 협조를 안 하고 있으니 밀고 나가는 수밖에 없었다.

"방법이 있을 겁니다. 사고가 일어난 홍천 현장에 가 보시면 떠오르는 게 있을 수도 있어요."

"… 홍천."

"현장이 보존되어 있어요. 물론 힘드신 줄은 압니다. 하지만 사망한 친구분들을 위해서라도 용기를 내셔야 합니다."

"이것 보세요. 언니는 아직 환자예요!"

마령이 예민한 목소리로 끼어들었다.

"산책하러 나갈 정도면 불가능할 것 같지는 않은데요. 안 그렇습니까, 박마리 씨?"

수철은 아예 마령을 무시해 버렸다.

"만약 박마리 씨가 살아 있다는 사실을 알게 된다면 범인은 다시 살해하려고 할지도 모릅니다. 범인이 완벽함에 대한 강박을 가지고 있는 사이코패스라면 그럴 가능성은 백 프로예요."

"언니를 괴롭히지 말고 당장 나가세요. 당장!"

마령이 소리치자 마리가 조용히 현관으로 향했다. 지금 이 집을 나가야 할 사람은 자신이라는 듯 비척거리면서도 꿋꿋하게 걸었다.

"현장에 가 봐요. 뭐라도 떠오르는 게 있을지도 모르잖아요."

수철이 잰걸음으로 따라붙었다.

"괜찮겠어요?"

"네."

마리의 뒤에서 마령이 차갑게 쏘아붙였다.

"변한다고 하더니 말뿐이었어. 믿는 게 아니었는데."

비난 섞인 조롱을 듣고서도 마리는 꼿꼿하게 걸었다. 하지만 현관을 나와서는 현기증을 느꼈는지 크게 휘청했다. 수철이 잡아 주지 않았다면 넘어질 정도로 다리에 힘이 풀려 있었다.

"날 속였어."

"누가요?"

"엄마와 동생이요. 제가 사고를 쳐서 다친 걸로 오해하는데도 아무 말도 안 했거든요."

천식이 끼어들었다.

"아무리 그래도 그렇지, 무슨 사고를 당했는지는 알려 줘야 했는데. 그죠?"

"상상도 못 했어요."

"어이쿠, 그러셨구나. 저희는 수사 협조를 안 하시길래 뭔가 찔리는 게 있나 그랬죠."

"그게 무슨?"

"네? 하하, 아닙니다. 그나저나 동생분이 엄청 화가 났네요."

천식은 현관 앞까지 쫓아 나온 마령을 흘끔거리면서 못마땅하게 혀를 찼다.

"민원을 넣는 건 아닌지 모르겠네."

마리는 뒤를 돌아보지 않았다. 꼿꼿하게 차에 올라 필사적으로 정면만 바라보았다. 그녀가 보고 있는 어딘가에 잃어버린 기억의 파편이 있기라도 한 것처럼.

혼돈 속에서 마주한 비극

　회의실은 침묵에 휩싸여 있었지만 어딘지 들뜬 분위기였다. 뭔가 터지기를 기다리는 눈빛들이 빠르게 오갔다. 혜선은 자신에게 쏟아지고 있는 무언의 공격을 모르지 않았다. 어제저녁 늦게, 체육관 건립에 대한 안건으로 긴급 이사회에 참석하라는 통지를 받았을 때 결국 올 것이 오고야 말았다는 걸 알았다. 체육관 건립은 촌각을 다투는 급박한 사안이 아니었다. 그런데도 긴급 이사회를 소집했다. 기회를 잡았으니 한시라도 빨리 혜선이 이사장직에서 물러나야 한다는 결정을 내리고 싶은 것이었다.
　혜선은 분노를 품고 이사들을 한 명씩 바라보았다. 너희들을 그 자리에 앉힌 사람이 누구인지 잊었냐는 질책으로 쏘아보았다. 이사장직에 오르자마자 가장 먼저 한 게 물갈이였다. 혜선의 자질 논란에 대해 떠드는 자들이 1순위로 잘려 나갔다. 자기 사람들로 자리를 채웠지만, 그녀가 얼굴 하나로 서운을 삼켰다는 말은 사그라지지 않았다.

　마리가 사고를 칠 때마다 최선을 다해 막았는데도 소문은 은밀하게 퍼져 나갔다. 바람이 거세지면 파도가 일 듯, 자연스럽게 이사장을 교체해야 한다는 의견이 힘을 얻었다. 자식 하나 제대로 관리하지 못하는 어미가 교육 재단의 수장이라는 게 말이 되냐는 논리였다. 마리가 사고뭉치인 것도 혜선의 비천한 유전자 탓이라고까지 수군거렸다. 그때마다 그녀는 주도 세력을 찾아내 제거했다. 그렇게 간신히 버텨 왔다.

　마리가 살인사건에 연루되자 이번에는 그냥 넘어갈 수 없다는 분위기로 흘렀다. 성폭행까지 당했다는 소문이 퍼지면서, 마리가 남자관계가 복잡했고 심지어는 문란했다고 수군거렸다. 서운재단의 명예를 실추시키고 있으니 더 이상 지켜보고 있을 수 없다는 의견이 모아졌다.

　혜선은 주먹을 꼭 쥐었다. 이번 마리의 사건이 구설에 휘말리는 건 애초에 막을 수 없는 것이었는지도 모른다. 틀어막으려고 모든 권력을 동원했던 게 오히려 약점으로 작용했다. 어차피 터질 거였으면 동정심을 유발하는 쪽으로 몰고 갔어야 했다. 그녀가 딸이 당한 사고를 감당하지 못해 정신을 잃기라도 했다면, 이렇게 떼로 몰려들어 으르렁거리지는 못했을 것이다.

　어쩌면 혜선이 문제의 핵심을 잘못 짚었는지도 모른다. 열심히 틀어막은 것에 비해 소문이 너무 빨리 퍼졌다. 누군가 일부러 퍼뜨리지 않았다면 불가능한 일이었다. 그녀를 이사장 자리에서 끌어내리기 위해 준비된 모략일 수 있었다. 마리가 존재하는 한 예정된 일이었다.

혜선은 부이사장을 날카롭게 쏘아보았다.

"부이사장님이 하실 말씀이 있는 것 같은데…. 아닌가요?"

부이사장은 흠칫 놀라면서도 공격을 피하지 않았다.

"요즘 각 학교에 흉흉한 소문이 돌고 있습니다. 학생들은 물론이고 학부모들까지 모이기만 하면 살인사건에 관해 이야기하고 있습니다. 소문이라는 게 원래 퍼질수록 눈덩이처럼 불어나는 경향이 있어서 점점 더 걷잡을 수 없이 끔찍해지고 있습니다."

그는 자신의 오른팔 노릇을 하는 홍 이사에게 시선을 돌렸다. 작전대로라면 홍 이사가 나설 차례인 모양이었다. 홍 이사는 혜선에게 칼을 맞을까 봐 벌벌 떨다가 부이사장의 매서운 시선을 받고 나서야 말했다.

"근래에 이사장님께 닥친 안타까운 사고에 대해서 정말 가슴 아프게 생각합니다. 얼마나 상심이 크시겠습니까? 저도 자식을 키워 본 사람으로서 충분히 이해가 됩니다. 그런데 이사장님은 딸을 가진 어머니이기 이전에 서운의 얼굴입니다. 그래서…."

홍 이사는 그다음 말을 도저히 못 하겠다는 듯한 표정으로 부이사장을 쳐다보았다. 부이사장은 그의 콩알만 한 간에 짜증이 난 듯 인상을 쓰며 준비된 말을 읊었다.

"서운이 지금까지 쌓아 온 명성에 해가 되지 않도록 도덕적이고 상식적인 결정을 내려 주셨으면 합니다."

"도덕과 상식이라…."

혜선은 너무나도 허접한 공격에 맥이 빠졌다. 마리가 사고를 당한 뒤부터 이사장 역할을 제대로 수행하지 못한 것에 대한 책임을 물었다면 반격에 애를 먹었을 것이다. 그중에서도 특히, 교육부에 제출해야 할 중요한 서류를 제때에 결재하지 않아서 내년도 예산 심사에 불이익을 받게 된 건 변명의 여지가 없었다. 마리의 치료를 위해 서운대학교병원 의사들을 주치의처럼 부렸고, 뇌수술 중이던 신경외과 과장을 수술방에서 불러냈던 일까지 꼬투리 잡았다면 조금 더 치명적이었을 것이다.

다행스럽게도 저들은 이사장으로서 혜선이 업무를 제대로 수행하고 있는지에 대해서는 별로 관심이 없었다. 그녀가 이사장 자리에 앉아 있는 것 자체가 불만이었다. 그러니 도덕과 상식 같은 추상적인 명분을 들이대서 수치심을 자극하면 혜선을 이길 수 있을 거라고 착각했을 것이다.

"살인사건 피해자는 도덕적이지 않다는 말씀인가요?"

혜선은 여유를 부렸고, 그런 그녀의 태도에 조급해졌는지 부이사장은 억지 논리를 폈다.

"길을 가다가 칼에 찔린 건 아니지 않습니까?"

"그럼 내 딸이 몸이라도 팔다가 칼에 찔렸다는 말입니까?"

그녀가 직격탄을 날리자 이사들이 날카롭게 숨을 들이마셨다. 혜선은 공격을 늦추지 않았다.

"성폭행당할 만한 짓을 했으니까 성폭행당했다, 그런 논리인가요? 미니스커트를 입었으니까 허벅지를 만졌다? 지금까지 부이사장님은 그런 논리로 학생들을 교육해 오신 겁니까?"

혜선의 거침없는 공격에 들떠 있던 분위기가 무겁게 가라앉았다. 부이사장만 얼굴이 벌겋게 달아올라서 격분했다.

"이사장님의 큰따님이 행실이 좋지 않다는 소문은 예전부터 끊이지 않았습니다. 서운은 교육을 위해 설립된 재단입니다. 재단 이사장과 가족은 모범을 보여 줘야 할 의무가 있습니다. 그런데 이사장님의 따님 때문에 서운의 명예가 더럽혀지고 있습니다."

혜선은 오랫동안 등 뒤에서 들려오던 비난을 직접 듣게 되자 오히려 후련했다. 지금까지 대놓고 질책하는 자가 없어서 그녀의 입장과 생각을 공식적으로 말할 기회가 없었다. 고맙게도 부이사장이 그녀가 원하던 자리를 만들어 준 셈이었다.

"그러니까 부이사장님은 제 딸의 행실이 좋지 않으니, 제가 이사장직에서 물러나야 한다는 말씀인가요?"

"책임을 져야 한다고 생각합니다."

"강제 전학 제도를 부이사장님은 아십니까?"

"문제 있는 학생들을 다른 학교로 전학 보내는 거 아닙니까?"

"그래요. 책임 떠넘기기식 행정이죠. 학교가 학생을 변화시키고 이끌어 가는 게 귀찮아서 버리는 거죠. 우리 학교만 좋은 학교 만들고 다른 학교는 어떻게 되거나 말거나 상관 않겠다는 거잖아요."

"이 상황에서 갑자기 강제 전학 이야기가 왜 나옵니까? 논리적으로 말씀을 하세요. 여자들이 하는 말은 알아들을 수가 없어서, 원."

그따위 말은 네 마누라한테나 가서 하시지. 혜선은 어느 때보다 심장이 차가워지면서 전의가 불타올랐다.

"방금 하신 말씀은 여성을 비하하는 말처럼 들리는군요. 아직도 그런 사고방식을 가진 분이 교육에 몸을 담고 있다니, 참으로 슬픈 일입니다. 일단 그 이야기는 인간성에 대한 문제니까 미뤄 놓기로 하고…."

혜선은 근엄한 얼굴로 이사들을 바라보았다.

"제가 이사장이 된 후, 서운재단 산하 학교에서는 강제 전학 처분을 받은 학생이 한 명도 없었습니다. 제가 직접 학폭위나 선도위에 문제 학생의 선처를 호소했고, 교육청에도 학생에게 기회를 달라고 탄원했기 때문입니다. 그리고 각 학교장에게는 문제 학생을 직접 지도하고 관리하라고 지시했습니다. 그 결과 문제 학생들은 충분히 변화하였고 학우들과의 관계도 원만해졌습니다. 저는 교육이 공부 잘하는 학생을 기계적으로 찍어 내는 게 아니라, 관계 속에서 진리를 찾아가는 거라고 생각합니다. 조금 못나도, 조금 말썽을 일으켜도, 조금 공부를 잘하지 못해도, 그런 학생들에게조차 배울 게 있다는 겁니다."

"그게 문란한 이사장님의 큰따님과 무슨 관계가 있습니까?"

'문란한'이라는 말을 아무렇지도 않게 지껄이는 부이사장의 입을 찢어 놓고 싶었다. 행동으로 옮길 시기가 아니라는 게 안타까울 따름이었다.

"아직도 뭐가 잘못인지 모른다니 안타깝네요. 서운의 명예에 먹칠하는 건 바로 부이사장님 같은 사람들입니다. 교육의 기본도 모르는 사람이 부이사장 직함을 달고 있다는 사실이 참 한심하군요."

"말을 너무 막 하시는 거 아닙니까?"

부이사장의 볼이 씰룩거렸다. 스트레스를 받으면 볼 신경이 경련을 일으키는지, 그는 화가 나면 볼을 씰룩거리는 버릇이 있었다. 너무 몰아붙였나 싶어 혜선은 감정을 차분히 가라앉히고 나서 말했다.

"부이사장님은 교육이 단순히 아이들을 책상에 앉혀 놓고 공부만 시키는 거라고 착각하시는 거 아닙니까? 세상을 살아가면서 숱한 역경을 겪게 되지만, 어떻게 현명하게 극복해야 하는가를 가르치는 게 교육입니다. 제 딸이 고통스러운 청소년기를 거쳤고, 사소한 시비를 다투는 일에 휘말렸던 건 인정합니다. 하지만 과거의 실수를 딛고 성장해 가고 있습니다. 여러분이 이런 아이를 사회적으로 격리하고 어머니인 저까지 매장하려고 한다면, 지금 서운재단에서 공부하고 있는 학생들에게 이렇게 말하는 셈이 될 테지요. '너희도 실수하면 내칠 거다. 그리고 네 부모는 사회적으로 망신당할 거다.'라고요. 성장의 기회 따위는 없는 거죠. 사회에서조차 강제 전학과 강제 버림을 용납해야 한다, 그 말 아닙니까? 그게 교육입니까?"

혜선은 이사장직에서 절대로 물러나지 않겠다는 의지를 밝혔다. 억지로 끌어내리는 방법밖에 없는데 부이사장이 이사장 가족의 불행한 사건을 빌미로 그 일을 해낼 수 있을까? 부이사장이 이사장직을 맡게 된다고 해서 다른 이사들이 얻게 되는 이익이 있을까? 그녀가 굴러들어 온 돌이고 젊은 여자이기에 이사장으로 모시는 게 싫다고 해도, 그들 중 목을 내놓고 결사 항쟁할 사람은 많지 않았다.

"제가 이사장직을 맡기에는 자질이 없다는 말이 끊임없이 나오고 있습니다. 그 부분에 관해서 이야기를 좀 나눌까 하는데요."

이사들은 혜선의 눈길을 피했다. 뒤에서는 얼마든지 수군거릴 수 있지만 정면 승부할 자신은 없는 자들이었다. 모욕감으로 그녀를 물러나게 할 수 있다고 생각한, 순진하고 어리석은 작자들이었다. 혜선은 혀를 차면서 어깨를 펴고 부이사장을 바라보았다. 그의 볼이 또다시 파르르 떨렸다.

혜선이 목소리를 가라앉히고 말했다.

"자질이 없는 사람이 이사장을 맡은 지 8년이 지났고, 그 8년 동안 서운은 놀랍도록 발전했습니다. 그것에 이의를 제기할 분은 없을 거라고 생각합니다."

지난 8년 동안 서운대학교는 대학 순위 평가에서 5단계 상승해 대한민국 10위 안에 드는 종합대학이 되었다. 서운대학교 사범대학 부속고등학교는 자립형 사립고로 전환하여 명문으로 거듭났고, 서운대학교 부속중학교와 부속초등학교에 아이를 보내려는 사람들이 모여들어 주변의 집값이 껑충 뛸 정도였다. 서운대학교 부속유치원과 서운대학교 청운 캠퍼스 역시 탄탄하게 관리되고 있었다.

"그동안 자격 없는 사람을 믿고 잘할 수 있도록 도와주셔서 감사드립니다. 앞으로도 잘 부탁드리겠습니다. 오늘 긴급 이사회의 핵심 안건에 대한 논의가 끝난 것 같군요. 아니면 체육관 건립에 대해 좀 더 논의할까요?"

대꾸하는 자는 아무도 없었다. 혜선이 일어나자 이사들도 우르르 일어났다. 혜선은 그들을 향해 짧은 묵례를 해 보이고 돌아섰다.

등 뒤에서 부이사장이 책상을 내리치는 소리가 들려왔다. 혜선에게는 그것이 승전보처럼 들렸다. 등을 곧게 펴고 당당하게 걸었다. 하이힐 소리가 유난히 경쾌하게 들렸다. 이 상황에 어울리는 배경음악은 베토벤의 영웅 정도라고 생각하면서 그녀는 입술 끝을 말아 올리며 미소 지었다.

혜선이 얼굴만 빤지르르해서 서운을 삼켰다고 생각하면 큰 착각이었다. 그녀는 계획적이었고, 치밀했으며, 끈질겼다. 그런 성향이 겉으로 드러나지 않도록 감쪽같이 숨기고 있을 뿐이었다. 그렇다고 고인 물처럼 늘 조용하기만 한 건 아니었다. 부이사장을 몰아붙인 것처럼 강하게 치고 나갈 때도 있었다. 특유의 여성스러움과 강약을 조절할 줄 아는 혜선은 탁월한 전략가였다. 그녀의 전략에 걸린 가장 큰 대어는 남편 박우택이었다.

    혜선은 긍정적이고 밝은 글을 원하는 사람들이 어딘가에 존재할 거라고 믿었다. 많이 팔리지는 않겠지만 분명히 수요층이 있을 거라고 생각하고, 가난한 청년이 온갖 역경을 뚫고 성공하는 스토리의 소설을 썼다. 소설이 출판되고 나서 자서전을 써 달라는 제의가 들어오기 시작했다. 재벌 3세, 명망 있는 언론인, 무에서 유를 창조해 낸 탄탄한 중소기업 회장, 국회의원, 대학교수 등등.

    혜선은 그중 결혼 적령기의 아들이 있는 사람들을 고른 다음, 아들이 그녀와 결혼하는 것을 목숨 걸고 반대할 시어머니가 없는 사람들을 다시 골라냈다. 마지막으로 여자를 잠깐 데리고 놀다가 버렸다는 추문이 돌면 치명적인 타격을 받게 될 집안을 추려 냈다.

    스캔들에 취약한 교육재단을 가진 서운, 정치계 입문을 준비하고 있는 명망 있는 언론인, 대권을 넘보고 있는 3선 국회의원. 그중에서 혜선은 서운을 골랐다.

    서운의 후계자 박우택은 어느 강연에서 운명적인 사랑을 주제로 한없이 추상적인 이야기를 떠들었다. 첫눈에 반하는 사랑이라느니, 사랑은 가치를 따질 수 없는 위대한 것이라느니, 운명의 상대는 불현듯 찾아온다느니 하는 그의 사랑관에 혜선은 조롱하지 않을 수 없었다. 세상 무서운 줄 모르고 곱게 자라서 사랑이 운명인 줄 착각하다니! 잘만 하면 그녀의 차지가 될 수도 있을 것 같았다.

    박우택을 갖는 일이 쉽지는 않았지만 그렇게 어렵지도 않았다. 타깃이 확실했고, 무엇보다 혜선은 절실했다. 모든 것을 걸고 전략적으로 움직인 끝에 결국 박우택의 마음을 얻어 지금의 자리에 오를 수 있었다. 평생을 바쳐 이룩한 걸 쉽게 내줄 수는 없었다.

혜선이 이사장실에 들어서자 왕 비서가 발딱 몸을 일으켰다.

"광장동 댁에서 여러 번 전화가 왔습니다. 그리고 신경외과 서상묵 교수님이 안에서 기다리고 계십니다."

"내 지시가 있을 때까지 방해하지 말아 줘."

"예, 알겠습니다. 이사장님."

서상묵은 소파 등받이에 깊숙이 몸을 파묻고 있다가, 혜선이 들어오자 감았던 눈을 뜨고 천천히 일어났다. 혜선은 서상묵의 뺨을 후려치고 싶은 걸 참고 맞은편에 앉았다.

"갑자기 긴급 이사회가 소집되었어요. 많이 기다렸어요?"

"한 30분 정도 기다렸네요."

서상묵은 손목시계를 흘끔 보고 나서 말했다. 12시간 동안 뇌수술을 하고 밤을 새운 자신을 왜 불렀냐는 눈빛이었다.

"마리에 관한 이야기는 절대로 외부로 흘러 나가서는 안 된다고 말씀드렸을 텐데요."

"각별히 신경 썼습니다."

"각별히 신경 안 쓰셨으면 뉴스에도 나왔겠군요."

순간 혜선은 귀걸이가 주는 이물감에 몸서리를 쳤다. 사파이어와 다이아몬드가 박힌 엄지손톱만 한 귀걸이는 귓불에 딱 달라붙는 디자인이었지만, 무게 때문에 움직일 때마다 거치적거렸다. 화려한 장식이 달린 보석이나 사이즈가 큰 액세서리를 싫어하는 편인데, 이사들의 목숨까지 살 수 있는 능력이 있다는 걸 과시하고 싶어서 일부러 달았다. 이미 목숨을 내걸 준비가 되어 있는 서상묵 앞에서는 필요 없는 장신구였다.

혜선은 고개를 살짝 기울여 귀걸이를 떼어 내면서 말했다.

"마리에게 일어난 사고를 모두 다 알고 있더군요. 어떻게 된 일이죠?"

"전 아닙니다. 제 입이 무거운 건 인정하셔야 합니다. 안 그랬으면 17년 동안 입을 다물고 있었겠습니까?"

혜선의 눈꼬리가 올라갔다. 입을 다물고 있었던 게 아니라 입을 열 시기를 기다렸던 거겠지.

"그런 식으로 저를 자극하면 좋을 게 없다는 걸 모르시는 것도 아닐 텐데요. 병원장이 되고 싶다고 하지 않으셨나요?"

"조금 더 큰 그림을 그려 주시면 안 되겠습니까?"

"어떤 큰 그림을 원하시는데요?"

서상묵이 머뭇거림 없이 말했다. 마치, 이사장님! 저랑 같이 점심 드시겠습니까? 하는 말처럼.

"이사장님의 비어 있는 옆자리에 제가 들어가는 그림이면 어떻겠습니까?"

혜선이 입술을 비틀어 웃었다. 너는 하수다. 원하는 걸 네 입으로 지껄이는 순간 절반도 가질 수 없다는 걸 모르는 하수.

혜선이 박우택을 손에 넣을 수 있었던 건 그녀가 원하는 걸 단 한 번도 들키지 않아서였다. 만나 달라, 사랑해 달라, 결혼해 달라 같은 속마음을 겉으로 드러내지 않았다. 박우택은 그녀가 자신을 사랑하는지 아닌지조차 몰랐다. 제발 속마음을 털어놓으라고 애원할 정도였다. 혜선은 끝까지 입을 열지 않았다. 결국 박우택은 혜선의 마음을 알아보기 위해 무릎을 꿇고 프러포즈했다.

"당신이 나를 사랑하는지는 모르겠지만 나는 운명적인 사랑이라고 믿어. 제발 나와 결혼해 줘."

혜선이 고개를 끄덕이는 순간 그는 눈물을 흘렸다. 자신을 거부하지 않은 건 둘째 치고, 그녀가 처음으로 속마음을 보여 준 것에 감격해서였다. 그 뒤로 박우택은 다시는 마음 같은 걸 묻지 않았다. 자신이 믿고 싶은 대로 믿으면서 그게 그녀의 마음이라고 짐작했다. 덕분에 혜선은 속마음을 드러내거나 들킬 위험이 없었다.

그 사건이 터지기 전까지는….

모든 걸 엉망으로 만들었던 그날의 기억이 떠올라 혜선은 눈을 감았다. 서상묵은 그녀가 마리 때문에 힘들어하는 거라고 생각한 모양이었다. 그는 혜선의 손을 끌어다 가만히 잡았다.

"마리 문제는 곧 잠잠해질 겁니다. 늘 그래 왔던 것처럼 저를 믿으시면 됩니다."

혜선은 그의 손을 차갑게 뿌리쳤다.

"위로가 아닌 협박으로 들리는군요."

"설마 그럴 리가 있겠습니까? 이 시점에서 제가 입을 열면 이사장님이 어떻게 되는지 잘 알고 있는데요. 이사장님과 저는 한배에 탄 게 아니었나요?"

혜선은 서상묵의 희끗희끗한 머리카락을 지그시 바라보았다. 수술하고 연구나 할 줄 아는 인간인 줄 알았더니, 제대로 된 협박도 할 줄 아는 인간이었군. 어쩌면 당연한 건지도 몰랐다. 찬스로 쓸 수 있는 티켓을 1년 7개월도 아니고, 17년이라는 세월 동안 품고 있었으니.

"이번 일이 조용히 마무리되면 서 교수님의 큰 그림에 관심을 가져 볼게요."

"그건 걱정하지 않으셔도 됩니다."

서상묵이 기쁨을 감추지 않고 가까이 다가오려고 하자, 혜선은 책상으로 가서 인터폰을 눌렀다.

"서 교수님 지금 나가시니까 차 대기시켜. 그리고 광장동 집에 전화 연결해."

혜선은 어느 사이 서운재단의 이사장으로서 위엄과 격식을 갖추고 있었다.

"그럼 다음에 뵙겠습니다, 서 교수님."

서상묵도 일개 신경외과 과장으로서 이사장에 대한 예우를 갖추고 정중하게 고개 숙여 인사했다.

"이만 가 보겠습니다, 이사장님."

혜선은 그의 뒤통수를 노려보며, 마리가 뇌사 상태에서 깨어났을 때 책임을 물어 목을 칠걸, 하고 후회했다. 당시에는 한 치 앞도 내다볼 수 없어서 망설였다. 너무 오랫동안 서상묵에게 너무 많은 틈을 허락하고 말았다. 그의 견제 세력을 만들어 자멸하게 할까, 하는 생각을 하고 있는데 전화벨이 울렸다. 광장동 집이었다.

"엄마."

무슨 일이든 알아서 척척 해내는 마령이 불안한 목소리로 혜선을 찾는다는 건 심각한 문제가 생겼다는 뜻이었다. 혜선의 날 선 직감은 오직 한목소리로 말하고 있었다.

"마리가 왜!?"

"형사들이 집으로 찾아왔어요. 언니가 자기한테 일어난 사고 이야기를 알게 되었어요. 사고 현장에 가 보겠다고 해서 형사들을 따라갔어요. 말릴 수가 없었어요."

딛고 있는 바닥이 물결치는 것처럼 어지럼증을 느꼈다. 결국 올

것은 오고야 마는 건가! 검은 동공이 유난히 짙고 흰자위가 핏빛처럼 붉던 눈동자가 떠올라 혜선은 몸을 떨었다. 서상묵의 목을 치는 방법 따위를 걱정할 때가 아니었다. 어금니가 저절로 꽉 물어졌다.

∽∽∽

평일이라서 서울춘천고속도로는 비교적 한산했다. 멀리 보이는 산과 들판에는 이른 가을이 옅게 스며들어 있었다. 성급한 단풍이 푸른 잎들 사이에서 언뜻 보였다. 소여물을 끓이느라 장작불이라도 지폈는지, 건조하면서도 상큼한 공기에서 땅콩 볶는 고소한 냄새가 났다. 창밖은 더할 수 없이 고즈넉하면서도 아름다웠지만, 차 안은 어두운 침묵으로 가라앉아 있었다.

수철은 룸미러로 뒷자리에 앉아 있는 마리를 보았다. 그녀는 충격이 빠르게 가라앉으면서 지나치다 싶을 만큼 고요해졌다. 좋지 않은 반응이었다. 가둬 놓은 건 언젠가는 터지기 마련이었다. 범인에 대한 증오나 친구들을 잃은 슬픔으로 터지면 그나마 다행인데, 자기 파괴나 연민으로 터지게 되면 위험했다. 범죄에 노출되었던 피해자의 경우 평생 고통을 떠안고 살아가기도 한다. 그렇게 되지 않으려면 마리가 자신이 당한 사고를 받아들이고 충격과 고통을 스스로 이겨 내야 했다.

침묵을 깨고 휴대폰이 울렸다. 천식에게서 걸려 온 전화였다. 그는 집에 일이 생겨서 홍천에 가지 않고 바로 퇴근한 상태였다. 블루투스 헤드셋을 연결하지 않은 상태라서 수철은 스피커폰 버튼을 누른 뒤 손을 다시 운전대에 올렸다.

"예, 선배님"

"어디야?"

"고속도로예요. 이 속도로 가면 한 시간 안에 홍천에 도착할 것 같습니다. 혼자 일찍 퇴근하셔서 미안해서 전화하신 겁니까?"

"야, 미안하긴! 그런 미인하고 같이 드라이브하게 해 줬는데 오히려 감사할 일이지. 아까 너 얼굴 보니까 첫눈에 뻑이 가셨던데."

휴대폰 스피커에서 천식의 목소리가 쩌렁쩌렁 울렸다. 그의 넉살이 민폐가 되는 순간이었다.

"그만 끊겠습니다."

수철은 일방적으로 전화를 끊고 나서 얼굴은 물론이고 귀까지 빨갛게 달아오르는 걸 느꼈다. 한 번도 연애를 해 보지 않은 사람처럼 허둥거리는 꼴이었다. 마지막으로 여자를 안은 지가 오래되기는 했다. 그렇다고 숙맥은 아니었다. 남들 하는 만큼 연애를 해 보았고 결혼을 생각한 적도 있었다. 여자의 부모가 경찰이라고 반대하지만 않았다면 지금쯤 아이가 둘 정도 딸린 유부남이 되었을 것이다.

결혼을 약속했던 여자와 헤어지고 나서 여자를 안 만나겠다고 생각한 적은 없었다. 애써 누군가를 옆에 두려고 노력하지 않았을 뿐, 그야말로 오는 여자 안 막고 가는 여자 안 잡았다. 대부분 여자들이 먼저 다가왔다가 그의 살인적인 스케줄 때문에 떠났다. 그러나 우희만은 고인 물이었다. 그녀는 수철을 너무 많이 사랑했고, 그랬기에 절대적인 약자였다. 요즘 들어 우희에 대해 너무 자주 떠올리고 있었다. 수철은 좋지 않은 예감 같아서 그녀에 대한 생각을 털어 내려고 고개를 저었다.

수철은 고속도로를 빠져나온 뒤 홍천강 지류를 따라갔다. 급커브로 이어진 오르막길을 30분 정도 올라가니, '캠프파이어'라고 쓰인 간판이 보였다.

"저기 캠프파이어 펜션에서 사건이 일어났습니다. 혹시 기억나는 게 있으면 말씀해 주세요."

마리는 낯선 시선으로 방갈로처럼 생긴 독채 펜션을 쳐다보았다. 계속해서 산등성이로 올라가자 불에 타서 무너진 펜션의 잔해가 보였다. 출입을 막기 위해 쳐 놓은 폴리스라인은 한쪽 매듭이 끊어져 바람에 펄럭였다.

수철은 혀를 찼다. 범행 현장이 마치 버려진 폐가처럼 방치되어 있는 게 한심스러웠다. 범행 현장은 그 자체로 중요한 증거였다. 범인이 익숙하고 편안하게 느끼는 장소였는지, 아니면 의도하지 않은 의외의 장소였는지 파악하면 용의자의 범위를 좁힐 수 있었다.

홍천 살인사건의 경우 우발적인 성향이 강했다. 조직적이고 계획적이었다면 살해 도구를 미리 준비했을 텐데, 범행에 쓰인 살해 도구는 펜션에 있던 물건이었다. 범인은 시체를 감추거나 범행을 숨길 의도가 전혀 없이, 오히려 자신의 우월함을 과시하려는 듯 현장을 공개했다. 살인에 대해 전혀 주저함이 없었고 수법이 잔혹한 것으로 보아 살인을 처음 해 본 자가 아니었다.

마당에 차를 세우고 내리는데 철벅하고 웅덩이에 발이 빠졌다. 마당 곳곳이 패여 있었고, 움푹 들어간 곳에는 물이 고여 있었다. 이틀 전에 내린 비가 아직 빠지지 않아서 흙은 죽처럼 질퍽거렸고, 검은 재가 여기저기 흩어져 있어 을씨년스러웠다.

수철은 마리를 구조했던 구급대원 미향과의 통화를 떠올렸다.

"출동 명령을 받았을 때부터 느낌이 좋지 않았어요. 무조건 방화라는 생각이 들었어요. 구조 요청을 한 사람의 목숨이 위태로울 것이고, 어쩌면 사망했을지도 모른다고 생각했죠. 현장에서 가장 먼저 보인 건 현관 기둥에 묶인 채 불타고 있는 시체였어요. 살인사건이라는 걸 알고 현장을 보존해야 한다고 생각했어요. 범인의 족적이 남아 있을지도 모르는데 함부로 움직여서는 안 되겠다 싶었죠."

그 당시에는 선명하게 찍혔던 족적이, 화재를 진압하기 위해 이리 뛰고 저리 뛰었던 소방관들 때문에 뭉개지거나 지워져 버렸다. 엄청나게 쏟아진 비는 DNA를 모두 쓸어 가 버렸고, 그나마 남은 증거는 전부 불에 타 버렸다.

미향은 처참한 현장을 보고 공포에 질렸다고 했다.

"워낙 많은 사건을 접해서 웬만하면 두려움 따위는 느끼지 않거든요. 그날은 달랐어요. 보통 불에 탄 시신의 경우 근육이 수축하면서 권투하는 자세처럼 두 팔을 모으고 다리도 오그라드는데, 그 사람은 곧은 자세로 서 있었어요. 뭔가에 단단히 묶여 있다는 걸 알았죠. 그 순간 느꼈던 공포라는 건 설명할 수 없을 정도였어요."

마윤주가 현관 기둥에 묶인 채 불에 탄 건 사실이었다. 수철은 화재 조사관이 보낸 부검 기록을 떠올렸다.

이름: 마윤주
나이: 26세
성별: 여
사인: 방화로 인한 분사
특이 사항: 기도와 폐에서 그을음 발견. 얼굴과 가슴 부위에서 십여 개의 특이한 염증과 물집 현상 발견. 단백질 검사 양성.

수철은 과학수사팀 박 경감에게 특이 사항에 대해 물었다.

"기도와 폐에서 그을음이 발견됐다는 건 살아 있는 상태에서 불타 죽었다는 거잖아요. 그런데 특이한 염증과 물집 현상은 뭐죠?"

박 경감은 부검 기록을 흘깃 보더니 인상을 찡그렸다.

"피부에 상처가 생기면 백혈구가 몰려들기 마련이잖아. 몰려든 백혈구들이 한꺼번에 불에 타면서 염증과 물집을 만들게 되는 거야. 물집 속에 있는 액체가 단백질 반응 검사에서 양성을 보였다는 건, 죽기 직전에 칼에 찔렸다는 뜻이고."

박 경감은 부검 기록을 돌려주며 진저리를 쳤다.

"어떤 또라이가 스물여섯 살 여자를 열 번도 넘게 칼로 찌르고 산 채로 불태워 죽인 거야?"

차 안에 있는 마리는 미동도 하지 않고 창문 밖을 지켜볼 뿐이었다. 수철이 문을 열어 주자 그제야 차에서 내리려고 몸을 움직였다. 뼛속까지 공주님이시네, 라고 생각하며 수철은 손을 내밀었다가 함부로 만져서는 안 될 것 같아 다시 거두었다.

마리는 갸우뚱하고 올려다보더니 그의 손목을 잡고 몸을 일으켰다. 놀랍도록 차갑고 부드러운 손이었다. 순간 수철은 머릿속에서 팽팽하게 당겨져 있던 줄 하나가 끊어지는 느낌이 들었다. 그것이 무엇인지 정확하게 알아챌 사이도 없이 그녀의 발이 웅덩이에 빠질 상황이었다.

"엇! 조심!"

수철은 마리의 허리를 끌어당겼다. 말랑하면서도 가녀린 여자의 몸이 품 안으로 날아 들어왔다. 쩌릿한 감촉에 놀라서 잡고 있던 허리를 놓았다. 마리는 그의 몸 안에서 일어나는 화학 반응 따위는 관심이 없는 것 같았다. 수철의 품에서 빠져나와 웅덩이를 피하더니 펜션으로 다가갔다. 그녀는 화재로 무너진 잔해 더미 위에 하얗게 그려진 현장보존선 앞에 멈춰 섰다.

"저기가 윤주가 발견된 곳인가요?"

"네, 그렇습니다. 마윤주 씨는 산 채로 불에 타서 사망했습니다. 발밑을 보세요."

마리의 발 앞에 또 다른 형태의 현장보존선이 있었다.

"정미희 씨는 차에 다리 한쪽이 묶인 채로 끌려다니다가 사망한 것으로 추정됩니다. 피해자의 각막에 출혈 반응이 있는 것으로 보아 역시 살아 있는 상태로 고통받다가 사망한 것으로 보입니다."

"저는 어디서 발견됐어요?"

수철은 펜션에서 어느 정도 떨어져 있는 마당 한쪽을 가리켰다. 마윤주가 불타는 모습과 정미희의 시체가 한눈에 보이는 곳이었다. 마리가 발견된 지점에 그려진 현장보존선 옆으로, 그녀가 흘렸던 피가 썩어 버려 시커멓게 흙이 변색되어 있었다.

"기억나는 게 전혀 없어요?"

마리는 천천히 고개를 저었다. 어쩔 수 없이 수철은 충격 요법을 쓰기로 했다.

"박마리 씨의 몸에 난 자상이 깊기는 했지만 생명에는 지장이 없는 것들이었습니다. 그러니까 범인이 마리 씨를 죽일 의도는 없었던 것 같아요. 성폭행을 끝내기 전까지는."

"…"

"성폭행을 하고 나서 마리 씨를 죽이려고 차로 밀어 버렸는데,

폭우로 땅이 온통 진흙으로 변해서 충격이 덜 했던 것 같습니다."

"어쩜 이렇게 하나도 떠오르는 게 없을까요? 마치 저한테 일어난 일이 아닌 것만 같아요. 친구들이 죽었다는 것도 믿어지지 않고요."

"마리 씨를 구해 낸 구급대원을 만나 보는 게 좋을 것 같습니다. 현장 상황에 대해 자세한 이야기를 들으면 기억을 떠올리는 데 도움이 되지 않을까 싶어요."

미리 연락해 놓은 터라 미향이 기다리고 있었다. 한눈에 보기에도 긍정적이고 자신의 일에 소신이 있는 여자라는 느낌이 들었다. 미향은 수철에게 가볍게 눈인사를 하고 나서 마리를 보았다.

"박마리 씨?"

미향은 몹시 반가워하며 그녀의 손을 덥석 잡았다.

"제가 발견했을 당시 상태가 안 좋아서 걱정했어요. 그때는 너무 어둡고 온몸이 진흙으로 더러워져 있어서 얼굴을 못 봤는데, 이렇게 예쁘고 젊은 아가씨였다니."

미향은 자신이 구조했던 마리가 살아 있다는 사실에 한없이 들떠 있는 것 같았다. 스러져 버렸을 생명을 구조해 찬란한 미래를 살게 했다는 뿌듯함이 얼굴 가득 담겨 있었다. 이런 감격의 순간 때문에 고달픈 구급대원 일을 견뎌 내고 있을 것이었다.

"살아 있어 줘서 고마워요. 정말 고마워요."

마리는 미향에게 잡힌 손을 빼냈다.

"정말 그 현장에서 저를 본 게 맞아요? 제가 아닐 수는 없는 건가요? 목숨을 걸고 말할 수 있어요? 병원에서 환자가 바뀔 수도 있잖아요. 당신들이 잘못 알고 그러는 것 같아요."

"그날 제가 구한 사람은 박마리 씨가 맞아요."

"믿을 수 없어요. 제가 당한 사건이라는데 어쩜 이렇게 아무 감정도 느껴지지 않을 수가 있는 거죠? 이럴 수는 없는 거예요."

"마리 씨는 무척이나 위급한 상태였어요. 응급처치를 하고 나서 구급차로 이동하는 동안에도 혈압이 잡히지 않아서 애를 먹었죠. 쇼크가 올까 봐 수액을 쥐어짜다시피 주입했어요. 그랬더니 눈을 뜨며 추워요, 라고 말했죠. 제가 담요를 덮어 주니까, 살려 달라고 했어요. 제발 살려 달라고."

마리는 그럴 리가 없다는 듯 고개를 세차게 저었다.

"살려 달라고 했다니, 차라리 죽는 게 낫지 않았을까요?"

"…."

"친구들이 처참하게 살해됐고 저는 성폭행까지 당했어요. 그런데도 제가 살고 싶었을까요? 그럴 리 없어요."

마리의 얼굴이 질식할 것처럼 새파랗게 질려 갔다. 미향이 그녀의 몸에 생긴 변화를 느끼고 걱정스럽게 물었다.

"괜찮아요?"

미향이 다가가려고 하자 마리가 뒷걸음질쳤다.

"그냥 죽게 내버려두지 그랬어요. 그랬으면 좋았을걸."

그녀는 미향에게서 몸을 돌리고 차가 세워진 곳으로 걸어갔다. 미향이 쫓아가려고 하자 수철이 잡았다.

"혼자 생각할 시간을 주세요. 박마리 씨는 조금 전에 사건을 당한 거나 마찬가지니까요."

가을이 깃들기 시작한 강원도의 산들 너머로 해가 지고 있었다. 산속의 밤은 조급하게 찾아와 기온을 아래로 끌어내릴 것이었다. 수철은 마리가 입고 있는 얇은 티셔츠가 보온에는 별다른 기능이 없다는 데 생각이 미쳤다. 몸도 완전히 회복되지 않았는데 감기에 걸리기라도 하면 어쩌나, 하고 걱정하다가 당황했다. 사건에 감정을 개입하게 되면 객관적인 시선을 유지하기 어렵기 때문에 사건 해결에 걸림돌이 될 것이었다.

수철은 마리에게 향해 있던 시선을 의식적으로 산등성이 쪽으로 돌렸다. 태양이 구름을 붉게 물들이며 산자락 끝에 걸려 있었다.

∞∞∞

마리는 홍천에 와서 보고 들은 모든 게 낯설었다. 불에 타 버린 펜션이나 현장에 그려져 있던 하얀 선들, 그 생경하고 불편한 느낌이 그녀로 하여금 상황을 받아들이지 못하게 가로막았다. 모두가 짜고 그녀를 놀리고 있다는 생각이 들기도 했다. 친구들의 죽음을 받아들이지 않으면 없던 일이 되지 않을까, 하는 바보 같은 생각마저 들었다.

구급대원에게서 구조 당시의 상황에 대해 들었을 때, 파편적이긴 했지만 구급차 안에서 있었던 일들이 떠올랐다. 구급대원의 긴박한 목소리가 지독한 추위와 미칠 것 같은 갈증과 함께 되살아났다.

"죽으면 안 돼요. 살 수 있어요. 포기하면 안 돼요."

구급대원이 손을 꼭 잡아 주던 촉감까지 생생했다. 마리는 더 이상 상황을 부정할 수 없었다. 윤주와 미희는 죽었다.

갑자기 윤주가 몹시 보고 싶어졌는데 얼굴이 기억나지 않았다. 가장 친한 친구였는데 어떻게 된 일인지 목소리와 헤어스타일도 생각나지 않았다. 충격이 온도를 바꾸어 감정을 무너뜨렸다. 차갑게 굳어 있던 눈가가 뜨거워지면서 눈물이 흘러내렸다.

해가 지면서 산등성이에서 찬 바람이 불어왔다. 얇은 티셔츠 안으로 바람이 파고들었고, 젖은 얼굴이 차갑게 식었다. 무릎이 덜덜 떨려서 힘을 주자 수술한 부위들이 쑤셔 왔다. 마리는 더 이상 견디지 못하고 그 자리에 무너지듯 주저앉고 말았다.

수철이 다가와 외투를 벗어 마리의 어깨에 걸쳐 주고 손수건을 건넸다. 하트 무늬가 그려진 여자 손수건이었다. 손수건의 주인인 듯 구급대원이 그녀를 향해 환하게 웃어 주었다. 마리는 젖은 얼굴을 손수건으로 닦고 나서 구급대원에게 다가갔다.

"감사하다고 해야 했는데 조금 전에는 죄송했어요."

"아니에요. 저는 마리 씨가 살아난 것만으로도 기쁘고 감사해요."

"묻고 싶은 게 있어요. 저를 구하러 오셨을 때 조금이라도 이상한 점이 있었거나, 의식이 없던 제가 중얼거렸던 말이 있었나요?"

"제가 알고 있는 건 전부 형사님께 말씀드렸어요. 그리고 너무 정신이 없어서 다른 것에는 집중할 수가 없었어요."

"그래도 혹시 떠오르는 게 있으면 저한테 전화 주시겠어요? 아주 사소한 거라도 상관없어요."

"그럴게요."

서울로 돌아오는 길은 퇴근 시간과 맞물려서 지체와 정체를 반복했다. 길게 늘어서 있는 차들의 미등이 크리스마스트리처럼 반짝거렸다.

윤주는 봄부터 크리스마스가 오기를 기다렸다.

"올해 크리스마스에는 뭘 할까?"

윤주가 살아 있었다면 호텔방을 예약하고 연락되는 모든 친구들을 불러 크리스마스 파티를 했을 것이다. 친구도 많고, 남자도 많았지만 언제나 외로워했던 윤주.

윤주의 인생은 버림받는 것으로 시작해 버림받는 것으로 끝났다. 처음 버림받은 건 중학교 때였다. 이혼한 부모가 서로 양육을 거부해 윤주는 고모에게 맡겨졌다. 고모는 핏줄이 당겨서 키우는 거라고 생색을 냈지만, 실상은 양육비를 받는 조건이었다. 그래 놓고 식모를 집에 들인 것처럼 윤주에게 집안일을 떠넘겼다.

가뜩이나 부모에게 버려져서 돌아 버릴 지경인데, 고모라는 여자한테 온갖 잔소리를 들으며 허드렛일을 하자니 눈에 보이는 게 있을 리가 없었다. 윤주는 비행 청소년이 저지를 수 있는 '비행'이 어디까지인지 시범을 보이려는 것처럼 온갖 사건과 사고에 휘말려 들었다. 그녀의 고모는 하루가 멀다 하고 경찰서와 학교로 불려 다니게 되자, 양육비고 뭐고 다 필요 없다며 윤주를 버렸다.

한 다리 건너 핏줄에게까지 버려진 윤주는 학교 근처에 집을 얻어 혼자 살았다. 마리가 윤주를 처음 만난 시기가 바로 이때였다. 윤주의 집은 싸구려 달방이나 허름한 지하방이 아닌 아파트였는데, 제대로 된 가구와 살림살이까지 완벽하게 갖춰져 있었다. 자식을 버린 죄책감을 돈으로라도 보상하고 싶어 했던 윤주 엄마의 배려 덕분이었다.

마리를 비롯한 모든 아이들은 그런 윤주를 부러워했다. 부모에게서 독립해 자유롭게 사는 것만큼 사춘기 아이들에게 매혹적인 일은 없었다. 그러나 정작 부러움의 대상인 윤주는 달랐다. 처참한 얼굴을 하고서 세상에서 자신이 가장 불행하다고 믿었다.

윤주는 외로움을 견디지 못해 호감이 없는 남자와도 사귀었고, 마음에 들지 않아도 친구가 되었다. 사람을 가리지 않고 관계를 맺다 보니, 이용만 당하고 버려지거나 다시 이용하려고 시작되는 관계가 반복되었다.

윤주는 남자친구에게 차이거나 만나는 남자가 없으면 여행을 가자고 친구들을 졸랐다. 돈을 대는 사람은 마리였고, 미희는 시간이 없다며 이 핑계 저 핑계를 대다가 끌려가다시피 여행을 떠났다. 술을 마시다가 불쑥 떠나기도 했고, 바다를 보고 싶어 무작정 동해안으로 가기도 했다.

셋이 함께 여행을 가자고 계획을 세워 놓은 곳도 있었다. 하지만 홍천에 가자고 한 적은 한 번도 없었다. 이상한 일이었다. 여름 휴가철이었는데 해운대나 경포대도 아니고, 그렇다고 설악산 근처도 아닌 왜 하필 홍천이었을까? 깊은 산속이었고 독채 펜션이 띄엄띄엄 있는 구조였다. 호우주의보가 내린 날 그렇게 외진 곳으로, 마치 살해당하기 위해 기를 쓴 사람들처럼.

"저희가 묵었던 펜션에 다른 손님은 없었나요?"

마리는 무거운 침묵을 깨고 수철에게 물었다.

"아래쪽 두 동에 가족과 연인이 묵었는데 모두 조사해 봤지만 이상한 점은 없었습니다. 사건 현장 주변에 있는 다른 펜션과 주민들도 마찬가지입니다. 의심 가는 상황이나 동종 전과자는 없었어요. 펜션으로 가는 길목에 설치된 방범용 CCTV도 확인해 봤지만, 역시 의심할 만한 사람이나 차량은 보이지 않았습니다."

"그래서 제가 기억을 찾아야만 하는 거군요."

"서울경찰청 과학수사대에서 최면수사를 진행하고 있습니다. 충격으로 인해 사라지거나 희미해진 기억을 최면으로 되살리는 수사 기법이죠. 마리 씨가 동의한다면 추진해 보겠습니다."

마리는 구급차 안에서 느꼈던 고통과 공포를 떠올렸다. 몇 초도 되지 않는 흐릿한 기억이었는데도 끔찍했다. 잃어버린 기억 모두를 떠올린다면 감당할 수 있을지 자신이 없었다.

"기억을 떠올리게 되면 윤주가 불에 타는 모습을 보게 되겠죠? 미희는 겁은 없지만 엄살이 심했어요. 조금만 아파도 비명을 지르곤 했죠. 미희는 죽어 가면서 얼마나 끔찍한 비명을 질렀을까요?"

"두려운 건 당연합니다."

"제가 최면수사를 받지 않겠다고 하면요?"

"마리 씨가 거부한다면 영장을 청구할 수도 있지만 억지로 해서는 효과가 별로 없을 겁니다."

마리는 설명할 수 없는 복잡한 마음 때문에 두 손에 얼굴을 묻었다. 그녀를 구해 준 구급대원의 말을 떠올렸다.

"어쨌든 살아났잖아요."

갑자기 그 말이 치욕스럽게 느껴졌다. 얼마나 잘 살겠다고 혼자만 살아남았냐고 윤주가 비웃을 것 같았다. 미희는 새침하게 마리를 노려보고 있을 것 같았다. 마리는 추위를 견디려는 사람처럼 동그랗게 몸을 말았다. 서울에 도착할 때까지 차 안에는 무거운 침묵이 감돌았다.

수철의 차가 마당에 멈추기도 전에 집 안에서 엄마와 마령이 뛰어나왔다. 엄마는 외출했다가 돌아와 옷도 갈아입지 않은 투피스 차림이었다.

"인사고과 채우느라 피해자의 인권 따위는 안중에도 없군요."

엄마가 수철을 쏘아보며 말했다.

"범인을 잡고 싶을 뿐입니다."

"누가 범인 잡아 달라고 애원이라도 하던가요? 내 딸은 환자예요. 큰 충격으로 기억을 잃은 아이를 살인 현장에 데려가다니, 양심도 없는 인간 같으니라고."

엄마는 수철보다 마리에게 더 많이 화가 나 있었다.

"엄마한테 한마디 상의도 없이 멋대로 행동하는 게 착한 딸이야?"

"딸이 살해당할 뻔했어. 엄마는 억울하고 화나지 않아?"

"그러게 왜 내 말을 안 들어. 엄마가 하라는 대로 했으면 그런 일은 일어나지 않았어."

"내가 엄마 말을 안 들어서 살인사건에 휘말렸다는 거야? 그 말은 살인사건이 내 탓이라는 거네? 정말 그렇게 생각하는 거야?"

마리는 엄마에게 배신감마저 느꼈다. 그녀가 알 수 없는 공포에 질려 괴로워하는 걸 알면서도 엄마는 모른 척했다. 그저 자기 자신과 서운의 명예, 그리고 마령의 완벽함을 지키기 위해 엄마는 범인을 잡을 생각보다 사건이 조용히 덮이기를 바랐던 것이다.

마리는 수철에게 고개를 숙여 보이고 집 안으로 들어갔다. 문이 닫히자 마령이 수철에게 항의하는 소리가 사라졌다. 익숙한 적막이 몸을 감싸 안았다. 언제나 조용하고 깔끔한 집 안은 사람이 살고 있지만 흐트러짐은 볼 수 없었다. 마리는 공중에 떠다니는 먼지처럼 어디에 내려앉을지 몰라 헤매는 기분이 들었다.

엄마가 마리의 뒤를 따라오며 변명했다.

"널 위해서였어. 네가 평생 모르고 살기를 바랐어. 범인을 잡는 거보다 앞으로 네가 살아갈 날들이 훨씬 더 중요하잖니."
 "그래서 내 물건을 다 버린 거야? 아직 죽지도 않았는데?"
 "네가 끔찍한 기억을 떠올리지 않기를 바랐어."
 "언젠가는 내가 기억을 떠올리게 될 거라는 생각은 안 했어?"
 "홍천에 가서 뭐 기억난 거라도 있어?"
 엄마의 목소리는 긴장으로 떨렸다. 엄마가 왜 그토록 마리의 기억에 집착하는지 이해할 수 없었다. 잃어버린 기억 속에 대체 뭐가 있는지 상상하기도 두려웠다.
 "헛걸음했어. 아무것도 떠오르지 않아. 그만 쉬고 싶어."
 마리는 방문 앞에 서서 엄마가 안으로 들어오지 못하게 막아섰다. 엄마는 더 캐물으려다 입을 꾹 닫고 돌아섰다.
 마리는 옷도 갈아입지 않고 침대에 쓰러지듯 누웠다. 눈을 뜨나 감으나, 불에 타 버린 펜션과 질퍽거리는 마당이 떠올랐다. 진흙과 웅덩이, 그리고 피가 썩어 검게 변한 흙 위에 하얀 선으로 그려진 죽은 자의 형체는 괴기스러웠다.
 어디선가 윤주와 미희의 비명이 들렸다.
 (마리야, 살려줘.)
 (너 혼자만 살아서 좋아? 퍽도 좋겠다. 친구들 다 죽고 너만 살아남았으니까.)
 비웃음이 고막 안쪽에서 들려왔다. 머리가 아팠다. 여태 먹지 않고 모아 두었던 약을 물 없이 삼켰다.
 마리는 천장을 바라보며 생각했다.
 '다시 깨어나지 않았으면….'
 눈을 떠 보니 자주 가는 와인 바에 앉아 있었다. 바텐더 뒤에 있는 거울에 비친 마리는 화장을 진하게 했고, 비즈가 장식된 검은색 탱크톱에 같은 색의 스키니진을 입고 있었다.

'아이라인이 너무 진한가?'

마리가 아끼는 프라다 원버튼 재킷이 옆자리 스탠딩의자 위에 에르메스 버킨백과 함께 놓여 있었다. 꿈꾸는 중이라는 걸 알면서도 너무 생생해서 긴 머리카락을 쓸어 넘겼다. 샴푸 냄새와 함께 손가락에 닿는 머리카락의 감촉이 너무나도 사실 같았다. 꿈이 아니라 잃어버린 기억의 일부분인지도 모를 일이었다.

늘씬한 키에 육감적인 몸매와 화려한 마스크를 가진 윤주가 출입구로 들어섰다. 남자들의 시선이 그녀에게 쏠렸다. 마리에게 다가온 윤주는 평소와 달라 보였다. 화려한 눈 화장은 온데간데없이 지워졌고, 짙은 립스틱 대신 립글로스를 옅게 발라 청순해 보였다.

윤주는 화장만 달라진 게 아니라 분위기 자체가 변해 있었다. 그녀는 평소 즐겨 입던, 몸에 딱 달라붙는 니트 원피스나 속이 훤히 비치는 시폰 소재의 블라우스가 아니라, 면 소재의 하얀 블라우스에 무릎까지 오는 검은색 스커트를 입어 단아한 오피스 걸 분위기를 풍겼다. 게다가 그녀에게 진하게 드리워진 암울한 분위기는 사라졌고 어딘지 모르게 들뜨고 생기가 흘러넘쳤다. 윤주를 한순간에 변화시킬 수 있는 건 오직 하나, 남자밖에 없었다.

"남자 생겼니?"

마리가 묻자 윤주는 들킨 게 신기해 죽겠다는 듯 킥킥 웃었다.

"티 나?"

"내가 한두 번 겪었니? 연락이 뜸하길래 남자 생겼나 보다 했다. 있는 거 다 퍼주고 차여야 친구 생각나잖아, 넌."

윤주는 애교 섞인 웃음을 짓더니 소금에 절인 올리브를 손가락으로 집어 먹었다. 손톱 끝에 붙인 에메랄드빛 큐빅이 은은한 조명 아래 반짝거렸다. 그녀는 혀끝으로 손톱에 남은 물기를 쪽하고 빨고는 말했다.

"마리야. 너는 사랑을 몰라."

윤주는 은근히 자랑하며 우쭐한 눈빛으로 킥킥거렸다.

"왜 몰라. 나도 연애하잖아, 성우랑."

"성우랑 끝까지 가겠다고 생각해 본 적 있어? 결혼까지 생각하냔 말이야."

"성우랑 난 통하는 게 많아. 함께 있으면 즐겁고 떨어져 있으면 그리워. 그것 말고 또 뭐가 중요하지?"

"사랑. 그게 없잖아."

"아, 지긋지긋한 사랑 타령."

윤주는 남자를 만나면 진심을 다 바쳤고 가지고 있는 모든 걸 쏟아붓는 헌신적인 사랑을 했다. 사냥 본능을 가진 남자에게는 매력적인 먹잇감이 되지 못했다. 매번 버려지면서도 그녀는 변하지 않았다. 버려지기 싫어서 더 강한 집착을 보이는 열등한 생물로 진화해 갈 뿐이었다.

"이번엔 또 어떤 놈이냐?"

"기태 씨? 귀엽고 착해."

윤주가 안 착하다고 했던 남자가 있었나? 마리의 기억에는 단 한 번도 없었다.

"뭐 하는 녀석이냐고?"

"강남에서 친구랑 동업으로 포차를 하고 있어. 수입도 꽤 되는 것 같더라고. 차도 외제 차야."

"술 마시러 갔는데 그놈이 껄떡댔겠지. 안주도 내주고 술도 서비스로 주면서 자기가 사장이라고. 하하 호호 웃으며 술 마시다가 취해서 깨어 보니 모텔이었고. 그래서 사귀게 된 거 아냐?"

윤주는 족집게가 따로 없다는 듯 혀를 내둘렀다. 마리는 윤주와 그녀의 연애 패턴이 지긋지긋해서 참지 못하고 폭발했다. 지금까지 몇 번이나 반복했으면서도 어쩌면 그렇게 학습이 되지 않을 수 있는지 속이 터졌다.

"정신 차려, 계집애야. 걔 절대 포차 주인 아니야. 서빙하는 알바가 확실하고 보나 마나 빚도 삼사천은 넘을걸? 며칠 안 가서 가게 인테리어 해야 하니까 돈 좀 빌려 달라고 할 테니 두고 보자. 네가 그놈 통장에 돈 꽂아 주는 날 잠수 탈걸? 내 목숨을 걸어도 좋아. 한두 번 당했니?"

"너는 내가 바보인 줄 알아?"

"몰랐어?"

윤주는 싸늘하게 돌변했다.

"너는 내가 남자 생기는 게 싫지? 질투 나지? 나보고 소유욕이 강하다고 하지만 너만큼은 아닐걸? 내가 남자 따위는 안 만나고 너랑만 놀았으면 하는 거잖아."

"남자 만나. 백 명이든 천 명이든 만나고 싶으면 만나라고. 대신 제대로 된 놈을 만나라는 거야."

"어떤 남자가 제대로 된 남잔데? 지금까지 내가 만나는 남자들을 다 못마땅하게 생각했잖아, 넌. 한 번이라도 괜찮다 잘해 보라 한 적 있어? 남자들이 나를 이용하고 나서 버릴 거라며 늘 안 좋게 이야기했잖아. 그래서 내가 더 불안해했던 거야."

"나 때문에 남자들한테 차였다는 말도 안 되는 소리는 집어치워. 넌 애정 결핍 환자야. 정신병자라고."

"너야말로 사춘기 소녀 역할 좀 그만하지 그래? 엄마한테 사랑받으려고 사고 칠 나이는 한참 전에 지났어야 하는 거 아냐? 자기 인생도 제대로 못 사는 주제에 누구한테 정신병자래?"

마리가 잔에 남은 와인을 윤주에게 끼얹었다. 그녀의 하얀 블라우스에 와인이 흘러내리면서 기묘한 모양을 만들었다. 윤주는 진저리가 난다는 듯 사납게 마리를 노려보았다.

"그까짓 에스테틱 쿠폰 몇 장하고 명품 가방 빌려주면서 친구인 체했지만, 네가 원했던 건 친구가 아니라 하녀였잖아. 네가 얼마나 끔찍한 애인지 모른다는 게 불쌍할 뿐이야."

윤주는 발딱 일어나서 바를 나갔다. 마리는 신경질적으로 긴 머리를 쓸어 넘겼다. 바텐더가 와인을 닦아 내면서 끼어들었다.

"따라가 보셔야 하는 거 아닙니까?"

마리는 별일 아니라고 어깨를 으쓱했다.

"며칠 안에 연락이 올 거예요."

늦어도 한 달 안에 윤주가 남자한테 차인다고 장담했다. 그렇게 되면 가장 먼저 마리에게 전화를 걸어 올 테지. '마리야, 나 어떡해.' 하고 질질 짜면서.

사실 마리는 윤주에게 남자가 들러붙는 게 싫었다. 그녀가 시답잖은 남자들에게 휘둘리는 게 불만스러웠다. 그 남자들이 윤주에게 저만큼 잘해 줄 리가 없었다. 그래도 애정 결핍에 정신병자라는 말은 너무 심했다. 윤주의 반박도 만만치 않았으니 무승부로 치기로 했다. 마리는 프라다 재킷과 에르메스 백을 집어 들고 스탠딩의자에서 내려왔다.

어느 사이 마리는 윤주의 집 거실에 와 있었다. 순간 이동이라도 한 건가, 하고 얼떨떨해하는데 윤주가 어두운 거실 한가운데 서 있었다. 그녀는 휴대폰으로 통화 중이었다.

"마리야. 그래도 넌 나한테 잘해 줬어. 어쩌면 유일하게 나를 진심으로 대해 준 사람이 너였는지도 몰라. 지난번에 내가 한 말은 진심이 아니었어. 넌 나한테 가장 많은 관심을 가져 준 친구였어. 잘 살아. 안녕."

윤주는 전화를 끊더니 의자 위로 올라갔다. 몸을 돌리는 그녀의 블라우스 앞섶에 마리가 끼얹은 와인의 얼룩이 그대로 남아 있었다. 그녀는 천장에 고정된 스카프에 목을 감았다.

"안 돼! 윤주야!"

마리는 필사적으로 소리쳤지만 목소리가 나오지 않았다. 윤주가 의자를 넘어뜨리고 천장에 매달려 대롱거렸다. 고통으로 몸부림치는 그녀의 얼굴에서 갑자기 뜨거운 불길이 일었다. 태어나서 한 번도 들어 본 적 없는 끔찍한 비명을 지르며 윤주가 버둥거렸.

윤주를 구해 내야 했지만 뜨거운 열기 때문에 다가갈 수 없었다. 그녀의 목을 매달고 있던 스카프에 불이 옮겨붙었다. 스카프가 끊어지면서 불덩이가 된 윤주가 마리의 몸 위로 떨어졌다.

"아악!!!"

눈을 뜨자 익숙한 천장의 무늬가 눈에 들어왔다. 마리는 악몽에서 깨어나 찐득한 땀으로 축축하게 젖은 시트를 걷어 냈다. 윤주의 몸에서 불길이 일었을 때의 열기가 아직도 느껴지는 것 같았다. 현관 기둥에 묶여 산 채로 불타고 있는 윤주의 환영이 스쳤다.

"멍청한 계집애. 그렇게 처참하게 죽을 줄 모르고 다이어트한다고 굶기를 밥 먹듯이 하고, 아프다는 피부 스케일링을 꾹 참고 받았어? 이 바보 같은 계집애야."

윤주가 느꼈을 고통이 고스란히 전해지면서 마음이 걷잡을 수 없이 아팠다. 스탠드 불을 켜려고 고개를 돌렸다.

"아악!!!"

피투성이가 된 미희가 바로 옆에 누워 있었다. 손발을 휘저으며 일어나 보니 꿈이었다. 악몽 속에서 또 다른 악몽을 꾼 것이었다.

친구들의 영혼이 주변을 배회하는 느낌이었다. 마리는 공포에 질려 벌벌 떨었다.

잘못했어. 잘못했어.

마리는 혼자만 살아남은 것에 대해 사과했다. 그리고 친구들의 마음을 아프게 했던 일에 대해 용서를 빌었다.

미희가 돈을 빌려 달라고 찾아온 적이 있었다. 그녀는 몇백만 원 빌려준다고 해서 좋아질 수 있는 상황이 아니었다. 미희만 가난한 게 아니라 그녀의 가족 모두 가난했다. 할머니 수술비로 시작한 빚, 아버지 치킨집 대출 이자, 연골이 녹아내리는 병을 앓고 있는 엄마의 재활 치료비, 폭행으로 유치장 신세를 지고 있는 남동생의 합의금, 그리고 미희 자신의 학자금 대출까지. 줄줄 새는 돈과 틀어막아야 하는 이자, 갚아야 할 대출금이 하루하루 늘어갔다.

"왜 나는 시작부터 마이너였을까? 죽을 만큼 노력하면 남들처럼 평범하게 살 수는 있을까?"

미희가 다른 사람처럼 평범하게 살아가고 싶었다면 가족을 버려야 했다. 그 대신 미희는 책임지려는 쪽을 택했고 언제나 늪에 빠진 사람처럼 허우적거렸다.

미희가 돈을 빌리러 온 날, 마리는 엄마와 심하게 다툰 뒤라서 기분이 좋지 않았다.

"내가 저금통인 줄 알아?"

그때 왜 그렇게 잔인하게 굴었을까? 얼마든지 좋게 거절할 수도 있었는데. 아마도 주고받는 게 아닌, 일방적으로 주기만 하는 것에 지쳤던 것이리라.

미희와의 관계는 언제나 주는 것으로 시작해 주는 것으로 끝났다. 한두 번 입었던 옷과 구두를 주었고, 유행이 지난 명품 가방을 주었고, 선물로 받은 상품권을 주었고, 그녀의 푸념을 들어 주었다.

줄 수 있는 걸 모두 주었어도 미희를 보면 마리는 미안했다. 그녀를 만날 때는 새로 산 옷을 입을 수 없었다. 외제 차를 몰고 명품 가방을 들고 있으면 죄짓는 기분이 들었다. 잘못한 것도 없이 죄의식을 느끼는 그 자체가 짜증스러웠다.

미희는 원하는 직장을 얻지 못하고 상황이 어려워지자 점점 더 꼬여갔다. 결국 그녀는 증오의 대상으로 마리를 택한 모양이었다. 마리가 생각 없이 던지는 말에도 꼬투리를 잡았다.

"마리야, 네가 고통에 대해 뭘 알겠어. 부족한 게 없는데."

비웃는 것으로도 모자라 시비를 걸기 시작했다.

"이해한다고 하지 마. 너는 죽었다가 다시 태어난다고 해도 내가 느끼는 막막함을 모를 거야. 당장 넌 돈 걱정은 안 하잖아. 그게 얼마나 축복인지 알기나 해?"

그러다 어느 순간부터 증오를 드러냈다.

"너는 감사할 줄을 몰라. 그게 죄라는 건 알고 있어? 투정만 부리는 네가 역겨워."

나중에 가서는 마리가 무슨 말을 해도 비아냥거렸다.

"슬픈 척하지 마. 넌 감정의 사치를 부리고 싶은 거야. 그 정도 일로 죽을 것 같다고 엄살 피우지 마. 코미디를 보는 것 같으니까."

미희의 말에 동조할 수 없었다. 그녀의 가난이 마리의 고통보다 더 무겁다고 누가 판단을 내려 줄 수 있을까? 그런데 지금 마리는 자신의 생각이 옳았다고 확신할 수 없었다. 미희가 살아왔던 인생이 얼마만큼 힘들었는지 짐작조차 되지 않을뿐더러 그 처참한 결말 앞에서 할 말이 없었다. 결국 미희는 죽을 만큼 힘들게 살다가 제대로 한번 살아 보지도 못하고 죽었으니까.

마리가 다시 눈을 떴을 때, 방 안은 흐릿한 어둠에 감싸여 있었다. 새벽인 줄 알았는데 오후 2시쯤이었다. 창밖은 어두웠고 비가 흩뿌리고 있었다. 머리가 자꾸 아래로 처박혀서 일어나 앉기도 힘들었다. 목이 비정상적으로 말랐다. 어제부터 아무것도 삼키지 않은 탓이었다.

방을 나와 주방으로 가려는데 거실에 최 변호사가 와 있었다. 지금까지 그가 해 온 주된 임무는 마리가 말썽을 부려 생긴 민사 소송과 형사 고소를 무마하는 일이었다.

"안녕하세요."

"고생 많았지? 안정이 우선이라고 이사장님이 병원에 오지 말라고 해서 못 가 봤다. 얼굴이 좋아 보이는구나."

"아저씨도요. 그런데 어쩐 일이세요?"

엄마는 마리에게 새겨들으라는 듯 말했다.

"형사들이 더 이상 너를 괴롭히지 못하게 할 거야. 최 변호사님, 마리는 아직 심신이 미약한 상태예요. 수사에 협조할 수 있는 상황이 아니라는 걸 알리고 사건에 끌어들이지 못하게 항의하세요."

"알겠습니다."

최 변호사는 그 어느 때보다 믿음직스러웠다. 마리는 그에게 목례를 해 보이고 주방으로 갔다.

차가운 물이 식도를 타고 넘어가자 머리가 깨질 것 같았다. 속이 뒤틀리고 신물이 올라왔다. 꿈에서 보았던 윤주의 잔상이 다시 떠올랐다.

'나, 남자 생겼어.'

윤주는 마리가 싫어할 걸 알면서도 매번 들뜬 표정으로 말했다.

'넌 내가 만나는 남자가 마음에 든 적이 한 번이라도 있어? 잘될 거라고 말해 준 적 있어?'

어쩌면 윤주는 새로운 남자와 잘될 거라는 허황된 반응을 바랐던 게 아니었는지도 모른다. 다시 실패하게 되더라도 두려워하지 말라는 응원이 필요했던 게 아닐까?

미희는 자존심이 센 데다가 내성적인 성격이라서 힘들어도 힘들다는 내색을 하지 않았다. 지금 생각해 보니 미희는 돈이나 도움이 필요했던 게 아니라, 기대어 울 어깨가 필요했던 것인지도 모른다. 망할 놈의 기억. '내가 저금통인 줄 알아?'라고 해 놓고 미희에게 돈을 빌려주었는지 기억나지 않았다. 미희가 죽고 나서 미희 가족은 어떻게 살고 있을까?

생수병을 들고 거실로 나와 보니 최 변호사는 돌아가고 없었다.

신속하게 움직여 엄마가 원하는 결과를 가져와야 하기에 몹시 바쁠 것이었다.
　마리는 방으로 돌아와 백업해 놓은 전화번호를 뒤졌다. 미희 아버지의 치킨집 번호가 남아 있었다. 그동안 미희와 연락하고 싶은 마음이 간절했다면 방법은 얼마든지 있었다. 여태 그렇게 하지 않은 이유는, 진실을 알고 싶은 마음보다 알면 안 될 것 같은 두려움이 더 커서였다. 친구들과 심하게 다투었거나 돌이킬 수 없는 상황에 놓였을지도 모른다고 생각해 어느 정도 포기하는 마음도 있었다.
　신호가 거의 끊어질 즈음, 처음 듣는 목소리가 전화를 받았다.
　"영업 안 합니다."
　"미희 친구인데요. 미희 아버님하고 통화를 좀 하고 싶어서요."
　"오늘 산에 가셨습니다."
　딸이 죽었는데 등산이나 하고 싶은 마음이 들었을까, 하는 의문이 들었다.
　"언제쯤 돌아오시는데요?"
　"죽은 사람이 어떻게 돌아옵니까? 오늘 화장해서 산에 뿌려 드렸다는 이야깁니다."
　미희의 아버지가 죽었다는 사실은 들은 적이 없었다.
　"저, 그럼 미희 어머니하고는 통화할 수 있나요?"
　"미희 친구라면서 정말 모르는 겁니까? 미희가 죽은 충격으로 우리 형이 미쳤다 아닙니까? 식구들을 다 칼로 찔러 죽이고 아파트에서 뛰어내려 목숨을 끊었어요."
　"…."
　"생활비 번다고 고생만 하던 딸이 살해됐는데 아버지라는 사람이 살고 싶겠어요? 미희하고 안 친했나 보네요. 세상 사람들이 다 아는 걸 모르고 있으니."

눈앞에 검은 장막이 드리운 것처럼 아무것도 보이지 않았고, 아무것도 들리지 않았다. 정신을 차렸을 때 전화는 이미 끊어져 있었다. 마리는 핸드백에서 명함을 꺼내 전화를 걸었다.

"광진서 강수철입니다."

"형사님, 저 박마리입니다. 어제 저한테 말씀하셨던 최면수사요, 저 그거 받아 볼 생각이에요."

잠깐 침묵이 흘렀다.

"최면을 통해 기억을 떠올리고 나서 감당할 자신은 있어요?"

"…."

"박마리 씨, 듣고 있어요? 최면수사를 하게 되더라도 정신과 전문의의 조언을 듣고 나서 하는 게 좋을 것 같습니다."

머뭇거리는 동안 최 변호사가 조치를 취할 것이었다. 마리는 호흡을 가다듬고 말했다.

"당장 하고 싶어요. 언제쯤 가능할까요?"

기억의 파편을 쫓아서

 최면수사는 시간이 지날수록 다른 기억이 개입하기 때문에, 사건이 일어난 시점으로부터 보름 이내에 해야 가장 정확하다고 했다. 마리의 경우는 한 달도 더 지났기 때문에 오늘 하든 내일 하든 큰 효과를 기대하기 어려운 상황이었다. 그러다 보니 스케줄이 잡히지 않아 계속해서 기다려야 했다.
 최면수사에 대한 기대감과 긴장이 무뎌질 즈음 과학수사대에서 수철에게 연락이 왔다. 갑자기 취소된 사건이 있어 마리에게 기회가 온 것이었다. 수철은 곧바로 그녀에게 전화를 걸었다.
 "박마리 씨? 최면수사 일정이 잡혔습니다. 갑작스럽기는 하지만 미루면 또 언제까지 기다려야 할지 모르거든요. 혹시 그 사이 마음이 변한 건 아니겠죠?"
 "아직도 사라진 제 기억이 필요하신 걸 보니 수사에 진전이 없나 보네요."

"그렇지는 않습니다. 다만, 확실하게 하고 싶은 거죠. 언제쯤 시간이 될까요? 지금 말씀해 주셔야 차질이 안 생깁니다."

"오늘도 가능할까요?"

"오늘 오후 5시, 내일 오전 11시에 가능합니다. 말씀만 해 주시면 댁으로 모시러 가겠습니다."

"오늘이 좋겠어요. 오후에 재활치료가 있는데 병원으로 오세요."

∽∽∽

엄마가 집에 있어 수철을 오라고 할 수 없었다. 마리는 엄마에게도 똑같은 거짓말을 했다. 앞당겨 재활치료를 받고 싶다고. 엄마는 운전기사가 딸린 자신의 차를 내주었다. 아직은 운전할 수 없는 상태인 데다가 마리의 차는 사고 이후 폐차되었다. 택시를 타고 가겠다고 하려다 의심받을 것 같아서 순순히 엄마의 말에 따랐다.

엄마는 차가 마당을 가로질러 대문을 빠져나갈 때까지 손을 흔들어 주었다. 엄마를 속이는 게 마음에 걸렸지만 사건을 물을 수는 없었다. 살아남은 자가 짊어져야 할 책임감이랄까? 윤주와 미희를 죽인 범인을 잡기 위해 최선을 다해야 했다.

수철은 서운대학교병원 주차장에서 기다리고 있었다.

"같이 다니는 분은 안 오셨네요?"

"최 형사님이요? 그분은 화양동 연쇄 절도사건 때문에 잠복근무 중입니다. 원래 저도 거기에 가 있어야 하는데…."

말끝을 흐리는 그의 표정에 머뭇거림이 스쳤다.

"최면수사를 받겠다고 결정한 건 용감한 선택이긴 하지만 여전히 걱정됩니다. 마리 씨가 정신적인 충격을 받게 될까 봐서요."

"설마 미치기야 하겠어요?"

마리는 농담처럼 말했지만 수철은 웃지 않았다. 그는 진심으로 마리를 걱정하는 듯 보였다. 운전기사도 아니면서 차 문을 열어 주고, 피해자의 정신적인 안정을 위해 최면수사를 망설이는 선량한 경찰이라니…. 경찰이라는 직업과 어울리지 않는 넓은 이해심은 그렇다 치고, 싸움 따위와는 멀어 보이는 길고 가는 손가락이 거슬렸다. 살인범과 대결해 이길 수 있기나 할까, 하고 걱정이 되었다.

"강 형사님은 왜 경찰이 되셨는데요?"

수철은 똑같은 질문을 여러 번 받았는지 '또야?' 하는 표정으로 웃었다.

"경찰이 되고 싶어서 되었어요. 싱거운 대답이지만 사실입니다."

"만족하세요?"

수철은 어깨를 으쓱해 보였다.

"뭐, 그럴 때도 있고, 아닐 때도 있고 그래요."

"그러면 좀 곤란한데."

"뭐가 곤란하다는 거죠?"

"경찰이라는 직업에 대해 사명감 같은 걸 가진 분이길 바랐어요. 그래야 살인범을 잡을 수 있을 테니까요."

비난처럼 들렸는지 수철이 흠칫 놀라는 표정을 해 보였다. 자신의 자리에서 최선을 다하고 있는 것으로는 부족했다. 마리는 그가 적극적이고 치열하게 살인범을 쫓아 주기를 바랐다.

"제가 믿음직스럽지 않으세요?"

"이대로 살인범을 잡지 못하면 어쩌나 걱정스러워요."

기억의 파편을 쫓아서 121

"이 사건은 저한테도 아주 중요합니다."

"무슨 뜻이죠?"

"전에 맡은 살인사건에서 범인을 잡지 못한 바람에 피해자가 두 명 더 생겼거든요. 아직도 그 사건만 생각하면 가슴이 아픕니다. 저는 이 사건도 같은 상황에 놓일까 봐 신경이 쓰입니다."

마리가 잠시 생각에 잠겼다가 떨리는 목소리로 물었다.

"살인범이 또 다른 누군가를 죽일 거라는 말인가요?"

"살해 수법으로 미루어 처음 살인을 저지른 놈이 아닙니다. 살인 기호증이라고 들어 보셨나요?"

"영화에서 본 것 같아요. 살인을 즐기는 사람인 거죠?"

"그렇습니다. 전국적으로 일어나는 살인사건을 주시하고 있는데, 아직은 비슷한 수법으로 살해당한 피해자가 없기는 합니다만 안심할 수는 없죠. 마리 씨가 살아 있다는 사실을 안다면 살인범이 얌전히 있지는 않을 테니까요."

"형사님은 살인범의 다음 타깃이 저라고 생각하시는군요."

담담하게 말하는 마리를 흘끔 쳐다보고 나서 수철은 고개를 끄덕여 보였다.

"그래요."

"저 역시 같은 생각이에요. 누군가 저를 죽이러 올 것만 같아요."

"아니길 바랄 뿐입니다. 하지만 살인범이 잡히기 전까지는 조심하는 게 좋죠. 혼자 있는 건 가급적 피하세요. 저와 저희 팀에서 열심히 수사하고 있으니까 좋은 결과가 있을 겁니다."

수철의 목소리는 차분했지만 눈빛에 살인범을 잡고 싶다는 각오 같은 게 깃들어 있었다. 마리는 수철을 채근한 게 미안하면서도 그의 진심을 확인하자 마음이 편안해졌다.

　차가 영동대교를 지나 올림픽대로로 진입했다. 한낮인데도 한강 수면 위를 비추는 햇살은 힘이 없었다. 바람이 부는 대로 나무에서 떨어진 낙엽이 거리를 쓸고 다녔다. 찬바람에 익숙하지 않은 사람들은 외투깃이나 스카프에 얼굴을 묻고 걸었다. 마리는 여름의 기억이 뭉텅 잘려 나가 버린 터라, 불쑥 찾아온 가을이 낯설었다. 앞으로 닥쳐올 겨울은 견디기 힘들 것 같은 예감마저 들었다.

　어느 사이 차는 안국역을 지나 경복궁을 우측으로 끼고 돌았다. 수철의 차는 서울경찰청 주차장 안에 멈춰 섰다. 수철이 어딘가로 전화를 걸었다.

　"노 경사님. 광진서 강수철입니다. 지금 도착했습니다. 예, 알겠습니다."

　마리는 수철을 따라 과학수사대 건물로 갔다. 건물 안에 형광등이 켜져 있었지만 지하실을 걷는 것처럼 침울함이 느껴질 정도로 컴컴했다. 계단을 올라 2층 복도를 걸어가는데 중간 지점에서 문이 열리며 한 남자가 나왔다. 역광 때문에 남자의 얼굴은 보이지 않았다. 남자가 가까이 다가와서 수철에게 악수를 청했다.

　"강 형사님?"

　"아, 노 경사님."

　노 경사는 작은 체구에 이발소에서 깎았을 법한 헤어스타일을 했고, 유행을 타지 않는 점퍼와 면바지에 낡은 운동화 차림이었다. 마리가 길에서 만난다면 눈길조차 주지 않을 평범한 아저씨였다.

　"일정이 잡히지 않아 오래 기다리게 해서 죄송합니다."

　"이렇게라도 시간을 내어 주셔서 감사합니다. 노 경사님에 대한

이야기는 많이 들었습니다. 최면수사와 프로파일링에 전문가라고 칭찬이 자자하던걸요."

"강 형사님이야말로 전국에서 실적 1, 2위를 다투는 팀에 계신다고 알고 있습니다. 잘 오셨습니다. 자, 이쪽으로."

노 경사는 먼 친척 아저씨가 어린 조카에게 짓는 푸근한 미소를 마리에게 지어 보이고 나서, 조금 전에 열렸던 문으로 그들을 안내했다.

비좁은 사무실은 문이 활짝 열리지 않을 정도로 잡다한 상자들이 들어차 있었다. 가구는 노 경사가 쓰는 책상 한 개와 유리문이 달린 구식 책장이 전부였다. 책장 안은 각종 서류로 가득 차 있었고, 책장에 넣지 못한 서류들은 라면 상자에 담긴 채로 탑 쌓기를 하다 만 레고 블록처럼 곳곳에 쌓여 있었다.

노 경사는 책상 맞은편에 의자 한 개를 놓아 주었다. 마리가 의자에 앉았고, 수철이 그 뒤에 섰다.

"최면수사가 정식 수사기법으로 채택되기는 했지만, 아직은 뺑소니 사건이나 특수 사건 수사에 단서를 제공하는 역할만 하고 있습니다. 재판에서 주요 증거로 인정받지는 못하는 실정입니다. 최면에 대해서 오해하는 사람이 많아요. 특정한 생각을 주입한다든가, 감추고 싶은 비밀을 꺼낸다든가 하는 선입견을 가진 분들이 있어요. 그런 경우 최면에 잘 안 걸리거든요."

노 경사는 먼 친척 아저씨의 푸근한 미소를 지웠다.

"잠시 후면 저는 박마리 씨의 동의하에 최면수사를 시작할 겁니다. 최면은 박마리 씨의 의식을 집중하게 만들어서 충격 때문에 떠올리기 꺼려하는 기억을 끄집어낼 겁니다. 꼭 기억을 찾고 싶다는 기대감을 가지세요. 범인을 잡겠다는 마음만 있으면 모든 게 잘될 겁니다. 준비되셨어요?"

마리가 고개를 끄덕이자 노 경사가 자리에서 일어났다.

"그럼 옆방으로 가시죠."

그가 안내한 방에는 녹화 장치와 뇌파 측정 기계가 있었고, 푹신해 보이는 소파 맞은편에 사무용 의자가 하나 놓여 있었다. 노 경사는 마리에게 소파에 앉으라고 했다.

"편안하게 앉아서 긴장을 푸세요. 너무 긴장하면 최면에 안 걸릴 수 있어요. 아무 생각 말고 제가 시키는 대로 하면 됩니다. 아셨죠?"

노 경사가 마리의 이마에 뇌파를 측정하는 선을 부착했다. 카메라 스위치를 켜고 나서 전등을 껐다. 노트북 화면에서 나오는 빛과 녹화 중임을 알리는 카메라의 빨간 불빛만이 방을 밝히고 있었다. 노 경사는 마리의 맞은편 사무용 의자에 앉았다.

"자, 몸에서 힘을 빼고 눈을 감으세요."

마리는 그가 시키는 대로 했다.

"몸에서 힘을 더 빼세요. 모든 게 편안해집니다. 나른해집니다."

몸이 소파에서 흘러내릴 것처럼 나른해지면서 무거운 졸음이 찾아왔다. 이어서 암흑이 찾아왔다.

탁! 하고 TV가 켜지듯 영상이 떠올랐다. 잔디밭이 보였다. 몸이 붕~ 하고 공중으로 떠오르면서 아버지의 얼굴이 그녀를 탔다. 폐가 아플 정도로 웃음이 나와서 웃다가 숨이 멎을 것 같았다.

스위치를 꺼 버린 것처럼 영상이 지워졌다. 갑자기 가슴이 답답해졌고 폐가 딱딱하게 굳어 갔다. 심장이 멈췄던 바로 그 순간이 다시 찾아왔다. 다시는 겪고 싶지 않은 죽음의 순간이 전과 다름없이 마리를 공포로 밀어 넣었다.

"죽게 해 주세요. 제발."

더 이상 견딜 수 없는 순간이 왔을 때, 어둠이 찾아왔고 비가 내리는 소리가 들렸다. 음울하면서도 몽환적인 피아노곡이 들렸다. 빛은 폭죽처럼 긴 꼬리를 가지고 반짝거렸고, 그 찬란한 빛에 정신이 다 몽롱해질 지경이었다.

얼마나 술을 마셔 댔는지 토할 것처럼 속이 울렁거렸고, 벌써 몇 번이나 토했는지 목구멍이 화끈거렸다. 모든 사물이 휘어져 보였고 일어나려고 했지만 버둥거릴 뿐, 몸이 말을 듣지 않았다.

벽을 짚고 일어나려다 바닥이 기울면서 얼굴을 후려쳤다. 쿵하고 지독한 소리가 났지만 아프지는 않았다. 키득키득 웃음이 터져 나왔다. 웃을 이유가 없는데도 멈출 수 없었다.

"아, 나 왜 이러냐…."

목소리가 멀리서 들려오는 것 같은 착각이 들었다. 술에 아무리 취한다고 해도 이렇게 엉망이 될 수는 없었다. 엑스터시를 한 적이 있었는데, 그때와 비슷한 기분이었지만 조금 더 지독했다.

주변의 모든 것들이 빙글거려서 마리는 바닥에 등을 대고 누웠다. 천장이 구부러졌다 펴졌다 하면서 출렁거렸다. 침이 자꾸 흘러내리고 머리카락이 끈적거렸다.

모든 감각이 마비된 것 같았지만 은밀한 부분은 예외였다. 유두가 딱딱해져서 조금만 닿아도 쓰라릴 것처럼 아팠고 사타구니 안쪽이 저릿했다. 절정의 순간이 끝나지 않았는데 섹스를 멈춘 것 같은 안타까움과, 계속해서 섹스를 하고 싶은 충동으로 미칠 것 같았다.

누군가 마리의 두 다리를 확 잡아당겼다. 바닥을 질질 끌려가면서 올려다보니 남자의 뒷모습이 보였다. 남자는 윗옷을 걸치지 않아 맨살이 드러난 채로 청바지만 입고 있었다. 리바이스 501. 옅은 색 청바지에 보통 남자들보다 키가 컸고 다리가 길었는데, 실제로 긴 건지 아니면 길어 보이는 건지 알 수 없었다. 남자가 고개를 돌리지 않아서 얼굴은 볼 수 없었다.

문턱을 넘어가면서 마리의 뒤통수가 쿵하고 바닥을 찧었다. 갑자기 몸이 공중에 붕 떠올랐다가 내동댕이쳐졌다. 남자가 마리를 들어 올려 침대에 던진 뒤 몸 위에 올라타 바지를 벗겼다. 버둥거렸지만 소용없었다. 남자의 체중에 눌려 숨을 쉴 수 없었다. 팬티가 찢어지는 소리가 들렸다. 똑같은 곡이 계속해서 들려오고 있었다.

"제발 그 음산한 곡을 꺼 줘."

남자가 엎드린 마리의 배를 잡아 올리고 자신의 것을 밀어 넣으려고 했다. 불덩이처럼 달아오른 허벅지 안쪽이 아니라 엉덩이 사이를 공략했다. 끝이 무딘 막대기로 아래를 찔러 대는 느낌이 싫어 몸을 뒤틀면서 저항했다.

"싫어. 싫어."

비명을 질렀다고 생각했는데, 들리는 건 물속에서 소리치는 것처럼 알아들을 수 없는 소리였다. 마리가 다리를 버둥거리자 남자는 그녀의 머리채를 잡아당겼다. 그 바람에 고개가 확 젖혀졌다. 빛 때문에 더 이상 눈을 뜨고 있을 수 없었다. 마리는 먹은 것을 토해 냈고, 그 순간 남자가 항문을 열고 들어왔다.

리모컨으로 채널을 돌린 것처럼 또 다른 영상이 치고 들어왔다. 마리는 마당 한가운데 엎드려 있었다. 빗방울이 기다란 회초리처럼 등줄기에 꽂혔다. 지독한 냉기가 뼛속까지 파고들어 혀를 깨물 정도로 턱이 덜덜 떨렸다. 바닥은 온통 진흙으로 된 뻘이었고, 펜션은 한 덩이의 불이 되어 타올랐다.

펜션 기둥에 묶인 채 불타고 있는 윤주의 모습이 보였다. 열린 입에서 불이 뿜어져 나왔고, 머리카락은 재가 되어 눈처럼 휘날렸다. 2미터 정도 떨어진 곳에 미희가 쓰러져 있었다. 그녀의 다리가 줄에 매달린 채 비정상적으로 뒤틀려 있었다.

갑자기 눈앞에 불이 켜졌다. 짐승의 눈처럼 보이는 두 개의 불이 빠르게 다가오다가 멈췄다. 자세히 보니 자동차 헤드라이트였다.

"살려주세요."

마리는 자동차를 향해 기어가려고 했지만, 몸이 앞으로 나아가지 않고 제자리에서 버둥거렸다. 조수석 문이 열리며 누군가 내렸다. 자동차 불빛이 강해서 자세히 보이지 않았지만 작은 체구였다.

"살려주세요. 도와주세요."

마리는 비척비척 몸을 일으켜 한 손을 내밀고 휘청거리며 걸어갔다. 자동차가 무서운 속도로 그녀를 향해 돌진했다. 무슨 일이 일어났는지 알아채기도 전에 암흑이 찾아왔다.

다시 같은 장면이 눈앞에 떠올랐다. 마리는 마당 한가운데 엎드려 있었다. 자동차에서 내리는 사람이 누구인지 보려고 애썼다. 번호판을 보려고 애썼다.

"안 보여요."

(볼 수 있어요.)

영상이 점프하듯 또다시 같은 장면에 가 있었다.

(지금이야. 어서! 자동차에서 내리는 사람을 봐요.)

"어두워요."

(볼 수 있어요.)

"너무 추워. 너무 아파."

(꼭 봐야 해요. 범인이에요. 볼 수 있어요.)

"아무것도 보이지 않아요! 피를 너무 많이 흘렸어요. 고통이 심하다고요. 제발! 살려주세요. 아니, 차라리 죽여주세요."

마리는 조금의 힘이라도 남아 있다면 스스로 죽어 버리고 싶을 정도로 한계에 와 있었다.

"제발… 제발… 끝내 줘요. 제발…."

갑자기 푸른 잔디밭이 펼쳐졌다. 아버지의 얼굴이 그녀를 탔다. 까르르 까르르 웃고 있는 아기의 목소리가 들렸다.

"아버지, 보고 싶어요."

눈물이 왈칵 쏟아졌다.

"자, 이제 깨어납니다. 하나, 둘, 셋."

눈을 뜨자 노 경사가 준비해 놓은 수건을 건네주었다. 마리는 수건에 얼굴을 묻고 통곡했다.

"너무 무서웠어요. 너무 아팠어요. 끔찍하게 추웠고 외로웠어요."

"이제 안전해요. 심호흡을 해 봐요. 크게 숨을 들이쉬고 내쉬고. 자 어서요."

심호흡을 했지만 쉽게 안정을 찾지 못했다.

"사건이 있던 날이 떠올랐어요."

"알아요."

"남자가 저를 성폭행하고 친구들을 죽였어요. 혼자 살아남았는데 저를 죽이려고 자동차가 달려들었어요. 차에서 내린 사람이 있었고, 운전하는 사람이 있었어요. 두 사람이었어요. 고통은 너무 선명한데 기억은 뒤죽박죽 엉망이에요. 왜 그런 거죠?"

"술이나 약에 취해 있었던 것 같아요. 그런 경우는 해마나 대뇌피질에 기억이 저장되지 않기 때문에 최면을 통해서도 끄집어낼 게 없는 거죠."

"아아, 그럼 어떻게 되는 거죠? 범인의 얼굴을 보지 못했어요."

"그래도 여러 가지 단서를 얻었으니까 절반은 성공한 셈이에요."

문밖에서 수철의 다급한 외침이 들렸다.

"정말 이러시면 곤란합니다."

"당신이야말로 이러면 곤란하죠. 내가 전에 분명히 경고했을 텐데요. 마리가 잘못되면 가만두지 않겠다고."

엄마의 날카로운 목소리였다. 최면을 통해서 본 것들만으로도 정신이 없는데 엄마와 부딪칠 생각을 하니 머리가 아팠다.

노 경사가 문을 열자 폭발할 것 같은 엄마와 눈이 마주쳤다. 위험을 느낀 마리는 본능적으로 뒷걸음질치다 카메라 삼각대에 발이 걸렸다. 노 경사가 재빨리 잡지 않았다면 균형을 잃고 넘어질 뻔했다. 엄마는 마리의 팔을 잡은 그의 손을 거칠게 떼어 냈다.

"마리야, 대체 얼마나 울었길래 얼굴이 그 모양이야. 그러게 왜 엄마 말을 안 들어."

엄마는 딸을 울린 사람이 수철과 노 경사라도 되는 것처럼 두 사람을 번갈아 노려보았다.

"당신들 뭐 하는 사람들이에요? 아직 몸이 회복되지도 않은 아이를 데려다 이게 사람이 할 짓이에요! 범인을 잡고 싶으면 나가서 움직여요. 가여운 아이 붙잡고 괴롭히지 말고."
 엄마 뒤에 서 있던 최 변호사가 서류를 꺼내며 말했다.
 "박마리 씨는 심신이 미약해 수사에 응할 수 없다는 진단서입니다. 그리고 이건…."
 최 변호사는 다른 서류를 꺼내 수철에게 떠밀 듯 안겨 주었다.
 "앞으로 박마리 씨와 접촉하려면 저를 통해야 한다는 법원의 명령서입니다."

 건물 앞에 엄마의 차가 대기하고 있었다. 운전기사는 마리를 병원 주차장에 내려 주고 돌아간 것 때문에 호되게 싫은 소리를 들었는지, 침울한 얼굴로 마리의 시선을 피했다.
 "최면 따위를 믿다니 왜 이렇게 어리석어. 그 사람들이 네 머릿속에 이상한 걸 주입하면 어쩌려고 그랬어?"
 "범인 잡는 걸 돕고 싶었어. 내가 살아 있는 걸 알면 범인이 죽이러 올지도 모르잖아. 유일한 목격자이자 생존자니까."
 "누가 그래? 경찰이 그런 말을 해? 그 말을 믿어?"
 "엄마는 내가 최면을 통해서 뭘 떠올렸는지 궁금하지 않아? 얼마나 끔찍한 짓을 당했는지 알기나 하냐고!"
 "뭘 떠올렸는데? 범인 얼굴은 봤어?"
 "범인 얼굴은 보지 못했어. 그렇지만 윤주가 불타고 미희가 죽어 있는 걸 봤어. 나는 어떤 남자한테 끔찍한 짓을 당하고 차에 치이기까지 했어. 얼마나 무섭고 끔찍했는지 알아?"
 마리는 새로운 눈물을 쏟아 내며 콧물을 훌쩍거렸다. 엄마는 핸드백에서 손수건을 꺼내 건네주었다.

"네가 이렇게 힘들어할 것 같아서 기억을 떠올리는 걸 반대했던 거야."

"나는 정말로 살인범을 잡고 싶어. 대가를 치르게 하고 싶어."

마리는 엄마의 실크 손수건에 얼굴을 묻고 울었다. 엄마는 사람들의 시선을 불편해하며 차 문을 열었다.

"그만 차에 타자."

마리는 콧물을 닦고 나서 손수건을 돌려주었다. 엄마는 버려도 상관없다는 듯 손을 내저었다. 아무리 딸이라도 콧물을 닦은 손수건은 더럽다는 것이었다. 마리는 엄마와의 거리를 다시금 실감하고는 슬퍼졌다. 살해당할 위기에 처했던 사람은 마리였고, 그 고통은 엄마와 공유할 수 없는 것이었다. 심지어 엄마는 살인범을 잡는 것에도 관심이 없었다.

"엄마는 살인범을 잡고 싶지 않아?"

"당연히 나도 살인범이 빨리 잡혔으면 좋겠어. 하지만 그건 경찰이 할 몫이야. 엄마는 네가 사건에 너무 깊숙이 빠져들어서 충격을 받는 게 싫은 거야. 네가 고통을 이겨 내지 못하고 전처럼 방황할까 봐 걱정돼 죽겠어."

"그것 말고 엄마는 숨기는 게 더 있어. 사고에 대한 기억 말고도 내가 기억하지 못하는 다른 기억을 떠올리는 게 싫은 거잖아."

"그래, 싫어. 우리 예전에 행복했니? 말해 봐. 안 좋은 기억을 왜 자꾸 떠올리려고 하는 거야?"

"진실을 알고 싶으니까."

엄마는 묘하게 뒤틀린 웃음을 짓고 나서 말했다.

"얻는 게 있으면 버리는 것도 있는 법이야. 착한 딸이 되겠다면서. 그럼 기억 따위는 잊어."

"엄마."

"제발 지나간 일은 잊고 좋은 기억만 간직하면서 살자. 엄마만 믿으면 돼. 그럼 우리 모두 행복해질 거야."

마리는 행복이라는 말이 낯설게 느껴져 씁쓸하게 웃었다. 마리의 행복과 엄마의 행복은 한 방향을 바라본 적이 없었다. 등을 돌리고 걷는 사람들처럼 서로가 원하는 삶이 달랐다. 마리는 엄마의 뜻대로 살아 줄 의향이 있었다. 살인사건만 해결하고 나면 얼마든지 그래 줄 수 있었다.

'범인을 잡고 나서 엄마 말대로 할게. 엄마가 원하는 대로 살아 줄게.'

마리는 축축하게 젖은 손수건을 꼭 쥐면서 마음속으로 말했다.

∽∽∽

광진경찰서 강력 1팀은 검거 효율을 높이기 위해 총 7명의 인원이 함께 움직이는 경우가 많았다. 그렇다 보니 개인 시간을 갖기 어려운 단체 생활의 연속이었다. 어쩌다 개인 시간이 생겨도 비상이 걸리거나 사건이 터지는 바람에 업무로 복귀해야 하는 일도 잦았다. 인간관계는 자연스럽게 정리되었고 연애는 꿈도 꿀 수 없었다. 수철은 결혼한 선배들이 존경스러울 지경이었다.

팀 전체가 당직 근무를 서고 있는데, 점심시간이 되자 팀장이 수철을 불러냈다. 팀원들 모르게 은밀하게 할 이야기가 있는 듯 조심스러워 보였다. 주변의 시선을 의식하지 않고 이야기할 수 있는 장소로 중국집만 한 곳이 없었다. 전화 한 통이면 배달되는 짜장면을 15분이나 걸어가서 먹어야 하는 이유였다.

팀장은 중국집 룸 안으로 들어가 호기롭게 외쳤다.

"여기 짜장면 둘."

종업원이 나가자 팀장은 무술 시범을 보이는 것처럼 현란하게 젓가락을 둘로 쪼개 먼지를 털어 냈다. 팀장의 별명은 쿵푸판다였다. 통통한 체구에 못하는 무술이 없어서 붙은 별명인데, 그는 점점 더 쿵푸판다를 닮아 갔다. 만두를 좋아했고 젓가락으로 묘기를 보이기도 했다.

"박마리 최면으로 뭐 건진 거 없어?"

"최면 중에 자동차 헤드라이트를 봤다고 해서, 펜션으로 가는 길목에 설치된 CCTV를 전부 다시 뒤졌습니다. 박마리의 차가 통과한 이후부터 구급차가 지나갈 때까지 그곳을 통행한 모든 차량의 번호판을 추적했어요. 그런데 깨끗합니다. 의심스러운 차량도 없고, 알리바이가 의심되는 운전자도 없습니다."

"그러면 범인이 하늘에서 뚝 떨어졌다는 거야, 뭐야?"

"펜션 뒤쪽으로 차가 다닐 만한 산길이 있는데, CCTV가 없어서 만약 다른 차가 침입했다면 그쪽일 가능성이 큽니다. 범인이 그 지역 지리에 익숙하거나, 아니면 사전에 살인을 계획하면서 현장 답사를 한 것으로 볼 수 있고요. 문제는 사건이 우발적 성향이 강하다는 점입니다."

"인근에 있던 성폭행 전과자나 용의자는 찾아봤어?"

"예. 그런데 이 사건은 단순히 성폭행을 하려고 저지른 범죄는 아닌 것 같습니다."

수철의 성범죄 수사 경험으로 볼 때, 성폭행은 범인이 성적으로 흥분했기 때문에 저지르는 경우보다는 힘을 과시하거나 분노를 표현하기 위해 범행을 저지르는 경우가 더 많았다. 특히 가학적 성욕을 가진 성범죄자는 피해자가 괴로워하는 모습을 보며 흥분하는 성향이 강했다. 이러한 성향의 범인이 항문 강간을 선호하는 이유도 같은 맥락이었다.

그러나 마리의 경우는 달랐다. 최면수사에서 떠올린 기억이 정확한 것이라면, 그녀는 약에 취해 있어 가학적 성폭행범을 흥분시킬 수 없는 상태였다. 게다가 마당이 아닌 펜션 안에서 성폭행당했다. 화재가 발생하기 전이었으니까 마윤주와 정미희가 살아 있었을 텐데, 마리가 성폭행당하는 동안 두 여자는 어디에 있었던 걸까? 수철은 그 점이 의문이었다.

"이상한 건 자동차 바퀴 자국입니다. 사건 현장에서 발견된 바퀴 자국은 구급차와 소방차, 굴절차, 이런 거를 빼고 나면 박마리의 차 하나였어요."

"그러면 박마리가 봤다는 그 차는 뭐야? 혹시 최면수사가 잘못된 거 아냐?"

"노 경사의 말에 따르면 최면 자체에는 이상이 없었는데 기억이 문제였습니다. 사고 당시 뭔가에 중독된 상태라서 현실과 환각을 구분하지 못하는 상황이었습니다."

"뭐에 중독되어 있었던 것 같아? 술이야, 약이야?"

"약물로 추정됩니다."

팀장의 얼굴이 굳어졌다.

"서운재단은 영향력이 막강해, 알지? 잘못 건드리면 우리 둘 다

옷을 벗어야 할 수도 있어."

팀장은 투박한 손으로 찻잔을 들어 재스민차를 한입에 털어 넣었다. 찻잔을 내려놓는 그의 얼굴에서 피로가 느껴졌다.

"강 형사가 살인범을 잡고 싶은 욕심이 누구보다 강하다는 건 잘 알아. 강 형사 같은 경찰이 더 많아져야 한다는 게 내 생각이야. 그러려면 일단은 버텨야 하는 거잖아. 이번 사건을 조용히 수사하라는 지시가 내려왔어. 무슨 말인지 알겠지?"

정혜선의 입김이 작용한 게 틀림없었다. 자신의 왕국을 지키는 게 더 중요한 그녀는 살인범을 잡는 데는 관심이 없었고, 필사적으로 사건을 덮으려 애쓰고 있었다.

노크 소리와 함께 문이 열렸다. 종업원이 짜장면이 담긴 카트를 밀면서 들어왔다. 시키지도 않은 군만두도 함께 가져왔다.

"그거 치워. 주문하지 않은 음식은 사절이야."

"그래도 사장님이…."

"아휴, 됐다니까 그러네. 치워, 치워."

팀장은 자동판매기 커피 하나도 공짜로 얻어먹지 않았다. 야망이 있어서 사소한 것이라도 책잡힐 만한 일은 남기지 않으려는 강박이 있었다. 종업원이 무안해하며 군만두를 거둬 갔다.

"자, 불기 전에 어서 먹자고. 모든 건 타이밍이라는 게 있잖아."

팀장은 '타이밍'을 강조해서 말했다. 박마리 사건도 언젠가는 드러내어 수사할 수 있는 때가 올 거라는 말처럼 들렸다. 그는 수철의 짐작을 확인시켜 주기라도 하듯 싱긋 웃어 보였다.

"기다려 봐. 혹시 알아? 기자들이 먼저 냄새를 맡고 덤벼들어서 공개수사를 하게 될지?"

팀장은 조용히 수사하라는 윗선의 지시를 어기고 홍천 사건을 터뜨릴 생각인 모양이었다. 공개수사를 하게 되면 예상하지 못했던 목격자가 나올 수도 있으나, 범인을 잡지 못할 경우 문책을 피할 수 없다는 단점이 있었다. 목을 내놓고 수사한다고 할 정도로 위험이 따랐다. 팀장은 승부수를 던져서라도 이 사건을 해결하고 싶은 것이었다. 수철은 강한 응원군을 만난 것 같아서 힘이 났다.

"피해자 원한관계는 파악했어?"

"최 형사님이 정미희의 주변 인물에 대해 수사하는 중이고, 저는 마윤주에 대해 수사하고 있습니다."

"마윤주는 어떤 여자야?"

"골프용품 매장 매니저였는데, 매출의 일정 부분을 가져가기 때문에 한 달 월급이 대기업 중견 간부 수준이었습니다. 꽤 많은 수입에도 불구하고 통장 잔고는 형편없어서 알아보니까, 씀씀이가 헤프고 남자관계가 무척이나 복잡했습니다."

마윤주의 매장 대각선에 있는 스포츠용품 매장의 직원은 대놓고 그녀를 비난했다.

"유부남도 가리지 않았어요."

살집이 통통하게 오른 여자였는데, 주는 것 없이 친하게 지내고 싶지 않은 밉상이었다. 밉상 직원은 마윤주를 떠올리는 것만으로도 짜증이 난다는 듯 미간에 주름을 모으고 말했다.

"그 애는 남자만 보면 환장했다니까요."

살인사건의 경우 피해자와 사이가 나빴더라도 용의자로 몰릴까 봐 친한 척하는 게 보통인데, 밉상 직원은 거리낌 없이 불쾌감을 드러냈다. 원한관계가 있는 것도 아닌데 진저리치게 싫어하는 이유가 궁금했다. 수철은 매장 계산대에 붙어 있는 마윤주의 사진을 보고 나서야 밉상 직원을 이해할 수 있었다.

몸에 딱 붙는 아이보리색 니트를 입고 환하게 웃는 마윤주의 모습은 굉장히 육감적이었다. 그녀의 여성적인 우월함이 다른 여자들의 본능에 위험 신호를 준 게 분명했다. 연애 한 번 제대로 해 보지 못했을 밉상 직원에게는 모멸감을 느낄 정도로 질투의 대상이었을 것이다.

수철은 마윤주에게 불쾌감을 보이는 밉상 직원과, 마윤주에게 동정심을 보이는 골프용품 매장의 직원 두 사람에게 집중적으로 질문했다. 마윤주에 대한 평가가 극단적으로 엇갈리는 두 여자의 진술 사이에 신기하게도 공통되는 지점이 있었다.

"마윤주 씨를 죽이고 싶어 했던 사람이 있을까요?"

수철이 이렇게 묻자 밉상 직원이 말했다.

"전부 다 그 애를 싫어했어요. 부끄러운 줄도 모르고 자기 연애사를 죄다 털어놓고 다녔거든요. 임신했다가 차여서 자살을 시도한 이야기까지 모르는 사람이 없을 정도였어요. 여자 망신은 혼자 다 시키는 아이였죠."

"마윤주를 임신시켰다는 그 남자의 이름을 혹시 아십니까?"

"윤기태라는 놈이었어요. 매장으로 몇 번 찾아와서 얼굴도 알아요. 한눈에 보기에도 여자 등쳐먹게 생긴 놈이었어요."

골프용품 매장의 직원은 안타까워하면서 말했다.

"언니는 사랑에 굶주려 있었어요. 어렸을 때 부모가 이혼하면서 혼자 자란 모양이더라고요. 저도 중학교 때 부모님이 이혼한 상처가 있어서 언니가 가엾다고 생각했어요. 언니는 사랑에 빠지면 다 퍼주는 스타일이었어요. 이용만 당하다가 버려져도 따지거나 매달리지 못했죠. 모든 문제를 자기 잘못으로 생각했으니까요. 버려지는 패턴에 익숙해졌다고 해야 하나? 그런데 한 남자한테는 미련을 버리지 못하더라고요."

수철은 그 남자가 윤기태일 거라고 짐작했다. 직감은 정확했다.

"다른 사람한테는 쿨하게 물러났던 언니가 윤기태라는 남자는 포기하지 못하고 매달렸어요. 옆에서 보기 가여울 정도였어요."

"혹시 윤기태가 마윤주 씨를 죽이고 싶어 했을까요?"

"그 반대였어요. 언니는 그 사람이 죽어야 집착을 끊을 수 있다면서, 할 수만 있다면 죽이고 싶다고 했어요."

치정에 의한 살인을 염두에 두고 마윤주의 남자들을 조사했는데, 짧게는 며칠, 길게는 1년 넘게 사귄 남자도 있었다. 그녀가 살해당했다는 사실을 알게 된 남자들의 반응은 대부분 '그래서 어쩌란 말이냐?'였다. 한때 연인이었던 여자가 죽었는데 안타까워하거나 슬퍼하는 남자가 단 한 명도 없었다. 마윤주는 그야말로 실속 없는 연애를 해 왔고, 그 많은 남자들 중에서 홍천까지 쫓아가 전 연인을 살해하는 수고를 할 만큼 그녀에게 집착한 남자도 없었다.

수철은 식욕을 잃어 젓가락을 내려놓았다. 먹을 때마다 느끼는 건데 짜장면은 냄새만큼 맛있는 음식이 아니었다. 캐러멜의 달콤함과 양파의 아삭거림은 잠깐이었고, 짜고 느끼해서 먹으면서도 후회가 되었다. 팀장은 접시를 입에 댄 채 남은 양념까지 쓸어 넣고 씹다가, 반도 더 남은 수철의 짜장면 그릇을 보고 갸우뚱했다.

"마윤주가 왜, 뭐가 잘 안 풀려?"

"남자관계가 복잡해서 치정에 의한 살인이 아닐까 하고 조사했는데, 철저히 이용당하기만 했더라고요. 남자들 입장에서는 열린 지갑이었고, 차려진 밥상이었던 거죠. 살해할 이유가 없어요. 문제는 마윤주가 죽이고 싶어 했던 놈이 있다는 겁니다. 저는 그놈이 자꾸만 걸립니다."

"고민할 거 없어. 무조건 그놈을 추적해. 형사로서 촉을 무시하지 말라고. 분명히 뭔가 있을 거야."

대화는 어느덧 화양동 연쇄 절도사건으로 바뀌어 있었다. 탐문수사를 하다 보니 피해를 입은 점포들이 연이어 나왔다. 영세 상인들이 먹고사는 게 바빠서 신고하지 않았던 것이다. 도대체 몇 개의 점포가 털렸는지 추정하기도 힘들 정도였다. 팀 전체가 투입되어 수사를 펼치고 있는데도, 범인에 대해 이렇다 할 단서를 찾지 못해 수사가 장기화될 조짐을 보이고 있었다.

"사건 하나가 막히면 전부가 다 막혀 버리니, 원. 굿이라도 해야 하는 거 아냐?"

"다음 사건이 일어나면 바로 신고하라고 상인들에게 알렸으니 기다리는 수밖에요."

"다음 사건이 일어날 때까지 손놓고 기다리는 방법밖에 없다는 게 자존심 상한다, 이거야. 누군가는 또 피해를 볼 거잖아, 젠장. 오늘 사건 들어오는 것도 시원찮으니까 마윤주에 대해 좀 더 알아봐. 이미 시간이 많이 흐르긴 했지만 생존자의 기억이라는 결정적인 단서가 남아 있으니까 반드시 해결할 수 있을 거야. 절대로 김우희 사건처럼 되지 않는다고."

수철은 너무 두려워서 입 밖으로 내지 못하는 말을 듣게 되자 정신이 번쩍 들었다. 팀장은 기운 내라는 의미로 그의 어깨를 쳤다.
"사건에서 감정을 분리하는 거 잊지 말고. 경찰 때려치운다는 말은 더더욱 하지 말고. 그만 일어날까?"

수철은 팀장과 헤어지고 나서 마윤주의 집으로 향했다. 잠실역과 잠실새내역 사이 대로변에 새로 지은 4층짜리 오피스텔 건물이었다. 마윤주는 3층에서 살았다. 관리인은 그녀가 죽었는데 왜 짐을 빼가지 않느냐며 야단법석을 떨었다.
"부모나 형제도 없어요? 왜 찾아오는 사람이 형사밖에 없는 건데요? 다른 입주자들이 살인사건으로 죽은 여자가 옆집에 살았다는 걸 알면 얼마나 오싹하겠어요? 부동산에 소문이라도 나면 제 입장이 정말 난처해진다고요."
"아직 계약 기간이 남았으니까 짐을 빼라 마라 할 수 없는 거 아닙니까? 게다가 아직 수사 중이니까 함부로 짐을 빼거나 물건을 만지면 공무집행 방해죄를 적용할 수 있습니다. 아시겠어요?"
"살아 있을 때도 매일 밤 남자를 끌어들이고 시끄럽게 음악을 틀어 놓고 하더니, 죽어서도 말썽이네."
관리인은 툴툴거리면서 마스터키로 잠긴 문을 열어 주었다. 건물 코너에 있는 끝 방이라서 커다란 창문이 가로 세로로 맞닿아 있는 구조였다. 창문 전체를 보라색 커튼이 뒤덮고 있었다. 오피스텔은 복층 구조였는데 1층은 거실과 침실, 2층은 옷과 잡동사니를 모아두는 용도로 쓰였다. 여자 혼자 살기에 좁은 집이 아닌데도 실내를 가득 채운 물건들 때문에 잠깐 서 있기도 갑갑했다. 2층으로 올라가는 계단에는 뜯지 않은 택배 상자들이 차곡차곡 쌓여 있었다.
 부엌은 그녀가 어떻게 살았는지 정직하게 말해 주고 있었다. 냉장고 안에는 반쯤 남은 콜라, 먹다 남은 피자 몇 조각, 말라비틀어진 사과 두 개와 생수 반 통이, 냉동실에는 눈 주위의 부기를 빼 주는 아이스팩과 언제 얼렸는지 알 수 없는 얼음뿐이었다. 빈 술병과 인스턴트 음식이 담겼던 용기가 재활용 쓰레기통에 가득했고, 과자 봉지와 라면 봉지가 굴러다녔다. 남자 혼자 사는 수철의 부엌보다 더 건조한 풍경이었다.
 안방 침대 주변에는 입었던 옷들과 속옷들이 아무렇게나 던져져 있었다. 수철은 화장대 위에 있는 노트북으로 다가갔다. 전원을 켜자, 노트북이 오디오와 연결되어 있어 윈도우 시작음이 비정상적으로 크게 울려 퍼졌다. 노트북은 주로 음악을 듣는 용도로 사용한 모양이었다. 곧 마이크로소프트 로고가 사라지며, 마윤주가 남자의 품에 안긴 채 행복하게 웃고 있는 사진이 바탕화면에 떴다.
 남자는 연예인 스타일이라고 해도 될 만큼 미소년 느낌이 났다. 백화점 밉상 직원의 말이 떠올랐다.
 '윤기태라는 놈이었어요. 한눈에 보기에도 여자 등쳐먹게 생긴 놈이었어요.'
 윤기태의 주민등록증 사진과 비슷해 보이긴 했지만, 포토샵 같은 걸로 보정한 사진이라서 바탕화면 속 남자가 윤기태가 맞는지 확신할 수는 없었다. 수철은 휴대폰으로 바탕화면의 사진을 찍었다.
 욕실은 물기가 전혀 없는데도 물비린내와 악취가 진동했고, 배수구에는 머리카락이 엉킨 채로 썩어 가고 있었다. 수납장 안에 든 남성용 면도기를 증거 채집용 봉투에 막 넣고 있는데 휴대폰이 울렸다. 천식의 전화였다.

"어디서 농땡이야? 사무실 안 지키고."

당직을 서는 날은 사무실에서 사건을 받거나 영수증 처리 같은 사무를 봐야 했다.

"팀장님께 허락받고 나온 겁니다. 마윤주 집인데 완전히 쓰레기통이네요. 새로운 사건은 좀 들어왔어요?"

"동거녀 빤쓰를 누가 걷어 갔다는 신고 하나가 들어왔고, 동서울 터미널 옆에 있는 아이파크가 털렸어. 나머지는 사건도 안 될 것 같고. 오늘은 어째 좀 잠잠하네."

"퇴근 시간에 몰아서 터지려는 거 아니에요?"

"그런 재수 없는 소리는 장난으로라도 하지 마. 이따가 장례식장에도 가 봐야 하는데."

마윤주와 정미희의 시신이 화장장으로 옮겨지는 날이었다. 부검을 하고 용의자를 추려 내느라 시신을 냉동 보관했다가, 이제야 유족에게 인계되었다. 유족은 삼일장을 지내지 않고 화장장에서 약식으로 장례를 치른다고 했다. 박마리도 그곳에 올 것이었다.

"정미희는 뭐가 좀 나왔어요?"

"정미희는 인간관계가 완전 꽝이야. 친구라고는 박마리하고 마윤주 둘밖에 없는 데다가 회사도 얼마 전에 짤렸어. 회사 다닐 때 동료들하고 전혀 어울리지 않았다는 거야. 최근에는 약국에서 아르바이트를 한 달 정도 했는데, 입에 자물쇠를 채운 것처럼 아예 말을 안 했다는군. 게다가 가족들까지 싸그리 죽어 버려서 나올 만한 게 없어. 형사 생활 20년 동안 이렇게 단순한 인간관계는 또 처음이네. 너 쿵푸판다랑 점심 먹었다며? 둘이서 무슨 꿍꿍이를 짜는 거야?"

"그런 거 아니에요. 의욕만 앞세우다 일을 그르칠까 봐 걱정하는 것 같아요. 앞뒤 살펴 가며 하라고."

"알아서 잘하고 있다고 하지 그랬냐. 아, 참. 윤기태 신원 파악했다. 나이는 28세, 전과는 없고 무직이야. 마지막으로 일했던 주점이 압구정동 '포차'라는 술집이야."

"주소 좀 알려 주세요."

마윤주의 집을 나와 윤기태의 포차가 있는 압구정동으로 향했다. 쇼윈도에는 성급하게 겨울이 찾아와 있었다. 수철은 추위를 많이 타는 체질이라서 겨울은 그 자체로 공포였다. 한겨울에 시동을 걸지 않은 차 안은 냉동고와 다름없었다. 그 안에서 꼼짝도 하지 않고 4시간씩 교대로 잠복하는 건 끔찍했다. 추워지기 전에 구스다운을 장만하리라 마음먹었지만 쇼핑할 마음의 여유가 없었다. 작년에도 그랬고 재작년에도 그랬다. 그는 얄팍한 가을 점퍼를 여미고 로데오 거리로 걸음을 재촉했다.

윤기태가 일했던 주점은 빈티지풍의 소주방이었다. 영업을 준비하기 위해 한참 분주한 분위기였는데, 종업원들이 하나같이 모델을 해도 좋을 만큼 훤칠한 키에 깡마른 몸매를 가지고 있었다. 포차의 주요 고객이 여성인 모양이었다.

"안녕하세요. 수고가 많으십니다."

수철은 인사말을 읊고 나서 윤기태를 기억하는 사람을 찾았다. 가게 운영을 책임지고 있다는 매니저가 그를 알고 있다고 나섰다.

"아, 기태요? 걔 짤린 지 꽤 됐는데. 그 새끼가 사고 친 거 맞죠? 나대는 꼴이 언젠가는 큰 사고 한 번 치겠다 싶더니만."

수철은 은근한 압박을 가하기 위해 반말로 말을 바꾸었다.

"가게에서 문제를 일으킨 적이 있었나?"

매니저는 눈을 가늘게 뜨고 답변에 뜸을 들였다. 자신에게 이로운 일인지, 불리한 일인지 판단하느라 잔머리를 굴리는 듯했다.

"괜히 몇 마디 했다가 조사받으라고 불려 다니는 거 아니에요?"

"그런 일은 없어. 약속할게."

"그렇다면 형사님을 믿고 솔직하게 말씀드리죠. 처음에는 싹싹해서 마음에 들었어요. 제가 밤새워 일할 수는 없으니까 퇴근하면서 새벽 시간에 가게를 맡겼는데, 미친놈이 사장 행세를 했더라고요. 얼굴 하나 믿고 한몫 잡으려고 돈 많은 여자를 노려 한탕 할 셈이었던 거죠. 그것도 모르고 월급도 올려 줬는데 매상에 손을 대서 그걸 제가 물어냈다니까요. 그 새끼, 사기나 간통에 휘말린 거 맞죠?"

"살인사건이야."

"헉! 기태가 죽었나요?"

"윤기태는 용의자야."

매니저는 귀찮은 일에 말려들었다고 후회하는 듯 인상을 찡그렸다. 수철은 마윤주의 사진을 보여 주었다.

"혹시 이 여자 누군지 알아?"

매니저는 답변을 망설였다. 뭐라고 해야 귀찮은 일이 생기지 않을까, 궁리하는 것 같았다. 이런 경우 두 가지 해결책이 있었다. 감정에 호소하거나, 겁을 주거나. 수철은 두 가지 모두를 쓰기로 했다.

"20대 여자 두 명이 살해되고 한 명은 중태에 빠진 사건이야. 윤기태를 감싸면 살인사건에 협조하는 거나 마찬가지라고."

"정말 조사받으라고 오라 가라 안 하실 거죠?"

"그렇다니까."

"그러면 말씀드릴게요. 전에 이 여자가 가게로 찾아와서 울고불고 난리를 친 적이 있어요. 기태 그놈한테 깜빡 넘어가서는 다 퍼주고 차인 여자들 중에 한 명이었거든요."

수철은 마윤주의 노트북 바탕화면 사진을 보여 주었다.

"여기 여자 옆에 있는 남자가 윤기태 맞아?"

"얼굴만 빤지르르해서는, 기태 맞아요."

마윤주는 자신을 버린 윤기태를 죽이고 싶어 하면서도, 그와 함께 찍은 사진을 노트북 바탕화면으로 지정했다. 아침마다 화장을 하면서 그와 함께 즐겨 듣던 노래를 들었다. 사랑이라고 하기에는 지나쳤고, 집착이라고 하기에도 무모했다.

"기태가 그 여자를 죽였나요?"

"아직은 몰라. 윤기태가 지금 어디서 뭘 하는지 알 수 있나?"

"가게 그만둔 뒤로는 못 봤어요. 엄청나게 돈 많은 여자를 물었거든요."

"확실해?"

"네! 저도 본 적이 있는데 얼굴도 엄청 예쁘고 귀티가 철철 흘렀어요. 그 자식이 여자 후리는 기술은 선수라서요."

윤기태가 아름답고 돈 많은 여자를 만나 결혼이라도 하려고 했다면, 마윤주는 어떤 기분이 들었을까? 윤기태를 빼앗기지 않으려고, 그가 공들이는 여자를 찾아가 그의 과거를 폭로하려고 하지 않았을까? 그래서 윤기태가 마윤주를 죽이려고 한 게 아닐까? 하지만 그렇다고 보기에는 정미희를 죽인 수법과 박마리에게 한 짓이 도가 넘도록 잔인했다.

어쨌든 수철의 촉대로 윤기태는 마윤주의 수많은 남자들 중에서 제1의 용의자였다. 그가 마윤주와 정미희의 장례식장에 나타날까? 만에 하나 장례식장에 나타나서 박마리를 본다면 어떤 기분일까? 만약 윤기태가 정말 범인이라면 생존자이자 목격자인 그녀를 가만히 지켜보기만 하지는 않을 것이다.

수철은 포차에서 나와 시계를 보았다. 서두르면 장례식이 끝나기 전에 도착할 수 있을 것이었다. 그는 뛰기 시작했다.

∞∞∞

유리창을 가리고 있던 블라인드가 열리자 두 개의 관이 보였다. 마스크를 쓴 화장장 직원이 가마 뒤에서 나와 허리 굽혀 인사한 뒤, 벽에 달린 스위치를 눌렀다. 경고음이 울리면서 화구 입구가 열렸다. 관이 빨려 들어가는 것처럼 가마 안으로 들어갔다. 직원이 뒤쪽으로 난 문으로 사라졌고, 곧이어 화구에 달린 유리를 통해 화르르 불이 지펴졌다. 타오르는 불을 바라보며 마리는 눈물을 찔끔거렸다.

그때 누군가의 휴대폰이 울렸다. 윤주의 엄마가 샤넬 사첼백에서 아이폰을 꺼냈다.

"잠깐만. 끊지 말고 기다려."

그녀는 공들여 붙인 속눈썹을 치켜뜨고 밖으로 나갔다. 남자들의 시선이 그녀를 따라서 움직였다.

윤주의 껍데기는 모계 쪽에서 유전된 것이었다. 늘씬하면서도 육감적인 몸매와 남자를 사로잡는 몸짓 같은 게 엄마를 빼다박았다. 그러나 본질은 전혀 달랐다. 윤주가 매번 버려지는 연애를 하는 것과는 반대로, 윤주의 엄마는 연애에 있어 절대 강자였다. 윤주의 아버지와 결혼해 교수 부인이라는 타이틀을 얻은 다음, 교양에 목이 마른 돈만 많은 남자와 재혼했다. 사업하는 남자들에게 유혹이 많은 건 당연한 일. 바람피운 걸 꼬투리 잡아 어마어마한 위자료를 챙기고 나서 연하의 남자와 세 번째 결혼을 한 상태였다.

윤주의 아버지는 유행이 지난 뿔테안경 너머로 손목시계를 흘끔거리며, 바쁜 시간을 억지로 쪼개어 참석한 티를 냈다. 윤주의 껍데기가 세상에서 가장 증오하는 여자를 닮았기에 그는 윤주를 싫어했다. 윤주는 술에 취하면 흐느끼면서 말했다.

'난 알에서 부화한 게 틀림없어. 자기 뱃속으로 낳은 자식한테 이럴 수는 없는 거잖아.'

미희의 상황은 더 좋지 않았다. 가족 전체가 몰살당하다시피 해 마리가 치킨집으로 전화를 걸었을 때 통화했던 남자 혼자서 자리를 지키고 있었다.

화장장 맨 오른쪽 벽에, 화장이 끝날 때까지 2시간이 남았음을 알리는 불이 켜졌다. 윤주의 영혼이 이 장면을 보고 있다면 코웃음을 치며 이렇게 말할 것 같았다.

'난 이미 초벌구이가 돼 있어서 그렇게 오래 태울 필요 없다고.'

너무 솔직해서 부담스러웠던 윤주. 너무 숨기는 게 많아서 짜증이 났던 미희. 두 사람 모두 한 줌의 재로 변해 가고 있었다.

연기가 유리창 밖으로 스며 나온 것도 아닌데, 마리는 유독 가스를 마신 것처럼 고통스러웠다. 숨이 가빠지면서 최면을 통해 보았던 바로 그 순간이 떠올랐다.

남자의 손이 마리의 발목을 움켜쥔 채 끌고 갔다. 바닥을 질질 끌려가는 동안 버둥거렸지만 소용없었다. 문턱을 넘으면서 뒤통수를 찧었다. 충격 때문에 물건들이 빙그르르 돌았다. 몸이 공중으로 들리더니 침대 위에 던져졌다. 바지가 거칠게 벗겨졌고 팬티마저 찢겼다.

마리가 저항하자 남자가 그녀의 머리카락을 움켜쥐었다. 고개가 뒤로 젖혀지면서 정면에 있는 거울이 보였다. 최면 상태에서는 보지 못했던 영상이었다. 그녀의 다리 사이에 앉아 있는 남자가 거울에 비쳤다. 거울 크기가 작아서 얼굴이 잘린 남자의 상반신만 보였다. 거울이 조금만 더 위로 올라간다면, 턱선이라도 보인다면 남자의 얼굴이 보일 것 같았다.

마리는 정신을 집중하기 위해 눈을 감았다. 거울 옆쪽으로 유리창 밖에 서 있는 윤주와 미희가 보였다. 놀라서 눈을 떴다. 그녀가 성폭행당하는 걸 구경하고만 있을 친구들이 아니었다. 마리는 자신이 떠올린 기억을 믿을 수 없었다.

"다들 왜 이래요? 진짜 장례식장 분위기네."

수철과 함께 다니던 최천식이라는 형사가 눈으로는 분주하게 화장장 안을 훑으며, 그녀에게 말을 걸어 왔다. 마리는 손바닥에서 배어 나온 땀을 바지에 문질러 닦고 화장장 밖으로 나갔다.

쌀쌀함이 느껴질 정도로 바람이 차가웠다. 바람이 몰아칠 때마다, 나무에 매달린 채 말라가던 나뭇잎들이 떨어지면서 어지럽게 흩날렸다. 최 형사가 따라 나왔다.

"친구들이 끔찍하게 살해당했으니 견디기 힘들겠죠. 제가 그 마음 잘 압니다. 얼마 전에 저도 친구를 잃었거든요. 사는 게 뭔지,

인생이 다 허망하더라고요. 나야 나이가 있으니까 그래도 견딜 만하지만 아직 20대인데 얼마나 힘들겠어요."

마리는 최 형사의 말이 귀에 들어오지 않았다. 성폭행당하는 자신을 유리창 밖에서 지켜보고 있던 윤주와 미희의 모습만 어른거렸다. 영화의 결말을 확인하려는 관객처럼, 정확한 판정을 하려는 심판처럼 친구들의 표정은 담담하고 냉정했다.

최 형사는 립서비스가 먹히지 않자 자판기 커피를 뽑아서 건넸다. 마리는 뭔가를 목구멍으로 넘길 수 없는 상황이었지만, 손끝이 시려서 받아 들었다. 따뜻한 기운이 충격으로 덜덜 떨고 있는 손을 녹였다. 최 형사는 커피를 하나 더 뽑아서 후후 불며 마셨다.

"나는 화장 문화가 별로인 것 같아요. 정부가 권하는 걸 보면 분명히 좋을 리가 없어. 우리 정부가 언제 백성들한테 좋은 걸 권했느냐고, 안 그래요?"

최면 때문에 기억이 왜곡되었거나, 환상을 기억으로 착각했는지도 모른다고 마리는 생각했다.

최 형사는 빙빙 돌려서 말하는 게 통하지 않는다고 생각했는지 본론을 꺼냈다.

"마윤주 씨의 인간관계에 대해서는 어느 정도 파악이 됐는데, 정미희 씨에 대해서는 알아낼 방법이 없네요. 정미희 씨에 대해서 이야기해 줄 수 있어요?"

마리는 정신이 들어서 최 형사를 마주보았다. '내가 저금통으로 보여?'라고 비아냥거렸을 때, 발가벗겨진 것 같았던 미희의 표정이 떠올랐다.

"사람들은 미희에 대해 잘 몰라요. 친해지기 어려운 아이였어요."

미희는 웃고 있어도 슬퍼 보였고, 밝은색 옷을 입어도 눈에 잘 띄지 않았다.

"고등학교 때 윤주와 제가 사고를 쳐서 매일 반성문을 써야 집에 갈 수 있었거든요. 아시는 것처럼 저는 서운재단 이사장의 딸이에요. 선생님이 시키는 일을 하지 않아도 저를 막을 방법이 없었죠. 그래서 선생님은 미희를 붙였어요. 미희는 주어진 일을 야무지게 잘 해내는 데다가 모범생이었거든요. 우리도 그런 줄 알았죠. 그런데 그게 아니었어요."

미희는 셋 중에서 두려움이 가장 적었다. 미성년자가 해서는 안 되는 일을 서슴없이 했고, 법에 저촉되는 일을 저지르면서도 망설임이 없었다. 가난 말고 미희를 겁먹게 하는 건 아무것도 없었다.

"정미희 씨가 원한을 살 만한 일이 혹시 없었나요? 기억 안 나는 거 억지로 떠올리려고 하지 말고, 생각나는 대로 이야기해 주시면 돼요. 원래는 변호사를 통해서 물어봐야 하는데 지금 변호사가 없으니까, 하하하."

"미희는 지나치게 열심히 살았어요. 그게 사람들을 불편하게 만들었던 것 같아요."

마리 역시 그런 부분에서 미희가 불편했다. 그녀는 욕망과 열정으로 가득 차서 아등바등했지만 원하는 걸 얻지 못했다. 미희가 좌절하는 모습은 로드킬당한 길고양이를 보는 기분이었다. 그렇다고 해서 그녀가 사람들에게 미움을 받은 건 아니었다. 미희는 아예 사람들과 관계를 맺지 않았다. 미희가 죽이고 싶어 했던 사람은 있었다. 그 사람에 대해 이야기하려는데 관광버스 두 대가 와서 멈췄다.

버스 안에서 검은 옷을 입은 사람들이 끝도 없이 내렸다. 망자의 인맥이 두터웠던 모양인지 연령대도 다양했다. 마침 화장이 끝난 다른 유족들이 건물 안에서 몰려나왔다. 화장장으로 들어가려는 사람들과 나오는 사람들이 엉켜 버렸다. 통곡 소리, 아이들이 떠드는 소리, 낄낄거리는 소리, 웅성거리는 소리. 화장장 일대는 경기가 끝난 야구장 주변처럼 어수선했다.

사람들 사이로 엄마와 최 변호사가 걸어오는 모습이 보였다. 병원에 간다고 거짓말을 하고 나왔는데 들통난 것이었다. 마리는 엄마에게 들키고 싶지 않아서 사람들 틈으로 숨어들었다. 엄마는 그녀가 있는 쪽으로 방향을 바꾸었다.

마리는 검은 양복을 입은 거구의 남자 뒤에 숨었다. 엄마의 모습이 보이지 않게 되자, 다른 사람들을 은폐물 삼아 몸을 숨기며 출구 쪽으로 갔다. 간신히 벗어났다 싶었는데 누군가 거칠게 팔을 잡아당겼다. 엄마의 향수 냄새가 짙게 풍겼다.

"여기가 병원이야?"

순간적으로 마리의 눈에 불꽃이 튀면서 고개가 한쪽으로 돌아갔다. 뜨거운 물을 끼얹은 것처럼 얼굴 반쪽이 화끈거렸다. 화끈거리는 뺨을 감싸쥐고 고개를 들자 이번엔 반대쪽으로 고개가 돌아갔다. 귀가 먹먹하고 입안이 터져서 찝찌름한 피 맛이 났.

마리가 정신을 차릴 사이도 주지 않고 엄마는 그녀의 어깨를 움켜잡고 흔들어 댔다. 엄마가 뭐라고 계속해서 소리를 질렀지만 하나도 들리지 않았다. 그 순간 다른 기억이 떠올랐다.

어두운 밤 엄마가 마리를 끌고 숲으로 가고 있었다. 잠이 덜 깬 마리는 엄마의 보폭을 따라가지 못해 발이 엉켜 넘어졌다. 피를 흘리는 무릎과 작은 발을 내려다보았다. 돌아보니 청운동 집이었다. 청운동에서 7살까지 살았으니 기껏해야 8살 정도 되었을까?

엄마가 마리를 거칠게 일으켜서 잡아끌었다.

"어서 일어나서 따라오지 못해?"

날카로운 엄마의 목소리에 자고 있던 새가 놀라 푸드덕 날아갔다. 마리가 겁에 질려 주저앉으려고 하자 엄마가 거칠게 옷을 잡아당겼다. 잠옷이 찢겨 나갔다. 속수무책으로 당하면서도 저항조차 할 수 없었다.

"잘못했어요. 잘못했어요."

엄마가 무릎 꿇고 있는 마리의 머리채를 잡아서 일으켰다. 엄마가 휘두른 나뭇가지가 여린 살을 찢었다. 배와 엉덩이, 허벅지에 불길이 일었다. 비명이 터져 나왔다.

"입 닥쳐. 입을 찢어 놓기 전에. 입 다물라는 말 못 알아들어?"

엄마는 마리의 입술을 거칠게 잡아당겨 좌우로 흔들었다. 마리의 고개도 좌우로 흔들렸다. 그것으로는 성이 차지 않았는지, 엄마는 마리의 머리통을 잡아서 힘껏 밀어 버렸다.

"왜 태어났어? 왜 태어나서 내 인생을 망치려고 들어."

엄마의 고함이 고막 안쪽에서 비명처럼 울려 댔다.

마리는 화끈거리는 볼을 감싸쥐고 엄마를 낯설게 바라보았다.

"… 엄마."

"너 때문에 내가 못 살겠어. 대체 왜 엄마 말을 안 듣는 거야?"

엄마는 서운재단의 이사장으로서 손색이 없는 차림새에 고상함이 느껴지는 진주 목걸이를 하고 있었다. 세트로 된 진주 귀걸이에

기억의 파편을 쫓아서 153

다이아몬드와 진주로 장식된 브로치까지 완벽했다. 앞 머리카락이 약간 흐트러진 것 빼고는 평소와 다름없었다.

"지난번에도 병원에 간다고 해 놓고 최면수사를 하러 가더니, 또 나를 속여? 엄마가 하지 말라는 짓만 계속하는 이유가 뭐야? 예전처럼 막 살겠다는 거야? 나하고 마령이가 너 때문에 입는 피해 따위는 안중에도 없어?"

엄마가 어깨를 잡고 거칠게 흔들어 대는 통에 구역질이 치밀었다. 토할 것 같아서 엄마를 힘껏 밀쳤다. 엄마는 중심을 잃고 뒤로 물러나면서, 모성의 날 선 직감으로 딸에게 일어난 변화를 알아차렸다. 마리 역시 엄마가 자신의 변화를 알아챘다는 걸 느꼈다. 팽팽한 긴장 속에서 엄마와 마리는 서로를 한동안 바라보았다.

침묵을 깨고 엄마가 떨리는 목소리로 말했다.

"그 표정은 뭐야? 또 뭘 떠올린 거지? 모두 다 말해. 어서! 거짓말할 생각 하지 말고 전부 털어놔!"

"왜 그랬어? 왜 나를 산으로 끌고 가서 때렸어?"

엄마의 얼굴에서 핏기가 사라졌다. 어디선가 수철이 달려와 엄마를 떼어 냈다.

"환자라서 보호해야 한다고 경찰 수사까지 막으신 분이 무슨 짓입니까? 제가 방금 본 건 엄연한 폭행이었어요."

엄마는 수철의 손이 닿는 것을 몹시 불쾌해하며 진저리를 쳤다.

"어디서 감히 내게 손을 대는 거야? 당신이 참견할 일이 아니야."

수철은 엄마에게 등을 돌리고 마리에게 다가왔다.

"마리 씨, 괜찮아요? 입술에서 피가 나요."

그가 끼어들 상황이 아니었다. 마리는 수철의 손길을 피해 엄마의 차가 세워져 있는 쪽으로 걸어갔다. 뒤따라오는 엄마의 하이힐 소리가 들렸다. 그 소리가 마치 숲속에서 나뭇가지로 마리의 여린 살을 내리치는 소리 같았다. 차에 타고 나서야 마리는 엄마의 잔혹함에 몸을 떨면서 울음을 터뜨렸다.

마리의 봉인된 기억이 풀려나고 있었다. 그것은 시작에 불과했다.

어둠 속의 습격

현관에 들어서며 마리가 고함쳤다.
"왜 그랬어? 그 어린아이를 왜 그렇게 때렸어?"
마리는 사고 이전의 상태로 빠르게 회복되어 갔다. 몸 상태뿐만 아니라 모든 게 제자리를 찾아가고 있었다. 혜선은 두려움에 떨고 있다는 걸 들키지 않으려고 애쓰면서 말했다.
"너 지금 무슨 소리를 하는 거야?"
"엄마가 자고 있던 나를 숲으로 끌고 가서 때렸던 일이 기억났어. 잃어버렸던 기억이 점점 더 선명하게 떠오르고 있다고. 그러니까 나를 속일 생각은 하지 마!!"
"최면 때문에 현실과 환상을 구분하지 못하고 있는 거야. 엄마 말을 믿어야 해."
마리는 입고 있던 옷을 벗기 시작했다. 목과 쇄골, 배와 허벅지에 흐릿하게 파인 상처들이 샹들리에 불빛에 창백하게 드러났다.

"얼마 전에 생긴 상처라고 거짓말하지 마. 몇 달 전에 생긴 상처와 10년도 더 된 상처를 구별하지 못할 만큼 바보가 아니야, 난."

"그건 네가 산에서 놀다가 다쳐서 생긴 거야."

"거짓말하지 마. 엄마가 때려서 생긴 상처잖아. 나뭇가지를 채찍처럼 휘둘렀어. 살이 찢기는 소리가 생생하게 들렸어. 환상 따위가 아니라고."

마리의 눈빛은 달라져 있었다. 혼수상태에서 깨어났을 때 보였던 따뜻함은 온데간데없이 사라지고 이상한 광기로 번뜩였다. 기억 안에 봉인된 놈이 깨어나고 있는 것 같아서 혜선은 소름이 돋았다.

놈이 혜선의 인생에 쳐들어온 건 박우택과 결혼하기 전날 밤이었다. 신혼집에 최고급 가구들이 채워졌고, 집 한 채를 살 수 있는 가격의 웨딩드레스가 준비되었다. 혜선은 태어나서 처음으로 세상이 살 만한 곳이라고 느꼈다. 터널을 빠져나오는 정도가 아니라 새로운 세계에서 다시 태어난 기분이었다.

오후에 도착한다던 동생이 열차를 놓쳐서 늦는다고 했다. 동생을 마중 나가면서 혜선은 잔뜩 들떠 있어, 골목의 어둠 속에서 그녀를 뒤따라오는 발자국 소리에 주의를 기울이지 않았다.

정신을 잃었다가 깨어 보니 허름한 단칸방이었다. 택배 상자처럼 온몸이 테이프로 감겨 있었다. 한 번도 본 적이 없는 남자가 히죽거렸다. 짙은 속눈썹 사이로 검은 동공이 유난히 반짝이는 섬뜩한 눈을 가진 남자였다. 얼굴을 가리지 않은 것으로 보아 실컷 유린하고 나서 죽일 셈인 모양이었다. 혜선은 잔인한 운명이 원망스러웠고 이렇게 허무하게 죽을 수는 없다고 이를 악물었다.

혜선은 8살에 교통사고로 부모를 잃은 후, 두 살 어린 동생과 함께 친척집을 전전하며 눈칫밥을 얻어먹었다. 나중에야 친척들이 부모의 사망 보험금을 나눠 가졌다는 사실을 알았다. 원망한다고 해서 부모의 목숨값을 돌려받을 수도 없는 일. 죽자 살자 공부해서 지방 군수가 준 장학금으로 서울에 있는 대학에 가게 되었다.

장학금은 1년만 지급되는 거라서 아르바이트로 다음 학기 등록금을 준비해야 했다. 대학생이 할 수 있는 아르바이트는 뻔했다. 그 뻔한 돈으로는 죽어도 계속해서 대학에 다닐 수 없었다. 이런 사실을 알게 된 동생이 돈을 보내기 시작했다. 고등학생이 무슨 짓을 해서 돈을 벌었는지 묻지 않았다.

어느 늦은 밤, 동생이 술에 취한 목소리로 전화했다.

"언니, 나는 언니가 내 엄마고, 아빠고, 목숨이야. 알지?"

동생의 목소리 저편에서 노랫소리와 남자들의 웃음소리가 들려왔다. 미안해 따위의 말은 하고 싶지 않았다. 말은 그저 말일 뿐, 상황을 변화시키지는 못했다. 혜선은 반드시 동생에게 돈으로 보상해 주겠다고 다짐했다.

성공은 그렇게 어려워 보이지 않았다. 수많은 실패를 겪고 나서야, 혜선은 개인의 재능이나 노력이 얼마나 보잘것없는 것인지 깨달았다. 세상은 이미 정해져 있는 큰 틀이 있었고, 그 안에 복잡하게 얽혀 있는 이해관계에 따라 성공과 실패가 판가름나고 있었다.

그렇다고 해서 성공이 아주 불가능한 건 아니라고 생각했다. 계속해서 노력한다면 40대 중반이나 50대 초반에는 뭔가를 손안에 거머쥘 수 있을 듯 보였다. 그러나 그것은 너무 먼 이야기였고, 그렇게까지 오랫동안 발버둥칠 자신이 없었다.

혜선은 스스로 성공하는 걸 포기하고 이미 성공해 있는 걸 가지겠다고 마음을 바꾸었다. 그것이 바로 박우택이었다. 어렵게 그를 얻었고 결혼식장으로 들어가면 모든 걸 이루게 되는 상황이었다.

놈 앞에서 혜선은 짐승의 울음 같은 비명을 질렀다. 그것은 공포와 차원이 다른 것이었다. 기를 쓰고 산 정상에 올랐는데, 누군가 재미로 벼랑 아래로 등을 떠밀어 반신불수가 된 것처럼 억울하고 화가 났다. 놈은 혜선의 절망에서 에너지를 얻은 듯, 눈을 희번덕거리며 칼을 꺼내 들었다.

혜선은 가지고 노는 재미를 주는 장난감 노릇을 하고 싶지 않았다. 냉정하고 차분하게 마음을 가라앉히고 싸늘한 표정으로 코웃음을 쳤다. 놈은 그녀의 변화에 당황했다. 정성스럽게 날을 세운 예리한 칼을 목에 들이대며 위협했다. 조금만 힘을 주어도 경동맥이 잘려 나가 피를 뿜게 될 상황이었다.

혜선은 턱이 부러질 정도로 어금니를 깨물어 공포를 이겨 냈다. 비명이 터져 나와야 할 입술 사이로 웃음을 흘려 보냈다.

"빨리 끝내. 어차피 죽일 거잖아."

놈은 예상하지 못한 장난감의 반응에 당황한 듯 보였다. 전지전능한 자신에게 목숨을 구걸하는 게 보통인데, 그녀가 비웃고 조롱하자 눈이 뒤집혔던 것.

"그년처럼 쳐다보지 마!"

놈이 외쳤다. 이어서 소주병이 혜선의 뒤쪽 벽을 맞고 박살났다. 혜선이 낄낄거리고 비웃자 놈은 손톱을 물어뜯었다.

"엄마, 잘못했어요. 엄마, 다시는 안 그럴게요."

오줌을 지릴 정도로 겁에 질려 있던 놈은 구석에 있는 비닐봉지에서 소주를 꺼냈다. 병을 따서 물처럼 소주를 들이켜더니, 후~ 하고 한숨을 토해 냈다. 고개를 들고 혜선을 쏘아보는 놈의 눈동자는 흰자위가 거의 보이지 않을 정도로 피를 머금은 듯 붉게 충혈되어 있었다.

놈은 혜선의 머리카락을 휘어잡고 얼굴을 들이밀었다. 놈이 뿜어 내는 숨결에서 술 냄새가 풍겼다. 누런 이를 드러내고 목구멍 안에서 올라오는 비열한 웃음을 낄낄거리며, 혜선의 젖가슴을 움켜쥐었다. 놀랍도록 차갑고 축축한 손길이 닿자 혜선은 본능적으로 진저리를 쳤다. 놈의 표정이 교활하게 변했다. 그녀의 목을 따는 것보다 더 고통스럽게 하는 방법을 찾아낸 것이었다.

놈은 혜선의 손목에 감긴 테이프만 남기고 나머지 테이프를 모두 잘라 낸 다음, 거칠게 바지를 벗겼다. 놈의 그것은 발기되지 않고 그녀의 다리 사이로 빗나갔다. 혜선은 턱을 들어 올리고 소프라노로 비웃었다. 놈의 주먹이 아랫배에 꽂혔다. 자궁이 터져 버릴 것처럼 쑤셨고 허리가 뒤틀렸다. 혜선이 꾹 다문 입술 사이로 비명을 터뜨리자 놈의 입가가 즐거움으로 비틀렸다.

다시 주먹이 날아와 이번에는 명치에 꽂혔다. 혜선이 고통을 참지 못해 신음하자 놈의 그것이 무서운 속도로 부풀어 올랐다. 이윽고 놈이 그녀의 몸 안으로 밀고 들어왔다. 혜선은 이 모든 게 꿈이라고 주문을 걸었다. 잠에서 깨면 꿈은 잊히고 전과 다름없는 생활로 되돌아간다고.

놈은 몇 번 왕복하지도 못하고 정액을 쏟아 냈다. 성적인 무능함이 놈으로 하여금 여자를 납치하고 강간하게 한 원인이었다. 놈은 혜선의 몸 위에서 지푸라기로 만든 허수아비처럼 무너졌고, 보잘것

없는 성기와 함께 쪼그라들었다. 놈은 혜선의 눈치를 보며 슬금슬금 물러나 멀찍이 떨어지더니, 남은 소주를 마시기 시작했다. 이윽고 깊은 잠에 빠져들었다.

혜선은 바닥에 떨어진 칼을 발 사이에 끼우고 손목의 테이프를 잘라 냈다. 손목의 동맥을 건드리지 않으려고 애쓰면서도, 이런 일을 당하고도 살기 위해 발버둥치는 자신이 지겨웠다.

허겁지겁 바지를 추켜올리고 나서 놈의 심장을 향해 칼을 쑤셔 넣었다. 갈빗대 때문에 칼은 심장에 박히지 않고 놈의 옆구리 어딘가에 박혔다. 놈의 핏빛 눈동자가 크게 열렸다가 파르르 떨렸다. 칼을 빼내 다시 찌르려고 했는데 어쩐 일인지 빼낼 수가 없었다. 놈은 혜선을 잡으려고 몸을 일으켰다. 그녀는 놈의 얼굴을 걷어차고 문을 향해 달려갔다.

문밖에는 푸르스름한 여명이 비쳐 들고 있었다. 대문을 나와 보니 놈의 집과 그녀의 집은 불과 200미터도 떨어져 있지 않았다. 혜선은 집으로 가는 걸 포기하고 반대 방향으로 달려갔다. 공중화장실에서 피를 대충 닦아 낸 다음, 막 문을 연 목욕탕으로 들어갔다. 몸을 씻으면서 다리 사이에 남은 놈의 흔적을 지웠다. 놈에게 맞은 부위가 숨 쉴 때마다 아팠지만 다행히 멍이 들지는 않았다.

뒤늦게 연락을 받고 달려온 동생은 정신이 반쯤 나가서 울음을 터뜨렸다.

"언니! 모두 내 잘못이야. 내가 열차를 놓치지만 않았어도. 경찰에 신고는 했어? 그 사람이 죽었으면 언니는 살인자가 되는 거잖아. 어떻게 하면 좋아."

혜선은 횡설수설하는 동생의 뺨을 때렸다.

"내가 살인자가 되면, 너는 몸 팔아서 공부시킨 언니한테 보상받기는커녕 교도소 뒤치다꺼리나 해야 할 판이야. 밑바닥 인생을 전전하다가 한 번도 펴 보지 못하고 시궁창에 빠지는 거라고."

동생이 무슨 짓을 해서 등록금을 대줬는지 공식적으로 인정한 순간이었다.

"알고 있었어?"

그따위 사실은 중요하지 않았다. 혜선은 동생의 어깨를 사납게 움켜잡았다.

"여기 오면서 경찰차나 구급차는 못 봤어?"

동생은 고개를 저었다.

"아무 일 없었단 말이지? 골목이 조용하더란 말이지?"

"으응."

혜선은 하늘을 올려다보았다. 청명한 하늘에는 구름 한 점 없었다. 결혼식을 하고 신혼여행을 떠나기에 딱 알맞은 날씨였다.

"아무 일도 없었던 거야. 그러니까 질질 짜지 마."

혜선은 동생의 손을 끌고 결혼식장으로 향했다. 정신을 차렸을 때는 결혼식이 끝나 있었다. 신혼여행을 간 호텔에서 남편이 안으로 들어왔을 때, 혜선은 놈의 집 지하방에서 났던 곰팡이 냄새와 놈의 숨결에서 났던 술 냄새를 떠올렸다. 구역질을 참으며 그녀는 자신에게 일어난 일은 그저 악몽이었다고 각인시켰다.

결혼하고 두 달이 지나서 입덧이 시작되었다. 서운 가문은 혈통을 중요시해 병원을 가지고 있으면서도 가정 분만을 고집했다. 고의로 또는 실수로 아기가 뒤바뀔 가능성을 차단하기 위해서였다. 주치의가 지켜보는 가운데 마리는 집에서 태어났고, 신생아 검진에서 확인된 혈액형은 박우택의 것과 일치했다. 마리가 그의 아이라는 사실을 의심하는 사람은 없었으며, 정혜선조차 그렇게 믿었다.

마리가 자랄수록 짙어지는 속눈썹 사이로 번뜩이는 검은 동공을 볼 때마다, 혜선은 놈의 눈동자가 떠올랐다. 마리가 8살 되던 해에 남편 몰래 유전자 검사를 했다. 설마 했지만 마리는 박우택의 아이가 아니었다. 혜선은 놈에게 끌려갔다가 깨어난 순간보다 더 끔찍한 공포와 마주해야 했다.

그날 밤 잠든 마리를 깨워 숲으로 끌고 갔다. 마리의 옷을 찢고 나뭇가지를 꺾어 때렸다.

"잘못했어요. 잘못했어요."

마리는 매질을 견디다 못해 도망쳤다. 어두운 숲속에서 발을 헛디뎌 마리는 공처럼 계곡 아래로 굴렀다. 가시덤불에 온몸이 긁힌 데다가 바위에 머리를 찧어서 피를 흘렸다. 혜선은 몽유병으로 숲속을 헤매다 죽은 아이의 엄마가 될 상황이었다. 어쩌면 영원히 악몽을 끝낼 수 있는 길인지도 몰랐다.

혜선은 돌아서서 집이 있는 방향으로 걸어갔다.

"엄마."

그녀는 귀를 막았다. 그대로 숲을 내려가는 것만이 살길이었다. 멈췄던 발걸음을 떼려는데 마리가 다시 "엄마"하고 불렀다. 혜선은 마리를 품에 안았다.

"그래, 내 아기."

혜선은 마리를 차에 태우고 서운대학교병원으로 향했다. 응급실 앞에서 어수룩해 보이는 젊은 닥터가 담배를 피우며 졸음을 쫓고 있었다. 레지던트 과정을 시작한 1년 차이거나 기껏해야 2년 차로 보였다. 그녀는 젊은 닥터에게 다가갔다.

"내가 누군지 알아보겠어요?"

혜선을 알아본 그는 담배를 버리고 차렷 자세가 되었다. 그녀의 헝클어진 모습에 어리둥절해하며 안다는 뜻으로 고개를 끄덕였다.

"이름이 뭐죠?"

"서상묵입니다. 신경외과 레지던트 2년 차입니다."

혜선은 서상묵에게 조금 더 가까이 다가갔다.

"딸아이가 다쳤어요. 남편이 알면 일이 커질 것 같아서 조용히 데려왔어요. 아무도 모르게 내 딸을 치료해 줄 수 있어요?"

서상묵은 비장의 카드를 움켜쥘 수 있다고 판단했던 걸까? 주변을 살피고 나서 조용히 말했다.

"신경외과 외래 진료실은 밤에는 아무도 출입하지 않습니다. 일단 그곳으로 아이를 옮기고 나서 이야기하시죠."

그날부터 서상묵은 비밀을 들키지 않도록 혜선을 도왔고 같은 편이 되어 주었다.

마리는 천성 자체가 규범이나 제도 안에 들어가는 것을 견디지 못했다. 호기심이 많았고 하지 말라는 위험한 짓을 골라 가면서 했다. 바로잡으려고 야단치면 놈을 닮은 눈빛으로 혜선을 쏘아보며 강하게 반발했다. 그럴 때면 혜선은 섬뜩함을 넘어 공포에 질렸다. 마리는 눈에 보이지 않는 어떤 끈으로 놈과 연결된 것처럼 거침이 없었다. 재미로 여자를 납치해 강간하고 죽인 놈의 피를 물려받았으니, 어쩌면 당연한 일인지도 몰랐다.

아무리 훈육해도 마리가 변할 수 없다는 사실을 깨닫고 포기하려는 순간, 마리는 기억을 잃고 착한 딸이 되겠다고 맹세했다. 혜선이 그토록 원했던 마령처럼 되겠다고 했다. 이루지 못할 꿈을 이룬 것처럼 행복했다. 놈에게 당한 고통과 그것을 감추며 살아왔던 지난날을 보상받는 기분이었다. 마리가 그녀의 뜻대로만 살아 준다면 더 이상 바랄 게 없었다. 그런데….

마리는 사고 이전의 모습으로 완벽하게 돌아간 채 고함쳤다.
"나를 낳은 건 엄마야. 그런데 왜 태어났냐고 그 어린아이를 때리고 학대했어? 그럴 거면 왜 낳았어? 왜 낳아서 나를 이렇게 고통스럽게 만들어!"
"잘못 생각하고 있는 거야. 최면 때문에 기억이 엉망이 되어 버린 거야. 일단 병원에 가서 진료를 받아 보자. 신경정신과 김영종 교수는 너도 신뢰하는 의사잖아."
"진료는 엄마나 받아!"
마리는 자기 방으로 들어가서 문을 꽝 닫았는데, 그 소리가 혜선의 귀에는 모든 게 원래대로 돌아왔다는 신호처럼 들렸다. 혜선은 마리의 방문에 대고 조용히 속삭였다.
"엄마는 이사회가 있어서 학교에 다시 가 봐야 해. 김영종 교수와 면담 약속이 잡히면 차를 보낼게. 마리야, 듣고 있니?"
대답이 없었다.
"엄마가 아까 뺨을 때린 건 잘못했어. 미안해. 엄마는…."
사랑한다, 라는 말이 차마 입 밖으로 나오지 않았다.
혜선이 현관으로 걸어가자 양 씨가 조용히 뒤를 따랐다. 혜선의 수족으로 산 지 20년, 넘치지도 모자라지도 않을 만큼 양 씨는 그녀에게 맞추어져 있었다. 혜선이 하이힐 따위를 신을 기분이 아니라는 걸 간파하고, 굽이 낮은 플랫슈즈를 꺼내 그녀의 발치에 놓아 주었다. 양 씨는 시키지 않아도 찾아서 일을 했고 실수 따위는 하지 않았다. 부리는 사람 입장에서는 편한 점도 있었지만, 너무 영민해서 집안에서 벌어지는 아주 사소한 변화까지 놓치지 않았고, 몰라 주었으면 하는 일까지 꿰뚫었다.

예민한 칼일수록 손에 닿지 않도록 멀리 두는 게 안전한 법. 공방 옆 살림집에서 살던 양 씨에게 구리 시내에 집을 얻어 주고, 출퇴근하도록 했다. 그렇다고 양 씨가 모르고 지나가는 일이 있는 건 아니었다. 여전히 무슨 일이 일어나는지 짐작하고 느끼겠지만, 눈으로 직접 보는 게 아닌 어디까지나 추측일 뿐이었다. 양 씨 역시 불편한 진실을 모른 척할 수 있게 된 걸 만족해하고 있으리라.

"마리에게 각별히 신경 쓰도록 해요. 어디 나가지 못하게 하고, 혹시 나가려고 하면 저한테 반드시 전화하세요. 신경정신과 교수와 면담 시간이 잡히면 차를 보낼게요. 아셨죠?"

"네, 사모님."

흔적 없이 지나가는 것은 없었다. 아무리 사소한 일이라도 흔적을 남겼고, 그것들이 모이고 모여 중요한 결정에 영향을 미쳤다. 감정에 이끌려 내린 성급한 판단조차도 과거의 흔적과 연결되지 않은 것은 없었다. 그래서 사람들은 그것을 운명이라고 부르는 것인지도.

혜선은 운명마저도 바꿀 수 있다고 믿었다. 절실함을 가지고 노력하면 이루지 못할 게 없다고. 그런데 인생은 얻는 것이 있으면 반드시 그 대가만큼 버릴 것을 요구했다. 그녀에게 마리는 버려야 하는 존재였고, 버리지 못했기에 고통 그 자체였다.

"출발하겠습니다."

운전기사가 룸미러로 뒷좌석을 흘끔 본 후 차를 움직였다. 혜선은 서상묵에게 전화를 걸었다. 신호가 한 번밖에 울리지 않았는데 그가 전화를 받았다. 자신이 가진 카드를 쓰게 될 날을 상상하고 있었는지, 그의 목소리는 들떠 있었다.

"점심이나 같이 먹을까 해서 이사장실로 찾아갔는데 안 계시더군요."

"신경정신과 김영종 교수에게 연락해서 오늘 중으로 마리를 진료하라고 하세요. 진료가 끝나면 제게 결과를 알려 달라고 하세요."

서상묵이 질문의 요지를 파악하기 전에 전화를 끊어 버렸다.

차창 너머로 빨간 풍선 하나가 날아가는 게 보였다. 풍선을 놓친 아이와 아이의 엄마가 안타까워하고 있었다. 바보들. 어차피 놓치지 않았다고 해도 풍선은 터질 운명이었어. 혜선은 차창에 이마를 기댔다. 정신이 번쩍 들 정도로 서늘함이 온몸으로 퍼져 나갔다.

∽∽∽

김영종은 외래 진료가 끝난 시간이라서 신경정신과 교수실에 있었다. 그가 앉은 책상 뒤에는 작은 도서관을 옮겨온 것처럼 의학 서적이 빼곡하게 들어차 있었다. 그래서인지 마리는 그가 의사보다는 학자처럼 느껴졌다.

"어떻게 지냈어요? 얼굴이 밝지 않네요. 안 좋은 일이라도 있었어요?"

김영종이 말했다.

"이미 전해 들은 이야기가 있으시잖아요."

마리는 심드렁하게 대답했다. 그도 마리가 엄마에게 등 떠밀려 이곳에 온 사실을 알고 있을 것이었다.

"마리 씨를 진료하라는 이야기밖에는 들은 게 없어요. 무슨 일이 있었는지 말해 줄래요?"

마리가 대답을 망설이자, 김영종은 재치 있게 농담을 던졌다.

"리베이트 폭로. 킬러. 잊었어요?"

마리는 씁쓸하게 웃었다.

"최면수사를 받았는데 사건이 일어난 날 기억의 일부가 떠올랐어요. 굉장히 끔찍한 기억이었는데 약물에 취해 있어서 범인의 얼굴은 볼 수 없었어요. 정확하게 무슨 일이 일어났는지도 알 수 없었죠. 최면수사를 받은 걸 후회할 정도로 고통스러웠어요. 그런데 시간이 지날수록 이상한 일이 일어나기 시작했어요. 사건과는 관계없는 기억들이 하나둘씩 떠오르기 시작했어요."

"고통스러워서 지웠던 기억들이 떠오르기 시작한 거군요."

"혹시 환상은 아닐까요? 최면으로 억지로 기억을 떠올리다 보면, 실제로 일어나지 않은 일을 기억이라고 믿게 될 가능성은 없나요? 도저히 사실이라고는 믿기 힘들어서 그래요."

"최면은 의식을 한 곳으로 집중시켜 특정한 기억을 끄집어내는 원리에요. 그러다 보면 흩어진 정보들이 연결되면서 부가적인 내용이 함께 떠오르기도 해요. 사건과 무관한 기억이 떠오르는 것도 그 때문이에요. 저도 환자의 트라우마나 억압된 기억을 파악하기 위해 필요한 경우 최면요법을 사용합니다."

"선생님 말씀대로라면 제가 떠올리는 기억이 전부 사실이라는 거네요."

"그래요. 어떤 기억이 떠올랐는지 말해 줄 수 있어요?"

재단 이사장인 엄마가 어린 딸을 폭력에 가깝게 때렸다는 사실을 말할 수는 없었다. 친구들이 성폭행당하는 자신을 지켜보고 있었다는 것 역시도 말하고 싶지 않았다.

"저를 처음 보셨을 때, 선생님은 최면을 통해 제가 기억을 떠올릴 수도 있다는 걸 알면서도 왜 해 보자고 안 하셨어요?"

김영종은 잘못을 들킨 사람처럼 움찔했다.

"마리 씨가 사고 당시의 기억을 떠올리지 않기를 바랐어요. 고통받고 살지 않았으면 좋겠다고 생각했죠."

"누구를 위해서 그런 판단을 하셨죠? 오로지 저를 위해서인가요?"

"마리 씨에게 시간이 필요하다고 생각했어요."

"제가 무엇을 두려워해야 하는지도 모른 채로 공포에 떨고 있다는 걸 알고 계셨잖아요. 시간이 필요하다고 생각하셨다고요? 제가 얼마나 더 원인도 모르는 공포에 떨어야 한다고 생각하셨어요?"

"마리 씨 이야기를 듣고 보니 제가 좋은 의사는 아니었네요."

"누군가 선생님한테 제가 기억을 떠올리는 걸 돕지 말라고 하지는 않았나요?"

"왜 그렇게 생각하죠?"

"계속해서 거짓말을 하고 계시니까요."

김영종은 표정 없이 시선을 떨구고 침묵했다. 마리는 그가 눈에 보이지 않는 실로 묶여 있는 것 같다고 생각했다. 줄을 잡은 사람이 흔드는 대로 움직이는 마리오네트처럼 우스꽝스러워 보였다. 그 줄을 잡고 있는 사람이 누굴까?

"마지막으로 하나만 물을게요. 혹시 선생님이 좋은 의사가 되지 못하게 만든 사람이 누구인지 말해 주실 수 있어요?"

"…."

"입이 무거운 건 인정해 드릴게요."

마리는 서글프게 웃으며 자리에서 일어났다.

김영종이 문까지 배웅하면서 말했다.

"이제 파편적으로 기억이 떠오르기 시작했으니까 곧 가속도가 붙어서 모든 기억이 떠오를 거예요. 마음의 준비를 단단히 해야 해요. 고통에 지지 말고 이겨 내야 해요. 마리 씨는 죽음을 이겨 낸 생존자예요. 자신이 강한 사람이라는 걸 잊어서는 안 돼요."

김영종이 손을 내밀었다. 마리는 그와 악수하고 싶지 않아서 고개만 가볍게 숙여 보이고 교수실에서 나왔다.

∞∞∞

혜선은 이사회가 열리기로 한 회의실로 들어갔다. 지난번에 자신을 몰아붙였던 부이사장과 그의 수족들의 기선을 제압하기 위해 체육관 건립을 밀어붙였다. 종합대학 중 최대 규모의 체육관을 세우려는 이유는, 단순히 학생들의 건강 증진을 위해서가 게 아니라 홍보 목적이 더 컸다. 다양한 문화 행사를 유치해 서운재단의 명성을 확고히 하려는 생각이었다. 그렇게 되면 혜선의 입지가 더욱 견고해질 것이었다.

긴급 이사회의 여파 때문인지 혜선의 의견에 무조건 찬성하는 분위기였다. 그녀가 우주선을 만든다고 해도 막을 사람이 없었다. 기쁘기는커녕 쓸쓸함이 밀려들었다. 저들은 혜선에게서 힘이 빠지는 순간을 노리고 있을 뿐이었다. 만에 하나 마리에 대한 비밀이 탄로 난다면, 엎드려 있는 저들이 단체로 달려들어 그녀를 넘어뜨릴 것이었다.

회의를 마치고 이사장실에 들어서자 왕 비서가 허리를 굽혔다.

"신경정신과 김영종 교수님이 전화하셨습니다."

"연결해."

사무실 문을 여는 것과 동시에 전화벨이 울렸다. 책상으로 다가가 수화기를 들었다.

"이사장님, 김영종입니다."

"마리를 진료하셨나요?"

"네, 그렇습니다. 따님은 기억을 떠올리기 시작한 것으로 보입니다. 지금은 파편적으로 두서없이 떠오르겠지만, 정보가 하나로 연결되면서 완벽하게 기억을 되찾게 될 것으로 보입니다."

"시간이 얼마나 걸릴까요?"

"이런 경우 가속도가 붙는 것처럼 빠르게 회복되는 경우가 많습니다. 며칠이 될 수도 있고 몇 주가 걸릴 수도 있습니다."

시간이 없다는 소리였다. 혜선은 전화를 끊고 나서 광장동 집으로 전화를 걸었다. 양 씨가 공손하게 전화를 받았다.

"내일은 청운동 별장에 내려가 청소를 부탁해요. 그리고 당분간 제가 연락드릴 때까지 출근 안 하셔도 돼요."

양 씨는 절대로 아는 척하지 말아야 할 중요한 일이 일어날 것임을 직감했을 것이다. 혜선은 긴장으로 몸을 떨면서 서랍 안에 넣어 놓았던 휴대폰을 꺼내 전원을 켰다. 다른 사람 명의로 개통된 휴대폰이었는데 상대가 전화를 받는 소리가 들리자 덜컥 가슴이 내려앉았다. 통화를 끝낸 후 그녀는 마른침을 삼키고 나서 눈을 감았다. 이제 되돌릴 수 없었다.

∽∽∽∽

서른다섯 살의 유방암 환자는 케모포트(항암제 등 약물 투여를 위해 피부 아래 삽입하는 장치.)를 삽입하고 항암제를 투여하는 게 처음이라서 겁에 질려 있었다. 마령은 환자가 놀라지 않도록 알코올 솜을 보여 주고 나서 케모포트를 소독했다.

피부가 약간 시원해진 느낌뿐이었을 텐데, 환자는 몸서리를 쳤다. 앞으로 다가올 고통의 강도를 알 수 없는 데다가 항암제로 인한 부작용을 몹시 걱정하는 것 같았다. 환자의 관심을 다른 곳으로 돌릴 필요가 있었다.

"아이를 낳은 걸로 기록되어 있던데 아들인가요?"

"아뇨, 딸이에요. 한창 응석 부릴 나이인데 제가 암에 걸려서 많이 못 놀아 주고 있어요."

환자의 관심은 빠르게 아이에게로 옮겨갔다.

"오늘도 병원에 오려고 잠이 덜 깬 아이를 씻겨서 할머니 집에 맡겼거든요. 잠투정을 할 만도 한데 저를 걱정하면서 엄마 힘내라고…."

환자가 애틋함으로 긴장이 풀어진 사이 피부 아래 이식된 주입구에 주삿바늘을 밀어 넣었다. 환자는 아픔을 느낄 사이도 없이 바늘이 꽂힌 상황을 받아들여야 했다.

"아프지 않았죠?"

마령은 따뜻하게 웃어 주며 주사기 안에 든 식염수를 주입했다. 식염수가 부드럽게 들어가는 것으로 보아 혈액이나 분비물로 튜브가 막혀 있지 않은 상태였다.

"자, 이제 몸무게를 고려해서 항암제를 투여하는 속도를 조절할 거예요. 불편한 게 조금이라도 있으면 말씀하세요."

항암제가 섞인 링거 튜브를 연결했다. 항암제 투여에 대한 공포에서 벗어난 환자는 또 다른 공포와 직면했다. 암환자를 수도 없이 괴롭히는 본론적인 공포였다.

"선생님, 저는 하루라도 빨리 수술해서 암을 떼어 내고 싶은데, 암이 너무 커서 항암제를 먼저 투여해야 한대요. 항암제가 듣지 않아서 암이 계속해서 퍼지면 어떡하죠? 저는 너무 두려워요."

"암을 받아들이기까지 심리적으로 다섯 단계를 거치게 되죠. 지금 환자분의 심리 상태는 암 선고 후에 찾아오는 부정과 분노의 중간쯤에 있는 것 같아요. 이 상황을 부정하고 싶고, 불안하고, 두렵고, 화가 나지 않으세요?"

"맞아요."

"아주 정상적인 거예요. 분노와 부정의 단계를 지나면 의미 부여와 이해의 단계가 찾아온다고 해요."

"맨 마지막 단계는 뭔가요? 죽음인가요?"

"문제 해결이에요. 어떤 방식으로든 결론은 나야 하니까요. 분노와 부정에 너무 오래 매달리지 말고 문제 해결 단계를 빨리 앞당기셨으면 좋겠어요. 투병 생활을 견뎌 내려면 체력이 중요하거든요. 감정 때문에 시간과 체력을 낭비하시면 안 돼요."

"선생님 말씀을 듣고 보니 마음을 달리 먹어야겠다는 생각이 드네요. 선생님은 얼굴도 예쁘시고, 의사인 데다가 정말 완벽하신 분 같아요. 보고 있는 것만으로도 감탄이 나오네요. 선생님 같은 분을 만나서 기뻐요."

똑똑해요, 대단하세요, 존경합니다, 멋지세요, 최고예요. 그런 말들은 마령에게 별다른 감흥을 주지 못했다. 이미 너무 많이 들었고 스스로도 인정하는 바였다. 오래전부터 마령은 경쟁해야 할 대상을 찾을 수 없었다. 롤 모델이 될 만한 스승을 만날 수도 없었다. 자기 자신이 경쟁자였고 극복해야 할 한계였다. 자신이 세운 기록을 경신해야 하는 세계 챔피언 같은 삶이었다.

마령은 머지않아 최연소 전문의가 될 것이고 최연소 병원장이 될 것이었다. 그 자리에 오르기만 하면 서운대학교병원을 대한민국 최고의 병원으로 만들 생각이었다. 그날은 반드시 올 것이고, 그날을 앞당기기 위해 심리적으로 다섯 단계를 거치지 않고 바로 문제 해결 단계로 넘어갔다. 불필요한 감정 때문에 시간과 체력을 낭비하는 일은 용납할 수 없었다.

간호사 스테이션으로 오니, 홍 간호사가 분주하게 일하고 있었다. 교대 시간이라 다른 간호사들은 인수인계를 하기 위해 안쪽에서 회의를 하는 중이었다.

"선생님, 607호 뇌종양으로 입원한 고만수 환자 말인데요. 진통이 너무 심하다고 해서 정도운 선생님이 또 페치딘(마약성 진통제의 일종.) 오더를 내린 거 있죠."

"제가 보기에 그분은 페치딘 중독 같아요. 신경정신과 닥터의 상담 치료가 필요하다고 말씀드릴게요."

"선생님도 그렇게 생각하시죠? 저도 그런 것 같더라고요. 아무튼 선생님하고는 너무 말이 잘 통해요. 처치도 완벽하시고, 친절하시고, 똑똑하시고. 모두 선생님을 좋아해요."

마령은 예의상 미소를 지어 주고 나서 의국으로 향했다. 일주일 만에 집에 갈 수 있는 짬이 났다. 마침 갈아입을 속옷도 없었고 피곤해서 눈을 뜨고 있기도 힘들었다. 의국 문을 열자 고소한 기름 냄새와 튀김옷에 섞인 향신료 냄새가 풍겼다. 퇴원한 환자가 감사의 마음으로 보낸 치킨으로 파티를 하는 모양이었다.

"얼마 전 응급실에 실려 왔던 박마리 알지? 박마령 선생 언니."

언니를 설명하는데 자신의 이름이 수식어로 사용되는 게 끔찍하게 싫었다. 마령은 자신의 존재마저 추락하는 기분이었다.

"소문이 안 좋았다면서? 워낙 쉬쉬해서 알려지지 않았을 뿐이지 집안의 문제아였대."

"살인사건에 연루되었다면서? 무슨 짓을 했길래?"

"체격이나 외모가 박마령 선생하고 너무 다르지 않아? 자매가 어떻게 그렇게 안 닮을 수가 있지?"

"더 이상한 건 박마리 차트를 신경외과 서상묵 교수가 삭제하라고 지시했대. 자료실에 보관된 차트는 본인이 직접 회수해 갔고."

"진짜 이상하네? 대체 뭘 숨기려고 그랬을까?"

마령이 안으로 들어오자 튀긴 닭을 한 조각씩 들고 떠들던 입들이 굳어 버렸다. 간신히 정신을 차린 레지던트 2년 차가 마령에게 손짓을 해 보였다.

"여태 병동에 있었던 거야? 아직 따뜻한데 와서 먹지 그래."

그제야 다른 치들이 마령에게 앉을 자리를 만들어 주느라 의자를 밀고 당겼다.

마령은 어수선한 분위기를 무시하고 사물함이 있는 곳으로 갔다. 그녀에게서 풍기는 위압감은 감출 수 없는 것이었다. 의국 안은 순식간에 얼어붙었다. 마령은 가운을 벗은 다음 외투를 꺼내 입고, 의국을 나서기 전에 미소 띤 얼굴로 말했다.

"다이어트 중이거든요. 식기 전에 드세요. 전 그만 집에 가 보겠습니다."

등 뒤로 딸깍하고 문이 닫히는 동시에 의국 안에서 술렁이는 소리가 들렸다.

마령은 의국 문을 발로 차 버리고 싶은 걸 참느라 한동안 그 자리에 서 있었다. 기껏해야 누구 의사가 아무개 의사와 사귄다더라, 누구 의사는 아무개 간호사랑 사귄다더라, 하는 연애 소식 외에 화젯거리가 별로 없는 곳이었다. 재단 이사장의 큰딸이 살인사건에 휘말려 입원했다는 사실만으로도 엄청난데, 큰딸과 작은딸이 자매처럼 보이지 않으니 말이 날 수밖에 없었다. 두 딸 중 하나는 재단 이사장이 바람을 피워 낳은 자식일지도 모른다고 쑥덕대겠지. 씹어도 씹어도 웬만해서는 단물이 빠지지 않을 씹을 거리였다.

지하 주차장에 세워 놓은 벤츠로 다가갔다. 핸드백 안에 있는 스마트키를 인식하고 자동으로 차 문이 열렸다. 차에 올라 쾅! 문을 닫는 순간, 밀폐된 공간이 주는 안락함이 찾아왔다. 그제야 마령은 근육이 딱딱하게 뭉칠 정도로 긴장하고 있었다는 걸 깨달았다.

"아아아."

문제 해결, 문제 해결, 하고 마인드 컨트롤을 하려 했지만 부정하고 싶은 심리 상태가 찾아왔다. 재미로 시작된 쑥덕거림은 온갖 추잡한 것들로 뻥튀기되어 사실인 듯 포장되겠지. 만에 하나 언니의 유전자에 대한 의문까지 제기된다면. 의문으로만 그치지 않고 아버지의 죽음과 연결 짓게 된다면. 만약 경찰의 귀에 들어가서 사실 확인 작업에 들어가게 된다면.

마령은 핸들에 엎드려 비통하게 신음했다. 언젠가는 이런 날이 올지도 모른다고 불안해했다. 어쩌면 너무 늦게 찾아온 것일 수도 있었다. 누가 보아도 언니는 박씨 가문의 피를 닮지 않았다. 즉흥적이고 자유분방한 데다가 감정 기복이 심했다. 언니가 자랄수록 문제가 불거지기 시작했다. 외모, 성격, 지적 능력, 타고난 기질 등 언니의 독특함은 눈에 띄는 정도가 아니라 거슬릴 정도였다.

마령은 일찌감치 언니의 유전자를 의심하기 시작했다. 언니를 대하는 엄마의 태도가 의심을 확신으로 만들었다. 엄마는 철저히 이중적인 모습으로 언니를 대했다. 아버지 앞에서는 개성 강한 장녀를 두둔했고, 아버지가 집에 없으면 강도 높게 훈육했다.

언니가 다리를 다친 적이 있었는데 엄마는 병원에 데려가지 않았다. 아버지한테는 언니가 친구 집에서 자기로 했다고 거짓말을 하고, 엄마는 언니를 다락방에 가두었다. 아버지가 출근하자 신경외과 서상묵 교수가 집으로 찾아왔다. 신경외과 의사를 남몰래 집으로 불러 정형외과 처치를 한다는 건 언니의 유전자 때문이 아니라면 설명할 수 없는 일이었다.

엄마는 인간이 노력으로 변할 수 있다고 믿는 사람이었다. 본인 스스로가 노력파였고, 그 덕분에 인생이 달라진 경험을 했던 터라 언니도 달라질 거라고 믿었다. 엄마는 마령을 롤 모델로 해서 언니를 개조시키려고 했다.

"마령이가 먹고 싶다는 걸 먹어!"

"마령이처럼 웃어!"

"마령이처럼 걸으란 말이야!"

아버지를 빼다박은 마령처럼 행동하라는 건 끝까지 비밀을 숨기겠다는 의도로 보였다.

아버지가 연락도 없이 낮에 집에 들른 일이 있었다. 엄마는 1층 욕실에서 언니를 발가벗긴 채 매질을 하고 있었다. 2층 창문으로 아버지의 차가 대문을 통해 다가오는 게 보였다. 아버지는 마령 이상으로 완벽함을 추구하는 사람이었다. 엄마의 매질로 온몸에 피멍이 든 언니를 본다면 그냥 넘어가지 않을 게 분명했다. 어찌어찌 임기응변으로 상황을 수습한다고 해도, 아버지가 엄마와 언니 사이에 어떤 문제가 있는지 알아내려고 한다면 상황은 훨씬 더 심각해질 수 있었다.

만약 엄마가 숨기고 있는 진실을 아버지가 알아챈다면…. 가정불화가 심한 환경에서 자란 박마령이나 이혼 가정에서 자란 박마령이 되고 싶지 않았다. 아버지가 현관문을 열기 전에 마령은 엄마에게 달려가 소리쳤다.

"아버지가 왔어."

엄마는 재빨리 언니를 2층으로 올려 보낸 뒤, 상냥한 아내가 되어 남편을 맞이했다. 마령은 언니의 울음소리가 1층으로 새어 나가지 않도록 이불을 뒤집어씌웠다.

"시끄러워."

"마령아, 숨 막혀."

"안 죽어."

"제발 숨 좀 쉬게 해 줘."

하도 보채기에 이불을 걷어 주었더니 언니는 방문 쪽으로 달려갔다. 마령은 방을 나가지 못하도록 언니를 붙잡았다. 마주친 언니의 눈은 처연했다. 가여웠다. 그리고 더러웠다.

"닥쳐. 다시 울면 옷장 안에 가둘 거야."

마령은 언니보다 키가 컸고 발육 상태도 좋았기에 쉽사리 제압할 수 있었다. 그래도 만약 언니가 죽기 살기로 덤빈다면 싸움이 날 수도 있었다. 하지만 언니는 흐느껴 울기만 했다. 피해자로 살기로 작정한 모양이었다.

아버지가 다시 외출하고 나서 2층으로 올라온 엄마는 마령과 눈을 마주치지 못했다. 만약 그때 엄마가 변명 같은 걸 하려고 했다면 마령은 이렇게 쏘아붙였을 것이다.

'엄마가 필사적으로 들키고 싶지 않은 비밀이 있다는 걸 알아요. 나는 그게 뭔지 정말로 알고 싶지 않아요. 모른 척할 테니까 제발 들키지나 말아요.'

엄마의 비밀은 생각지도 못한 사건을 통해 공개되었다. 부녀자 강간살인범이 잡히면서 엄마의 이름이 거론되었다. 경찰이 찾아와 피해자 진술을 요구하자 엄마는 그런 일이 없었다고 부인했다. 경찰은 친절하게 범행 날짜와 장소까지 말해 주었다. 엄마가 결혼 전에 살던 동네였고, 아버지와 결혼하기 전날 밤이었다.

마령은 언니의 유전자가 어디서 나온 것인지 알게 되자 진저리를 쳤다.

"어떻게 그런 일을 당하고도 결혼식장에 갈 수 있어요? 어떻게 강간살인범의 자식을 내 언니가 되도록 만들었어요?"

사춘기에 접어든 마령은 엄마에게 반항이 아닌 경멸을 퍼부었다.

"당신이 내 엄마라는 사실이 끔찍해. 인정할 수 없어요. 당신은 내 엄마가 될 자격이 없다고."

"난 피해자였어."

눈물을 짜내는 엄마에게 마령은 차갑게 쏘아붙였다.

"무덤에 갈 때까지 들키지 않도록 이름이라도 바꿨어야죠. 낙태할 생각은 안 했어요? 이제 어떻게 할 건데요? 아버지까지 알게 생겼잖아요."

"절대 그런 일은 없을 거야."

"확실해요?"

"물론이야."

엄마는 확신에 찬 얼굴로 그렇게 말했지만, 결국 아버지까지 사실을 알게 되고 말았다. 한평생 자신의 인생이 완벽하다고 믿었던 아버지는 무너졌다. 그리고 망가져 갔다. 파국으로 치닫는 상황 속에서 마령은 흔들리지 않으려고 이를 악물었다. 하지만 혼자만 애써 봐야 아무 소용이 없었다. 엄마도, 언니도 저 모양 저 꼴인 걸…. 정해진 목표를 향해 직진하듯 또 다른 파멸의 길로 향하고 있었다.

"아버지라도 살아 계신다면…."

마령은 돌이킬 수 없는 과거를 붙들고 부정과 분노 사이에서 허우적댔다. 쓸데없는 일에 감정을 소모하느라 낭비할 시간이 없었다.

"아아. 문제 해결, 문제 해결."

마령은 마음을 진정시키고 엄마에게 전화를 걸었다. 엄마의 목소리는 가라앉아 있었다. 안타깝기는커녕 나약해 빠진 엄마에게 분노가 터졌다.

"언니가 살인사건에 연루되었다는 소문은 더 이상 소문이 아니에요."

"언제 들었니?"

"그게 중요해요? 서상묵 교수가 언니의 차트를 폐기했다는 이야기까지 함께 돌고 있어요. 이러다 사람들이 아버지의 죽음까지 의심을 품을 수도 있어요. 만약 소문이 경찰의 귀에 들어가게 된다면 상황은 되돌릴 수 없다고요."

"그렇게까지 되진 않을 거야. 나도 최선을 다해서 애쓰고 있어."

"엄마는 일을 점점 더 어렵게 만들고 있어요. 망치고 있다고요. 이러다 엄마가 서운까지 망가뜨리는 건 아닌지 겁이 날 지경이라고요. 대책은 있는 거예요?"

"마리가 기억을 떠올리기 시작했어. 다른 방법은 없어. 네가 생각해 놓은 대로 할 거야."

"확실해요? 완벽하게 잘해 낼 수 있냐는 말이에요."

"너는 모르고 있는 게 좋아. 우리 둘 중에서 한 사람은 무사해야 하잖아."

"엄마가 만약 실패하면 나 역시 모든 걸 잃어요. 엄마는 원하는 것보다 많은 걸 누렸지만, 나는 아직 시작도 하지 않았다고요."

"실패하지 않아. 실패하더라도 네가 잃을 건 없어."

엄마는 확신을 가진 듯했다. 미덥지 않은 그 확신이었다. 마령은 자신의 의지에 반해 떠밀려 가는 느낌이 싫었다. 한 치 앞도 내다볼 수 없는 상황은 익숙하지 않을뿐더러 견딜 수가 없었다. 태어나서 처음으로 자신의 미래가 불확실하게 느껴졌고, 그 위태로움에 질려 이성마저 마비되었다. 배터리가 방전된 기계처럼 마령은 차 시트에 몸을 묻은 채 아무것도 할 수 없었다. 자신이 어리석었다는 후회만 들었다. 태어나서 처음 느껴보는 아주 낯선 감정이었다.

∞∞∞

수철은 퇴근길에 집 앞 실내 포장마차에 들렀다. 혼자서 차가운 소주잔을 천천히 기울이며, 지난 며칠 동안 홍천 살인사건에 대해 수사한 내용을 조용히 되새겼다.

윤기태가 지금으로서는 가장 유력한 용의자였다. 그가 친하게 지내 온 고향 후배에게 맡긴 짐에서 칼로 난자된 마리의 사진이 발견되었다. 사진 속 마리는 진한 화장을 한 얼굴에 묘하게 뒤틀린 것 같은 반항적인 미소를 짓고 있었다. 마리가 분명했지만 전혀 다른 사람처럼 낯설게 느껴졌다.

수철은 윤기태의 고향 후배 병우를 다그쳤다.

"윤기태 지금 어디 있어?"

"몰라요. 그러잖아도 짐을 찾아가지 않아서 무슨 일이 생긴 건가 걱정하고 있었어요."

마리의 사진을 보여 주었다. 병우는 처음에는 모른다고 하더니, 살인사건의 공범이 될 수도 있다고 윽박지르자 술술 불기 시작했다.

"형은 그 여자한테 복수하겠다고 했어요. 그 여자가 자주 가는 바가 있는데 형은 거기서 그 여자를 기다렸죠. 나타나기만 하면 맥주병을 깨서 얼굴을 그어 버리겠다고 했어요. 저는 형이 전과자가 되는 건 말려야겠다 싶어서 따라갔어요."

마리가 바에 들어와 자리를 잡고 앉자, 구석에 숨어서 그녀를 지켜보고 있던 윤기태가 양손에 맥주병을 들고 다가갔다. 맥주병으로 마리를 후려치려는 순간 근처에 있던 남자가 자신의 머리통을 들이밀었다. 병은 남자의 머리에 부딪쳐 박살이 났다. 그는 마리가 고용한 보디가드였다.

충격이 컸을 텐데 남자는 싱긋 웃었다. 고작 그따위 짓거리를 공격이라고 하냐는 빈정거림이 번들거렸다. 남자는 윤기태의 팔을 꺾어 다른 손에 들린 맥주병을 빼앗은 다음, 그를 바닥에 개구리처럼 엎어 놓았다. 마리는 마시고 있던 술병으로 윤기태의 머리통을 후려쳤다.

"신고를 받고 온 경찰은 형이 먼저 그 남자를 폭행했고, 그 여자는 남자친구가 당한 걸 못 참아서 한 짓이라고 했대요. 형이 더 잘못했다는 건데 그게 말이 돼요? 그 여자는 손끝 하나 다치지 않았고 형은 머리가 찢어졌다고요. 어쨌든 쌍방 폭행이니까 합의하라고 했대요. 가게도 그만둔 상태라서 형이 돈이 어디 있어요? 결국 빵에서 살고 나왔죠. 그 여자는 형이 상대할 수 있는 여자가 아니었어요. 돈도 어마어마하게 많고 보디가드에 변호사까지 달고 다닐 정도였어요. 그래도 형은 포기를 못 했죠. 그런 일이 몇 번 더 있었어요. 나중에 형은 여자를 죽이고 자기도 죽겠다고 했어요."

병우가 말하는 마리와 수철이 알고 있는 마리는 전혀 다른 사람이었다. 엎드려 있는 남자의 머리를 술병으로 후려칠 수 있는 여자가 마리라는 게 도저히 믿어지지 않았다. 친구의 복수를 하기 위해 일부러 윤기태에게 접근했다는 것도 상상이 가지 않았다.

조사를 해 나갈수록 마리에 대한 새로운 모습이 발견되었다. 청소년 시절에는 폭력 서클에 가입해 문제를 일으켰고, 음주 운전으로 사고를 내서 구치소에 수감된 적도 있었다.

마리가 자주 갔던 술집의 바텐더는 그녀가 열정적이었고, 섹시했으며, 굉장히 도발적이었다고 했다. 호기심이 많은 것에 비해 싫증을 잘 냈다고. 마리에게 집적대는 남자들이 많았는데, 장난처럼 만나기는 했지만 그녀가 진지한 적은 없었다고 했다.

"하루는 블랙 탱크톱에 미니스커트를 입고 엉덩이를 살짝 덮는 재킷을 걸친 채로 나타났죠. 그 순간 바에 있는 모든 남자들이 그 여자한테 빨려 들어갔어요. 아, 그때 그 느낌은 정말 신선했어요. 늘씬하게 잘빠진 검은 고양이가 걸어 들어오는 것처럼 멋졌죠."

수철은 바텐더가 묘사한 마리의 모습을 상상해 보았다.

검은 머리카락을 늘어뜨리고 몸에 딱 달라붙는 검은 옷을 입은, 검은 고양이 같은 마리. 밤이면 압구정동과 청담동 일대에 벤츠를 타고 나타나는, 고급 바와 회원제 클럽에서나 볼 수 있는 아름다운 여자. 남자들의 시선을 즐기면서도 절대 사랑에 빠지지 않는 팜므파탈. 그리고 서운재단의 사고뭉치 후계자.

신비로운 타이틀과는 다르게 실상 마리의 삶은 녹록지 않았다.

마윤주의 골프용품 매장 동료는 마리에 대해 이렇게 말했다.

"가끔 매장으로 찾아와서 얼굴을 알아요. 모든 걸 다 가진 것처럼 보였지만 텅 비어 보였어요. 윤주 언니 말로는 집안에서 인정을 받지 못한다고 하더라고요. 그런 점에서 윤주 언니와 공통점이 많았어요. 윤주 언니는 남자한테, 마리 언니는 가족한테 사랑받고 싶었던 게 아닐까요?"

사랑을 확인하기 위해 일부러 사고를 치는 딸과 자신의 명예를 위해 깔끔하게 뒤치다꺼리하는 엄마. 그리고 엄마의 응징. 장례식장에 나타난 정혜선이 마리의 뺨을 때리는 모습은 아주 오래전부터 반복되어 온 일이었을 것이다.

동생과의 관계 역시 정상적이지 않았다. 마령의 친구들은 한 번도 마리를 본 적이 없다고 했다.

"마령의 입에서 언니에 대한 이야기를 들은 적이 없어요. 언니가 있다는 사실을 그 애 아버지 장례식장에서 알고 깜짝 놀랐죠."

마령과 같이 일하는 수련의들 역시 자매 사이가 굉장히 어색했다고 진술했다. 병원 건물의 리모델링 공사가 끝나고 열린 축하 자리에 자매가 나란히 나타났는데, 행사가 끝날 때까지 2시간 동안 서로 한마디도 하지 않았을 뿐만 아니라 눈도 마주치지 않더라는 것이었다.

마리의 남자친구였던 한성우는 마리가 마령 때문에 몹시 힘들어했다고 했다.

"마리의 엄마는 끊임없이 마리와 동생을 비교했어요. 먹는 것 하나까지 동생처럼 하라고 질책했죠. 상상해 보세요. 얼마나 끔찍했겠어요?"

마리의 눈에 깃든 외로움과 고통의 근원은 가족이었다. 언제 가족들에게 배척당할지 모르는 경계에서 아슬아슬하게 견디고 있었던 것이다.

윤기태 말고도 새로운 용의자가 나타났다. 정미희의 직장 상사 도재수라는 작자였는데, 여직원들 사이에서 악명이 높은 성희롱범이었다. 도재수는 회의실로 여직원을 불러 몸을 만졌다가 고소당한 이력도 있었다. 사장의 처가 쪽 친인척이라서 사건은 무마되었다.

사장은 그에게 한 번만 더 물의를 일으키면 해고하겠다고 했다.

도재수는 저항할 수 없는 약자를 택했고, 그 덫에 걸린 사람이 정미희였다. 계약직 사원인 데다가 정규직으로 전환할 수만 있다면 무슨 짓이든 할 태세였다. 도재수는 여러 차례 정미희와 성관계를 해 놓고 계약을 해지해 버렸다.

마리는 도재수가 한 짓을 폭로해 회사와 집에서 쫓겨나게 했다. 그는 모텔을 전전하면서 지내는 비참한 생활을 하게 되었고, 주변 사람들에게 자신을 이렇게 만든 마리와 정미희를 죽이고 싶다는 말을 하고 다녔다. 마리가 최면에서 보았던 성폭행 장면은 도재수처럼 변태적인 성욕자의 짓이었다. 그가 마리에게 약을 먹인 뒤 성폭행했다고 추측하지 않을 이유가 없었다.

여기까지 생각이 미쳤을 때, 수철은 갑자기 취기가 확 오르는 걸 느꼈다. 이어서 몸이 녹아내릴 것처럼 피로가 몰려들며, 눈꺼풀 위로 졸음이 쏟아졌다. 어젯밤 잠을 설쳐 한숨도 제대로 못 잤다는 생각이 떠올랐다. 그는 남은 소주를 병째 들이켠 뒤, 만 원짜리 두 장을 테이블 위에 놓고 실내 포장마차를 나섰다. 거리의 차가운 바람이 술기운을 덜어 주기는커녕 수철의 몸을 더욱 나른하게 만들었다.

∞∞∞

무슨 일인지 양 씨가 며칠째 출근하지 않았다. 집 안에서 갇혀 지내다시피 하는 마리를 교도관처럼 감시하던 양 씨가 출근하지 않자, 엄마는 수시로 집에 전화를 걸었다. 마리가 전화를 받지 않으면 곧이어 휴대폰이 울렸다. 건강이 회복될 때까지 외출하지 말라고 했지만, 집 안에 가둬 놓으려는 속셈인 것 같았다.

 마리는 엄마의 감시를 피해 외출하려고 김영종 교수에게 다시 진료를 받으러 간다고 핑계를 댔다. 신경정신과 교수실에서 그를 만나 쓸데없는 이야기를 지껄이고 나서 20분 만에 나왔다.

 의과대학 건물 앞에서 운전기사가 차를 세워 놓고 기다리고 있었다. 그를 따돌리기 위해 마리는 왔던 길을 돌아서 건물 뒤쪽으로 뚫린 문을 통해 밖으로 나갔다. 건물과 건물 사이에 난 산책로는 서운대학교 후문으로 이어졌다. 날카로운 바람이 살갗을 벨 것처럼 매섭게 몰아쳤다. 해가 지기 전에 부는 바람이라서 유난히 차갑게 느껴졌다.

 이른 초저녁인데도 화양동 먹자골목은 음식 냄새로 진동했다. 고소한 기름 냄새와 숯을 태우는 연기, 고기 굽는 냄새, 재료가 가득 들어간 찌개를 끓이는 냄새가 쌀쌀한 바람을 타고 유혹처럼 코에 들러붙었다. 배가 고프지 않았는데도 허기가 찾아왔다.

 사람들이 친구를 만나는 시간, 가족이 기다리는 집으로 돌아가는 시간에 마리는 낯선 거리를 홀로 걷고 있었다. 쓸쓸함이 등줄기를 서늘하게 훑어 내렸다. 바람이 세차게 불어왔다. 마리는 몸을 낮추고 바람을 헤치며 걸었다.

 수철이 먹자골목 입구에 있는 커피숍에서 기다리고 있었다. 먼저 와서 기다린 시간이 꽤 되었는지 커피잔이 비어 있었다.

 "신경정신과에서는 뭐라고 하던가요?"

 "파편적으로 흩어져 있던 기억이 하나로 모이면서, 곧 모든 기억이 떠오를 거라고 했어요. 시간은 좀 걸리겠지만."

"그거 잘 됐군요."

"다른 단서를 찾아낸 건 없나요?"

"윤기태의 행방을 쫓고 있어요."

마리는 가슴이 철렁 내려앉았다. 윤기태라는 이름 석 자가 그녀의 기억 속 어딘가에 감춰진 비밀을 건드린 듯했다. 그러나 그것이 무엇인지 알 수 없었다.

"윤기태가 일했던 압구정동 포차의 매니저에게 마리 씨의 사진을 보여 주니까 알아보더군요. 윤기태가 사랑했던 여자였다고. 설마 윤기태도 기억 안 나는 건 아니겠죠?"

"윤기태가 저를 사랑했다고요?"

마리는 씁쓸하게 웃고 나서 말했다.

"그건 의도한 것이었어요. 나쁜 남자 혼내 주기 게임이었죠."

마리는 윤기태를 처음 만났을 때를 떠올리며 떨떠름하게 웃었다.

포차는 새벽인데도 손님들로 붐볐다. 자리를 잡고 나서 음식을 주문했는데 누군가 말을 걸어 왔다.

"혼자 오셨어요? 제가 여기를 인수한 지가 꽤 됐는데 처음 뵙는 분 같네요. 제 가게에 처음 오신 거 맞죠?"

윤주가 말했던 것처럼 윤기태는 매끈하게 잘생긴 남자였다. 포차를 동업으로 운영하고 있다면서 시키지도 않은 술과 안주를 서비스로 내왔고, 마리의 옆에 붙어 앉아 꽤 그럴싸한 입담을 풀어냈다. 마리는 윤주가 당한 일을 떠올리며, 치가 떨리는 걸 참느라 애를 먹어야 했다.

마리가 예상했던 것처럼, 윤기태는 윤주에게 결혼 이야기를 들먹이며 포차를 인수하는 데 돈이 모자란다고 졸라 댔다. 윤주는 오피스텔을 전세에서 월세로 바꿔 팔천만 원을 마련해 주었다.

통장에 돈이 입금되자 윤기태는 여행을 가자고 했다. 여행지로 떠난 지 2시간쯤 지났을 때, 그가 운전하던 차가 터널 입구를 들이받았다. 윤주가 앉아 있던 조수석 쪽만 터널 입구와 충돌했다. 그녀는 임신한 상태였는데 사고로 아이를 잃었고, 윤기태는 자신이 저지른 실수가 고통스럽다며 윤주 곁을 떠났다. 아이를 죽이고 윤주를 떼어 내려고 계획한 각본이었는데, 이별의 이유마저도 윤주에게 덮어씌운 것이었다.

그런 일을 당하고도 윤주는 윤기태에 대한 미련을 버리지 못했다. 언젠가는 돌아올 거라고 믿고 포차 주변을 맴돌았다. 그러다 윤기태의 수법에 넘어간 여자가 윤주 한 명이 아닌 데다가, 그녀를 떼어 내려고 일부러 사고를 냈다는 것까지 알게 되었다.

윤주는 충격을 받고 뇌에서 중요한 나사가 빠져 버리고 말았다. 상황을 객관적으로 바라보지 못하고 이성마저 잃어버렸다. 악마 같은 윤기태에게 휘둘린 자신이 미웠고, 그럼에도 미련을 버리지 못하는 자신이 저주스러웠다. 사랑받고 싶어 발버둥쳤지만 누구에게도 사랑받지 못하는 자신을 죽여 버리고 싶었다. 자살마저 실패로 돌아가자 윤주는 처절하게 흐느꼈다.

"그 자식을 죽여 버리고 싶어. 죽어 없어지면 집착을 끊을 수 있을 것 같아. 마리야, 나 어떡하면 좋아? 그 자식이 아직도 그립고 보고 싶어 미치겠어."

마리는 윤주가 느꼈던 고통을 윤기태도 똑같이 느끼도록 해 주고 싶어서, 복수를 계획하고 그가 일하는 포차에 찾아갔다. 윤기태가 아무리 썰을 풀어도 마리는 미소조차 지을 수 없었다. 그녀가 그만 일어나 가겠다고 하자 윤기태가 잡았다.

"우리 낮에 데이트라도 할까?"

"그러든지."

마리는 시큰둥하게 반응했다. 윤기태는 신비로운 데다가 돈 냄새까지 풍기는 그녀에게 호기심을 느끼게 되었다. 만남이 반복될수록 윤기태는 자신을 지배하고 흔드는 마리에게 속수무책으로 빠져들었다. 사랑에 있어서 더 많이 사랑하는 쪽이 약자가 되기 마련이었다. 윤기태는 마리에게 약자였고 영혼까지 바칠 지경이 되고 말았다. 마리가 원했던 바로 그 순간이 오고 말았다.

"너를 그만 보고 싶어. 지겨워졌어. 네가 지긋지긋해졌다고."

실연도 사랑의 일부인지라 윤기태는 상황을 제대로 보지 못했다. 자신이 무엇을 잘못했고 어떻게 하면 관계를 회복할 수 있느냐고, 신파 드라마에 나오는 남자처럼 매달렸다.

"사랑에 이유가 없는 것처럼 헤어지는 데 이유가 왜 필요해?"

"이유를 알아야 포기가 될 것 같아서 그래."

"그럼 내가 궁금해하는 걸 먼저 말해 줘. 윤주한테 왜 그랬니?"

윤기태는 마리가 복수하려고 일부러 접근했다는 걸 알고 폭발했다. 마리와 윤주 모두를 죽이겠다고 협박했다.

수철은 마리에게 사진 한 장을 내밀었다. 미희의 직장 상사 도재수의 사진이었다.

"이 남자가 정미희 씨의 연인이었던 남자 맞나요?"

마리는 혐오스러움을 느끼고 미간을 찡그렸다.

"도재수는 미희의 직장 상사였어요. 계약직이었던 미희에게 정규직으로 전환해 주겠다면서 섹스를 요구했어요."

도재수는 유부남이었고 딸도 하나 있었다. 미희는 술에 만취해서 테이블에 머리를 쾅쾅 찧으면서 소리쳤다.

"물건이나 크면 몰라. 좆이 정말 좆만 하다니까. 그걸로 뭘 어떻게 해 보려고 위에서 낑낑대면서 얼마나 땀을 흘려 대는지, 더러워서 죽을 것 같았어."

미희는 굴욕을 참아 가며, 그녀의 표현대로 '하라고 대줬지만' 정규직으로 전환하지 못했다. 나중에 내연관계가 문제될 것을 우려한 도재수는 근로계약 기간이 끝나자 미희를 가차 없이 내쳤다.

미희는 뒤늦게 도재수에게 이용당한 걸 알고 사장에게 사실을 알렸다. 그러나 그녀에게 돌아온 건 형사 고소를 하거나 민사 소송을 하라는 통보였다. 스펙도 별 볼 일 없는 주제에 몸으로 정규직을 따내려고 했다며 오히려 미희를 조롱했다.

"미희가 너무 가여웠어요. 도재수를 미희보다 더 고통스럽게 해 주고 싶었어요."

"그래서 정미희와 섹스하는 동영상을 회사 홈페이지에 올리고 도재수의 아내에게도 보냈군요."

"…."

"도재수가 박마리 씨와 정미희 씨를 죽여 버리겠다고 주변 사람들에게 말하고 다닌 건 알고 있죠?"

"저한테도 협박했어요. 직장에서도 쫓겨나고 아내한테 이혼당할 처지라면서 가만있지 않겠다고 했죠. 형사님은 도재수가 범인이라고 생각하세요?"

"마윤주와 정미희, 그리고 박마리 씨. 이 세 사람을 모두 죽이고 싶은 사람이 누구일까, 곰곰이 생각해 봤어요. 마윤주가 죽이고 싶어 했던 윤기태, 정미희가 죽이고 싶어 했던 도재수, 그 두 사람 모두 박마리 씨를 죽이고 싶어 했다는 공통점이 있어요. 최면으로 봤던 영상에서 범인이 두 명이라고 했죠?"

"그래요."

"윤기태와 도재수, 두 사람은 사건이 일어나기 전후로 해서 행방이 묘연한 상태예요. 두 사람을 찾아내는 데 수사의 초점이 맞춰져 있어요."

"그들이 범인이라면 윤주와 미희는 저 때문에 죽은 거네요. 저의 복수 때문에…."

문득 최면에서 보았던 윤주와 미희가 떠올랐다. 성폭행당하고 있는 마리를 유리창 밖에서 지켜보던 그들의 모습은, 혹시 마리의 죄책감이 만들어 낸 환상이 아니었을까? 수철에게 말해야 하나 잠깐 망설였지만, 수사에 착오가 생길 수도 있을 것 같아서 확실해지기 전까지 말하지 않는 게 나을 것 같았다.

수철이 가라앉은 목소리로 말했다.

"용의자는 더 있어요."

"누가 더 있다는 거죠?"

"재산이 많은 사람은 유산 때문에 가족끼리 서로 살해하기도 하죠. 마리 씨가 죽으면 동생이 서운재단 전체를 물려받게 될 텐데 욕심이 나지 않았을까요?"

태어나서 들었던 말 중 가장 웃기는 농담이었다. 마령은 돈 따위를 욕심내는 아이가 아니었다. 마령의 기고만장한 자존심은 돈으로 가늠할 수 없는 것이었다.

"그건 백 퍼센트 잘못 짚으신 거예요."

"그렇다면 어머니는 어때요? 그분은 마리 씨에 대한 좋지 않은 소문 때문에 곤욕을 치를 때가 많았어요. 사고뭉치 딸의 스캔들을 뒤치다꺼리하느라 인생을 허비하는 대신, 딸이 조용히 사라져 주기를 바라지 않았을까요?"

"그렇게 따지면 세상의 모든 자식들은 죽어야 해요. 형사님은 부모님 속 안 썩였어요?"

"제 어머니는 적어도 자신의 명예를 지키겠다고 자식이 당한 사고를 덮지는 않을 분이에요. 정혜선 씨는 마리 씨가 문제를 일으킬까 봐 일거수일투족을 감시하다시피 했어요. 살인사건이 일어날 거라는 걸 몰랐을까요? 직접 나서서 죽이지는 않았겠지만, 누군가 죽이려고 하는 걸 모른 척할 수는 있었겠죠."

더 이상 들어 주고 싶은 마음이 사라졌다. 마리는 벌떡 일어나 커피숍을 나갔다. 뒤에서 수철이 부르는 소리가 들렸지만 돌아보지 않았다. 그가 뛰어와 그녀의 어깨를 돌려세웠다.

"말도 안 된다고 생각하겠죠. 제가 이런 말도 안 되는 이야기를 하는 이유는, 아무도 믿지 말라는 뜻이에요. 가족이고 누구건 간에 마리 씨 자신 외에 다른 사람을 믿어서는 안 돼요. 마리 씨는 지금 기억을 떠올리고 있어요. 범인이 그 사실을 알게 되면 반드시 죽이려고 할 거라고요."

"그 '아무도'에 형사님도 포함시켜야 하는 건가요? 그건 아니잖아요. 진실은 아무도 모르고 있어요. 정확하지 않은 진실 때문에 저를 힘들게 하지 마세요."

마리는 수철에게 등을 돌리고 유흥가 쪽으로 걸었다. 술에 취한 사람들이 다른 술집으로 옮겨 다니느라 거리는 어수선했다. 그녀는 취객들과 몇 번이나 어깨를 부딪치면서 유흥가 골목에서 빠져나왔다. 간신히 택시에 올라타고 나서야 참았던 숨을 토해 냈다.

윤기태가 범인일 수도 있었다. 병적으로 마리에게 집착했고 그녀의 휴대폰 통화 내역, 카드 사용 내역까지 알아내서 스토킹했다. 그가 이상한 짓을 저지를 것 같아서 마리는 보디가드를 고용하기도 했다. 윤기태가 범인이라면 기회를 노려 반드시 마리를 죽이려고 할 것이었다.

도재수는 저질에다 변태 성욕자였다. 미희에게 최음제를 먹이고 섹스를 하기도 했다. 순간 마리는 머리카락이 쭈뼛 서면서 온몸에 소름이 돋았다. 최면으로 떠올린 기억에서 그녀는 고통을 느낄 수 없을 정도로 마비되어 있었지만, 성적으로는 터질 것처럼 흥분된 상태였다. 도재수가 마리에게 최음제를 먹이고 나서 성폭행한 게 아닐까? 그는 몸집이 커서 그녀를 가볍게 들어 침대에 던져 버리는 것 따위는 힘들지 않고 할 수 있었다. 도재수가 범인일까?

엄마와 마령을 조심해야 한다는 건 조금도 동의할 수 없었다. 엄마가 마리를 끔찍이 사랑하는 건 아니었지만 엄마로서 가져야 할 모성애는 충분했다. 그렇지 않고서야 그 오랜 시간 동안 마리를 바꾸려고 애쓰지는 않았을 것이다. 마령이 마리의 부족함을 탐탁지 않게 여기고 있다는 건 오래전부터 이미 알고 있었다. 그렇다고 해서 친언니가 죽기를 바란다는 가정은 받아들일 수 없었다. 헛다리나 짚고 다니는 경찰이라며 수철을 비웃으려고 했는데, 마리는 이상하게도 울고 싶어졌다. 어느 사이 눈가가 축축해졌다.

∞∞∞

마령이 유일하게 즐기는 일탈이 과속이었다. 퇴근 시간이 지난 올림픽대로에는 차들이 별로 없었다. 과속 카메라 따위는 신경 쓰지 않고 속도를 내어 달렸다. 팽팽하게 당겨져 있던 신경이 느슨해지면서 긴장이 풀렸다.

워커힐 호텔을 지나자 한강이 내려다보였다. 검게 보이는 강 위에 도심의 불빛이 반짝거렸다. 거의 매일 보는 풍경인데도 유난히 더 아름다워 보였다. 문득 아버지가 떠올라서 마령은 아프게 숨을 들이마셨다.

아버지는 아차산 정상에서 바라보는 야경이 세계 최고라면서 야간 산행 가는 걸 좋아했다. 얼마나 멋질까 궁금해서 아버지를 따라 산에 오른 적이 있었다. 능선을 따라 걷고 있는데 마령의 헤드랜턴 배터리가 갑자기 나가 버렸다. 앞서가던 아버지가 돌아오더니 자신의 헤드랜턴을 꺼 버렸다. 완벽한 어둠이 찾아와 눈앞에 있는 것도 보이지 않았다. 마령이 겁을 내자 아버지가 손을 잡아 주었다.

"지금은 아무것도 안 보이지만 곧 어둠에 적응하게 될 거다. 안 보이던 것도 보이게 되지. 너랑 내가 할 일은 기다리는 것뿐이야."

아버지의 말대로 눈이 어둠에 적응하자 나무들 사이로 나 있는 길이 흐릿하게 보였다. 머리 위에서 반짝이는 달빛과 별빛에 의존해 더듬어 가듯 걷다 보니, 어느덧 아차산 정상에 도착했다. 산 아래로 내려다보이는 도심의 야경과 도심을 감싸고 흐르는 강의 모습은 아름다웠다. 마령은 탄성을 질렀다.

"어두워서 불빛이 더 찬란하게 보이는 것 같아요."

"어둠을 뚫고 힘들게 정상에 도착한 네 마음 때문은 아니고?"

아버지는 바람을 막아 주기 위해 마령을 앞에 세우고 꼭 감싸 안았다. 등 뒤로 아버지의 체온이 느껴졌다.

"오늘 네가 보는 이 풍경은 태어나서 단 한 번밖에 볼 수 없는 거란다. 세상에 똑같은 건 하나도 없거든. 시간이 다르고, 빛이 다르고, 그것을 바라보는 네가 다르기 때문이야. 매 순간 최선을 다해서 살아야 하는 이유란다."

완벽한 인생을 살고 있다고 믿었던 아버지는 인생의 어두운 면을 보지 못했다. 그랬기에 쉽게 망가져 버렸는지도. 처참하게 죽은 아버지를 떠올릴 때마다 마령은 분노에 휩싸였다. 아버지가 바로잡지 못한 오류를 수정해야 할 사람은 바로 '나 자신'이라는 결심 비슷한 감정이 들었다. 문제 해결이 어렵다면 정면 승부가 필요할지도 모를 일이었다.

마령은 올림픽대로를 빠져나와 광장동으로 가는 국도를 달렸다. 좌회전해서 집으로 가는 언덕길을 올라가는데, 뒤따라오는 차가 있었다. 구형 아반떼. 언뜻 보기에도 이 동네 주민의 차가 아니었다.

외제 차를 모는 여자를 노리는 범죄자에 관한 기사가 떠올랐다. 전 같으면 양 씨가 집에 상주했기 때문에 어느 정도 안심이 되었을 텐데, 근무 방식을 출퇴근제로 바꾼 다음부터 오후 6시면 퇴근했다.

게다가 지난 며칠 동안 양 씨는 출근조차 하지 않고 있었다. 마령이 대문을 열기 위해 차를 세우고 리모컨을 조작하는 순간을 범죄자가 노린다면 위험했다.

마침 정원에서 가든파티를 하는 집이 있었다. 조각가가 사는 집이라는 이야기를 들은 것 같은데, 정원에 화려한 조명이 켜져 있었고 음악 소리도 들렸다. 대문 앞에는 경호원으로 보이는 건장한 남자들이 서 있었다. 마령이 속도를 줄이고 차를 세우자, 그중 한 남자가 다가와 운전석 창을 노크했다.

마령은 천천히 창을 내리면서 시간을 끌었다. 뒤따라오던 아반떼는 머뭇거리거나 당황하는 기색 없이 그녀의 벤츠를 지나쳐 언덕 위로 올라갔다. 남자가 정중한 태도로 말했다.

"초대장을 보여 주시겠습니까?"

마령은 멀어지는 아반떼를 바라보며 말했다.

"동네 사람인데 너무 시끄럽군요. 주의 좀 해 주세요."

아반떼가 멀어지는 모습을 확인하고 나서 다시 언덕길을 올라갔다. 아반떼는 이미 시야에서 사라졌다.

마령은 헤드라이트를 끄고 언덕길 끝에 있는 집을 향해 살금살금 차를 몰았다. 불안해하면서 집으로 다가가는데, 대문을 지나 숲 쪽으로 이어진 길의 막다른 곳에 아반떼가 모든 조명을 끈 채 서 있었다. 달이 유난히 밝았지만, 커다란 나무 그늘에 가려진 아반떼는 눈여겨보지 않았다면 눈치채지 못할 정도로 어둠 속에서 웅크린 짐승 같았다.

마령은 차를 세우고, 후진 기어를 넣은 뒤 전화기를 움켜쥐었다. 뭔가 심상치 않은 일이 생기면 바로 후진해서 파티를 하고 있는 집으로 도망칠 생각이었다. 112 번호를 눌러 놓고 신고할 준비까지 마쳤다.

마령은 어둠 속에서 은밀하게 움직이는 그림자를 지켜보았다. 아반떼에서 내린 남자가 잠시 주변을 살핀 후 대문 쪽으로 걸어갔다. 검은 바지에 검은 점퍼, 검은 모자를 깊숙이 눌러쓰고 있었다. 체격이 좋았고 걸음걸이가 날렵했다.

남자는 대문으로 다가가 집 안을 살폈다. 집 안은 어두웠고, 현관 입구에 켜져 있는 보조 등 불빛에 마당을 서성이는 언니가 보였다. 남자의 시선은 온통 언니에게 집중해 있었다. 언니가 정원을 가로질러 공방을 향해 걸어갔다.

공방에는 보안 시스템이 작동하지 않았다. 언니가 보안을 해제하지 않고 들락거려 한밤중에 경보음이 울리는 사고가 연달아 일어난 바람에, 직원 숙소와 더불어 두 건물을 보안 시스템에서 제외했다.

언니가 공방으로 들어갔고 곧 불이 켜졌다. 그 불빛을 통해 공방으로 다가가는 남자가 보였다. 남자가 주머니에 찔러 넣은 손을 빼냈는데 손에 뭔가 들려 있었다. 불빛에 반사되어 번쩍이는 건 다름 아닌 칼이었다. 순간 엄마가 했던 말이 떠올랐다.

'너는 모르고 있는 게 좋아.'

마령은 남자의 정체 따위에는 관심이 없었다. 그의 목적이 언니라는 것만이 중요했다.

마령은 눈을 감았다.

'제발 이번에는 죽어 줘라, 언니!'

그녀는 마음속으로 기도했다.

집 안은 불이 꺼져 있었고 적막감마저 감돌았다. 빈집에 들어가기 싫어서 마리는 마당을 서성였다. 달빛이 너무 밝아서 아침이 밝아올 때처럼 하늘이 훤했다. 달은 아차산 산등성이에 내려앉아 있었고, 달빛을 등지고 있는 집은 컴컴한 동굴 같았다. 축축한 산 냄새가 바람을 타고 파고들었다.

마리는 이상한 두려움을 느끼며 산을 등지고 섰다. 마을의 야경과 멀리 강을 가로지르는 다리의 불빛이 한 폭의 그림으로 들어왔다. "슈"하고 작게 불러 보았다. 슈를 어디에 보냈는지 결국 알아내지 못했다. 김영종 교수의 말대로라면 곧 기억이 떠오를 테니 슈가 어디 있는지 알게 될 것이었다.

몸이 식으면서 추위를 견딜 수 없을 지경이 되었다. 아무도 없는 집에 들어가 불을 켜고 우두커니 있고 싶지 않았다. 텅 빈 집은 의미가 없었다. 마리가 돌아가고 싶은 곳은 엄마와 마령이 있는 따뜻한 집이었다. 그곳에서 잘못된 일들을 바로잡고 새롭게 시작하고 싶었다. 하지만 그런 일이 가능할지 자신은 없었다. 마음이 복잡할 때는 정신을 집중할 수 있는 일이 필요했다. 마리는 몸을 돌려 공방으로 향했다.

공방 문을 열자 고여 있던 공기가 와락 달려들었다. 축축한 습기와 톱밥이 썩어 가면서 나는 나무 냄새가 코를 찔렀다. 사고가 난 뒤로 마리는 작업을 중단했고 작업대 위에는 거미줄이 쳐져 있었다. 작업대 옆에 천으로 덮어 놓은 조각이 눈에 들어왔다. 천을 잡아당기자 다듬다 만 참나무가 민낯을 드러냈다. 비율만 정하고 대충 깎아 놓았는데, 언뜻 보면 사람의 형체 같기도 했고 서 있는 짐승의 모습 같기도 했다. 마리는 조각에 손을 대고 정신을 집중했다.

지난여름, 작업대 위에 놓인 스케치가 선풍기 바람에 날아갈까 봐 한 손으로 누르고 있던 기억이 떠올랐다. 다른 손으로는 휴대폰을 들고 통화했다. 캐나다에서 수입해 온 참나무에 옹이가 많아서 수입 업자에게 화를 냈다. 전량 교환으로는 성에 차지 않으니 손해를 배상하라고 소리질렀다.

전화를 끊고 나서 스케치를 들여다보았다. 특이할 것 없는 성모 마리아상이었는데 마리아의 얼굴이 엄마를 빼다박았다. 서운재단은 천주교 성향을 띠고 있어 학교 내에 성당이 있었다. 마리의 이름도 마리아, 라는 세례명에서 따온 것이었다. 마리는 성모 마리아상을 조각해 엄마에게 선물할 생각이었다. 엄마와 사이가 너무 벌어져 있어 말 한마디 하지 않고 지내는 날이 이어졌다. 마리는 앙숙처럼 지내는 걸 그만두고 잘 지내보자고 엄마에게 사과할 생각이었다.

엄마의 생일이 되기 전까지 작업을 마치려면 서둘러야 했는데, 참나무가 말썽이었다. 창문 밖으로 하늘이 흐렸다. 밤부터 많은 비가 올 것으로 예상되고, 며칠 동안 계속해서 비가 이어질 거라는 예보가 있었다. 비가 내리면 나무가 습기를 머금어 섬세한 조각을 할 수 없었다. 난감해하던 차에 윤주에게서 전화가 걸려 왔다.

"홍천으로 놀러 갈까?"

그다음 일은 생각나지 않았다.

마리는 지난여름에 스케치해 놓은 것을 찾으려고 작업대 아래를 뒤졌다. 그때 딸깍하고 나뭇가지가 부러지는 소리가 들렸다. 고개를 돌리려는 순간 갑자기 전등 스위치가 꺼졌다. 어둠 속에서 마리는 공방 안에 누군가 침입했다는 걸 알아챘다. 바닥에 깔린 톱밥 때문에 발자국 소리는 들리지 않았지만, 공기 중에 떠도는 냄새가 점점 더 가까워지고 있었다. 비에 젖은 개에게서 나는 샴푸 냄새와 기름을 닦은 수세미 냄새가 섞인 듯 퀴퀴한 냄새였다.

마리는 문이 있는 쪽으로 달려가다 얼굴에 강한 타격을 받고 쓰러졌다. 뜨거운 것이 코와 입안으로 뿜어지듯 쏟아졌다. 얼굴 옆으로 날카로운 것이 빠르게 공기를 가르는 소리가 들렸다. 그것이 칼이라는 걸 느낀 순간 '이제 죽는구나.'라는 생각이 들었다.

'온몸이 굳어지고 산소를 들이마시지 못해 폐가 딱딱해지던 그 순간이 다시 오겠구나.'

마리는 손에 잡히는 것을 집어서 어둠에 대고 휘둘렀다. 손에 묵직한 반동이 느껴지며, 윽! 하는 남자의 신음이 들렸다. 그녀는 소리가 난 쪽의 반대 방향으로 몸을 일으키다가 이내 뒤통수에 뭔가를 맞고 쓰러졌다. 끔찍한 고통이 밀려들었다. 입과 코로 톱밥이 쏟아져 들어왔다.

더듬거리며 바닥을 기는데 전깃줄이 손에 잡혔다. 거칠게 줄을 잡아당겼다. 전기톱이 만져졌다. 더듬어서 스위치를 당기자 윙~ 하고 전기톱이 돌아갔다. 순간 톱날 끝에 뭔가 드르륵 긁히는 소리가 나더니, 부딪힌 반동 때문에 전기톱이 방향을 틀어 날아갔다. 전기톱이 바닥에 튕기면서 마리의 얼굴 옆으로 떨어졌다. 목이 잘려 나가거나 얼굴이 반쪽으로 쪼개질 상황이었다. 이대로 죽는 건가, 하고 생각하며 마리는 정신을 잃었다.

믿을 자는 없다, 그 누구도

화양동 연쇄 절도사건의 용의자 신원이 파악되었다. 마지막으로 절도사건이 일어난 미용실 근처에 세워 놓은 개인택시의 블랙박스에 놈의 모습이 찍혔다. 인적 사항은 파악했지만, 가족과 연락을 끊고 혼자 지내 온 놈의 소재를 파악하기는 어려웠다.

며칠 후 놈은 동서울터미널 인근 버스정류장에 다시 모습을 드러냈다. 근처 은행의 CCTV에 버스 타는 모습이 잡혔지만, 너무 멀리서 촬영되어 형체는 물론이고 몇 번째로 버스에 올랐는지도 보이지 않았다. 함께 버스에 탄 사람은 열두 명. 놈의 근거지를 파악하려면 열두 명의 교통카드 사용 내역을 확인해서 그들이 내린 곳을 모두 확인하는 수밖에 없었다. 화양동에서 바늘을 줍는 것보다는 범위가 훨씬 좁아지기는 했으나 얼마나 더 시간과 노력을 쏟아야 할지 알 수 없었다.

교통카드 회사를 통해 열두 명이 내린 위치를 파악했다. 팀장은 팀을 2개 조로 나누어 교대로 버스 노선에 투입했다. 쉬는 날은 반납되었고 모든 사생활은 중단되었다. 윤기태와 도재수의 행방도 쫓고 있는 상황이라서 보고서와 영수증 처리 같은 서류 작업이 밀려 갔다. 수사비 정산 마감일이 하루 앞으로 다가오자, 수철은 어쩔 수 없이 책상에 붙어 앉아 서류 작업에 매달렸다.

이런 상황을 잘 파악하고 있는 팀장은 사무실 전화가 울리기 무섭게 자기 자리에서 끌어다 받았다.

"네, 강력 1팀장 조우식입니다."

팀장은 수사 욕심이 많은 데다가 의욕도 넘쳐서 까다로운 상황을 척척 해결해 갔다. 그러나 오후에 걸려 온 한 통의 전화는 상황이 심상치 않았는지, 그의 목소리가 긴장으로 떨렸다. 무거운 표정으로 수화기를 내려놓은 팀장은 경직되어 있었다.

"박마리가 당했대."

처음에 수철은 무슨 소리인지 알아듣지 못했다. 천식이 벌떡 일어나서 팀장에게 다가가는 모습이 느린 화면으로 보였다.

"박마리가 죽었어요?"

천식의 목소리가 불길하게 울려 퍼졌다. 순간 호프집 바닥에 치마가 뒤집어진 채로 피를 흘리며 쓰러져 있던 우희의 모습이 스쳤다. 팀장이 천식과 이야기를 나누는 모습을 보고 있었지만 수철의 귀에는 아무 소리도 들리지 않았다.

"뭐 해? 정신이 나가서는! 빨리 현장으로 가자고."

수철은 천식에게 이끌려 사무실에서 나왔다. 계단 아래 주차된 차에 도착할 때까지 그는 제정신이 아니었다. 보통은 수철이 운전하는데 이번에는 천식이 핸들을 잡았다. 꽁꽁 얼어 있는 차 안은 냉동고 같았다. 히터에서 뜨거운 공기는 나오지 않고 퀴퀴한 곰팡이 냄새만 쏟아졌다. 유리창으로 비껴 들어오는 햇살에 먼지가 둥둥 떠다니는 게 보였다. 질식할 것 같은 갑갑함이 밀려들었다.

차가 경찰서 마당을 빠져나와 천호대로에 들어설 때까지도 수철은 전혀 상황을 파악하지 못했다.

'박마리가 당했대.'

팀장의 목소리가 계속해서 귓가를 맴돌았다. 간신히 정신을 차리고 나서 천식에게 물었다.

"박마리가 죽었나요?"

"무슨 소리야? 아까 팀장이 하는 말 못 들었어?"

수철이 얼빠진 얼굴을 해 보이자, 천식이 혀를 찼다.

"못 들었나 보네. 정신을 왜 이렇게 못 차려. 박마리 집에 괴한이 침입해서 다쳤다잖아. 공방에 쓰러져 있는 걸 동생이 보고 신고했대. 생명에는 지장이 없지만 홍천 사고도 완전히 회복되지 않았는데 충격이 크겠지."

수철은 마리에게 고마움을 느꼈다. 그녀가 죽기라도 했다면 그가 느꼈을 죄책감은 상상할 수도 없었다. 마리가 기억을 떠올리게 되면 홍천 살인범이 그녀를 노릴 것으로 예측했다. 예상보다 빨리 움직였다는 건 놈이 가까운 곳에서 그녀를 지켜보고 있다는 뜻이었다.

용의선상에 있는 윤기태와 도재수, 그리고 정혜선과 박마령 모두 마리가 죽기를 바라는 사람들이었다. 위험에 노출된 마리를 위해 수철이 한 일은 조심하라는 경고뿐이었다. 조심한다고 해도 피할 수 있는 일이 아니었다. 한시라도 빨리 범인을 잡아야 했다. 그렇지 않으면 마리도 우희처럼 살해당할 게 분명했다.

서운대학교병원 안내데스크의 여직원은 수철과 천식의 얼굴을 기억하고 있었다. 그들을 보자마자 어딘가로 전화를 걸었다. 전에 보았던 보안대장이 보안요원 둘을 꼬리로 달고 나타났다. 은행도 아니고 병원인데 보안에 신경 쓰는 정도가 심했다. 의문에 대한 해답은 예상하지 못한 곳에 있었다.

환자와 환자 보호자들 사이에 섞여 로비를 오락가락하고 있는 일간지 황 기자와 인터넷 신문 기자 두 명이 보였다. 광진경찰서에 죽치고 살다시피 하던 기자들이 병원 로비에 갑자기 나타난 건 우연이 아닐 터. 팀장이 언론에 사건을 터뜨리기로 한 것이었다. 사건이 기사화되면 다른 기자들이 달려들 것이고, 그렇게 되면 다양한 형태로 퍼 날라져 아무리 막강한 권력이라고 해도 막을 길이 없었다. 그래서인지 보안대장 얼굴이 유난히 경직되어 있었다.

"저를 따라오십시오."

수철과 천식은 보안대장을 뒤따라 로비 오른쪽에 있는 엘리베이터에 탔다. 엘리베이터 문이 열렸을 때, 호텔에 와 있는 착각이 들 정도로 고급스러운 벽지에 은은한 불빛이 흐르는 복도가 나타났다.

"이쪽으로."

질이 좋은 카펫은 운동화를 삼킬 것처럼 탄력이 있었고, 벽에는 고급스러운 그림이 조명을 받고 있었다. 고풍스러운 테이블 위에 놓인 꽃꽂이에서 은은한 향기가 풍겼다. 보안대장이 어느 문 앞에 서서 초인종을 눌렀다. 잠시 후 감색 정장을 입은 여자가 문을 열었다. 머리카락을 바짝 당겨서 쪽을 진 헤어스타일과 두 손을 배꼽 아래 모으고 있는 모습은 누가 보아도 비서였다.

비서를 따라 룸 안으로 들어가니 호텔 응접실처럼 생긴 공간이 나타났다. 탁 트인 전경이 먼저 눈에 들어왔다. 고급 소파와 웬만한 서재 버금가는 책들, 사무를 볼 수 책상, 컴퓨터 기기 같은 것들이 보기 좋게 배치되어 있었다. 소파 중앙에 정혜선이 앉아 있었고, 그 옆에 박마령이 다리를 꼬고 앉아 있었다. 그들 모녀를 호위하듯 최 변호사가 곁에 서 있었다.

수철은 자신이 상대하고 있는 사람이 어마어마한 돈과 권력을 가진 사람들이라는 걸 새삼 느꼈다. 기가 죽기는커녕 전의가 불타올랐다. 똑같은 죄를 지어도 돈 많고 많이 배운 것들은 혐의를 입증하기가 쉽지 않았다. 최 변호사 같은 거대 로펌 출신의 변호사가 중간에 낀다면 더욱 승산이 없었다. 정신을 바짝 차려야 했다.

"박마리 씨를 보러 왔습니다."

수철이 말했다.

"마리가 지금 많이 놀란 상태예요. 절대 안정이 필요해요."

혜선은 몹시 귀찮다는 기색을 감추지 않았다.

"안정도 중요하지만 범인을 잡는 게 더 중요하다는 생각은 안 하십니까?"

"좀도둑 말인가요? 도둑이 들어도 가져갈 게 없어서 공방에는 보안 시스템을 해 놓지 않았던 게 잘못이었어요. 앞으로는 보안을 강화할 생각이에요."

혜선은 딸을 해치려고 한 범인을 좀도둑으로 몰아가고 있었다. 사건을 부풀리지 말라는 뜻이었다. 그렇게 호락호락 넘어가 줄 수는 없었다.

"그러니까 괴한이 침입한 게 아니라 좀도둑이 들었다, 그런 말씀인 거죠? 그건 경찰인 저희가 판단할 일이지 이사장님이 판단하실 일은 아닌 것 같은데요. 수사는 저희가 하니까요. 피해자 박마리 씨의 이야기를 듣는 게 우선이겠군요."

혜선은 네 마음대로 될 것 같으냐고 조롱하듯 웃었고, 최 변호사는 자신의 존재를 과시하려는 듯 어깨를 쭉 펴더니 팔짱을 꼈다. 위협적인 제스처가 아니었는데도 수철은 기가 눌렸다. 그렇다고 물러설 수는 없었다.

"내일 아침 신문에 수사를 막는 비정한 모정 따위의 기사가 나기를 바라세요?"

혜선과 마령의 얼굴이 순식간에 굳었다. 최 변호사는 발끈해서 안경 너머로 날카로운 눈빛을 번뜩이며, 한 발짝 앞으로 다가왔다. 그들 역시 기자들이 와 있는 것을 알고 있었던 것.

조금 더 밀고 가 볼까?

"여행을 갔다가 여자 두 명이 살해됐고 한 명은 살아남았지만 기억 상실이다, 게다가 그 생존자가 서운재단의 큰딸이다, 그러면 기자들이 하이에나처럼 달려들 겁니다. 어떻게 하시겠습니까?"

혜선은 고작 경찰 따위가 자신을 위협하는 꼴을 참고 있기가 힘든지, 입술을 파르르 떨었다. 참다못한 듯 최 변호사가 나섰다.

"지금 피해자 가족을 협박하는 건가? 살인범은 잡지 못하고 어디 와서 행패를 부리는 거야? 강 형사가 무슨 짓을 하고 다니는지 자네 상사들은 알고 있나?"

혜선이 마령과 눈짓을 교환하고 나서 말했다.

"10분 드리죠. 그 이상은 불가능해요."

비서가 다가와서 출입구와 반대에 나 있는 문으로 안내했다. 천식은 수철이 몹시 대견한 모양이었다.

"야, 너 끝내 준다. 기자들 온 걸 어떻게 알았어? 나 따라다니더니 많이 컸네, 짜식."

비서가 문을 열어 주고 나서 물러섰다. 문 안쪽은 병실로 꾸며져 있었다.

마리의 오른쪽 눈은 떠지지 않을 정도로 부풀어 있었고, 부러진 코뼈를 지지하기 위해 솜으로 콧구멍을 틀어막은 상태였다. 대추를 물고 있는 것처럼 터진 입술 사이로, 받은 숨이 오가는 소리가 힘겹게 들렸다. 좀도둑의 소행이라고 말했던 혜선에게 욕이 나올 것 같았다.

"마리 씨, 내 말 들려요?"

오른쪽 눈은 미동이 없었고, 왼쪽 눈이 아주 가늘게 떨렸다. 듣고 있는 건 확실한데 말을 할 수 없는 상태였다. 수철은 마리의 퉁퉁 부은 손을 가만히 잡았다.

"내가 묻는 말이 맞으면 내 손을 한 번만 잡고, 틀리면 두 번 잡아요. 알았죠?"

마리가 그의 손가락을 한 번 잡았다. 그 힘이 너무 약해서 수철은 마음이 아팠다.

"범인 얼굴은 봤어요?"

(아니요.)

마리가 범인의 얼굴을 보지 못한 여러 가지 경우를 추려 보았다.

"누군가 침입했다가 마리 씨가 공방에 있는 걸 보고 놀라서 습격한 건가요?"

(아니요.)

"그게 아니라면 처음부터 마리 씨를 습격했다는 건가요?"

(네.)

천식은 마리가 어떤 대답을 하는지 몰라 호기심 가득한 눈으로 수철의 팔을 잡아당겼다.

"뭐래?"

"마리 씨를 습격하기 위해 침입했던 것 같아요."

"홍천 살인사건과 연관되어 있다는 거로군."

"체격이 어땠어요? 윤기태 같았어요?"

마리가 망설였다.

"습격한 놈이 윤기태는 아닌 것 같던가요? 모르겠어요?"

(네.)

"그러면 도재수와 닮았어요?"

(아니요.)

도재수는 키가 크고 배가 나온 체형이었다. 그런 체형은 아니라는 건데….

수철은 천식을 돌아보았다. 피해자가 충격에서 헤어 나오지 못한 데다가 말도 하지 못하는 상황에서 무슨 질문을 해야 할까? 천식이 수철을 제치고 마리에게 다가갔다.

"많이 아프겠다. 얼마나 놀랐어요?"

수철은 이 상황에서도 립서비스를 하는 천식이 대단해 보였다. 그런데 마리가 수철의 손을 한 번 살짝 잡았다. '네, 놀랐어요.' 하는 의미였다. 수철은 범인을 잡으려는 마음이 앞서서 마리의 상태를 헤아리지 못한 게 미안했다. 천식이 계속해서 말했다.

"이 상태로는 뭘 물어볼 수도 없으니까 우린 그만 갈게요. 많이 자야 빨리 나으니까 어서 푹 쉬어요."

(네.)

천식이 수철에게 눈짓했다.

"자, 가자."

수철은 병실을 나가려다가 돌아와 마리의 손을 다시 잡았다.

"당신을 이렇게 만든 범인을 꼭 잡고 말 거예요."

(네.)

"무슨 일이 있어도 내가 반드시 지켜 줄게요. 나를 믿어요."

마리는 지금까지와는 다른 강도로 수철의 손을 꼭 잡았다. 그 약속을 꼭 지켜 달라는 의미여서 수철은 확신을 주듯 그녀의 손을 힘주어 잡았다.

병실을 나와 보니 혜선과 최 변호사는 보이지 않았고, 마령이 소파에 다리를 뻗고 앉아 아이패드로 뭔가를 검색하고 있었다. 친언니의 얼굴이 묵사발이 된 사고를 겪은 동생 치고는 너무 평온해 보였다. 수철은 그녀에게 다가갔다.

"언니가 걱정되지도 않나 보죠?"

"매일 아프거나 다친 사람들을 상대하다 보면 웬만한 상처를 봐도 놀라지 않게 되죠. 형사들이 시체를 보고 별로 놀라지 않는 것처럼 말이에요."

"그래도 가족이 다쳤는데 달라야 하는 거 아닙니까?"

"수사 안 하셨어요? 언니하고 저는 그렇게 다정한 사이가 아니었어요."

"마리 씨는 그렇게 생각 안 하는 것 같던데요."

"어머, 그 사이 언니하고 친해지셨나 봐요. 언니에 대해서 얼마만큼 아세요? 알면 알수록 놀랄 일이 많은 여자라는 건 아시나요?"

심리전에 능숙한 여자였다. 수철을 화나게 만들어서 질문의 요지를 흐리게 하려는 수작이었다.

"마리 씨를 처음 발견한 사람이 마령 씨라면서요? 집 안에 있다가 소리를 듣고 공방으로 간 겁니까, 아니면 외출했다가 돌아와서 언니를 발견한 겁니까?"

"같은 말 반복하고 싶지 않으니까 우리 동네 파출소에 가서 물어보세요. 저는 좀 피곤해서 쉬어야겠어요."

"왜 이렇게 비협조적이죠? 범인을 잡는 게 싫으세요? 아니면 언니가 죽기를 바라기라도 한 겁니까?"

"내일 아침 신문에 경찰이 범인은 잡지 못하고 피해자 가족을 괴롭힌다는 기사를 읽고 싶으신가 봐요."

마령은 아이패드에 이어폰을 연결하면서 냉정하고 차분하게 말했다.

"다음부턴 궁금한 게 있으면 정중하게 부탁하거나 아니면 영장을 가져오세요. 배웅은 못 해 드리겠네요."

마령은 이어폰을 귀에 꽂더니 쿠션을 베고 누웠다. 그녀가 속이 뒤집히는 소리를 해도 꾹 눌러 참고 사건의 정황을 더 캐물어야 했다. 현장에 처음 도착했을 때 평소와 달랐던 점은 없었는지, 혹시 수상한 사람은 못 보았는지, 공방에 마리가 쓰러져 있는 걸 어떻게 발견했는지 등등. 젠장!

천식이 다가와 수철의 어깨를 툭 쳤다.

"가자니까."

수철의 귀에는 그 말이 '네가 졌어.' 하는 말로 들렸다. 밖으로 나오자마자 수철은 분통을 터뜨렸다.

"저 여자 분명히 뭔가를 숨기고 있어요. 꼭 밝혀내고 말 거예요."
"이미 조사 다 해 봤잖아. 알리바이도 있고 완벽해. 켕기는 게 없으니까 저렇게 막 들이대는 거 아니냐. 아니면 연기를 했겠지."
"계속해서 수사를 방해하는 이유가 단순히 구설 때문이라고 보기에는 지나치잖아요. 분명히 감추고 싶은 것이 있는 게 확실한데, 우리를 우습게 보고 저러는 거예요. 절대 밝혀낼 수 없을 거라고 자신하고 있는 거죠."
천식이 천장 위에 달린 CCTV를 가리켰다. 어디선가 혜선이 지켜볼 수도 있었다. 수철은 CCTV를 향해 날카로운 시선을 던지고 나서 몸을 돌렸다. 등 뒤에서 혜선의 시선이 느껴지는 듯했다.

수철과 천식이 로비로 걸어 나오자 황 기자를 포함한 기자들이 따라붙었다. 천식은 황 기자를 보자 인상을 찡그렸다. 그가 경찰서 게시판에 올라온 글을 사실 확인도 하지 않고 기사로 내보내서, 수철과 천식은 수사를 잘해 놓고도 시말서까지 써야 했다. 천식의 넉살을 늘게 만들고 그래서 연기자가 되게 만들었던 사건이었다.
경찰서에서 황 기자를 만나도 아는 척하지 않던 천식이 빈정거리듯 말했다.
"여기는 또 어쩐 일이야? 무슨 꼬투리를 잡으려고?"
"우리 최 형사님한테 특종을 들으러 왔지, 왜 왔겠어?"
"허, 특종 같은 소리 하네. 나처럼 불친절한 경찰한테 어떻게 특종을 기대해?"
천식과 기자가 티격태격하는 사이 인터넷 신문 기자들이 수철에게 번갈아 질문을 해 댔다.

"홍천에서 여자들 죽은 거 어디까지가 사실이야? 완전 괴담 수준이던데?"

"스타 형사, 스타 검사가 따로 있는 게 아니야. 우리가 띄워 주면 그게 스타 아니냐고. 너 좋고 나 좋고."

두 명의 형사와 세 명의 기자가 벌이는 소란스러움에 사람들의 시선이 몰렸다. 보안대장과 그의 부하들이 못마땅하게 지켜보고 있었다. 수철은 소란을 잠재우기 위해 기자들을 마주보고 섰다.

"안 준다는 게 아니에요. 줄 게 있어야 주든지 말든지 하죠. 아직 발표할 게 없다고요. 기자님들이야말로 저한테 시간을 주세요. 그러면 제가 수사한 거 정리해서 보도 자료 줄게요."

황 기자가 장난하지 말라는 투로 피식 웃었다.

"하여간 뻥은 여전해."

"속고만 사셨나. 그 대신 화양동 연쇄 절도사건 드릴게. 수사 내용이 완전 영화거든요. 황 기자님, 내가 전화할게요. 다른 두 분은 명함 주세요. 어서요."

화양동 연쇄 절도사건을 미끼로 던지고 간신히 기자들을 따돌렸다. 연쇄 절도범을 잡게 되면 팀장 체면도 살게 되니 일석이조였다. 천식은 걱정이 되는지 정색했다.

"야, 너 그렇게 말해 놓고 입 싹 닦으면 쟤들 가만히 안 있을걸? 황 기자 저 새끼한테 이번에는 무슨 덤탱이를 쓰려고 그래."

팀장이 고의로 터뜨린 걸 천식이 알 리 없었다. 언론을 이용하는 건 위험 부담이 크기는 했지만, 혜선이 쳐 놓은 지지선을 뚫고 수사를 할 수 있는 유일한 방법이었다. 기자들에게 시간을 달라고 한 이유는 사건을 기사화하기 전에 정리해야 할 일이 남아 있어서였다.

윤기태와 도재수 말고도 새로운 용의자가 있었다. 죽은 마윤주와 정미희였다. 마윤주와 친하게 지냈던 매장 직원이 말했다.

"걔들은 자주 어울렸지만 가깝지는 않았어요."

마윤주는 윤기태가 마리에게 빠져드는 걸 보고 기분이 좋지만은 않았을 것이다. 자존심 강한 정미희 역시 자신의 치부를 대대적으로 공개한 마리에게 불만을 가졌을 수 있다. 치정이나 시기심은 살인의 동기로 충분했다. 무엇보다 최면으로 떠올린 마리의 기억에서 마윤주와 정미희가 의심스러웠다. 마리는 뭔가에 중독된 채로 펜션에서 성폭행당했다. 불이 나기 전이었기 때문에 마윤주는 살아 있었다는 가정이 가능했다. 정미희 역시 살아 있었을 것이다. 이 두 여자는 마리가 성폭행당할 때 어디에서 무엇을 하고 있었을까?

마리는 마당에서 자신을 차로 밀어 버린 사람이 두 명이었다고 했다. 어쩌면 그녀가 보지 못한 범인이 더 있을 수도 있었다. 그녀를 성폭행했던 남자와 그를 도운 공범을 찾아내야 했다. 새로운 가설을 세우면 새로운 해결 방법이 보이는 법. 그러나 수철은 기쁘지는 않았다. 죽은 피해자를 포함해 마리 주변의 모든 사람들이 그녀가 죽기를 바랐다는 의문을 떨칠 수 없었다. 그 와중에도 마리는 생존해 내고 있었다. 기적과 같은 일이 아닐 수 없었다.

∞∞∞

공방에서 의식을 잃었다가 깨어난 곳은 응급실이었다. 서상묵 교수가 의사들에게 이런저런 지시를 내렸다. 의사와 간호사가 분주하게 움직이면서 잠들지 말라고 자꾸만 흔들어 깨웠다. 이동 침대로 옮겨지고 나서 여러 가지 검사가 이뤄졌다. 마리는 검사를 받는 중간에도 몇 차례 정신을 잃었다가 깨었다. 완전히 의식이 들었을 때는 병실로 옮겨진 상태였고 엄마가 지켜보고 있었다.

"정신이 들어?"

"…."

"집에 도둑이 들었어. 정말 큰일 날 뻔했지, 뭐니. 이만하길 얼마나 다행인지…."

공방에서 마리를 공격한 사람은 죽일 작정으로 칼을 휘둘렀고, 안면만 골라서 공격했다. 필사적으로 저항했지만 남자를 상대하기에 힘이 모자랐다. 우연히 손에 잡힌 전기톱으로 위협을 하려다 오히려 그녀의 얼굴이 날아갈 위기였는데, 어떻게 살아나게 된 걸까?

"마리, 네가 전기톱을 휘두른 거니? 세상에…. 사람을 죽일 수도 있었어."

(엄마 딸이 죽을 수도 있었어.)

"도둑이 전기톱에 발목을 다쳐서 공방 바닥에 피가 흥건했대. 세상에 끔찍해라. 엄마는 네가 조각을 하는 게 정말 싫어. 공방도 부수고 온실을 지으면 어떨까 싶어. 아무튼 그건 나중에 생각해도 되는 일이니까."

엄마는 마리의 손을 잡았다가 몸서리를 치면서 놓았다.

"손이 왜 이렇게 차고 축축해?"

엄마는 죽을 위기에 처했던 딸을 걱정하고 안심시키기는커녕 낯설고 차갑게 대했다. 마리는 억울하면서도 서운했다. 도대체 내가 무엇을 잘못한 걸까? 사고를 당한 것? 구설에 오르게 만든 것? 그것도 아니면 설마 죽지 않고 살아난 것?

수철과 최 형사가 찾아왔다. 수철은 걱정과 미안함을 담은 얼굴로 가만히 마리의 손을 잡았다.

"무슨 일이 있어도 내가 반드시 지켜 줄게요."

마리는 수철의 손을 꽉 움켜쥐었다.

(제발 나를 지켜 주세요.)

형사들이 다녀간 난 이튿날, 엄마가 마령과 함께 병실에 들어왔다. 평소와 다름없는 것처럼 보이려고 했지만, 성가신 일을 빨리 끝내 버리고 싶은 듯 서두르는 기색이 느껴졌다. 엄마가 감정이 섞이지 않은 말투로 말했다.

"보기 흉해서 그렇지 크게 다친 곳이 없으니 얼마나 다행이야. 서 교수가 내일 퇴원해서 외래로 진료를 받는 게 어떠냐고 하더라. 아무래도 병원은 불편하잖아."

마령이 엄마의 말에 힘을 실었다.

"퇴원해도 내가 보살펴 줄 거니까 걱정 안 해도 돼. 언니도 잘 알겠지만 우리를 보는 시선이 많아. 언니가 또다시 사건에 휘말렸다는 소문이 나면 엄마 얼굴이 뭐가 되겠어? 그리고 내 체면은?"

"그만 이야기해도 마리가 알아들었을 거야. 내일 퇴원하는 걸로 하자."

엄마와 마령이 퇴원을 서두르는 이유를 이해할 수 없었다. 마리에게 집은 더 이상 안전한 곳이 아니었다. 마리를 습격한 범인을 잡지 못한 상태인 데다가, 그가 만약 홍천 사건의 범인이라면 또다시 그녀를 죽이려고 할 게 분명했다. 몸 상태도 회복되지 않아서 저항할 수도 없었다.

엄마와 마령이 나가고 간호사가 돌아왔다. 마리는 간호사에게 부탁해 휴대폰으로 엄마와 마령에게 동시에 문자를 보냈다.

'내일 퇴원은 무리야. 완전히 회복되면 집으로 돌아갈래.'

두 사람 모두 답장은 보내오지 않았다. 그날 이후 엄마와 마령은 문병을 오지 않았다. 가끔 응접실에서 엄마의 목소리가 들리는 날도 있었지만 마리를 보러 병실 안으로 들어오지 않았다.

간호사가 가져다준 거울을 처음 보았을 때의 충격이란. 잽을 피하지 못하고 연신 두들겨 맞은 권투 선수의 얼굴이었다. 원래의 얼굴로 돌아가지 못하면 어떡하나 걱정이 될 정도였다. 부러진 코뼈가 주저앉지 않게 하려고 비강 내에 솜을 틀어막은 상태였는데, 2주가 지나야 빼낼 수 있다고 했다. 실핏줄이 터지고 부어올라 오른쪽 눈은 떠지지 않았다. 입은 숨을 간신히 들이마시고 내쉬는 기능과 물을 삼키는 것 외에는 아무것도 할 수 없었다. 말할 수도 없었고, 말할 힘도 없었다.

잠이 들면, 마사지 숍에 누워 있는데 누군가 젖은 수건을 얼굴에 덮어 놓고 물을 들이붓는 꿈을 꾸었다. 정신이 들어 있는 동안에는 수습 불가능한 수많은 기억이 불쑥불쑥 떠올랐다. 어떤 기억은 양각과 음각이 딱 맞아서 하나의 그림으로 맞춰지기도 했고, 어떤 기억은 언제인지도 알 수 없는 채로 자꾸만 머릿속을 방황했다.

어떤 기억은 잔혹했다. 욕실에서 알몸으로 서 있는 마리에게 엄마가 찬물을 끼얹고 젖은 머리카락을 잡아당겼다. 하이톤으로 고함을 치는 엄마의 목소리가 욕실 타일에 부딪쳐서 비명처럼 울렸다.

"그렇게 쳐다보지 말라고 몇 번을 말해. 그런 눈빛으로 사람을 보지 말란 말이야. 피하지 마. 고개 들지 못해?"

엄마가 호스를 휘둘렀다. 윙 소리를 내며 공기를 가른 호스가 끔찍한 소리를 내며 등과 허리에 감겼다. 마령이 뛰어 들어왔다.

"아빠가 돌아왔어요."

엄마는 당황해서 무엇을 어떻게 해야 좋을지 몰라 했다.

마령이 마리를 2층으로 데려갔다. 엄마의 훈육에서 구해 준 마령이 고마웠다. 도서관에 간 줄 알았는데 집에 있었구나. 엄마는 왜 나한테만 무섭게 구는 걸까? 크게 잘못한 것도 없는데. 억울하고 화가 나서 견딜 수 없었다. 감정이 북받쳐 흐느껴 울기 시작하자 마령이 이불을 들고 다가왔다. 젖은 마리의 몸을 덮어 주려는 줄 알았는데 머리 위까지 뒤집어씌우더니 음악을 틀었다.

"조용히 해. 우는 소리 듣기 싫어."

어떤 기억은 등장인물이 마리 혼자였다. 컴컴한 다락방이었고 발목이 퉁퉁 부어 있었다. 일어날 수도, 누울 수도 없는 상태였다. 벽에 등을 기댄 채로 앉아 있었는데, 조금만 움직여도 살을 찢는 것 같은 고통이 찾아왔다. 마리는 이해할 수 없었다. 서운의 공주였던 그녀가 어째서 다리를 다친 채 다락방에 방치되어 있었던 걸까? 완벽한 기억은 아니라서 어떻게 다락방에서 나왔는지, 다리를 어떻게 치료했는지 알 수 없었다.

아버지와 엄마가 싸우는 장면이 떠올랐다가 빠르게 사라졌다. 부부싸움이라고 하기에는 과할 정도로 아버지는 폭력적이었고, 엄마는 저항도 하지 못한 채 무방비 상태로 당하는 처지였다. 자상한 아버지와 교양 있는 엄마는 모든 사람들의 존경과 부러움을 받았다. 마리가 기억하는 부모의 모습과 현실의 부모 모습은 달랐던 걸까?

시간이 더디게 흘러갔다. 도무지 오지 않을 것 같은 2주가 흐르고 코안에 있는 어마어마한 양의 솜을 빼냈다. 코로 숨을 쉴 수 있다는 것만으로도 살 것 같았다. 입원하고 나서 처음으로 세수를 할 수 있었다. 욕실 거울에 비친 얼굴은 부기가 많이 빠져 있었고, 보라색이었던 멍이 자줏빛으로 흐려져 있었다.

병실로 돌아오자 간호사가 전화기를 건넸다. 수철에게서 걸려 온 전화였다.

"공방에 있는 핏자국을 국과수에 보냈는데 DNA가 일치하는 용의자를 찾아냈어요. 절도 전과가 있는 이화식이라는 놈인데, 출소 후 세차장에서 차 닦는 일을 하면서 성실하게 지냈다고 해요. 범행 당일에 타고 온 차도 세차장에서 쓰는 차였어요."

마리는 공방에서 습격당하기 전에 맡았던, 젖은 개의 털에서 나는 냄새와 기름을 닦은 수세미에서 나는 것 같은 냄새를 떠올리고 몸을 떨었다.

"절도 전과가 있다면 역시 도둑이었다는 건가요?"

"그렇지 않아요. 이화식은 절도를 저지르기는 했지만 강도나 폭행 같은 범행은 저지르지 않았어요. 마리 씨도 느꼈겠지만 단순히 도둑질이나 하려고 침입했다고 보기엔 석연치 않은 점이 있어요. 절도범은 도둑질하기 전에 범행 장소에 몇 번씩 가 보는 게 보통인데, CCTV를 확인해 보니 이화식은 그날 처음 마리 씨 집에 간 거예요. 게다가 이화식의 아이가 서운대학병원에 입원 중이에요."

"우연이겠죠."

"그럴 수도 있고, 아닐 수도 있지 않겠어요?"

"서운대학병원에 입원해 있는 사람이 범행을 저지르면 엄마와 동생이 의심받아야 하나요?"

"이화식의 아이가 선천성 심장병을 앓고 있는데 당장 수술하지

믿을 자는 없다, 그 누구도 219

않으면 목숨이 위태로운 지경이에요. 이화식에게는 수술비를 낼 거 금이 없었는데, 어제 천주교 단체에서 기부금이 들어와서 수술하게 됐다고 해요. 마리 씨의 어머니가 가입해 있는 단체로 확인됐어요."

"엄마는 수많은 봉사활동과 기부를 하고 계세요. 서운대학병원에 입원해 있는 사람들 중에 엄마의 기부금을 받은 사람은 많아요."

"아무도 믿지 말라는 뜻이에요. 제가 마리 씨를 지켜 주겠다고 약속했지만 24시간 옆에 있을 수는 없잖아요. 마리 씨를 죽이려는 범인은 가까이에서 지켜보고 있어요."

마리는 수철의 '아무도' 믿지 말라는 충고에 엄마와 마령이 포함되어 있다는 사실을 인정하고 싶지 않았지만, 부정할 수도 없었다.

"알았어요. 아무도 믿지 않을게요."

마리는 전화를 끊고 나서 갑갑한 마음에 병실을 나갔다. 응접실로 이어지는 VIP 병실은 엄마의 호사스러운 취향으로 인해 탄생했고 상류층 인사들을 끌어들였다. 특별한 병이 있어서가 아니라 경찰 조사를 피하려고, 휴식을 위해, 젊음을 되찾기 위해, 또는 특권의식을 느끼기 위해 권력자들과 부유한 사람들이 VIP 병실을 채웠다. 엄마는 그들이 상상했던 것보다 훨씬 더 특별한 서비스를 해 주는 것으로 인맥을 견고하게 다져 갔다. 서운재단이 급속하게 성장할 수 있었던 이유였다.

마리는 응접실 전면에 있는 창문에 다가섰다. 바람이 불 때마다 나무에 남아 있는 잎들이 떨어져 나갔고, 이미 떨어진 잎들은 힘없이 이리저리 굴러다녔다. 그녀는 겨울을 맞을 준비를 아직 하지 않았는데 창밖의 세상은 앙상해져 가고 있었다. 잔뜩 흐린 하늘은 우울함을 못 참겠다는 듯 뭔가를 쏟아 낼 태세였다.

욕실에서 물소리가 들렸다. 혼자 있는 줄 알았는데 누군가 있었던 모양이다. 그 사람이 누구이든 얼굴을 마주치고 싶지 않아 병실로 돌아가려는데, 콧노래 소리가 들려왔다. 마리가 홍천에서 성폭행당할 때 계속해서 들렸던 소리와 같은 곡이었다. 마리는 온몸에 소름이 돋아서 욕실을 돌아보았다.

마령은 샤워하면서 그 곡을 익숙하게 콧노래로 흥얼거렸다. 한 번도 들어 본 적 없는 음울하고 끈적이는 그 곡을, 어째서 마령이 알고 있는 건지 상상조차 되지 않았다.

마리는 넘어지지 않으려고 벽을 짚은 채 거칠게 숨을 몰아쉬었다. 이상한 한기가 습격하듯 살과 뼈를 파고들었다. 휘청거리며 병실로 돌아와 덜덜 떨리는 몸을 이불로 감쌌다.

수철이 충고했던 말이 떠올랐다.

'마리 씨가 죽으면 동생이 서운재단 전체를 물려받게 될 텐데 욕심이 나지 않았을까요?'

이상한 상상 따위는 하지 마. 어떻게 동생을 의심해. 동생은 착하고, 공부 잘하고, 예쁘고, 모든 것에서 완벽한 아이야.

'정혜선 씨는 마리 씨가 문제를 일으킬까 봐 일거수일투족을 감시하다시피 했어요. 살인사건이 일어날 거라는 걸 몰랐을까요? 직접 나서서 죽이지는 않았겠지만, 누군가 죽이려고 하는 걸 모른 척할 수는 있었겠죠.'

아니야. 그럴 리 없어. 마리는 강하게 부정하고 싶었지만 불쑥불쑥 떠오르는 기억 속에서 엄마는 잔인했다. 마령은 엄마를 돕는 조력자였다. 그리고 어쩌면…. 정말 마리가 죽기를 바라고 있는지도 몰랐다. 수철이 아무도 믿지 말라고 했던 그 '아무도'에 엄마와 마령이 포함되어 있다는 사실을 시인할 수밖에 없었다.
 시간이 얼마나 지났을까? 날은 어두워져 있었다. 노크 소리가 들렸고, 이어서 간호사가 식사 카트를 밀고 들어왔다. 어둠 속에 우두커니 앉아 있는 마리를 보고 놀란 간호사가 스위치를 켰다.
 "어디가 안 좋아요?"
 "문 좀 닫아 주세요."
 간호사가 등 뒤로 문을 닫았다.
 "식사 가져왔는데 어떻게 할까요?"
 마리는 침대에서 내려와 테이블로 갔다. 간호사가 테이블 위에 식사를 차렸다. 먹고 싶은 생각이 전혀 없었지만 악착같이 밥을 씹어 삼켰다. 반찬도 남김없이 먹어 치웠다.
 "오늘은 식욕이 좀 있나 봐요?"
 마리는 씁쓸하게 웃었다.
 "먹어야 살죠."
 공방에서 마리를 죽이려고 했던 범인이 언제 다시 찾아올지 모를 일이었다. 홍천 살인사건의 범인 역시 그녀를 노리고 있을 것이었다. 엄마와 마령조차 믿을 수 없는 상황에서 스스로를 지키는 수밖에 없었다. 운동을 시작하고 항상 긴장해 있도록 하자. 조각을 할 때 쓰는 칼 중에서 적당한 것을 골라 몸에 지니는 것도 괜찮은 방법이었다. 왜 죽어야 하는지도 모른 채 살해당하고 싶지 않았다. 그녀가 살아 있는 걸 아무도 반겨 주지 않는다고 해도 포기하지 않을 생각이었다. 당하고 있지만은 않을 테다.
 마리는 주먹을 움켜쥐었다.

드러나는 기억의 조각들

마리의 공방에 괴한이 침입한 사건을 처음 접수한 광장지구대 이 경위는, 수상한 차가 마을로 들어왔다는 신고를 받았을 때 인근에서 순찰하던 중이었다. 외길인 언덕을 올라가면서 특이 상황을 점검하고 있는데, 은색 벤츠가 길가에 세워져 있었다. 운전석 창을 두드리자 미모의 여자가 고개를 내밀었다.

"나중에 알고 보니 피해자의 동생이었습니다."

이 경위가 수철에게 말했다. 그는 위험한 일이 생길 수 있으니 빨리 귀가하라고 여자에게 말한 뒤 순찰차로 돌아왔다고 했다.

갑자기 아반떼가 나타난 건 순찰차를 돌리려던 순간이었다. 아반떼는 순찰차의 사이드미러를 박살내고 그대로 도주했다. 사건이 일어났다는 걸 본부에 알리고 아반떼를 추격했다. 마을 입구 삼거리에 도착했는데 아반떼가 워커힐 방향으로 갔는지, 구리 시내 쪽으로 갔는지 알 수 없었다.

이 경위는 범인을 쫓기보다 피해 사실을 파악하는 게 더 중요하다고 판단해 아반떼가 튀어나왔던 언덕을 올라갔다. 길 끝에 있는 서운재단 이사장의 집 앞에 조금 전에 보았던 벤츠가 세워져 있었고, 대문에서 5미터쯤 떨어져 있는 건물에서 여자의 비명이 들렸다.

"목공예 공방이더라고요. 전기톱이 널브러져 있었는데 주변에 피가 흥건했습니다. 벤츠에 타고 있던 여자가 응급처치를 하고 있었어요. 다친 여자가 친언니라고 하면서."

수철에게 사건 일지를 건네며, 이 경위는 피해자가 운이 좋았다고 덧붙였다. 신고가 들어오지 않았다면 늦게 발견되었을 테고, 의식을 잃은 채 난방이 되지 않은 곳에 쓰러져 있었기 때문에 저체온증으로 생명을 잃을 수도 있었다는 게 그의 의견이었다. 게다가 벤츠에 타고 있던 여자가 의사라서 응급처치도 빨랐다. 사건 일지에는 마령의 진술이 자세히 적혀 있었다.

'퇴근하면서 아반떼가 뒤따라오는 건 보지 못했다. 파티를 하느라 시끄러운 집 앞에 차를 세우고 조용히 해 달라고 주의를 주었다. 집에 거의 다 와서 차를 세우고 휴식을 취했다. 병원에서 언짢은 일이 있었는데, 감정이 얼굴에 드러나는 타입이라서 엄마와 언니를 걱정시킬 것 같아 가족들이 잠든 후에 집에 들어가려고 했다. 그때 순찰차가 나타났고 집 방향에서 아반떼가 갑자기 달려나왔다. 문제가 생겼다는 걸 직감하고 집으로 가 보니, 공방으로 통하는 쪽문이 열려 있었다. 어두운 공방 안에서 벽을 더듬어 전등 스위치를 켰다. 언니가 바닥에 쓰러져 있어 곧바로 응급처치를 했다.'

이 경위가 보고한 내용과 아귀가 딱 들어맞는 진술이었다. 마을 입구에 있는 방범용 CCTV에 녹화된 영상도 마령의 진술을 뒷받침

해 주고 있었다.

"박마령이 경찰을 보고 당황하거나, 괴한이 침입한 것에 대해 겁내는 기색이 없거나 하지는 않았나요? 대부분의 사람들은 도둑이 들었다는 사실만으로도 패닉에 빠지잖아요."

"모든 게 상식적이었고 특이한 점은 없었습니다."

수철은 혜선과 마령이 사건에 개입되어 있다는 의심을 떨칠 수 없었다. 혜선이 사건을 은폐하려 하고, 마령이 수사에 적극적으로 협조하지 않는 것 말고도 설명할 수 없는 뭔가가 자꾸만 그를 혼란에 빠뜨렸다. 골똘히 생각에 잠겨 있는데 이 경위가 물었다.

"피의자 신원이 파악됐다면서요?"

"절도 전과가 있는 이화식이라는 놈이에요. 사람을 해치거나 폭행한 적 없이 자잘한 것들을 슬쩍했던 좀도둑인데, 왜 이런 일을 저질렀는지 알 수가 없네요."

"다 돈 때문 아니겠어요?"

범죄가 일어나는 이유는 돈 아니면 원한 때문인데, 대부분 돈 때문에 원한관계가 생겼다. 그러니 다 돈 때문 아니겠냐는 말이 나올 수밖에. 사건 일지를 돌려주려다 수철은 맨 뒷장에 붙어 있는 서류를 보고 갸우뚱했다. 현장의 혈흔을 다시 보내 달라는 요청서였다.

"이건 뭔가요?"

"현장에서 범인과 박마리의 혈액 말고도 다른 혈액이 검출됐어요. 그래서 DNA 검사를 정확히 해야 한다고 과학수사팀에서 현장 혈흔을 다시 채취해 갔어요. 그때 제가 함께 현장에 나갔다는 보고서입니다."

"결과에 대해서 혹시 통보받은 건 없나요?"

"저희야 사건 초반에만 개입하니까 알 수 없죠."

"알겠습니다. 수고하셨습니다."

수철은 지구대를 나오며 과학수사팀 박 경감에게 전화를 걸었다.

"광진서 강수철입니다. 광장동 서운재단 이사장 집에 괴한이 침입한 사건 말입니다. 제3의 혈액이 나와서 재검을 했다는데 혹시 결과가 나왔습니까?"

"뭐가 나왔으면 내가 먼저 연락을 줬겠지. 찾아보기는 할게. 그런데 그거 연락 받았어? 나도 조금 전에 들었는데 홍천 살인사건 용의자가 죽었다며? 사체가 발견됐다고 하던데."

홍천 살인사건의 유력한 용의자는 윤기태와 도재수였다. 두 사람 중 누가 죽었다는 걸까? 통화 중에 다른 전화가 걸려 왔다는 신호음이 들렸다. 발신자는 팀장이었다. 수철은 박 경감의 전화를 서둘러 끊고 나서 팀장의 전화를 받았다.

"예, 팀장님."

"한강에서 윤기태 사체가 발견됐어. 암사경찰서 관할 암사병원에 보관되어 있다니까 당장 가 봐."

유력한 용의자가 죽었다는 건 세 가지 의미였다. 자살했거나, 공모자가 죽였거나, 용의자를 잘못 추론했거나. 마지막 경우라면 프로파일링을 잘못한 것이니 수사를 원점으로 돌려야 할 수도 있었다.

수철은 걸음을 빨리해서 주차된 차로 걸어갔다. 차 문을 열지도 않았는데 천식의 코 고는 소리가 들렸다. 보름 동안 고단한 날들이 이어지고 있었다. 윤기태와 도재수의 행방을 쫓으면서도 화양동 연쇄 절도범의 근거지를 좁혀 가고 있었다. 그 와중에도 절도사건은 계속해서 일어나고 있었다.

수철은 시동을 걸고 가속페달을 밟았다. 갑자기 끼어드는 차를 보지 못해 핸들을 틀었다. 그 바람에 차가 갈지자로 휘청거렸다. 옆 차선에 바짝 붙어 달리던 차가 경적을 울렸다.

어디서부터 잘못된 걸까? 수사에 진전은 없는 데다가 점점 미궁으로 빠지는 기분이었다. 한강 위에서 저녁 햇살이 무기력하게 부서지는 모습을 보며 수철은 피로를 느꼈다. 강 저편에는 벌써 어둠이 내리기 시작했다.

암사병원 영안실에 들어서자, 지독한 소독약 냄새가 코를 찌르고 들어와 폐를 훑어 내렸다. 사체 보관함에 붙어 있는 네임 카드가 눈에 들어왔다.

남. 28세. 윤기태.

사체 보관함을 당기자 불쾌한 냉기가 쏟아지면서 부패한 익사체가 모습을 드러냈다. 머리카락이 달려 있어 겨우 사람의 사체라고 짐작할 수 있을 정도로 끔찍한 모습이었다. 눈, 코, 입은 분간이 되지 않았고, 목과 흉부에 언뜻 보기에도 부패와 상관없는 일자로 파인 자국이 있었다.

암사경찰서 과학수사팀 최 경장이 검안서를 건네며 말했다.

"검시관의 말로는, 부패 정도로 봐서 사망한 지 6개월은 더 된 것 같다고 합니다. 올해 기온이 예년보다 일찍 추워져 수온이 낮았던 점을 감안하면 7개월 이상으로 봐도 무리가 없을 것 같습니다."

7개월이라면 홍천 살인사건이 일어나기 전이었다. 수철은 열심히 달려오다가 미처 벽을 보지 못해 부딪친 것처럼, 충격으로 멍해졌다. 천식은 잠이 덜 깬 얼굴을 두 손으로 비볐다. 그의 얼굴에 달라붙어 있던 피로가 바삭거리며 살비듬처럼 떨어져 내렸.

"윤기태가 홍천 살인사건과는 무관하다는 거잖아."

천식이 말했다.

"홍천 사건이 일어나기 3개월 전이니까, 5월경에 죽은 거죠."

최 경장이 사체의 목에 일자로 파인 자국을 가리키며 말했다.

"그런데 사인은 익사가 아니에요. 목과 배에 자상으로 보이는 절단면이 보이시죠? 열 군데가 넘게 찔러 죽인 다음 사체를 꽁꽁 싸맸던 것 같습니다. 사체의 옷에서 발견된 섬유 샘플을 국과수에 보냈으니까 결과가 나올 겁니다. 여기 밧줄 자국 보이시죠?"

부패한 몸 곳곳에 얇게 패인 자국이 규칙적으로 보였다.

"꽁꽁 싸맨 사체에 무거운 물건을 매달아서 투기한 걸로 보입니다. 사체가 가라앉아 있다가 뭣 때문인지 몰라도 밧줄이 풀리면서 떠올랐는데, 강바닥을 떠돌다가 강변으로 밀려왔던 거죠. 사체의 부패 정도가 심해서 지문은 나오지 않았습니다. 살인사건 용의자로 DNA를 등록하지 않았다면 신원 확인하는 데 애를 먹었을 거예요."

수철이 굳게 다물고 있던 입을 열었다.

"여기 이 자국은 뭐죠?"

칼자국이 생긴 곳마다 둥근 형태로 파여 있었고, 어떤 것은 반달 모양이었다.

"정확한 건 부검을 해 봐야 알겠지만 칼의 손잡이 자국이 아닐까 싶습니다. 날의 길이가 짧은 칼로 찌를 경우 손잡이 때문에 피부에 멍이 생기잖아요. 멍이 없는 곳보다 부패가 빨리 일어나서 파인 것처럼 보이는 거 아닐까요?"

윤기태의 기괴한 몰골 어디에도 화려한 외모로 여자들의 마음을 훔쳐냈던 생전의 모습은 찾아볼 수 없었다. 목의 경동맥이 잘리면서 피가 뿜어져 나왔고 혈압이 급격히 떨어졌을 것이다. 어지러움을 느끼고 호흡이 가빠져 방어할 수 없는 상태로 쓰러졌겠지. 살인범은 윤기태를 죽이는 것에 만족하지 않고 고통을 주고 싶었으리라. 움직일 수 있는 상황은 아니었으나 고통을 고스란히 느낄 수 있는 윤기태의 복부와 옆구리에 멍이 생길 정도로 세게 칼을 찔러 넣었을 것이다. 심장이 멎기까지 윤기태는 상상할 수도 없는 공포와 고통을 겪어야만 했을 것이다. 원한에 의한 살인이었다.

윤기태가 살해된 시점과 도재수가 사라진 시점이 일치했다. 도재수는 5월경부터 신용카드 사용, 휴대폰 통화, 교통카드 사용 등 모든 생활 반응이 멈췄다. 그의 아내 홍미정은 도재수가 죽었다고 했고, 경찰이 믿어 주지 않자 실종 신고를 냈다.

수철이 도재수의 집에서 만난 홍미정은 여성스러웠고 심지어 미인이었다. 거실에 있는 모든 물건들이 줄과 열을 맞춰 정돈되어 있었다. 도재수는 아름답고 살림을 잘하는 아내에게 성적인 부분만은 만족할 수 없었던 걸까?

수철이 도재수의 성적인 문제를 자신에게서 찾으려 한다는 걸 느꼈는지, 홍미정은 미간을 찡그렸다.

"남편이 실수하기는 했지만 그렇게 나쁜 사람은 아니에요. 그이에게 나가라고 한 것도 이혼할 생각이 있어서가 아니었어요. 혼이 나 봐야 다시는 그런 짓을 안 할 것 같아서 그랬던 겁니다."

착한 아내이거나, 아니면 숨기고 있는 뭔가가 있었다. 수철은 후자 쪽이 진실에 더 가깝다고 생각했다.

"그 여자들은 제가 못생기고 나쁜 여자라고 생각했을 거예요. 그랬으니 그따위 동영상을 저한테 보냈겠죠. 남편이 유혹에 넘어간 건 제 잘못이 아니잖아요. 여자들이 더 문제 아닌가요? 약을 먹였거나 손발을 묶고 일을 저지른 게 아니잖아요."

역시 후자가 맞았다. 홍미정은 도재수가 저지른 범죄 자체를 무시하고 있었다. 남편의 변태적 기질을 잘 알고 있지만, 남들 앞에서는 끝까지 부인해 자존심을 지키고 싶은 것인지도 몰랐다.

"도재수 씨 실종 신고를 내셨더군요. 제가 알기로는 부부 싸움을 하고 가출한 걸로 아는데, 실종 신고는 좀 과한 거 아닙니까?"

"완벽하게 사라져 버렸으니까요."

"도재수 씨는 살인사건의 유력한 용의자입니다. 완벽하게 숨어야 하는 거 아닐까요?"

"남편이 살해당한 게 분명해요."

감정을 담지 않은 일상적인 말투였다. 마치 옆집 아이가 놀이터에 놀러 갔어요, 같은 무심한 말투.

"그렇게 생각할 만한 이유가 있나요?"

"이틀 전이 딸아이 생일이었어요. 남편이 살아 있다면, 의식이라도 있다면 아이에게 연락했을 거예요. 아이를 끔찍하게 아꼈거든요."

"도재수 씨가 만약에 화를 당하셨다면 누가 그랬을 거라고 생각하세요?"

홍미정은 1초도 망설임 없이 말했다.

"누구긴 누구겠어요. 바로 그 여자예요. 남편을 죽이고도 남을 여자라고요. 저에게 협박까지 했어요. 만약 남편이 저지른 짓을 덮으려고 한다면 가만있지 않겠다고 했어요."

"박마리와 정미희, 둘 중에 누가 남편분을 죽였다는 건가요?"

"둘 다 아니에요. 서운재단 이사장 정혜선. 그 여자가 남편을 죽였을 거예요."

홍미정은 분을 참지 못하고 여태 눌러 참고 있던 가식을 벗어던졌다.

"그년은 돈 좀 있다고 저를 깔아뭉갰다고요. 남편의 실종 신고를 한 것도 그년이 죄의 대가를 받게 하기 위해서예요. 나쁜 년."

홍미정은 참지 못하고 욕을 쏟아부은 게 민망했던지, 수철의 눈치를 한 번 살피고 나서 차분하게 상황을 설명했다.

회사 홈페이지에 남편의 섹스 동영상이 올라왔는데, 이번에는 사장인 형부도 막을 수 없는 상황이라고 했다. 아버지의 회사를 삼켜 놓고 마치 자기들 회사인 것처럼 주장하는 언니 부부 때문에 기분이 나빴다. 게다가 언니는 형부 걱정이나 하면서 동생이 받은 상처를 보듬어 주지 않았다. 홍미정은 유산 문제로 언니를 압박해 일을 무마시키려고 했다.

그날 저녁, 홍미정의 휴대폰으로 섹스 동영상이 전송되었다. 그녀는 남편에게 치가 떨렸지만 딸을 위해서 참았다. 홍미정이 너무도 평온한 일상을 사는 모습을 보고 언니를 비롯해 주변 사람들은 문제를 심각하게 생각하지 않았다. 시간이 더 지나자 누가 진짜 피해자이고 가해자인지 알 수 없는 상황이 되었다. 협박 전화가 걸려 온 건 그즈음이었다.

"모르는 번호로 전화가 걸려 왔어요. 처음에는 안 받았죠. 끈질기게 전화가 걸려 와서 뭔가 싶어 받았더니 그년이었어요. 고상한 말투로 말했지만 그건 분명히 협박이었어요."

남편이 저지른 짓을 덮으면 더 큰 화를 입을 것이라고 했다. 마음에 걸리기는 했으나 뭘 어쩌겠나 싶어서 넘어갔다. 며칠 후 아이를 데리러 유치원에 갔는데 아이가 낯선 여자와 함께 있었다. 명품을 온몸에 휘감고 운전기사와 비서까지 데리고 있었다. 실제 나이를 가늠할 수 없을 만큼 젊고 아름다웠는데 목소리가 낯이 익었다.

"안녕하세요. 저랑 통화하셨던 거 기억하세요?"

혜선은, 홍미정에게 동영상을 보낸 박마리의 엄마라고 자신을 소개했다. 그리고 딸아이의 머리를 쓰다듬으며 말했다.

"참 예쁜 딸을 두셨네요."

홍미정은 불쾌해서 딸아이의 팔을 끌어다 가슴에 안았다.

"대체 왜 나한테 이러는 거예요? 나도 피해자라고요."

"딸을 위해서 그깟 남편쯤 내칠 수 있지 않나요? 나 역시 내 딸을 위해서 이러는 겁니다. 남편이 한 짓을 덮으면 당신은 모든 걸 잃게 될 거예요. 후회할 짓을 안 했으면 좋겠어요."

억울하고 화가 나서 몸이 와들와들 떨렸다. 딸아이의 손을 잡고 집으로 돌아오는데 언니에게서 전화가 걸려 왔다. 숨이 넘어갈 것처럼 절박한 목소리로 언니가 말했다.

"은행이 대출 기한을 연장하지 않겠다는 거야. 며칠 전까지만 해도 형부랑 지점장이랑 술까지 마시고 잘해 보기로 했는데 이게 웬 날벼락인가 싶어서 알아보니까, 부도덕한 회사랑은 거래하지 않겠다는 거야. 네 남편 때문에 부도가 나게 생겼다고."

홍미정은 혜선의 협박이 말로 끝나지 않을 거라는 사실을 깨달았다. 그녀는 그 길로 남편을 집에서 쫓아냈다. 다음 날 남편은 회사에서도 쫓겨났다고 전해 들었다.

홍미정은 수철에게 새겨들으라는 듯 말했다.

"남편은 자기 인생을 완전히 망쳐 놓은 대가를 반드시 치르게 하겠다고 했어요. 남편이 죽었다면 뭔가를 시도하기 전에 들켰기 때문일 거예요. 그 여자, 정혜선한테요."

홍미정의 추측대로 도재수도 죽었을까? 윤기태가 사체로 발견되었고, 도재수마저 죽었다면…. 수철은 헛다리를 짚었다는 사실을 인정해야 했다. 시큼한 위액이 역류할 것 같아 마른침을 삼켰다.
과학수사팀 박 경감에게서 전화가 걸려 왔다.
"서운재단 이사장 집에서 발견된 제3의 혈흔 말이야. 사람의 피가 아니었어."
"개의 피라도 된다는 말이에요?"
"그래. 혈흔이 채취된 곳이 목공예 공방이라고 했지? 나무를 들여오면서 묻어온 건지, 아니면 공방에서 개를 잡았는지 모르겠지만 어쨌든 사람의 피는 아니야."
수철은 실없는 웃음이 터져 나왔다. 천식이 그를 힐끔 돌아보더니 어이없어했다.
"지금 웃음이 나와? 잘못하면 옷까지 벗게 생겼는데?"
홍천 살인사건을 언론에 터뜨리고 나서 이렇다 할 상황을 제시하지 않자, 기자들이 소설을 썼다. 연쇄 살인이 벌어지고 있으며 밝혀지지 않은 피해자가 더 있을 거라는 스릴러 소설이었다. 의외의 목격자라도 나와 준다면 무능한 경찰 소리를 들어도 상관없을 텐데 소득이 전혀 없었다. 팀장의 신경은 날카로워졌고 수사를 채근하기 시작했다. 팀장 역시 범인을 빨리 잡아내지 않으면 어떤 식으로든 후폭풍을 겪어야 했다.

수철이 애초에 유력한 용의자를 잘못 추론해 냈다면, 수사가 원점으로 돌아가는 것은 물론이고 수사에서 제외될 수도 있었다. 천식의 말대로 징계를 받게 될지도 모를 일이었다. 수철은 살인범에게 철저히 농락당했고, 패배했다는 사실을 인정해야 했다. 그뿐만 아니라 홍천 살인사건과 연관된 살인이 더 일어났고, 피해자가 몇 명인지도 알 수 없었다.

암사병원을 나오자 강바람이 수철의 뺨을 날카롭게 후려치면서 지나갔다. 그는 박마리를 만나기 위해 서운대학교병원에 처음 갔을 때 로비에서 느꼈던 한기를 떠올렸다. 땀에 젖은 티셔츠가 마르면서 몸서리를 친 게 아니라, 사건의 불길한 기운 때문이었음을 뒤늦게 깨달으면서 수철은 부르르 몸을 떨었다.

∞∞∞

마리는 커피 머신에 잔을 올리고 에스프레소 버튼을 눌렀다. 원두가 드롭되는 거친 소리를 들으며 창밖으로 시선을 돌렸다. 잔뜩 흐린 하늘은 낮게 가라앉아 있었다. 바람이 병원 마당을 오른쪽에서 왼쪽으로 휩쓸고 지나갔다. 북서풍이 불고 있었다. 그때 낯선 번호로 전화가 걸려 왔다.

"홍천 119 구급대 정미향이에요. 저 기억하시죠?"

"물론이죠."

"마리 씨를 구조할 때 아주 사소한 거라도 생각나는 게 있으면 전화해 달라고 하셨잖아요. 어젯밤 교통사고 환자를 구조하면서 문득 마리 씨 생각이 났어요. 그러다 아차! 하고, 잊고 있었던 그날 밤의 기억이 생각났죠. 마리 씨가 사고를 당한 그날 말이에요."

구급대원은 당시를 회상하는 듯 잠시 사이를 두고 나서 말했다.

"병원에 도착해서 마리 씨를 구급차에서 내려 응급실로 옮기는데, 하얀 가운을 입은 여자 의사를 보더니 겁에 질려 제 손을 움켜쥐고 이렇게 말했어요. '안 돼. 나를 죽일 거야.'라고요. 이런 것도 마리 씨가 기억을 되찾는 데 도움이 될까요?"

대답해야 했는데 뭔가 목구멍을 틀어막았다.

"마리 씨, 듣고 있어요?"

"네."

"도움이 안 된 모양이네요. 그나저나 잘 지내고 있죠?"

"덕분에 살아나서⋯ 잘 지내고 있어요."

마리는 전화를 끊고 나서 무의식적으로 욕실을 돌아보았다. 마령이 샤워하면서 흥얼거렸던 콧노래가 들리는 것 같은 착각이 들었다. 공포가 이성을 삼켜 버릴까 봐, 마리는 창밖으로 고개를 돌렸다.

마리는 공방에서 습격당한 날을 떠올렸다. 마당에 서 있을 때, 언덕길을 올라오는 차 소리를 들었다. 차 한 대가 지나가고 나서 다음 소리가 들렸던 간격은 길지 않았다. 두 대의 차가 간발의 차이로 언덕길을 올라왔던 것. 처음 소리를 낸 차가 괴한이 끌고 온 아반떼였다면, 두 번째 차는 마령의 벤츠였다.

'마령은 집으로 올라오면서 아반떼를 보지 못했을까? 괴한이 공방으로 들어가는 걸 정말로 몰랐을까?'

하얀 김을 내며 추출된 에스프레소가 커피잔에 고였다. 사악하게 검은색이라고 생각하며, 마리는 잔을 움켜쥐었다. 번쩍 정신이 날 정도로 뜨겁기는 한데 아픔이 느껴지지 않았다. 뒤늦게 고통을 느

드러나는 기억의 조각들　235

끼고 잔을 놓쳐 버렸다. 잔이 깨지면서 사방으로 커피가 튀었다.
에스프레소의 진한 향이 응접실 안으로 퍼져 나갔다. 커피를 입에 대지도 않았는데, 카페인 중독 증상처럼 심장이 벌렁거리고 배가 아팠다. 정확하게 말하면 배가 아픈 건지, 마음 어딘가를 다쳐서 아픈 건지 알 수 없었다.

마리는 마령이 자신을 죽일 만한 이유를 곰곰이 생각해 보았다. 수철의 말처럼 서운을 독차지하려고 한다는 가정은 설득력이 약했다. 마리가 공식적인 후계자이긴 했지만, 마령이 원한다면 얼마든지 넘겨줄 수 있었다. 그 사실을 마령도 잘 알고 있었다. 사고뭉치 언니 따위가 없어졌으면 좋겠다고 생각할 수도 있었다. 그러나 그런 정도의 불만으로 위험을 무릅쓰고 친언니를 포함해 언니 친구들까지 살해한다는 건 말이 되지 않았다.

마리는 복잡한 마음을 달래기 위해 운동복으로 갈아입었다. 운동을 처음 시작했을 때는, 병원을 한 바퀴 도는 것도 여러 번 쉬어야 할 정도로 체력이 형편없었는데 차차 몸이 적응해 가기 시작했다. 체력이 좋아졌다고 해서 죽이려고 달려드는 누군가를 상대할 수는 없겠지만, 육체가 안정을 되찾게 되면서 정신이 강해진 느낌이었다. 공포에 속수무책으로 당하는 게 아니라 두렵긴 해도 '어디 한번 덤벼 봐라.' 하는 오기가 생겼던 것.

운동복 위에 다운재킷을 걸치고 병실에서 나왔다. 복도 맞은편에서 마령이 걸어왔다.

"왜 그렇게 놀란 얼굴로 쳐다봐?"

마령이 묻자 마리는 불안해하고 있다는 걸 들키지 않으려고 시선을 피하면서 말했다.

"일하고 있는 줄 알았어."

"이틀 동안 휴가라서 집에 가려고. 언니 병실에 책을 두고 와서 가지러 왔어. 어디 가나 봐?"

"운동 좀 하려고."

마리가 가려고 하자 마령이 팔을 잡았다.

"기다려. 할 얘기가 있으니까."

마령이 병실 안으로 들어가는 걸 보고 마리는 엘리베이터가 있는 쪽으로 도망치고 싶었다. 도망친다고 해서 해결될 일이 아니었기에 참아 낼 수 있었다. 곧 마령이 병실에서 나와 다가왔다.

"김영종 교수님을 만났어. 언니가 기억을 되찾기 시작했다고 하더라. 축하해."

"축하할 일은 아니지. 엄마와 너는 내가 기억을 되찾는 걸 바라지 않았잖아."

"세상일이라는 게 꼭 바라는 대로만 이뤄지는 건 아니니까 어쩔 수 없지. 기억이 떠오르면서 궁금한 게 많을 텐데 왜 안 물어봐?"

"아직은 뒤죽박죽 엉망이라서 무엇을 물어봐야 할지도 모르겠어."

"그래도 언젠가는 다 떠오를 거야. 그게 언제인지가 문제인 거지. 모든 것이 완벽하게 떠오르기 전까지 상황을 오해하면 안 돼. 약속할 수 있어?"

엘리베이터가 와서 멈추는 바람에 마리는 대답하지 않았다. 마령이 엘리베이터에 타고 나서 집요한 시선으로 다시 물었다.

"약속할 수 있냐고?"

마리는 어쩔 수 없이 고개를 돌려 마령을 보았다. 그녀는 마리보다 5센티미터는 더 큰 데다가 하이힐을 신고 있어 고개를 뒤로 젖

드러나는 기억의 조각들 237

혀야 눈을 마주칠 수 있었다.
"내가 하지 말아야 할 첫 번째 오해가 뭐야? 네가 먼저 말해 주면 절대로 오해 안 할게."
"안 믿을 거면서."
"믿을게. 너는 거짓말로 남을 속이는 일을 혐오하잖아."
"그렇게 나를 믿는다면 같이 집에 가자. 언니가 궁금해하는 거 내가 전부 다 말해 줄게."
"왜 그렇게 나를 집에 데려가려고 하는 거지? 나를 잡아 가두기라도 할 생각이야? 아니면 나를…."
죽이기라도 할 생각이야? 마리는 이 말을 속으로 삼켰다.
마령은 조롱을 담은 표정으로 웃었다.
"언니가 직접 보지 않으면 믿지 않을 것 같아서 집으로 가자는 거야. 지금 언니의 표정은 겁에 잔뜩 질려 있지만, 언니가 제일 무서워해야 할 사람은 자기 자신이야. 모든 게 다 언니 때문이니까. 절대로 그 사실을 잊지 마. 어떤 순간이 와도."
마령은 마리가 기억하지 못하는 큰 실수를 질책하고 있었다. 곧 엘리베이터 문이 열렸다. 마령이 빤히 쳐다보는 통에 떠밀리듯 내렸다. 뒤로 문이 닫히고 나서야 마령을 붙잡고 캐묻지 않은 걸 후회했다. 마령이 탄 엘리베이터는 지하 3층에서 멈췄다. 비상구 계단으로 내려가면 너무 늦었다.
마리는 병원을 빠져나와 주차장 입구로 달려갔다. 마령의 벤츠가 지하 주차장을 튕겨 나오는 게 보였다. 벤츠를 쫓아 달렸다. 지금이 아니면 영영 마령과 대화를 나눌 기회가 없을지도 모른다는 절박함마저 들었다. 벤츠는 천천히 병원 정문을 빠져나갔다. 근처에 손님을 내려놓고 있는 택시가 보였다. 마리는 택시에 올라 소리쳤다.

"저 차를 앞질러 주세요."

마령의 벤츠가 정지선에 멈춰 서면 뛰어가 탈 생각이었다.

벤츠는 집이 있는 구리 방향이 아니라 서운대학교 방향으로 머리를 틀었다. 택시가 벤츠를 앞지르기 위해 속도를 내자 곧 마령의 옆얼굴이 보였다. 마령은 통화에 집중한 나머지 옆에서 나란히 달리고 있는 택시 안에 마리가 있다는 걸 알아채지 못했다. 마리는 좋지 않은 예감을 느끼고 택시 기사에게 말했다.

"추월하지 말고 벤츠를 미행해 주세요. 들키지 않게요."

벤츠는 서운대학교 정문을 지나 작은 골목으로 우회전하더니 인적이 드문 곳에 멈춰 섰다. 건물 안에서 나온 남자가 마령의 벤츠에 올라탔다. 남자의 익숙한 뒷모습을 보고 마리는 앗! 하고 비명을 질렀다. 성우였다. 마리는 잠시 멍한 상태가 되었다. 그녀에게 성우를 만나지 말라고 했던 마령이 다른 사람의 눈을 피해 그를 만나는 이유를 짐작할 수 없었다. 눈으로 보고 있으면서도 믿어지지 않았다.

벤츠는 광나루길을 돌아 왕십리역 쪽으로 달렸다. 눈에 익은 거리와 골목으로 벤츠가 우회전, 좌회전을 했다. 마리는 익숙한 거리를 되짚어 가는 벤츠를 보면서 혼란에 빠졌다. 벤츠는 왕십리역에서 조금 떨어진 성우의 오피스텔 지하 주차장으로 들어갔다.

마리는 오피스텔 앞에 택시를 세우고 성우가 살고 있는 3층 창가를 올려다보았다. 질투와 분노로 터질 것만 같았다. 침착해, 침착해, 라고 스스로를 달랬다. 언니의 전 남자친구와 사랑에 빠지는 게 불가능한 일은 아니니까. 그러나 마령과 성우가 살인을 공모했을 수도 있다는 데까지 생각이 미치자 눈앞이 컴컴해졌다.

정신을 차렸을 때 마리는 성우의 오피스텔 초인종을 누르고 있었다. "생각이 바뀐 거야?" 하는 성우의 목소리가 들렸고 곧 문이 열렸다. 그는 마리를 보자 놀람과 당황이 버무려진 표정으로 말했다.

"자기가 여긴 웬일이야?"

마리는 성우를 밀치고 안으로 들어갔다. 현관에 마령의 신발은 보이지 않았다. 숨어 버린 건가? 실내를 둘러보는데 성우가 뒤에서 마리를 안았다.

"결국 올 줄 알았어."

마리는 그의 품에서 빠져나와 창가로 걸어갔다. 주차장을 빠져나오는 마령의 벤츠가 보였다.

"뭐 좀 마실래? 맥주? 와인? 진하게 위스키라도 할래?"

"내 동생하고 어떤 사이야? 설마 둘이 연인 사이는 아니겠지?"

"풋!"

성우는 하얀 치아를 드러내며 입술을 말아 올리고 웃었다. 그녀를 놀리려는 건지, 아니면 진실을 숨기려는 건지 애매모호했다.

"어떤 사이라고 생각해?"

"마령이랑 너는 전혀 어울리지 않아. 다른 부류의 사람들이라고."

"질투하는 거야?"

"사실대로 말해. 어서!"

"나와 연락을 끊은 건 자기야. 이제 와서 내가 박마령과 어떤 사이인 게 뭐가 중요하지?"

마령을 '박마령'이라고 부르는 걸 보면 연인 사이는 아닌 듯했다. 이성이 고개를 들면서 그가 마령을 협박하고 있을지도 모른다는 생각이 들었다. 그렇지 않고서야 마령이 성우를 만날 이유는 없었다.

"두 사람이 만나는 이유는 분명히 나하고 관련되어 있을 거야. 그렇지?"

성우는 약을 올리듯 애매한 웃음을 지으며 주방으로 걸어갔다. 마리가 애가 타서 발을 동동 구르는 모습이 재밌난 모양이었다.

"부분적인 기억을 잃었다더니 완전히 바보가 됐잖아?"

성우는 이 시간을 즐기려는 듯 천천히 냉장고 홈바를 열고 와인을 꺼내 코르크 마개를 땄다.

"나에 대한 건 어디까지 기억해? 우리가 처음 만난 날은 기억해?"

"지금 장난치고 싶은 기분 아니야."

"이건 대답해야 할 거야. 정말 나랑 끝낼 생각이었어?"

"…."

"전화도 안 받고, 번호도 바꾸고. 그건 실수였어."

성우의 눈동자가 위험하게 빛났다. '실수하고 있는 거야. 후회하게 될 거야.' 마리는 그가 마지막으로 보낸 문자를 떠올렸다. 그는 그녀에 대해 너무나도 많은 걸 알고 있었고, 마음먹는다면 마리를 얼마든지 고통스럽게 만들 수 있었다. 그가 일방적인 이별 통보를 받은 후 아무런 액션을 하지 않은 게 감사할 정도였다.

마리는 성우의 손에 들린 와인잔을 순순히 받아 들었다.

"나는 예전의 내가 싫었어. 과거로 돌아가기 싫었다고."

"그게 가능하다고 생각해? 웃기지 마."

"나는 달라졌어."

"너 정말 미친 것 같아. 정신 좀 차려."

성우가 짜증이 난다는 듯 인상을 찡그렸다.

"자기 엄마가 어떤 사람인지 잊어버린 거야? 박마령이 자기한테 무슨 짓을 했는지 하나도 생각나지 않는 거냐고! 어떻게 그런 걸 잊어버릴 수가 있지? 머리를 얼마나 다친 거야? 아니면 자기한테 약이라도 먹인 거야?"

고함치는 성우의 얼굴이 흐릿해지면서 지붕을 사납게 때리는 빗소리가 들렸다.

어느 사이 마리는 펜션 거실에 와 있었다. 비가 거세게 내리는 창밖을 보고 있는데 윤주의 목소리가 들렸다.

"폼 잡지 말고 와서 시작하자. 밤은 길지 않단 말이야."

윤주가 식당 쪽에서 위스키를 따르며 싱긋 웃었다. 그 옆에 서 있는 미희가 스낵과 과일이 담긴 접시를 식탁에 내려놓았다.

마리가 거실을 가로질러 식탁으로 가려는데 현관문이 열리고 바람이 들이쳤다. 이어서 옅은 색 청바지를 입은 남자가 들어왔다. 리바이스 501. 남자의 얼굴을 올려다보는 데서 기억이 끊어졌다.

흐려졌던 성우의 얼굴이 선명해지면서 마리는 현실로 돌아왔다. 성우가 그녀의 두 눈을 깊이 바라보며 말했다.

"내 말을 듣기는 하는 거야?"

"과거는 중요하지 않아. 나는 사랑받고 싶어. 엄마하고 동생한테."

"왜 다른 건 전부 변했으면서 그것만 안 변한 거야? 그 인간들은 사랑이 뭔지도 몰라. 자기한테 줄 사랑 같은 건 없다고 내가 몇 번이나 말했잖아."

"그렇지 않아. 내가 착해지면-."

"자꾸 바보 같은 소리 할래! 자기를 죽이려고 한 사람은 박마령이라고!"

마리는 와인잔을 놓치지 않으려고 꽉 움켜쥐고 나서 덜덜 떨리는 목소리로 말했다.

"믿을 수 없어. 네가 알고 있는 걸 나한테 전부 말해 줘. 내 동생은 왜 만난 거야?"

"자기를 만나지 않겠다고 약속했어. 그 대가로 자기의 안전을 보장받고 나는 돈을 받기로 했지. 돈은 중요하지 않아. 나는 오직 자기를 걱정했어. 그들이 무슨 짓을 할까 봐 지켜보고 있었다고."

"무슨 말인지 모르겠어."

"왜 몰라. 도대체 그놈의 기억이 얼마나 망가진 거야."

어디선가 음악 소리가 들려왔다. 마리는 뻣뻣하게 굳은 채로, 주머니에서 휴대폰을 꺼내는 성우를 질린 표정으로 바라보았다.

"그 휴대폰 소리… 홍천 펜션에서 계속 들리던 소리였어."

"무슨 소리를 하는 거야? 이건 프랙털을 곡으로 바꾼 거잖아. 원곡이 너무 발랄해서 좀 더 차분하고 어두운 느낌으로 편곡한 걸 자기도 좋다고 했잖아."

성우는 전화를 받더니 인상을 잔뜩 찡그리고 성질을 부렸다. 그가 하는 말은 귀에 들어오지 않았다. 마리는 뒷걸음질치다가 소파에 부딪쳤다. 팔걸이에 놓여 있던 뭔가가 바닥에 떨어졌다.

리바이스 501.

최면에서 보았던 바로 그 청바지였다. 약에 취한 마리를 방으로 끌고 갔던 남자는 성우였던 것.

프랙털(fractal)은 조개껍질, 해안선, 눈의 결정 등 자연계에서 발견되는 자기 유사성 패턴으로, 규칙적이고 반복적인 모양을 가진다. 음악에서 프랙털을 활용하면 반복적인 멜로디나 리듬을 만들어 독특한 분위기를 연출할 수 있다.

성우가 마리를 일곱 번이나 칼로 찌르고 차로 밀어 버린 범인일까? 윤주와 미희도 성우가 죽였을까? 마당에 쓰러져 있는 마리에게 달려들었던 차에는 두 명이 타고 있었다. 한 명이 차에서 내리자, 헤드라이트를 상향으로 올린 차가 마리를 향해 돌진해 왔다. 그 두 사람은 성우와 마령이었을까?

"왜 그런 눈빛으로 나를 보는 거야?"

성우가 전화를 끊고 나서 다가왔다. 벽이 죽처럼 흘러내렸고 천장에서 쏟아지는 불빛이 바늘이 되어 눈을 찌르고 들어왔다. 가까이 다가오는 성우가 작아졌다 커졌다 하면서 빙글빙글 돌았다. 그에게 잡히면 끝장이라는 생각이 들었다.

성우가 마리에게 손을 뻗었다. 그녀는 와인잔을 그의 얼굴에 던져 버리고 재빠르게 현관으로 달려갔다. 등 뒤에서 잔이 바닥에 떨어지며 깨지는 소리가 들렸다. 현관 손잡이를 잡고 돌리려는데 몸이 공중으로 솟구쳤다. 성우가 마리를 들어 올려 소파 위에 던졌다. 그의 몸이 마리의 몸 위로 넘어왔다. 갈비뼈가 으스러질 정도의 충격이 느껴졌고 숨이 막혔다. 버둥거리며 성우의 어깨를 밀어냈는데 꿈쩍도 하지 않았다.

"왜 이러는 거야? 도대체!"

성우의 얼굴에서 붉은 와인이 떨어졌다. 순간 사방으로 튀는 빨간 피와 성우가 미희의 다리를 묶고 있는 영상이 떠올랐다.

"아악!"

마리는 이마로 그의 얼굴을 들이받았다. 성우는 코피를 뿜으며 마리의 머리카락을 움켜쥐었다.

"내 말을 들어. 진정 좀 하라고!"

"죽여 버릴 거야! 죽여 버리고 말 거야!"

마리는 짐승이 내는 것 같은 신음을 지르며 몸부림쳤다. 성우는 그녀가 도망치지 못하게 짓누르면서 피가 흐르는 코를 손등으로 닦았다. 성우의 눈동자는 금방이라도 폭발할 기세였다.

"가만 좀 있어 봐. 정말 정신이 어떻게 된 거야?"

"왜 그런 짓을 했어? 재미로 그랬어? 윤주와 미희도 재미로 죽인 거야?"

성우는 마리의 목덜미를 한 손으로 움켜쥐었다.

"말했잖아. 너를 죽이려고 한 사람은 박마령이라고! 그 사실을 알려 주려고 병실로 찾아갔는데 나를 만나 주지도 않았지. 그 대가를 치르게 하려고 했어."

성우의 하얀 손이 압력을 가하자 목이 부러지거나 눈이 터질 것만 같았다. 손을 더듬어 잡을 만한 것을 찾는데 손가락이 뜨거워졌다. 바닥에 흩어진 유리 조각에 찔려 피가 흘렀다.

"그날 너와 내가 먹은 약도 박마령이 준 거야. 약에 취하게 해 놓고 너와 나를 죽이려고 했다고. 왜 경찰에 신고 안 했냐고? 다 너 때문이야. 네가 날 버렸잖아."

"…."

"내가 보낸 문자 기억하지? 실수한 거라고. 후회하게 될 거라고. 내가 뱉은 말은 반드시 지키는 사람인 거, 너도 알지?"

성우가 잠깐 힘을 뺀 사이 마리는 어깨를 움직여 제법 큰 유리 조각을 손에 넣었다. 그가 자유로워진 그녀의 손을 움켜잡으려는 순간, 마리는 눈을 질끈 감고 손을 휘둘렀다. 이내 미지근한 액체가 후드득하고 마리의 얼굴에 떨어졌다. 눈을 떠 보니, 성우의 목에 일자로 그어진 붉은 선에서 심장이 뛸 때마다 피가 뿜어져 나왔다.

성우는 자신에게 무슨 일이 일어났는지 모르는 듯, 피범벅이 되어 가는 마리를 물끄러미 내려다보았다. 그는 그녀의 얼굴에 묻은 피를 닦으려고 했다. 마리는 그의 손이 닿는 게 싫어서 힘껏 밀쳤다. 균형을 잃은 성우가 넘어가면서 퍽! 하고 기분 나쁜 소리를 냈다.

마리는 발작처럼 터져 나오는 기침을 토해 내며 침을 흘렸다. 목이 졸리면서 기도와 식도 어딘가를 다쳤는지, 기침할 때마다 쓰라렸고 참을 수 없을 정도로 목이 말랐다. 마리는 냉장고로 가서 홈바에 있는 와인병을 꺼내 들고 마셨다. 너무 성급하게 병을 기울여 와인이 입에서 목을 타고 흘러내렸다.

뒤돌아보니 성우의 목에서 흘러나온 피가 바닥에 넓게 퍼지고 있었다. 문득 손바닥이 불에 덴 것처럼 뜨거워서 보니 깊게 박힌 유리 조각이 눈에 들어왔다.

"앗!"

손에서 유리 조각을 빼내자 그 자리에서 피가 솟구쳤다. 성우가 흘린 피와 마리의 피가 뒤섞여 바닥에 떨어졌다. 그녀는 이 상황이 현실이 아닌 것처럼 느껴졌다. 뭔가 잘못되어도 대단히 잘못되었다는 생각만 간절하게 들었다.

성우의 손과 발이 미세하게 경련을 일으키다가 잦아들었다. 동공이 반쯤 돌아가 하얗게 치켜뜬 눈에서 생명이 사라져 가고 있었다. 모든 게 정지된 것 같은 고요의 순간이 찾아왔다.

마리는 성우의 몸을 조금 흔들어 보았다. 생명이 빠져나간 몸이 덜컹하고 조금 흔들렸다. 성우의 입술이 파랗게 질려 가고 있었다. 그녀는 폐가 굳어 가고 심장이 멈췄던 순간이 떠올랐다. 성우도 같은 고통을 느꼈을 거라고 생각하자 무릎이 풀렸다.

"아아."

성우 옆에 주저앉았다. 마리는 길을 잃은 기분이 되었다. 해가 지고 있는데, 엄마를 잃고 집도 찾을 수 없는 아이의 심정이었다. 이제 다시는 집으로 돌아갈 수 없을 거라는 예감이 들었다.

마리는 피 묻은 손으로 얼굴을 감쌌다. 피비린내가 진동했다.

∽∽∽

홍천 살인사건이 일어나고 나서 수철이 성우를 만났을 때, 첫인상은 세련되고 스마트한 청년이었다. 먹물티가 나면서도 흠잡을 데 없이 반듯했지만 눈빛만큼은 순간순간 폭발할 것처럼 거칠었다. 천재 물리학도로 알려진 그는 서운대학교에서 주는 장학금을 받아 가며 공부하다가 휴학한 상태였다. 똑똑한 두뇌, 논리적인 사고, 화려한 말솜씨, 그리고 흠잡을 데 없는 외모에 자신감까지 갖추고 있어 범죄를 저지른다면 지능적으로 저지를 타입이었다.

성우도 수철이 어떤 인간인지 재는 듯했다. 얼마나 도덕적인 경찰인지, 무능하지는 않은지, 심지어 정혜선과 얼마나 친분이 있는지까지 파악하려는 듯 툭툭 던지는 질문이 날카로웠다. 수철이 정혜선에 대해 좋지 않은 감정이 있다는 걸 알아챘는지 성우는 서슴없이 말했다.

"서운재단 이사장님은 범인이 잡히는 것보다 사건이 조용히 잊히기를 바랄 겁니다. 자기 자신보다 중요한 건 없는 사람이니까요."

성우가 혜선과 마령에게 반감을 품고 있었기 때문에 수철은 그를 적이 아니라 아군으로 인식했다. 무엇보다 사건이 일어난 날 성우는 알리바이가 있어 용의선상에서 제외되었다. 나중에야 조작된 알리바이라는 걸 알게 되었지만….

마리와 어떤 사이냐고 물었을 때 그는 어깨를 으쓱하며 말했다.

"아주 가까운 사이라고 생각했는데 마리는 아니었나 봐요. 갑자기 연락을 끊어 버렸어요."

"이유를 아세요?"

"마리한테 물어봐 주세요. 왜 그랬냐고. 여자와 연애에 대해 알 만큼 안다고 생각했는데 이제는 자신이 없네요."

실연당한 남자의 서글픔이 느껴졌다.

"박마리 씨는 어떤 사람이었나요?"

"매력적이고 독특했죠. 행복하지는 않았어요. 특이한 집안이라서 다른 사람의 시선을 무척이나 의식했어요. 마리는 가식적으로 사는 걸 끔찍하게 생각했고요."

또 뭐라고 했더라…. 수철은 기억을 더듬었다. 마리와 마령의 관계에 대해 성우가 했던 말이 떠올랐다.

"마리는 동생하고 끊임없이 비교당하는 걸 지긋지긋해했고, 동생은 언니가 미쳤다고 생각하는 완벽주의 정신병 환자였어요. 일반적인 친자매 사이와는 달랐죠."

성우는 마리에 대해 모든 걸 알고 있다는 자부심이 강했다.

"마리는 가족과 친구들을 사랑했고, 사랑받고 싶어 했어요. 사랑하는 방식이 달라서 갈등을 겪었는데 지켜보기 안타까웠죠. 지금도 혼란을 겪고 있을 게 분명해요. 마리를 잘 돌봐 주세요."

말은 얼마든지 거짓으로 지어낼 수 있지만 느낌 같은 건 속이기가 힘들었다. 형사들이 감이나 촉이라고 부르는 건, 바로 그 설명할 수 없는 느낌을 두고 하는 말이었다. 수철은 성우가 마리를 진심으로 걱정한다고 느꼈다. 그가 대단한 연기자이거나, 수철의 촉이 틀렸거나 둘 중 하나였다.

녹취실 안에 앉아 있는 마리는 깡통에 넣고 실컷 흔들었다가 쏟아 낸 인형처럼 헝클어져 있었다. 피가 엉겨붙어 떡진 머리카락과 흐트러진 옷차림, 목에는 손자국으로 보이는 붉은 멍이 선명했다. 오른손에 붕대를 감고 있었는데 왼손으로 감싸고 있는 모습이 고통스러워 보였다.

"다친 곳이 많이 아프면 말해요. 조사 중단하고 쉬게 해 줄게요."

수철을 올려다보는 마리의 눈동자는 씻어 낸 것처럼 아무 감정이 없었다. 너무 큰 충격에 빠져 상황을 받아들이지 못하는 것 같아 걱정스러웠다.

"홍천 살인사건이 일어나고 나서 한성우와 연락을 끊은 걸로 알고 있는데, 이유가 뭐죠?"

"헤어지는데 무슨 이유가 있겠어요. 싫어져서죠."

"그런데 왜 다시 만나러 갔어요?"

"헤어졌다고 평생 연락 안 하나요? 갑자기 보고 싶을 때도 있잖아요."

"지금 살인사건에 대해 이야기하고 있는 겁니다."

"저도 알아요. 이 손으로 성우를 죽였다는 걸."

마리는 몸을 떨면서 자신의 손을 내려다보았다.

"성우는 너무 쉽게 죽어 버렸어요. 사람이 어떻게 그렇게 쉽게 죽죠?"

성우는 경동맥이 매끈하게 잘려 과다 출혈로 인한 쇼크로 사망했다. 뒤로 넘어가면서 두개골이 골절되기는 했지만 직접적인 사인은 1차 출혈 때문이라고 검안의가 말했다.

"한성우에 대해 추가로 떠오른 기억을 말해 줘요."

"성우의 오피스텔로 들어간 다음부터, 그날의 기억이 떠오르기 시작했어요. 윤주와 미희, 그리고 남자가 있었는데…. 그 남자가 성우였다는 걸 알았어요. 성우가 미희를 죽이는 모습도 떠올랐어요."

"한성우가 왜 마리 씨와 친구들을 죽이려고 했을까요?"

"모르겠어요."

"한성우가 마윤주와 정미희에게 원한을 품을 만한 일이 있었다든지, 아니면 평소에 마찰이 있었다든지, 그런 일은 없었어요?"

"그런 일이 있었다면 저한테 말했겠죠. 성우는 친구들 편이었어요. 윤주와 미희가 당한 일을 알고 나서 같은 남자로서 부끄럽다면서 속상해했어요. 그리고 윤기태와 도재수가 얼마나 나쁜 짓을 저질렀는지 깨우치도록 해 줘야 한다고 했어요."

"윤기태와 도재수에게 복수한 일에 한성우가 관련되어 있다는 뜻인가요?"

"윤기태에게 일부러 접근한 건 성우의 아이디어였어요. 사랑하는 사람에게 배신당하는 아픔이 어떤 건지 알려 줘야 한다고요. 도재수의 동영상을 회사 홈페이지에 올린 것도 같이 의논해서 결정한 거예요."

"왜 여태 그런 말을 안 했죠?"

"기억이 엉망이라서 어떤 게 진실인지 알 수 없었어요. 저 혼자 계획하고 성우에게 말한 건지, 성우와 같이 계획한 건지 확실하지 않았어요. 그리고 그런 건 중요하지 않다고 생각했어요. 살인사건하고 관계가 없다고 생각했으니까요."

"마윤주는 윤기태를 사랑했어요. 정미희는 자존심이 강해서 자신의 치부가 세상에 드러나는 게 죽을 만큼 싫었을 거예요. 마윤주와 정미희의 입장에서는 원하지도 않은 복수를 한 마리 씨와 한성우를 죽이고 싶어 했을 수도 있어요."

"윤주와 미희 모두 정상적인 생활을 할 수 없을 만큼 큰 상처를 받았어요. 성우와 저는 친구들을 위해서 대신 복수한 거예요. 고마워해야 한다고요."

"친구들이 고마워하던가요?"

"윤주는 저한테 쉽게 넘어온 윤기태를 증오하기 시작했어요. 술에 취해서 윤기태를 죽일 방법을 의논하자고 했어요. 윤기태가 죽는 건 상관없었지만, 윤주가 그런 놈 때문에 인생을 망치는 걸 두고 볼 수는 없었어요. 미희도 마찬가지였어요. 도재수에게 당한 일이 알려져서 자기 남동생이 도재수를 죽이려 한다고 걱정했어요. 남동생이 도재수를 죽이기 전에 자기가 죽이고 싶은데 경찰에게 잡힐까 봐 두렵다고 했어요."

수철은 사체로 발견된 윤기태의 끔찍한 모습이 떠올랐다. 행방이 묘연한 도재수 역시 죽었을 가능성이 컸다.

"그러면 윤기태를 누가 죽였을까요?"

"모르겠어요."

"한성우는 홍천 사건이 일어난 날 알리바이가 있어요. 병원 치료를 받은 기록이 있어서 용의선상에서 제외됐어요."

"혹시 어느 병원에서 치료를 받았다고 하던가요?"

"서운대학병원에서요."

마리는 떨리는 입술을 깨물었다. 수철은 계속해서 말했다.

"알리바이가 조작된 건데 누가 왜 한성우를 도왔는지, 어디까지 사건에 개입했는지 알아내야 해요. 단순히 도와준 건지, 공범인 건지, 아니면 살인의 주범인지를."

"물 좀 주시겠어요? 갈증이 너무 심해요."

수철은 녹취실 유리창을 향해 물을 준비해 달라는 신호를 보냈다. 복도로 나가자 생수병을 들고 있던 천식이 말했다.

"한성우의 오피스텔에서 혈흔이 묻은 청바지와 티셔츠가 발견됐어. 진흙과 재가 묻은 운동화도 나왔는데 홍천 펜션 마당에 있는 진흙과 비슷해 보인대. 국과수에 샘플 넣었으니까 결과를 기다려 봐야지. 미다졸람, 졸피뎀, 프로포폴과 아티반 같은 약물도 다량으로 나왔어. 놈이 범인인 게 확실해."

"범인들 중 한 명이겠죠."

"한성우의 통화 내역을 살펴보니까, 홍천 살인사건이 일어난 직후부터 박마령과 자주 통화했더라고. 한성우가 가지고 있던 약물도 박마령한테서 나온 게 아닌가 싶어."

천식은 복도에 다른 사람이 없는데도 수철에게 바짝 다가와 귓가에 속삭였다.

"벌써 정혜선이 움직였어. 변호사가 박마리를 불구속 수사로 돌리려고 이리저리 수를 쓰고 있어. 박마령에 대한 영장이 떨어지면 거기에도 손을 쓰겠지. 딸 두 명 중에 한 명은 피해자이고, 한 명은 피의자 신분이니 변호사도 골치 아프겠어."

"최 변호사는 정혜선까지 변호해야 할 겁니다. 한성우의 알리바이를 만들어 주라고 지시를 내렸다는 사실이 밝혀진다면 말이죠."

"정혜선도 사건과 관련되어 있다고 생각하는 거야?"

"그 사실을 밝혀내야죠."

수철은 혜선의 뒤를 조사해 모든 것을 털었다. 주차 과태료나 교통 범칙금 같은 사소한 것부터 시작해 금전관계와 이해관계까지 샅샅이 살폈다. 찾고 뒤지기를 계속하다가, 과거 그녀가 연루되었던 사건을 찾아냈다.

8년 전 혜선은 경찰에게 뇌물을 건넨 혐의로 기소되었다. 뇌물을 받은 경찰은 1년 2개월 실형을 살았지만, 뇌물을 준 혜선은 정상참작으로 무죄 선고를 받았다. 유능한 변호사를 썼거나 판사를 구워삶았으려니 했다. 그러나 판결문을 찾아보고 나서 수철은 당황했다. 짐작하지 못했던 정상참작의 이유가 있었던 것.

혜선은 부녀자 강간 및 납치 살인사건의 피해자였다. 범인의 이름은 강상천. 놈의 여죄를 찾다가 그의 집 다락에서 여자들의 주민등록증이 발견되었는데, 그중 그녀의 것도 있었다.

경찰이 찾아가자 혜선은 사건과 관계가 없다고 강력하게 부인하다가, 뇌물을 주면서 사건에서 자신의 이름을 빼 달라고 요청했다. 이 사실이 검찰에 알려지면서 담당 형사와 혜선 모두 기소되었다. 법원은 그녀가 뇌물을 공여한 죄질은 좋지 않으나 가정이 깨질지도 모른다는 절체절명의 급박한 위기에 놓여 있었다는 점을 인정했다. 혜선의 심적인 고통을 고려하여 벌을 묻지 않는다고 했다.

그런데 혜선이 재판을 받은 시기와 그녀의 남편 박우택이 죽은 시기가 묘하게 맞물렸다. 박우택의 죽음에는 여러 가지 의문점이 있었다. 청운산에서 실족해 죽은 것으로 결론 났고, 부검조차 하지 않았다. 박우택의 사망 사건에 관해서는 등산객 안전에 대한 기사와 교육계의 큰 인물이 사라졌다는 기사만 보도되었을 뿐, 의문스럽다는 의견은 전혀 없었다.

청운산은 해발 800미터 남짓한 산이었다. 서운재단 내에 등산 동호회를 만들고 해외 원정 등산까지 다녔던 박우택이 집 뒤 야산에서 실족사한 건 이해하기 어려웠다. 그가 죽기 전날 기상 상황은 몹시 좋지 않았다. 낙뢰와 돌풍으로 농작물 피해가 발생했다는 기사가 났을 정도였다. 아침까지 많은 비가 쏟아졌는데 그는 왜 등산에 나섰을까? 사고사로 위장되어 살해당한 게 아니었을까? 만약 살해당했다면 누가, 왜 박우택을 죽였을까? 혹시 혜선이 강간살인범의 아이를 낳은 게 아니었을까? 그걸 무마하려고….

수철이 생수를 건네자 마리는 목울대가 울릴 정도로 물을 벌컥벌컥 들이켰다. 그녀가 생수를 다 마실 때까지 기다린 다음 말했다.
"마리 씨는 아버지의 죽음에 대해 어디까지 기억하고 있어요?"
마리는 성우와 상관없는 질문을 해 오자 당황한 것 같았다.
"등산 갔다가 사고로 돌아가셨고, 학교와 관련된 사람들 말고도 많은 사람들이 안타까워했어요. 갑자기 왜 아버지의 죽음에 대해서 궁금하신 거죠?"
"사실 저는 박우택 씨도 살해당한 게 아닐까 의심하고 있어요. 마리 씨 아버지의 죽음에는 여러 가지 의문스러운 점이 많아요. 조사를 더 해 보면 확실해지겠지만 마리 씨의 아버지도 윤기태처럼 살해됐을 가능성이 커요. 마리 씨 주변 사람들이 계속해서 살해당하고 있었던 거예요."

"누가 그런 짓을 저질렀다는 거죠?"

"한성우의 오피스텔에서 금지된 약물이 다량으로 나왔고, 박마령과 계속해서 통화를 주고받은 내역이 있어요. 한성우의 거짓 알리바이는 서운대학병원에서 만들어 줬어요. 그것을 지시한 사람이 범죄와 연루되어 있겠죠."

마리는 조금만 흔들어도 무너질 것처럼 위태위태해 보였다.

"마리 씨와 마령 씨는 친자매라고 하기에는 닮은 점이 별로 없어요. 자라 오면서 다른 사람들이 그것에 대해 이야기하지 않았나요?"

"강 형사님은 동생과 제가 친자매가 아니라고 의심하는 건가요?"

"그걸 의심하진 않아요. 부모 중 한쪽만 같을 수도 있지 않나요?"

"뭔가 알고 말하시는 거예요, 아니면 그냥 넘겨짚으시는 거예요?"

마리는 자신이 강간살인범의 딸일 수도 있다는 사실을 전혀 모르는 듯했다. 기억을 못 하는 건지, 아니면 고통스러운 기억이라서 지워 버린 건지, 그것도 아니라면 모르는 척하는 건지, 수철은 알 수 없었다.

"친자매 같지 않다는 생각이 들어서요. 마리 씨는 한성우의 공범이 박마령일 수도 있다는 생각은 안 들어요?"

"마령이는 길거리에 쓰레기도 안 버리는 아이예요. 원래 태어나기를 그렇게 태어났다고요. 사소한 규칙도 어기지 못하는 아이가 살인을 한다는 게 말이 돼요?"

"그렇게 규칙을 잘 지키는 사람이 언니의 남자친구 오피스텔을 드나드나요? 정말 그렇게 생각하고 있는 건 아니죠? 한성우의 오피스텔 CCTV에, 박마령의 차를 뒤쫓아온 택시에서 내리는 마리 씨의 모습이 찍혔어요."

"…."

"마리 씨가 알고 있는 걸 말하지 않는다고 해서 사건이 무마되지는 않아요. 마리 씨가 죽은 다음에 범인이 잡히기를 바란다면 어쩔 수 없지만, 살아남은 상태에서 범인이 누구인지 알고 싶다면 저한테 모든 걸 털어놔야 해요."

"저는 모르겠어요. 가슴이 너무 아파요."

마리는 가녀린 어깨를 떨면서 흐느껴 울었다. 그녀에게 시간이 필요해 보였다. 수철은 마리를 그만 괴롭히기로 하고 녹취실에서 나왔다.

복도에서 최 변호사와 마주쳤다. 그는 마리를 빼내기 위해서라면 무슨 짓이든 하겠다는 의지로 굳어 있었다. 마령에 대한 수사를 시작하게 되면 다른 느낌이겠지만, 어쨌든 지금은 듬직해 보였다. 수철은 그에게 가볍게 목례를 해 보였다. 최 변호사는 수철과 시선은 마주쳤지만 답으로 인사를 하지는 않았다.

수철은 혜선과 마령이 빠져나갈 수 없는 증거를 찾기 위해 서운대학교병원으로 향했다.

"안녕하세요. 수고가 많으십니다."

원무과 김 과장은 수철이 내민 경찰 신분증을 보자 올 것이 왔다는 표정을 지어 보였다. 애타게 기다렸다는 느낌마저 들었다.

"형사님이 더 수고가 많으시죠."

"8월 10일에 한성우를 진료한 담당 의사를 만나고 싶은데요?"

김 과장은 한성우의 주민등록번호를 컴퓨터에 입력하고 나서 수화기를 들고 내선번호를 눌렀다. 완벽하게 일 처리를 하는 스타일로 반듯하지 못한 건 참지 못하는 부류로 보였다.

"원무과인데요, 서상묵 교수님 스케줄이 어떻게 되죠? 아, 예. 알겠습니다."

김 과장이 수화기를 내려놓고 나서 말했다.

"신경외과 서상묵 교수님이 진료하신 걸로 확인되는데요, 세미나 때문에 지금 독일에 계십니다."

"언제 돌아오십니까?"

"보름 일정이라니까 다음 달에나 오시겠네요."

수철이 맥빠진 얼굴을 해 보이자 김 과장은 자신이 나설 때라고 판단했는지 눈빛을 반짝였다.

"저기…."

김 과장이 슬쩍 자리에서 일어나 원무과를 나갔다. 사람들의 눈을 피해 수철을 비상구 안으로 데려간 그에게서 내부 고발자 특유의 조심스러움이 느껴졌다.

"서상묵 교수님이 저한테 박마리의 의료기록을 삭제하라고 지시하셨습니다. 통상적으로 있을 수 없는 일이라서 당황했죠. 이게 수사에 도움이 될까요?"

"아, 물론입니다. 왜 그랬다고 생각하십니까?"

"병원에 박마리의 혈액형에 대한 소문이 돌았습니다. 두 자매가 너무 다르잖아요. 생긴 것도, 행동도 말입니다. 그런데 박마리의 혈액형이 이사장님 댁에서는 나올 수 없는 것이었습니다."

김 과장은 아무도 없는 비상구 안을 조심스럽게 두리번거리고 나서 말을 이었다.

"박마리의 혈액형은 돌아가신 박우택 전 이사장님과 같은 A형이지만, 문제는 유전자형이었어요. 형사님도 아시겠지만 같은 혈액형이라도 AA형이나 AO형처럼 구분되잖아요. 입원 환자나 수술 환자의 혈액형을 그렇게까지 정밀하게 검사하는 경우는 거의 없어요. 그런데 박마리가 생사를 오갈 때 VIP 맞춤형 치료를 한답시고 혈액형 유전자 분석까지 했고, 그때 박마리의 유전자형이 AO형으로 나왔다는 겁니다. 그런데 병원에 남아 있는 박우택 이사장님의 의료기록을 보면 AA형이고, 정혜선 이사장님의 혈액형은 AB형이기 때문에 두 분 사이에서 AO형 자식이 나올 수 없다는 거죠."

수철은 자신의 가설이 들어맞았다는 사실을 확인했다.

"박마리가 정혜선 이사장님이 바람을 피워서 낳은 자식이라는 거죠. 이사장님이 대단한 미인이잖아요. 게다가 돌아가신 박우택 이사장님의 사인도 불분명하고요."

"박우택 씨의 사망에 의문스러운 점이 없었기 때문에 경찰이 범죄 사건으로 조사하지 않은 걸로 아는데요."

"그게 더 이상한 거 아닙니까? 일반인도 아니고 서운재단의 이사장인 데다가 산악인이었잖아요. 그런데 청운산에서 실족사라뇨?"

"의심하는 사람들이 있었는데도 조용히 넘어갔다는 뜻인가요?"

"정혜선 이사장님이 바로 권력을 잡았는데 함부로 쉰 소리를 했다가는 밥줄이 잘려 나갈 판이었죠. 게다가 서운은 사학재단 아닙니까? 이사장이 살인이나, 뭐 그런 일에 연루되었다는 소문이 돌면 끝이라고요."

"그렇다면 이사장의 딸이 홍천 살인사건에 연루되고 나서 말들이 많았겠군요."

"당연하죠. 이사장님이 퇴진 압력을 받았다고 들었습니다."

김 과장이 수철에게 매달리듯 팔을 잡아 시선을 끌었다. 마주친 그의 눈에는 호기심이 들끓고 있었다.

"그런데 한성우라는 사람의 진료 사실은 왜 궁금하신 겁니까?"

"한성우를 아세요?"

"정혜선 이사장님이 키우던 장학생이었잖아요. 박마리가 위독했을 때 병원으로 계속 찾아왔거든요. 병원에서 퇴원하고 나서도 몇 번인가 제가 그 친구를 봤어요. 궁금해서 몰래 뒤를 밟아 봤죠. 이건 저만 아는 사실인데요, 누구를 찾아왔는지 아십니까? 이사장님 둘째 따님인 겁니다. 박마령이라고 저희 병원 레지던트인데 은밀하게 만나더라고요."

마령과 한성우 사이에는 지금까지 알려진 것보다 더 끈끈한 연결 고리가 있을지도 몰랐다. 수철의 생각을 읽기라도 한 듯 김 과장이 말했다.

"자매가 한 남자를 두고 삼각관계에 빠진 건가요? 이사장님이 가만히 안 계실 텐데요."

"아직 밝혀진 건 없습니다. 수사에 정말 많은 도움이 되었습니다. 다른 것이 떠오르면 연락 좀 주십시오."

김 과장은 의로운 일을 했다는 자부심이 넘쳐나는 얼굴로 수철의 명함을 받으며 으쓱해했다.

김 과장이 비상구 밖으로 나가자 수철은 계단 창문을 통해 서운대학교병원 뒤쪽으로 솟은 산을 바라보았다. 눈으로는 병원 뒷산을 보고 있었지만, 머릿속으로는 청운산을 떠올렸다. 박우택이 실족사했다는 곳은 청운동 사택 뒤에 있는 깎아지른 비탈이었다. 사인은 머리뼈 골절과 쇼크로 인한 사망이었고, 그의 사체를 검안했던 의사는 한성우의 거짓 알리바이를 만들고 박마리의 의료기록을 폐기하라고 지시했던 신경외과 과장 서상묵이었다.

수철은 홍천 살인사건이 일어난 날 근무했던 의사들에게 마령의 알리바이를 확인했다. 보안대장을 만나 그날 병원 주변에서 특이한 사항은 없었는지 물었다. 그는 혜선의 수족이기도 했지만 자신의 맡은 바 임무를 충실하게 해내는 사람이었다. 7개월도 더 지난 일이었지만, 보안대장은 병원 뒤쪽에 있는 CCTV가 작동하지 않았던 사실을 기억해 냈다. 기계 결함인지 알아보았는데 이상이 없어서, 해킹을 당한 게 아닌지 의심했다고 했다.

수철은 사무실로 돌아가려고 병원 로비를 걷다가 우르르 몰려가는 의사들 무리와 마주쳤다. 그중 단연 돋보이는 사람이 있었다. 수철과 눈이 마주친 마령은 거만한 미소를 지어 보였다.

"먼저 가세요."

의사들은 구경거리를 놓친 게 아쉬운 듯한 표정으로 걸음을 재촉했다. 마령은 팔짱을 낀 채 조금의 빈틈도 보이지 않겠다는 듯 거만한 태도로 말했다.

"근무 중이니까 나중에 찾아오라고 하고 싶지만 용건만 간단히 말하신다면 상대해 드리죠."

"홍천 살인사건이 일어나던 시간, 어디에 계셨죠?"

"병원 근무 중이었다고 이미 진술했는데요."

"그날 당직을 섰던 의사들의 말로는, 밤 10시경부터 새벽 1시가 넘는 시간까지 안 보였다고 하던데요."

"피곤해서 잠깐 눈을 붙였어요."

"입증해 줄 사람이 있나요?"

"당직실에 있는 침대가 증명해 줄 수 있을지 모르겠네요."

"그날 밤 병원 뒤쪽 CCTV가 작동하지 않았다고 하더군요."

"그건 보안팀에 가서 이야기해야 하는 거 아닌가요?"

"보안팀에서는 CCTV가 고장 난 게 아닌데도 녹화가 되지 않은 게 이상하다면서 해킹을 의심하더군요."

"도대체 하고 싶은 말이 뭐죠?"

"그날 밤 병원 주변에서 다른 사람이 목격해서는 안 될 일이 일어난 게 아닌지 의심하는 겁니다. 홍천 살인사건 이후로 한성우와 연락을 자주 하셨는데, 왜죠?"

"그것도 죄가 되나요?"

"한성우는 홍천 살인사건의 범인일 가능성이 높아요."

"그럼 한성우를 잡아다 조사를 하세요."

"한성우가 죽은 걸 아직 모르고 있군요?"

마령의 동공이 크게 열렸다가 작아졌다. 충격을 받은 표정이 쉽게 가시지 않았다.

"… 한성우가 어떻게 죽었나요?"

"마리 씨와 몸싸움하다 죽었어요. 마리 씨는 한성우가 홍천 살인범이고, 자신을 죽이려고 해서 저항하다 그렇게 됐다고 진술했어요."

마령은 허탈하기도 하고 조롱 같기도 한 묘한 웃음을 지었다.

"왜 웃는 거죠?"

"언니가 참 대단하다는 생각이 들어서요. 공방에 침입한 괴한에게 전기톱을 휘두르더니, 이번엔 칼로 사람을 찔러 죽였잖아요."

"왜 칼로 죽였다고 생각하는 거죠?"

"언니는 목공예를 하는 사람이에요. 조각칼을 가방에 넣고 다닐 때가 있어요. 한성우에게 저항하다 죽였다고 해서 추측해 본 거예요. 왜요, 제가 틀렸나요?"

"칼이 아니라 깨진 유리 파편을 사용했습니다."

"그 정도 실력이면 킬러를 해도 되겠군요."

"언니가 살아난 게 기쁘지 않은 모양이네요. 병원 안에서 마리 씨와 박마령 씨가 친자매가 아니라는 소문이 돌고 있는 건 아시죠?"

"소문은 소문일 뿐이죠."

"한성우의 오피스텔에서 의사의 처방 없이는 구할 수 없는 약물이 다량으로 발견됐어요. 한성우에게 약을 대준 사람이 박마령 씨 아닌가요?"

"형사님은 결론을 이미 만들어 놓고 추리를 하는 아주 나쁜 수사 방식을 가지고 계시네요. 여태까지 그렇게 해서 범인을 잡기는 했나요?"

"박우택 씨는 어떻게 죽었죠?"

마령은 차단막을 내리듯 딱딱하게 굳었다.

"아버지의 명예를 욕되게 하면 당신을 가만두지 않겠어요. 정식 절차를 밟고 나서 다음 이야기를 나누도록 하죠. 그럼 저는 이만."

수철은 마령의 뒷모습을 보면서 이번에는 자신이 이겼다고 느꼈다. 그가 몰아세우자 마령은 빈틈을 보였다. 마리가 한성우를 죽였다는 사실을 알게 된 순간, 그리고 박우택의 죽음에 대해 물었을 때 확실히 흔들렸다. 그녀가 사건에 개입되어 있거나 뭔가 비밀이 있는 게 틀림없었다. 마령에 대한 영장이 떨어지면 조금 더 밀어붙여

볼 생각이었다.

　수철은 그동안 끊임없이 의아해했던 의문의 실체에 가까이 다가섰음을 느꼈다. 자신의 명예를 딸의 목숨보다 더 중요하게 생각하는 정혜선, 자신의 완벽함을 위해서라면 언니 따위는 죽어 주는 게 낫겠다고 여기는 박마령, 그리고 의문스러운 사고로 죽은 박우택. 이 가족에게는 절대로 외부로 발설되어서는 안 되는 비밀이 있었다. 마리가 강간살인범의 딸이라는 사실을 포함해서 절대로 알려지면 안 되는 그 무엇 때문에 살인이 일어났을 것이다.

　이제 그 해답을 찾아야 할 때였다.

끝나지 않은 음모

　와인잔에 두 번째로 와인을 따르는데 최 변호사에게서 전화가 걸려 왔다.
　"이사장님, 접니다. 의논드릴 일이 있어 전화드렸습니다."
　혜선은 그의 목소리 톤만 듣고도 심상치 않은 일이 생겼다는 걸 알았다.
　"마리가 한성우를 죽였습니다."
　"마리는 지금 어디에 있나요?"
　"성동경찰서에서 조사받고 있습니다. 한성우가 자기를 죽이려고 해서 방어하다가 죽였다고 합니다. 경찰서에 가서 상황을 파악하고 나서 다시 전화드리겠습니다."
　잔에 남아 있는 와인을 물끄러미 바라보았다. 술을 마시면 안 되는 상황이었지만 맑은 정신으로는 견딜 수가 없었다. 마리가 성우를 처음 만나게 된 건 혜선 자신 때문이었다. 그녀는 숨을 크게 들이마셨다. 흉곽이 단단하게 뭉쳤는지 가슴이 뻐근하게 아팠다. 끙~ 하고 신음을 토해 내고 나서 주먹으로 가슴을 쿵쿵 때렸다.

혜선은 성우를 만나기 전부터 마음을 열어 놓은 상태였다. 그가 오랫동안 풀리지 않던 물리학 분야의 가설을 증명해 냈다는 사실이 세상에 알려지면서, 서운대학교 물리학과가 여러 차례 언론의 주목을 받았다. 학교를 홍보하고 위상을 높여 준 그에게 적절한 상이라도 주고 싶어 불렀다.

재단 이사장을 만나는 자리인데도 성우는 주눅들거나 긴장하지 않았다. 혜선이 묻는 말에 식상한 대답 대신 미소를 짓는 모습은 과묵하게 보였다. 그가 넉넉한 형편이 아니라는 사실을 알고 장학금을 주기로 했고, 기숙사에서 살고 있다고 하여 오피스텔까지 마련해 주었다.

혜선은 며칠 후 재단이 주최한 자선 행사에 성우를 다시 불렀다. 불행은 그때부터 시작되었다. 마리는 그곳에서 그를 만나 급격하게 가까워졌고, 변하기 시작했다. 조금씩 달라지는 게 아니라 전혀 다른 생물이 되어갔다.

마리가 저지르는 일을 막을 수 없는 지경에 이르자, 혜선은 돈 몇 푼 쥐여 주고 성우를 마리에게서 떼어 내려고 했다. 얕은 수작이 먹힐 줄 알았지만 그렇지 않았다. 성우는 상상했던 것 이상으로 만만한 청년이 아니었다.

"돈으로는 안 되겠는데요."

"그럼 원하는 게 뭐야? 교수 자리 하나라도 내놓으라는 거야?"

"서운을 주십시오. 저는 이사장 자리를 원합니다."

"너 돌았구나."

"이사장님도 맨손으로 얻으셨는데 저라고 해서 못 가지라는 법 있습니까?"

"방금 한 말을 후회하게 될 날이 곧 올 거야. 너 따위 매장하는 건 일도 아니야. 더는 이야기하고 싶지 않으니까 당장 나가."

"그러실 수 없을 겁니다. 저는 이사장님이 과거에 무슨 일을 겪으셨는지 잘 알고 있거든요. 며칠 전 강상천에게 면회를 다녀왔습니다."

혜선은 성우에게 직선거리로 다가가 뺨을 후려쳤다. 손바닥이 뜨거울 정도로 충격이 컸다.

"너, 대체 누구야! 누가 시켜서 이런 짓을 하는 거지?"

"저는 누구의 지시를 받고 움직이는 사람이 아닙니다. 마리는 이사장님의 소유물이 아니고, 죄의 대가도 아니라는 걸 알려 드리고 싶을 뿐입니다."

성우의 다른 쪽 뺨을 후려치기 위해 손을 들어 올렸는데, 그는 눈 하나 깜빡하지 않고 맞서듯 쳐다보았다. 혜선은 그에게 약자라는 사실을 인정해야 했다. 성우가 마음만 먹는다면 그녀는 한평생 이룬 걸 모두 잃어버릴 수도 있었다.

혜선은 자신을 이런 상황에 놓이게 만든 마리를 용서할 수 없었다. 마리를 바꾸려고 애썼던 자신이 어리석었다는 걸 깨달았다. 더 나쁜 결말이 오기 전에, 마리와 성우를 동시에 이 세상에서 사라지게 할 방법을 궁리했다. 그러나 한 명도 아닌 두 사람을 한 번에 죽이는 건 쉬운 일이 아니었다. 고민이 깊어지자 불안함도 커져 갔다. 결국 마령이 눈치채고 말았다.

"언니를 죽일 생각이에요?"

혜선은 서재 책상 건너편에 서 있는 마령을 겁에 질려서 바라보았다. 영민함이 지나친 마령에게 두려움마저 느꼈다.

"그럼 이대로 살라는 말이니? 성우는 점점 더 마리를 괴물로 만들고 있어."

"언니를 망친 건 엄마예요."

"마리가 어떻게 태어났는지 성우가 알고 있어. 그뿐만이 아니야. 재단에 대해서도 모르는 게 없을 정도야. 우리를 말려 죽이고 끝내는 파멸시킬 놈이야."

"엄마를 말리고 싶은 생각은 없어요. 엄마 말대로 언니는 한계를 넘어섰거든요. 나는 서운의 명예를 지켜야만 해요. 엄마가 실패해서 모든 걸 망치게 둘 수는 없어요. 그러니 앞으로 모든 일은 나와 상의해요."

마령은 제대로 알아들었는지 확인하듯 혜선을 쏘아보고 나서 서재를 나갔다. 마령이 돕는다면 문제를 완벽하게 해결할 수 있을 것 같았다. 한편으로는, 마리가 엄마와 동생의 공모로 죽게 생겼다는 안타까움도 들었다. 물론 아주 잠깐이었다.

마령은 완벽한 설계도를 그려 나가기 시작했고 살인을 도와줄 사람을 두 명 더 구해 왔다. 마리가 가장 친하다고 믿었던 유일한 친구, 윤주와 미희였다.

"그 애들이 정말 마리를 죽이겠다고 했단 말이야?"

"윤주 언니는 망설였지만, 미희 언니가 설득했어요."

"미희 그 아이가 언젠가는 마리 등에 칼을 꽂을 줄 알았어."

가난한 시절 혜선은 세상이 공평하지 못한 것에 대해 분노를 품고 있었다. 아무리 노력해도 밑바닥을 벗어날 수 없을 거라는 절망 속에서, 그녀는 모든 걸 누리면서도 고마워하지 않는 마리 같은 부류를 응징하고 싶었다. 미희의 눈에서 언뜻언뜻 보이는 부러움과 시기가, 언젠가는 마리에게 보복으로 다가올 것 같아서 가까이 지내지 말라고 타일렀다.

"친구를 감싸고돌면서 친구 타령을 하더니, 결국 배신당하고 죽는 꼴이라니."

"우린 핏줄을 죽이려 하고 있어요. 난 친언니를, 엄마는 친딸을. 누가 더 나쁜지 길을 막고 물어봐야 해요?"

"결국 이용만 당하다 버려지는 꼴이 불쌍해서 그래."

"이제 죽일 생각을 하니까 갑자기 없던 모정이라도 생긴 건가요? 나를 포함해서 엄마 자신을 속이려고 하지 말아요. 엄마가 예전부터 언니를 죽이고 싶어 했다는 걸 알아요."

마령은 자신이 여섯 살이었던 어느 밤, 혜선이 마리를 숲속으로 끌고 들어간 일을 기억하고 있었다.

"한참 후에 엄마는 머리에서 피를 흘리는 언니를 안고 나왔죠. 이번에는 동정심 따위 갖지 말아요. 실패하면 우리는 끝장이에요."

"그래서 네가 세운 계획은 뭐니?"

"윤주 언니가 홍천으로 여행을 가자고 언니를 설득하겠다고 했어요. 미희 언니는 환각제를 언니와 한성우에게 먹일 거예요. 두 사람이 정신을 잃으면 펜션에 불을 지르면 끝이에요. 펜션 창고에 시너도 있더라고요."

"윤주와 미희가 살인범으로 몰려서 경찰한테 전부 털어놓으면 어쩌려고 그러니?"

"한성우가 약에 취한 언니와 다투다가 불을 질렀다고 하면 돼요. 화재 조사관이 발화점을 찾으려고 할 테니까, 두 사람이 잠든 방에 불을 지르라고 했어요. 이제 폭우가 내리는 날만 기다리면 돼요. 관광객이 없을 테니까 목격자도 없을 거고, CCTV 화질도 나쁜 데다가 DNA는 비에 씻겨 지워질 거예요."

마리는 윤주의 성화에 못 이겨 홍천으로 여행을 떠났다. 성우는 중간에서 합류했다. 모든 게 마령의 계획대로 진행되었다.

일이 잘못되었다는 사실을 안 건 밤 10시가 막 지났을 때였다. 집에서 초조한 마음으로 와인을 홀짝이고 있던 혜선의 휴대폰이 불길하게 울렸다. 마리의 목소리를 듣고 혜선은 끝도 없이 추락하는 것 같은 현기증을 느꼈다. 약에 취한 마리는 알 수 없는 소리로 웅얼거렸다. 살려 달라고, 구해 달라고 하는 것 같았다.

"엄마가 갈게. 금방 갈게."

병원에서 근무 중인 마령에게 전화를 걸었다.

"방금 마리한테 전화가 왔어. 이 일을 어떡하면 좋으니?"

"일단 휴대폰을 켜 놓고 컴퓨터도 켜세요. 포털 사이트에 로그인을 해 둔 다음, 휴대폰을 집에 놓고 병원으로 오세요. 제가 사설 구급차를 구해 볼게요. 그걸 타고 가면 혹시 CCTV에 찍히더라도 의심받지 않을 거예요. 그리고 홍천으로 가서 언니가 살아 있다면…."

마령은 중간에 말을 끊고 나서 잠깐 아무 말도 하지 않았다. 혜선은 마령의 결론을 재촉하듯 떨리는 목소리로 말했다.

"마리는 살아 있어. 살려 달라고 했어."

"서둘러요. 우리가 경찰이나 119 구급대보다 펜션에 먼저 도착해야 해요."

마령은 병원 입구로 들어가는 길 한쪽에 구급차를 세워 놓고 혜선을 기다리고 있었다. 혜선이 도착하자 급하게 차를 몰았다.

"약을 먹으면 의식을 잃는다고 했잖니? 어떻게 된 일인지 윤주나 미희한테 전화해 봤니?"

"통화 기록이 남을까 봐 안 해 봤어요. 언니는 약물에 내성이 있었던 모양이에요. 그것까지 감안해서 준비한 건데 계획대로 되지 않은 게 분명해요."

밤인 데다가 비 때문에 시야가 나빴다. 와이퍼를 가장 빠르게 작동해도 어둠과 퍼붓는 빗줄기밖에는 보이지 않았다. 다행히 도로에 차가 거의 없어 홍천까지 가는 데 시간이 오래 걸리지 않았다.

펜션에 도착했을 때 불은 이미 걷잡을 수 없이 번져 있었다. 시너에 붙은 불이 빗물에 떠다니면서 타올랐다. 펜션 기둥에 묶인 채 불타고 있는 사람의 형체가 보였다. 마당 중간에 세워 놓은 마리의 차가 보였고, 차 뒤에 묶여 있는 줄에 미희의 사체가 매달려 있었다. 도대체 무슨 일이 벌어졌는지 짐작조차 되지 않았다.

혜선은 강간살인범의 집에서 눈을 떴을 때보다 더 끔찍하고 두려웠다. 지옥이 있다면 이런 게 아닐까 추측할 뿐이었다.

"저기 불타는 사람은 누굴까?"

마령은 어찌해야 좋을지 알 수 없는 사람처럼 불타는 펜션을 보면서 말했다.

"언니나 한성우 같아 보이지는 않아요."

"그럼 윤주라는 거니?"

"그런 것 같아요."

혜선의 목구멍 안에서 비명이 새어 나왔다.

"마리가 우리를 죽이려고 부른 게 아닐까?"

"일단 주변을 찾아보기로 해요. 조심하는 거 잊지 말고요."

마령이 구급차에서 내리려다 움찔하고 긴장했다. 마당 앞쪽에서 진흙 더미가 불쑥 일어났다. 상향등을 켜고 마당을 비췄다. 진흙과 피로 뒤범벅이 된 마리가 서 있었다.

좀비처럼, 아니 유령처럼 처참한 몰골로 마리는 한 손을 힘겹게 들어 올리고 한발 한발 차를 향해 걸어왔다. 입이 조금씩 들썩거렸는데 '살려줘. 살려줘.'하는 것 같았다.

혜선은 두 손으로 얼굴을 가리고 비명을 질렀다.

"아, 어떡하면 좋아."

"우리가 끝내야겠어요."

"무엇을 끝내겠다는 거니?"

마령은 기어를 파킹에서 드라이브로 옮기고 나서 핸들을 꽉 움켜쥐었다.

"안 돼!"

"엄마! 지금 무슨 소리 하는 거예요? 돌이키기엔 너무 늦었어요."

"누가 보면 어떡해?"

"아래에 있는 펜션들이 다 텅 비어 있는 거 못 봤어요?"

"그래도 이건 아닌 것 같아. 다른 방법이 있을 거야."

혜선은 구급차에서 뛰어내리고 말았다. 무엇을 어떻게 해 보려는 게 아니었다. 그저 마령이 차를 몰아 마리를 죽이는 일에 동참하고 싶지 않았다. 본능적인 모성애 때문이라고 한다면 스스로도 비웃음이 나왔지만, 마리가 죽기를 바라면서도 결정적인 순간이 오면 모질던 마음이 옅어졌다.

구급차의 엔진이 윙! 하고 거칠게 돌아가는 소리가 들렸다. 차가 마리를 향해 돌진했다. 혜선은 눈을 꼭 감아 버렸다. 퍽! 하고 둔탁한 소리가 들렸고, 이어서 철퍼덕! 하는 소리가 들렸다. 눈을 뜨고 보니 구급차의 후진등이 켜졌다. 차가 무서운 속도로 후진하더니 덜컹! 하고 마리를 타고 넘었다.

마령이 구급차에서 내려 마리에게 다가갔다. 경동맥을 짚어 보고 나서 차를 후진시켜 혜선 앞에 세웠다.

"언니는 걱정 안 해도 되겠어요."

마리가 죽었다! 혜선은 공포로 조여들었던 마음이 천천히 풀어지는 걸 느꼈다. 마리를 죽인 사람이 자신이 아니라는 사실에 안도했다. 죄책감을 느끼지 않아도 된다는 간사한 생각마저 들었다. 분명히 마령에게 '안 돼.'라고 말했으니까.

친언니를 죽인 마령이 감정 없는 목소리로 말했다.

"이제 한성우를 찾아야 해요."

마령은 불타고 있는 펜션으로 다가갔다. 상황이 급박한데도 천천히 걸어가는 그녀의 뒷모습이 술에 취한 사람처럼 흐느적거렸다. 마령이 힘들어하고 있구나, 라고 느끼면서 혜선은 작게 안도했다. 마령에게 인간적 감정이 있다는 건 다행스러운 일이었다.

혜선은 펜션 마당에 널브러져 있는 마리를 향해 시선을 돌렸다. 마리가 정말 죽었는지 궁금해서 다가갔다. 진흙이 묻었던 마리의 손가락이 비에 씻겨 하얗게 드러났다. 먹먹한 뭔가가 혜선의 가슴을 둔하게 마비시켰다. 한여름인데도 입김을 불면 하얗게 김이 날 정도로 추웠다. 불타는 펜션에 가까이 가면 따뜻할 것 같았지만, 무슨 일이 어떻게 닥쳐올지 몰라 구급차 옆에서 마령을 기다렸다.

마령이 불을 등지고 걸어왔다. 걸음은 여전히 느렸고 얼이 빠진 듯했지만 내뿜는 숨은 거칠었다.

"한성우는 없어요. 펜션과 함께 불에 타 버렸는지, 아니면 도망쳤는지 모르겠어요."

"한성우가 살아 있으면 어쩌지?"

"그건 나중에 고민해요. 그만 가요."

"마리가 정말 죽은 거 맞을까?"

"완전히 죽지는 않았어요. 심장이 뛰기는 하니까."

"왜 살려 뒀어! 마리를 죽여야지!"

"그 편이 나아요. 우리는 알리바이가 필요해요. 언니가 천천히 죽어 줄수록 우리한테 좋아요."

혜선은 마령의 치밀함이 믿음직스러우면서도 두려웠다. 마령은 머뭇거릴 시간이 없다는 듯 서둘러 구급차에 올랐다. 빗방울은 더 굵어져 구급차 지붕에 퍼붓는 빗소리가 거슬릴 정도였다.

홍천강 지류를 따라 내려오는데 사이렌을 울리며 마주 오는 차가 있었다. 119 구급차는 빗속에서 요란한 빛을 뿌리며 펜션 방향으로 쏜살같이 달렸다. 마리가 구조되면 어쩌나 하는 생각이 혜선의 머리를 스쳤다. 마령도 불길한 눈으로 멀어져 가는 구급차를 룸미러로 살폈지만 별다른 말을 하지는 않았다.

서울에 도착해서 마령은 병원 뒤쪽 인적이 드문 길에 구급차를 세웠다.

"빨리 집으로 돌아가서 평소처럼 침대에 누워 계세요. 나는 근무가 아직 남아 있어요."

"친언니를 죽이고 와서 바로 다른 사람을 살리는 일을 할 수 있다니, 너도 참 대단하구나."

"이제 와서 착한 척하지 말아요. 내가 제일 못 견뎌 하는 게 바로 엄마의 그 위선이라고요."

혜선이 광장동 집에 도착했을 때는 새벽 1시가 다 되어 갔다. 집 안에 불이 환하게 켜져 있었다. 마리가 아직 잠들지 않았나 했다가 소스라치게 놀랐다. 마리를 죽이고 왔으면서 마리의 죽음을 인식하지 못하고 있었다. 마리가 살아 있으면 어쩌나 하는 걱정이 또다시 공포로 떠올랐다.

뜨거운 물로 샤워하고 나서 침대 안으로 들어갔다. 잠이 오지 않을 것 같아서 와인을 마실까 고민하는데 전화벨이 울렸다. 조심스럽게 통화 버튼을 눌렀다.

"박마리 씨 어머님이시죠? 여긴 홍천 아산병원 응급실입니다. 지금 박마리 씨가 위독한 상태입니다."

위독하다! 혜선은 공포에 질려 벌벌 떨었다. 곧 가겠다고 하고 전화를 끊은 다음 마령에게 전화를 걸었다. 마령은 차분했다.

"언니는 살아나지 못해요. 살아난다고 해도 정상일 확률은 없어요. 그래도 모르니까 언니를 우리 병원으로 데려와요."

응급처치만 해서 마리를 서운대학교병원으로 데려왔다. 마리는 의식을 잃은 채 사경을 헤매다가 뇌사 판정을 받았다. 그때 마리가 죽었다면 혜선은 죄책감을 가졌을 수도 있었다. 사랑받지 못하고 죽은 딸이 가여워서 진심으로 눈물을 흘렸을지도.

혜선은 비어 있는 잔에 와인을 따랐다. 마리의 기억은 얼마나 회복된 걸까? 홍천 살인범이 성우라고 했다는 걸 보면, 펜션에서 있었던 일을 떠올리긴 한 것 같았다. 성우가 자기와 한편이라는 사실은 몰랐으니 죽였을 것이다. 경찰이 잠잠한 것으로 보아, 혜선과 마령이 자기를 죽이려고 했다는 사실도 마리는 아직 모르고 있는 게 확실했다. 당장은 모르더라도 곧 알게 되겠지만 일단은 다행이었다.

마리의 끈질긴 생명력은 혜선을 닮았다. 강간살인범 강상천에게 납치되었다가 살아남은 사람은 혜선이 유일했다. 강상천이 가지고 있던 주민등록증의 여자들 모두 실종자나 사망자로 처리되었다. 경찰은 유일한 생존자인 혜선에게 매달렸다. 그로 인한 피해자는 엉뚱하게도 남편 박우택이었다. 알지 말았어야 할 비밀을 알게 되는 바람에 제명을 다 살지 못하고 살해되었으니까.

혜선의 입술 사이로 쓸쓸한 웃음이 새 나왔다. 어떤 역경이 찾아와도 끝끝내 살아남는 생존자 모녀라니. 목숨 걸고 마리와 마주서야 한다면 둘 중 누가 살아남을까? 혜선은 잔에 남은 와인을 단숨에 마시고 나서 창가에서 물러났다. 짙은 어둠이 밀려오고 있었다.

쫓기는 꿈을 꾸다가 잠에서 깼다. 지독한 두통 때문에 힘들게 눈꺼풀을 밀어 올렸다. 아까부터 노크 소리가 들려오고 있었다.

"네."

혜선이 말하자 양 씨가 소리를 내지 않고 방문을 열었다.

"이사장님께서 너무 안 일어나셔서요."

"몇 시죠?"

"오후 2시에요. 뭘 좀 드시고 기운을 차리셔야죠."

혜선은 와인을 한 병 다 마시고 나서도 잠이 오지 않아 결국 수면제를 먹고 잠이 들었다. 술기운과 약기운이 가시지 않은 몸이 축축 늘어졌다. 양 씨가 건네는 꿀물을 삼키고 나자 조금씩 몸이 깨어나기 시작했다.

"나를 찾는 전화가 많았을 텐데요."

"부이사장님을 비롯해서 여러 이사님들이 계속 전화하셨고요, 왕 비서가 긴급 이사회 소집 의견이 있다고 연락을 해 왔습니다. 서상묵 교수님과 둘째 따님도 연락을 달라고 하셨고요."

혜선이 잠든 사이, 세상 사람들 모두 마리가 살인을 저질렀다는 사실을 알게 된 모양이었다. 마주해야 할 현실을 생각하자 시큼한 트림을 한 것처럼 인상이 찡그려졌다. 피할 수만 있다면 얼마나 좋을까?

"사무실에 나가 봐야겠어요."

"죽을 끓였습니다. 씻으실 동안 준비해 놓겠습니다."

휴대폰 전원을 켜자마자 마령에게서 전화가 걸려 왔다. 벨 소리가 성난 마령의 목소리처럼 쟁쟁거렸다. '왜 내 말대로 하지 않았어요.'하는 고함이 들리는 것 같았다. 아니나 다를까, 통화 버튼을 누르자 마령이 고함쳤다.

"그러게 왜 내가 하자는 대로 하지 않았어요. 언니가 깨어났을 때 죽였으면 아무 문제 없었잖아요."

"기억을 못 찾을 수도 있다고 한 사람은 너야. 착한 딸이 되겠다고 하는데 어떻게 죽여? 좋은 언니가 되겠다는 말을 들었을 때 너도 흔들렸다면서."

마리가 따뜻한 눈빛으로 '착한 딸이 될게.'라고 했을 때, 평생 바라던 소망이 이뤄진 것만 같았다. 이미 오래전에 실패해 버린 인생이 착해진 마리로 인해 보상받는 기분이었다.

"한성우가 죽었다는데 왜 나한테 알려 주지 않았어요? 경찰이 찾아와서 몰아붙이는데 한마디도 못 했다고요."

"경찰이 벌써 너를 찾아갔다는 말이니?"

마령은 혜선의 느긋함에 속이 터지는 듯 한숨을 내쉬었다.

"홍천 살인사건의 공범으로 나를 지목하고 있다고요."

"경찰은 아무것도 밝혀낼 수 없어."

"한성우가 가지고 있다는 CCTV 영상은 어떻게 할 건데요?"

한성우는 홍천 살인사건이 일어나던 날 구급차를 타고 온 혜선과 마령이 서운대학교병원 뒤쪽에 차를 세우고 내리는 모습이 담긴 CCTV 영상을 가지고 있다고 주장했다.

"그런 게 있었다면 벌써 거액을 요구했을 거야."

"만약 정말 있으면요?"

"구급차를 타고 드라이브했다고 하면 돼. 그건 결정적인 증거가 되지 못해."

"속 편한 소리 하고 계시네, 정말."

"실제로 우리는 마리를 죽이지도 못했어. 윤주와 미희도 다 죽어버려서 우리가 관련되어 있다는 걸 아무도 증언하지 못해. 그런데 무슨 죄가 있다는 거니?"

"엄마는 한성우의 알리바이를 조작했어요. 언니가 기억을 떠올리니까 청부 살인까지 하려고 했잖아요."

"그건 내 문제야. 얼마든지 해결할 수 있으니 걱정 마. 절대 너한테 피해가 가지 않아."

"언니는 어떻게 할 건데요? 기억을 떠올리고 있잖아요."

"지금 상황에서 섣불리 나서는 건 위험해."

"그렇게 생각할 줄 알았어요."

마령은 기대하지도 않는다는 듯 지친 한숨을 내쉰 뒤 말했다.

"엄마 말대로 경찰은 우리가 무엇을 했는지 결코 밝혀내지 못할 거예요. 언니가 자살한다면 말이에요. 무슨 말인지 알겠어요? 연인이었던 사람을 자기 손으로 죽이고 나서 우발적인 충동으로 자살한다면, 모든 상황이 마무리되는 거예요."

"너무 위험해."

"누가 위험하다는 거죠? 경찰이 한성우의 공범으로 저만 의심하는 게 아니니까 안심하지 말아요. 그리고 경찰은 아버지의 죽음에 대해서까지 의심하고 있어요."

혜선은 남편의 사진으로 눈길을 돌렸다. 운동으로 다져진 몸과 반듯한 이목구비에 자신감이 가득한 미소가 '자기야, 나를 죽이고 행복해질 거라고 생각했어?'라고 조롱하는 것처럼 느껴졌다.

"엄마, 듣고 있어요? 결국 모든 게 밝혀질 거라고요."

"알았어. 네가 하라는 대로 할게."

"서두르세요."

혜선은 전화를 끊고 나서 남편의 사진을 손끝으로 가만히 쓰다듬었다. 엄격한 교육을 받고 자라 연애에 서툴고 순진했던 남자. 박우택은 혜선을 처음 보았을 때 자신의 인생을 빛내 줄 보석을 발견한 느낌이었다고 했다. 그의 이상적인 아내 역할을 하는 건 어렵지 않았다. 마리만 아니었으면 완벽한 결혼 생활이 될 수도 있었다.

남편은 혜선이 강간살인범에게 납치되었다는 사실보다 결혼식 전날 납치되었다는 시점에 더 분노했다. 제정신이 아니었을 텐데 결혼식장에 나타나 천연덕스럽게 신부 역할을 해 낼 수 있었던 건 집념 때문이라고 했다. 사랑해서 결혼한 게 아니라 결혼 자체가 목적이었다면서, 애초에 결혼이 거짓 위에 세워졌으니 결혼 생활 자체도 모두 거짓이라고 했다. 한 번도 무너져 본 경험이 없는 남편에게 실패는 견딜 수 없는 것이었다. 자신의 인생을 망가뜨린 혜선을 짓밟는 것으로 그는 상한 자존심을 보상받으려고 했다. 소심하면서도 악랄한 복수였다.

남편은 순진하다 못해 아둔한 남자였다. 혜선에게 분풀이하면서도, 마리가 자신의 딸이 아닐 수도 있다는 생각은 전혀 하지 못했다. 혜선은 마리의 유전자에 대해 영원히 감출 수 있다고 생각하지 않았다. 마리는 누가 보아도 박우택의 딸이 아니었다. 언젠가 남편도 자신을 가두고 있는 틀을 깨고 진실을 보게 될 것이 분명했다. 그런 일이 일어날 때까지 손놓고 있을 수만은 없었다.

남편의 폭력은 점점 더 진화해 갔다. 혜선이 맞을 만한 짓을 해서 때렸다는 합리화에 빠지고 나자 폭력에 의존하기까지 했다. 그녀가 맞아 죽거나 도망치지 않는다면 해결할 수 없는 지경에 이르렀다. 남편을 막을 수는 없었지만 멈추게 할 수는 있었다. 다시는 혜선에게 폭력을 휘두르지 못하게 하고, 영원히 마리의 친부가 누구인지 모르게 할 수 있는 방법. 불행의 씨앗을 가져다준 마리가 유일한 해결책이었다.

인간의 본성은 태어나기 전에 결정되며 바꿀 수 없다는 사실을, 마리를 훈육하면서 깨달았다. 강간살인범의 피를 물려받은 그 순간에 마리는 어떻게 살지 이미 결정되어 버린 것이었다. 혜선은 마리 안에서 잠자고 있는 놈의 피를 깨웠다. 그때는 최선의 선택이라고 생각했지만 결국 자신의 심장을 향해 화살을 겨눈 꼴이 되었다. 이제 마리와 생존을 놓고 대결해야 할 생각을 하니 소름이 돋았다.

마령은 최 변호사에게 전화를 걸었다. 최 변호사는 숨죽인 목소리로 "잠깐만."하고 장소를 옮겨 전화를 받았다.
 "마리를 수사하고 있는 경찰관을 만나 이야기하던 중이었다."
 "언니가 한성우를 어디서 죽인 거예요?"
 "마리가 한성우의 오피스텔로 찾아갔다더구나."
 "그게 언제죠?"
 "어제 오후 4시 정도야."
 마령은 언니가 자신을 미행했다는 걸 알고 현기증을 느꼈다.
 "한성우의 오피스텔에서 홍천 살인사건과 관련된 물증이 계속해서 나오고 있단다. 그런데 마령아, 한성우와 네가 여러 번 통화한 기록이 나왔어. 오피스텔에서 발견된 약물도 너한테서 나온 게 아닌지 의심하더라. 경찰은 너를 홍천 살인사건의 공범이라고 의심하는 눈치야. 너를 불러서 조사를 할 모양이더구나."
 "벌써 형사가 다녀갔어요. 언니가 한성우를 죽였다는 것도 형사한테서 들었어요."
 "경찰이 물으면 아무 답변도 하지 마라. 내가 있을 때 이야기하겠다고 해."
 "그렇게 했어요. 언니는 어떻게 되는 건가요?"
 "불구속 수사가 진행되도록 애쓰고 있어. 정당방위인 데다가 증거인멸 우려가 없다고 주장하고 있지. 홍천 살인사건 피해자이고 건강도 좋지 않으니 선처를 바란다고 말이야. 그런데 마리가 몸에 칼을 지니고 있었어."

"목공예 조각에 쓰는 칼이죠?"

"그래. 호신용으로 지니고 있었다는데, 칼을 지니고 한성우를 찾아간 게 문제라는 거지. 살해 도구로 쓰이지 않았고, 사람의 목숨을 해칠 정도로 크지 않다고 우기고 있단다."

"알았어요. 계속해서 수고해 주세요."

마령은 전화를 끊고 나서 몸을 떨었다. 언니는 그녀의 뒤를 미행해서 성우의 오피스텔까지 따라왔고, 마령이 돌아갈 때까지 기다렸다가 성우를 만났다. 성우는 어디까지 이야기했고, 언니는 어디까지 알게 되었을까? 짐작하는 것보다 상황이 훨씬 더 좋지 않을 수도 있다는 생각이 들자 머리가 아팠다.

홍천에서 살아남은 언니가 서운대학교병원에 도착했다는 연락을 받고 마령은 응급실로 달려갔다. 언니는 살아날 가망이 없었다. 살아난다고 해도 정상적인 생활을 하기 어려웠다. 다행이라고 생각하면서 응급실을 나오다가 성우와 마주치고 얼마나 놀랐던지.

성우는 얼굴에 긁힌 상처가 몇 군데 있는 것을 빼고는 멀쩡한 모습이었다. 그러나 정신적인 충격에서 헤어 나오지 못한 듯 위태위태해 보였다. 옷을 갈아입고 샤워를 해서 차림새는 말끔했지만, 뿜어내는 숨결에 연기 냄새가 배어 있었다. 기도 화상으로 짐작되는 잔기침을 계속해서 했다. 잘만 하면 그를 홍천 살인사건의 범인으로 몰아갈 수 있겠지 싶었다. 그러려면 성우가 무엇을 보았고, 펜션에서 무슨 일이 있었는지 알아내는 게 우선이었다.

"언니랑 같이 여행 간 거 아니었어요? 왜 당신은 멀쩡하고 언니는 위독한 거죠?"

"…."

"말해 봐요. 우리 언니를 저렇게 만든 사람이 누구예요!"

"윤주와 미희."

"그 언니들이 우리 언니를 죽이려고 했단 말인가요?"

"돈을 주고 시켰나?"

"무슨 소리를 하는 건지 모르겠군요."

"사설 구급차는 굿 아이디어였어."

성우의 핏발이 선 눈은 지옥을 본 사람처럼 고통으로 가득 차 있었다. 홍천에서 그는 마령과 혜선을 지켜보았던 것이다.

"나를 살인범으로 몰아갈 생각 따위는 집어치워. 마리에게 손을 쓸 생각도 하지 마. 나와 마리에게 무슨 일이 생기면, 구급차를 운전하는 너와 옆에 타고 있던 이사장의 모습이 녹화된 CCTV 영상이 세상에 공개될 거야. 서운대병원 보안실 서버를 해킹해서 영상을 내려받았지. 원본은 지워 버렸으니까 그 영상을 가진 사람은 세상에 나 하나뿐이야. 혹시 내가 죽더라도 영상이 경찰에게 전송되도록 프로그래밍해 놨어."

"…."

"너와 네 엄마는 그 밤중에 구급차를 몰고 어디에 갔다 온 걸까?"

"나를 질책할 처지는 아니잖아요. 당신도 윤기태와 도재수를 죽였잖아."

"윤기태는 윤주의 뱃속에 있는 자기 자식을 죽였어. 도재수는 힘없는 여자를 이용해서 성관계를 맺은 후에 버렸으면서도, 반성하기는커녕 네 언니를 납치하려고까지 했어. 그런데 너와 네 엄마는 그 사실을 알고도 모른 척했어."

"살인은 정당화될 수 없어요. 나도 당신도 모두 괴물이야."

성우는 언니의 병실 앞을 지키면서 수시로 마령에게 허튼짓을 하지 말라고 협박했다. 언니가 죽지 않고 깨어나자 그는 언니를 만날 수 있다는 기대에 들떴다. 그러나 언니가 만나지 않겠다고 하자 폭발했다.

"마리에게 무슨 소리를 한 거야? 왜 나를 만나지 않겠다는 거지?"

"언니는 선택적으로 기억을 잃어버려서 홍천에서 무슨 일이 일어났는지 몰라요. 게다가 앞으로는 그쪽 같은 부류를 만나지 않겠다고 했어요. 착해지겠대요."

"마리를 죽이려고 하더니 이제는 마리의 기억을 어떻게 한 거야. 이상한 생각을 주입하기라도 한 거야?"

성우가 안달하는 모습은 진짜 사랑이라도 하는 것 같아 보였다. 그깟 사랑. 그는 언니를 만나려는 시도를 계속해서 하다가 돌연 태도를 바꾸었다.

"마리가 원하지 않으면 만나려고 하지 않을게. 마리를 죽이지 않는 이상 너희가 한 짓은 비밀로 남을 거야. 대신 조건이 있어."

성우는 마령에게는 약을, 엄마에게는 돈을 요구했다. 별다른 좋은 방법이 생각나지 않아 마령은 그렇게 하자고 협상했다. 하지만 그는 원하는 것들을 점차 늘려 갔다. 협박으로 뜯어내 한몫 챙기겠다는 의도보다 마령과 엄마를 괴롭히려는 의도가 느껴졌다.

성우가 생각하는 것 이상으로 마령은 괴로웠다. 그녀가 의사라 해도 카운트해야 하는 약물에 손을 대는 건 쉽지 않았다. 의심받거나 발각되지 않으려면 계획을 세워야 했고, 여러 가지 장치를 마련해야 했다. 완벽함과는 거리가 먼 생활이 이어졌다. 마령이 짜증내고 지긋지긋해할수록 성우는 즐거워했다. 그가 원했던 게 바로 엄마와 마령의 고통이었다는 걸 뒤늦게 깨달았다. 성우는 천천히 그들을 파멸로 몰아가고 있었다.

성우가 죽으면 경찰에게 전송된다고 했던 CCTV 영상은 어떻게 된 걸까? 그의 오피스텔에서 발견된 약물과 통화 내역 때문에 마령은 공범으로 몰리고 있었다. 형사가 탐문한답시고 병원을 들쑤시고 다니는 모습이 눈앞에 그려졌다 '박마령 선생이 살인사건에 연관되었다면서?'하는 소문이 병원 전체로 빠르게 퍼져 나가고 있을 것이었다. 마령의 완벽함을 시기하던 사람들에 의해 소문은 부풀려질 게 분명했다.

존경과 부러움으로 이사장의 둘째 딸을 바라보던 사람들이 두려움과 의문을 가지고 쳐다보겠지. 만약 언니가 자신을 죽이려고 했던 사람이 마령이라는 사실을 기억해 낸다면, 성우를 죽였던 그 손으로 마령까지 죽이려고 할지도 몰랐다.

"문제 해결. 문제 해결."

마령은 두 손으로 머리를 감싸쥐었다. 문제 해결은 엄마와 언니, 두 사람에게 맡기고 도망쳐 버리고 싶었다. 그런 감정이 상황을 부정하는 것임을 알면서도 그녀는 다른 해결책을 찾지 못했다. 모든 게 엄마 때문이라고 회피할 뿐이었다.

마령도 실상은 피해자였다. 엄마에게 매일 지적당하고 시달리는 언니를 보며 완벽에 대한 강박이 생겼다. 열등한 인간이 어떤 대접을 받는지 똑똑히 지켜보면서 언니처럼 비굴하게 살고 싶지 않았다. 어느 사이 마령은 100점짜리 시험지 같은 잣대가 되어 있었다.

어쩌다 실수로 한 문제만 틀려도 실망스러운 눈길이 돌아왔다. 그녀는 실수를 고통으로 받아들여야 했다. 점점 높아지는 기대에 부응하기 위해 죽기 살기로 노력했다. 나중에는 그 기대가 사람들의 인식에 각인되어, 왜 그렇게 해야 하는지도 모른 채 더욱더 열심히 자신을 몰아붙였다.

한순간도 긴장을 늦추지 않고 살아왔다. 그렇게 애써 쌓아 올린 완벽함이 조금 망가진 게 아니라 완벽하게 부서졌다. 자칫 잘못했다가는 발을 빼려는 시도도 하지 못하고 시궁창에 처박힐 수도 있었다. 성우의 통쾌한 웃음소리가 들리는 것만 같았다. 그가 이런 결말을 얻어 내려고 상황을 여기까지 몰아왔다는 생각마저 들었다.

마령은 자신이 꿈꾸던 것들을 하나도 이루지 못할 수도 있었다. 허탈함을 넘어 증오를 느꼈다. 지금까지 그 누구에게도 느껴 보지 못한 강한 감정이었다.

'둘 다 죽어 버렸으면 좋겠어.'

마령은 엄마와 언니가 모두 죽기를 바랐다. 그런 일이 가능할까? 스스로 쌓아 올린 완벽함이 무너지듯 그녀의 견고하던 이성도 무너져 내렸다.

∽∽∽

부이사장의 목소리가 회의실 안에 울려 퍼졌다.

"서운재단은 사학 비리의 총집결체라고 할 수 있습니다."

혜선은 코웃음을 치며 회의실 유리창을 통해 건너편 산을 바라보았다. 나뭇잎이 모두 떨어진 앙상한 가지들은 생명의 기운이 느껴지지 않았다. 내년 봄이 되면 잎이 싹트고 꽃이 피기는 할까, 라는 생각을 하며 8년째 같은 자리에 앉아 있었지만 한 번도 물오른 산을 바라본 적이 없다는 사실을 깨달았다.

유리창 너머의 세상을 무심코 바라볼 여유도 없이 달려왔다. 중요한 사람이 되어 대접받기 위해, 가난하고 초라한 인생을 살았던 때보다 더 아등바등했다. 많은 걸 가졌지만 혜선의 생활은 조금도 여유롭지 못했다. 모든 문제가 마리 때문에 생겼다고 이를 갈았지만, 지금은 문제의 정답을 알 수 없었다.

부이사장은 침을 튀겨 가며 목청을 높였다.

"재단 전입금으로 주식 투자한 게 알려지면 서운은 검찰 조사를 받게 된다, 이겁니다."

재단 전입금으로 주식과 부동산에 투자해 또 다른 자본을 만들어 배를 불려 온 건 관례였고 역사였다. 그 수익으로 이사들의 월급을 올려 주었고 건물을 증축했다. 함께 파티를 즐겨 놓고 이제 와서 혜선에게 책임을 추궁하는 것이었다.

"서운대학이 체육대학입니까? 그렇게 많은 돈을 들여 체육관을 건립한다는 게 말이 됩니까? 학생들의 등록금으로 전시 행정을 하려는 가장 나쁜 사례입니다. 어떻게들 생각하십니까?"

혜선은 먼 산을 향해 있던 시선을 내려 이사들을 차례차례 돌아보았다. 그녀의 눈을 피하는 작자, 눈싸움이라도 하려는 기세로 마주 쳐다보는 작자, 옆에 앉은 이사와 의논하는 척하면서 기회를 엿보는 작자, 그리고 부이사장의 밑이나 닦고 있는 홍 이사와 그의 패거리들까지 차례차례 훑어본 다음 결정을 내렸다. 혜선이 코를 풀어도 더럽다며 이사장직에서 물러나야 한다고 목소리를 모을 상황이었다.

"옳으신 말씀입니다. 저도 체육관 건립은 현시점에서 무리라고 생각합니다. 재단을 이끌어 가는 데 부족한 점이 많았다는 사실도 인정합니다."

혜선이 너무 쉽게 굴복하자 이사들이 웅성거리며 동요했다. 왕 비서가 들어와 그녀에게 쪽지를 건넸다. '서상묵 교수님이 긴급히 연락 바라십니다.'라고 적혀 있었다. 혜선이 물에 가라앉는 배라는 걸 알고 서상묵은 애가 타고 속이 문드러질 것이었다. 어쩌면 그녀와 같은 배를 탄 걸 후회하며 어떻게든 살아남을 방법을 찾고 있는지도 몰랐다. 혜선을 수장시키는 한이 있더라도 말이다.

"회의 끝나고 전화한다고 해."

작은 소리로 왕 비서에게 말하고 나서 혜선은 이사들을 둘러보았다. 어색한 침묵이 잠시 감돌았다.

"저는 지금 말할 수 없는 고통을 겪고 있습니다. 정당방위라고 해도 딸이 저지른 짓은 살인입니다. 불미스러운 사건에 책임을 느끼고 이사장직을 부이사장님께 위임하려 합니다."

부이사장은 혜선에게 당했던 만큼 앙갚음하지 못해 김이 빠진 듯한 얼굴을 했다. 그래서 혜선이 그와 맞짱을 뜨지 않은 것이었다. 한번 밟히면 다음번에도 밟힐 수 있었다. 자진 퇴장과 타의적 퇴출은 달랐다. 스스로 물러남으로써 아름다운 컴백이 가능할 수 있도록 여지를 남겨둔 것이었다.

"회의를 더 진행해야 하지만 몸이 좋지 않아서 저는 이만…"

혜선은 힘겨운 모습으로 자리에서 일어나 회의실을 나왔다. 뒤따라 나온 장 이사가 분통을 터뜨렸다.

"아니, 이사장님. 부이사장에게 서운을 넘겨주실 생각입니까? 서운이 이만큼 발전하기까지 부이사장이 한 게 뭐가 있습니까? 이사장님을 어떻게 하면 쓰러뜨릴까, 하는 역적모의밖에 더 했습니까?"

"지금은 기회를 엿봐야 하는 상황이지 움켜잡을 때가 아니에요. 하나도 잃지 않으려고 하다가는 전부 다 잃게 됩니다. 저는 집안 문제를 먼저 수습해야 해서요."

장 이사는 눈물까지 글썽였다. 혜선의 집권이 지속되면 부이사장 자리는 그의 몫이었다. 언젠가는 이사장 자리까지 넘볼 수 있었는데 수포로 돌아갔으니 피눈물을 쏟아도 시원치 않을 상황이었다.

혜선은 사무실로 가지 않고 건물 로비로 걸어 나가면서 서상묵에게 전화를 걸었다. 독일이면 시차가 있을 텐데, 그는 잠이 묻어 있지 않은 목소리로 전화를 받았다.

"이사장님, 이게 어떻게 된 일입니까? 경찰이 저한테 살인사건 공모 여부를 조사해야 한다면서 귀국하라고 연락을 해 왔습니다. 저는 이사장님이 시키는 대로 움직인 죄밖에 없습니다."

"큰 그림을 그리고 계셨잖아요. 희생 없이 가치 있는 무엇을 얻을 수 없다는 거, 모르셨어요? 당분간 독일에서 체류하고 계세요."

"어디까지 터진 겁니까? 설마 박우택 이사장님 사망 문제까지 터진 겁니까?"

"어떤 식으로든 결말은 나지 않겠어요? 지금 교수님이 할 수 있는 일은 기다리는 것밖에는 없어요. 저도 제 인생이 걸린 일이라서 쉽게 포기하지 않을 겁니다. 17년 동안 저를 지켜보셨잖아요."

"믿고 있겠습니다만 상황이…."

"계속해서 믿으시면 됩니다."

"그러면 저는 그렇게 알고 이사장님만 믿고 있겠습니다."

혜선은 서상묵의 '믿는다'는 말이 전혀 믿어지지 않아 쓴웃음을 지었다. 그는 17년 동안 묵혀 온 카드 말고 다른 카드를 준비하고 있을 게 분명했다.

전화를 끊고 나서 건물 앞에 대기하고 있는 차에 올라탔다.

"광장동으로 가요."

혜선은 창밖으로 한강이 보이자 인상을 찡그렸다. 한강을 보면 윤기태가 떠올랐다. 그녀의 충고를 조금만 귀담아들었다면 처참하게 죽지 않았을 것이다. 도재수 역시 마찬가지였다. 구설에 오를 위험을 무릅쓰고 혜선은 그의 아내를 찾아갔다. 남편이 저지른 사건을 무마하려 하지 말고, 마리에게 복수할 생각 따위도 접으라고 충고했다. 마리와 성우가 도재수에게 무슨 짓을 할지 몰라, 불상사를 미연에 막으려고 한 것이었다.

돌이켜 생각해 보니 윤기태와 도재수를 찾아다니며 말릴 일이 아니었다. 차라리 그들이 마리를 죽이도록 도왔다면 홍천 사건을 일부러 꾸미지 않아도 되었을 것이다. 그리고 이런 상황까지 오지 않았을지도 모른다. 쓸쓸한 웃음이 밀려들었다. 그랬다고 한들 윤기태나 도재수가 마리를 죽일 수 있었을까?

혜선은 마리를 죽이려는 두 번째 시도에서는 직접 나서지 않기로 했다. 죽이고 싶다는 생각이 간절해도 결정적인 순간에 작동을 멈추는 기계처럼 되어 버리니, 다른 사람의 손을 빌려야 했다. 병원 환자와 그의 가족 중 치료비가 없어서 살인도 마다하지 않을 사람의 리스트를 뽑아낸 뒤, 전과가 있는 사람을 다시 추려 냈다.

아버지가 폐암에 걸린 최 씨는 폭력 전과가 있었는데, 지극한 효자라서 치료비 대신 자신의 간을 다른 환자에게 이식해 주면 안 되겠냐고 호소했다. 아내가 신장 이식을 받아야 하는 고 씨는 사기 전과범으로, 아내가 죽으면 자신도 죽겠다고 입만 열면 말했다. 두 사람 모두 절박한 사연과 맞닥뜨려 있었는데 최 씨는 나이가 너무 많았고, 고 씨는 사기 전과가 있어서 믿음이 가지 않았다.
　심장 기형으로 태어난 아기 때문에 자기 심장이라도 떼어 낼 처지에 놓인 젊은 부부가 있었다. 그중 남편이 절도죄로 소년원과 교도소를 들락거린 전과가 있었다. 고아로 자란 청년에게 아이와 아내는 세상의 전부였다. 그는 돈을 구하기 위해 교도소 선후배들과 모의하여 범행을 계획하고 있었다. 성공해도 몇 푼 안 되는 돈이었고, 성공한다는 보장도 없었다.
　혜선은 장기 밀매를 비롯해 음성적인 일을 중개하는 업자에게 줄을 댔다. 업자는 청년에게 청부 살인을 할 의향이 있는지 물었다. 청년은 이틀을 망설이고 나서 수락했다. 혜선은 그가 바로 수락하지 않고 주저한 게 마음에 걸렸다.
　"자기 심장을 내걸 정도로 절실한 사람이 이틀이나 고민한 이유가 뭐죠?"
　"아내의 허락을 받으려고 했답니다. 만약 일이 실패하게 되면 다시는 만나지 못할 수도 있으니까요."
　"시작도 안 했는데 실패할 생각부터 한다는 게 말이 돼요?"
　"경찰한테 잡혀서 모든 걸 털어놓으면 제가 아내와 아이를 죽일 거라고 했거든요. 절대 사모님께 피해가 가지는 않습니다."
　혜선은 그 정도의 안전장치라면 괜찮겠지 싶었다.

업자는 청년이 빈집 털이로 위장해 광장동 집에 침입한 뒤 우발적인 살인을 한 것처럼 꾸밀 거라고 했다. 업자는 큰소리쳤고 청년은 아이와 아내는 물론 자기 목숨까지 내걸었지만, 마리를 죽이지 못했다. 마리는 전기톱으로 그의 다리에 큰 상처를 내고 살아남았다. 혜선은 얼굴에 보라색 멍이 든 채 병실에 누워 있는 마리를 보자 몹시 징그럽고 혐오스러웠다.

이번에는 실패할 시간도, 누군가에게 살인을 의뢰할 시간도 없었다. 혜선이 직접 나서야 했다. 마령은 자살로 위장하라고 했다. 너무 늦기 전에 방법을 찾아야 했다.

양 씨가 차 소리를 듣고 현관 앞으로 달려나와 두 손을 모았다.
"오셨습니까, 사모님."
"수고하셨어요. 오늘은 이만 퇴근하세요."
양 씨는 혜선의 얼굴에서 심상치 않은 분위기를 읽었는지, 외투에 팔을 꿰지도 않은 채 서둘러 현관을 나갔다.
혜선은 거실을 서성이다가 2층으로 올라가는 나선형 계단과 대들보로 이어지는 난간에서 시선을 멈췄다. 그녀의 입가에 희미하지만 오싹한 미소가 떠올랐다. 이번에도 결정적인 순간에 또 멈춰 버리면 어쩌나 걱정이 되었지만 다른 방법이 없었다.
혜선은 심장이 뜨거워지면서 빠르게 피가 도는 걸 느꼈다.

피로 물든 마지막 만찬

마령이 피아노 연주회를 하던 날이었다. 공연이 끝나자 엄마는 마리를 데리고 대기실로 갔다. 마령은 밝은 조명 아래 서 있는 듯 환한 모습이었지만, 마리는 어두운 조명 아래 우산을 쓰고 있는 듯 침울했다. 엄마는 마령에게 꽃다발을 건네고 다정하게 안아 주었다.

얼마 후 누군가 엄마에게 말을 걸었다. 엄마는 잠깐 이야기를 나누더니 마리에게 속삭였다.

"건물 밖에 차가 기다리고 있어. 엄마는 나중에 집에 갈 테니까 동생을 데리고 먼저 집에 가 있어."

엄마는 유니폼을 입은 여자를 손짓해서 부른 다음, 건물 밖으로 아이들을 데려다 달라고 부탁했다. 연주회 안내요원처럼 보이는 여자는 마리와 마령의 손을 잡고 걸어갔다.

가까이서 보니 마령의 분홍색 꽃이 달린 머리띠가 더욱 예뻐 보였다. 마리는 머리띠를 하지 않은 자신의 모습이 초라하게 느껴졌고, 마치 그것을 마령에게 빼앗긴 듯한 기분마저 들었다. 조금씩 동생과 비교당하고 있던 때였다.

여자는 건물 로비로 아이들을 데려다주었다. 유리창을 통해 건물 밖에서 기다리고 있는 운전기사가 보였다.

"저기 아저씨 계시네. 동생 데리고 조심해서 가."

여자가 가 버리자 마령이 말했다.

"나 화장실."

마리는 연주회를 시작하기 전에 들렀던 화장실로 마령을 데리고 갔다. 마령이 화장실 칸막이 안으로 들어가는 걸 보고 마리는 화장실에서 나왔다.

운전기사는 혼자 걸어오는 마리를 의아한 눈빛으로 바라보았다.

"사모님하고 동생은?"

"나중에 온대요. 저 먼저 가래요."

차에 올라타고 나서 뒤돌아보니 엄마가 사람들과 섞여 다른 차에 타는 게 보였다. 마령을 버려두고 집에 도착한 마리는 태평하게 잠이 들었다.

잠에서 깨었을 때 창밖은 어두워져 있었다. 배가 고파서 주방으로 가 보니 이모와 마령이 카레를 만들고 있었다.

"왜 멍하니 서 있어?"

이모는 주방 입구에 서 있는 마리를 이상한 눈길로 바라보았다. 마리는 마령에게 슬쩍 곁눈질했는데 평소와 다름없는 모습이었다. 마령이 혼자서 어떻게 집에 왔는지 알 수 없었다.

"잠이 덜 깼구나. 엄마는 늦는다고 하셨어. 이사장님도 늦겠다고 하셨고. 세수라도 하고 와. 우리 먼저 저녁 먹자."

마리는 저녁을 먹는 내내 고개를 들 수 없었다. 마령은 이모에게 연주회 이야기를 하면서 재잘거렸다. 마령이 너무나도 아무렇지 않아 보여서 연주회장에 혼자 남겨 두고 온 게 꿈은 아니었을까 싶을 정도였다. 마령은 엄마에게도, 다른 누구에게도 언니가 자신을 버리고 집에 왔다고 이르지 않았다.

　아무 일 없었던 것처럼 넘어가는 건가 싶었는데, 마령은 다시는 마리와 둘만 남는 시간을 허락하지 않았다. 엄마와 아버지가 외출해서 어쩔 수 없이 집에 둘만 남게 되면 자기 방으로 들어가 문을 걸어 잠갔다. 마리에게 먼저 말을 거는 일도 없었다. 마리는 언니로서 지켜야 할 선을 넘었고, 다시는 이전으로 되돌아갈 수 없었다.

　"자기를 죽이려고 한 사람은 박마령이라고!"
　마리는 성우가 했던 말이 떠오를 때마다 치통을 앓는 사람처럼 어금니를 깨물고 참아 냈다. 경찰에게 마령이 의심스럽다고 말하게 되면 영원히 회복될 수 없는 뭔가의 선을 넘을 것만 같았다. 경찰이 성우의 공범으로 마령을 조사하기 시작한 데다가 기억이 빠르게 회복되고 있었다. 진실을 알게 되는 건 멀지 않았다.

　경찰은 아버지의 죽음에 대해서도 의문을 품고 있었다. 아버지가 살해되었을지도 모른다는 말을 듣는 순간 이상하게 가슴이 아팠다. 마리의 기억 속에는 분명 아버지의 죽음에 얽힌 비밀이 있었다. 그 기억이 고통스러워 스스로 지워 버린 게 틀림없었다.

　아버지는 어느 순간 가장으로서, 또는 남편으로서 지켜야 할 선을 넘어 버렸다. 폭력에 중독된 사람처럼 하루도 빠지지 않고 엄마를 때렸다. 아버지가 변해 버린 다음부터 저녁식사 시간은 침묵의 시간이 되었고, 밤이 되면 엄마의 비명소리가 안방에서 흘러나왔다.

무시무시한 밤이 지나고 아침이 되면 믿어지지 않을 만큼 평화로운 시간이 찾아왔다. 엄마는 곱게 화장을 한 단정한 차림으로 아침을 차렸고, 아버지 역시 신사가 되어 식탁 앞에 앉았다. 지난밤의 일이 사실이라고 믿기 어려울 정도로 기이한 모습이었다.

아버지의 폭력은 점점 더 악랄해졌고 교묘해졌다. 엄마는 응당 받아야 하는 벌처럼 폭력을 참아 냈는데, 육체만 피폐해지는 게 아니라 정신까지 멍들어 갔다. 물건을 어디에 두었는지 깜빡깜빡 잊기 시작했고, 하루 종일 방 안에 틀어박혀 있기도 했다.

엄마가 자살한다고 해도 이상할 것 같지 않은 우울하고 아슬아슬한 날들이 이어졌다. 엄마는 아버지의 폭력보다 그 사실이 외부로 알려지는 걸 더 두려워했다. 옷 밖으로 조금이라도 멍이 보이면 아예 집 밖에 나가지 않았다.

마리는 엄마를 구해 내지 못하는 자신이 무기력해 보였고 살 가치가 없다는 생각마저 들었다. 가슴속에 쌓이는 분노를 또래 아이들에게 풀기 시작했다.

마령은 상황을 완전히 외면했다. 어느 날 마리는 아버지의 매질로 엄마가 죽을지도 모른다는 생각이 들어 마령의 잠긴 방문을 두드렸다.

"너는 저 소리가 안 들려? 엄마가 죽게 생겼어. 좀 나와 봐."

마령은 끝끝내 문을 열어 주지 않았다. 마령은 아버지의 폭력에 동조하고 있었다.

아버지가 죽기 전날에도 같은 일이 반복되었다. 가족 모두 청운동으로 내려가 주말을 보내기로 했는데, 비가 와서 하루 종일 집 안에 있어야 했다. 다른 날보다 더 팽팽한 긴장이 감돌았다.

그날 아버지는 엄마를 안방으로 끌고 가는 수고조차 들이지 않았다. 서재에 있던 골프채를 꺼내 와서 거실에 있는 꽃병을 후려쳤다. 꽃병이 깨지면서 물이 사방으로 튀었다. 꽃은 짓이겨진 채로 테이블 아래로 떨어졌다.

엄마는 겁에 질려 뒷걸음질쳤다. 아버지는 골프채를 쥔 손에 힘을 주고 엄마에게 다가갔다. 엄마는 창가까지 밀려나 더 이상 도망칠 곳이 없게 되자 두 손을 모았다.

"살려주세요."

아버지는 잔인하게 웃었다.

"차라리 죽여 달라고 하지 그래."

아버지가 골프채를 휘둘렀다. 윙~ 하고 바람을 가르는 소리가 들렸다. 엄마는 몸을 숙여 골프채를 피했다. 와장창 유리창이 박살나면서 유리 가루가 웅크린 엄마에게 쏟아졌다. 깨진 유리창 틈으로 비바람이 쏟아져 들어왔다. 커튼이 펄럭이면서 젖어 들었다.

필름이 끊긴 것처럼 그다음 일은 생각나지 않았다. 다만, 아버지가 죽었다는 사실과 실족사라는 웅성거림이 마리의 머릿속을 맴돌았다. 아버지가 죽은 후 폭력이 이어지던 밤이 고요해졌다. 엄마는 이사장 자리에 오르면서 우울함과 비참함을 버리고, 화려하고 당당한 모습으로 부활했다.

여기까지 생각이 미치자 아버지의 죽음에 대한 의문은 커져 갔다. 마리는 고개를 저어 생각들을 털어 냈다. 모든 기억이 하나로 연결되기 전까지 어떠한 판단도 하지 않기로 했다.

최 변호사가 다가와 지친 마리의 어깨를 지그시 눌렀다.

"불구속 수사 결정이 떨어졌다. 대신 네가 있어야 할 곳은 광장동 집으로 제한되었어. 경찰 허락 없이 다른 곳으로 가면 상황이 나빠지니까 절대 집을 벗어나서는 안 된다. 이렇게 타협하는 것도 어려웠어. 자, 이제 집으로 가도 된다고 하니 일어나자."

오 형사가 다가와 마리가 지니고 있던 조각칼을 내밀었다.

"이런 칼로 몸을 지킬 수는 없어요. 손만 다치지. 차라리 전기충격기가 나아요."

"조각을 했기 때문에 익숙해서 그냥 가지고 다닌 거예요."

"가족분들은 끝까지 아무도 안 와 보시네요."

"최 변호사님이 일을 봐주고 계시니까요."

"그래도 어머니는 와 봐야 하는 거 아닌가요?"

최 변호사는 그가 괜히 꼬투리를 잡는다는 듯 미간을 모았다.

"이사장님은 이번 일로 충격이 무척 크신 데다가 처리할 일도 많아서 정신이 없으십니다. 사학재단 이사장이라는 직책 때문에 책임이 무거울 수밖에요."

엄마는 자신의 명예에 먹칠하고 구설에 오르게 만든 마리를 증오하고 있을 터였다. 마리의 예상은 빗나가지 않았다. 집 안에 들어서자 엄마는 분노를 터뜨렸다.

"한성우의 오피스텔에는 왜 간 거야? 거기서 무슨 일이 있었던 거야?"

"경찰한테 수십 번 같은 말을 반복하다 왔어."

"사람을 죽여 놓고 그 정도 대가도 치르지 않을 줄 알았니?"

엄마의 눈은 말하고 있었다.

'너는 살인자야. 나는 살인자를 낳은 사람이 되었어.'

마리는 엄마와 부딪치고 싶지 않아 무시하고 방으로 갔다. 엄마는 마리를 뒤따라왔다.

"공식적인 이야기 말고 비공식적인 이야기를 묻는 거야. 성우와 무슨 이야기를 나눈 거야? 어쩌다 죽이기까지 한 거야?"

마리는 걸음을 멈추고 엄마를 향해 돌아섰다. 엄마가 움찔했다.

"마령이가 성우와 함께 오피스텔로 들어가는 걸 봤어. 도대체 무슨 일인가 싶어서 뒤따라 들어갔더니 마령이는 이미 가고 없었어. 마령이와 성우는 무슨 사이야?"

"성우가 뭐라고 했을 거 아냐."

"마령이가 나를 죽이려 했다고 했어. 경찰한테는 말하지 않았어. 엄마는 알고 있는 거 없어?"

"성우 말을 믿어? 그 아이가 홍천에서 널 죽이려고 했다면서?"

"경찰은 아버지의 죽음에도 의문이 있다고 생각해."

"그래서 넌 뭐라고 했는데?"

"모른다고 했어. 정말 모르겠어."

엄마는 어리석고 불쌍한 미물을 보는 듯한 시선으로 마리를 쳐다보며 서글프게 웃었다.

"제대로 떠올리지도 못할 거면서 왜 그렇게 악착같이 기억을 찾으려고 했어? 기억 따위에 집착하지 말고 그냥 살지 그랬어. 그랬으면 모두가 행복했을 텐데."

엄마는 저주를 퍼붓는 표정을 해 보이고 매정하게 등을 돌렸다. 집으로 다시 돌아올 수 없을 거라는 예감은 틀리지 않았다. 허허벌판에 혼자 서 있는 것처럼 마리는 외롭고 추웠다.

욕실로 들어가 욕조에 물을 틀었다. 뜨거운 물이 쏟아지면서 수증기가 욕실 안에 퍼져 나갔다. 몸 곳곳에 난 상처는 뜨거운 물이 닿자 따끔거렸다. 겉은 아물었지만 속은 아직도 치유되지 않았다.

마리는 욕조에 몸을 담그고 나서 두 손을 물끄러미 내려다보았다. 여러 번 씻었는데도, 손톱 밑에 성우의 피가 말라붙어 검은 테두리가 남아 있었다. 그의 목을 그었을 때 느꼈던 감촉이 너무나도 생생했다. 그녀의 몸에 손이 붙어 있는 한, 성우를 죽였다는 사실을 잊지 못할 것 같았다.

엉덩이를 밀고 무릎을 끌어올린 다음 머리가 잠기도록 뒤로 누웠다. 머리카락이 수초처럼 얼굴 근처에서 흔들렸다.

두껍고 커다란 손이 마리의 입을 막고 끌어당겼다. 그녀는 어두운 골목으로 꼼짝없이 끌려 들어가고 있었다. 비명을 지를 수도, 발버둥칠 수도 없었다. 눈앞에서 주차요원이 발레파킹된 차를 세워 놓고 두리번거리는 걸 보면서도 그녀는 점점 더 골목 안쪽으로 끌려 들어갔다.

건물의 화장실 안에 던져지고 나서야 마리는 자신을 납치한 놈의 얼굴을 볼 수 있었다. 도재수였다. 그가 마리를 깔아뭉개고 한 손으로 목을 움켜쥐었다. 늑골이 먼저 부러질지, 경추가 먼저 부러질지 알 수 없는 상황이었다.

도재수가 마리의 스커트를 뒤집고 속옷을 벗겨 냈다. 그녀가 몸을 뒤틀자 목을 들어 올렸다가 바닥에 내리꽂았다. 마리는 뒤통수를 바닥에 찧고 나서 미희가 했던 말을 떠올렸다.

'좆이 정말 좆만 하니까. 그걸로 뭘 어떻게 해 보려고 위에서

낑낑대면서 얼마나 땀을 흘려 대는지, 더러워서 죽을 것 같았어.'

도재수를 막지 않으면 그 좆도 아닌 것의 실체를 보겠구나 싶었다. 죽는다고 해도 그런 일이 일어나서는 안 되었다. 마리는 도재수의 귀를 물어뜯었고, 놈이 내지르는 비명소리를 들으면서 물 위로 솟아올랐다.

"하아. 하아."

마리는 괴로운 신음을 토해 냈다. 뜨거운 물에 몸을 담그고 있는데도 몸이 떨렸다. 배수구를 막고 있는 욕조 마개를 뽑고 물을 빼면서 샤워기로 뜨거운 물을 틀었다. 덜덜 떨리는 손으로 몸 구석구석을 닦다가 거울을 보고 비명을 삼켰다. 하얀 원피스를 입은 소녀가 칼을 들고 서 있는 뒷모습이 거울에 비쳤다.

마리는 눈을 질끈 감고 환영이 사라지기를 기다렸다. 다시 눈을 떴을 때 다행히 환영은 사라지고 없었다. 물이 다 빠진 욕조에 주저앉았다. 떠오르고 있는 기억들을 견뎌 낼 자신이 없었다. 마리는 몸을 웅크린 채로 자신의 기억 속에 어떤 게 있을지 두려워했다.

간신히 마음을 진정시키고 욕실에서 나왔다. 침대 위에 갈아입을 옷이 가지런히 놓여 있었다. 흰색 블라우스, 검은색 스커트, 실크 스타킹, 겉옷에 맞춘 속옷까지. 엄마는 격식을 갖춰야 하는 자리에 어울리는 옷들을 꺼내 놓았다. 모두 흰색이 아닌 게 다행이었다.

아버지가 살아 있을 때는 외식을 하거나 공연을 보러 갈 때 이렇게 차려입고 나가곤 했다. 가끔 집에서도 특별한 날에는 격식을 갖추어 옷을 입고 저녁을 먹었다. 오늘은 특별한 날이 아니라는 점이 마음에 걸렸다. 산에서 불어오는 바람이 창문을 사납게 흔들었다. 마리는 왠지 불길한 예감이 들어 몸을 떨었다.

주방에서 스테이크를 굽는 냄새와 양파, 양송이를 와인 식초에 볶아 낸 상큼한 냄새가 풍겨 왔다. 엄마는 검은색 원피스를 입었고, 루비 귀걸이와 세트로 된 목걸이를 하고 있었다.

"아까는 미안했어. 신경이 예민해져서 그랬어. 재단에서 네 일을 가지고 얼마나 꼬투리를 잡는지 몰라. 지긋지긋해서 이사장직에서 물러나기로 했어."

"미안해."

"힘든 일은 다 지나갔으니까 한잔하자."

엄마는 와인을 따르고 나서 마리 앞에 놓았다. 순간 마리는 성우가 따라 주던 와인이 떠올라 침울해졌다.

"뭐가 또 떠오른 모양이네."

"도재수한테 납치당했던 일이 떠올랐어."

"그리고?"

"하얀 원피스를 입은 여자아이가 나한테 등을 돌리고 서 있었어. 무섭고 끔찍한 기분이 들었어."

"그런 무서운 이야기는 그만하고 와인이나 마시면서 기분 풀어. 홍천 살인범을 네 손으로 잡은 거잖아."

"공범이 있을 수도 있다고 했어."

"그건 경찰이 알아서 찾아내겠지."

엄마는 전혀 심각해할 이유가 없다는 듯, 한 번 더 건배하고 와인을 마셨다. 마리는 마지못해 와인을 마셨다. 떫은맛이 과하지 않아 와인이 부드럽게 목으로 넘어갔다.

"이런, 음악이 빠졌네."

엄마가 주방을 나간 사이 마리는 와인을 한 잔 더 따라 마셨다. 텅 빈 위가 천천히 뜨거워지면서 빠르게 술기운이 올랐다. 묵직하게 가슴을 누르고 있던 뭔가가 조금은 가벼워졌다. 거실에서 모차르트의 피아노곡이 흘러나왔다.

엄마는 주방으로 돌아와 마리에게 와인을 한 잔 더 따라 주었다. 그러고 나서 꽃바구니가 그려진 카드를 불쑥 내밀었다. 마리는 카드를 펼쳐 들고 멍하니 들여다보았다.

사랑하는 딸 마리야, 힘든 일 잘 견뎌 내 줘서 고마워. 사랑한다.
-엄마가-

마리는 대체 이게 뭔가 싶었다. 엄마가 어색한 미소로 말했다.
"뭐야? 하나도 안 기뻐하는 거야? 이거 쑥스러운데."
"아니, 기뻐."
"그럼 너도 엄마한테 답장 써 줄래? 짧게라도 괜찮아."
엄마는 아무것도 쓰여 있지 않은 카드와 펜을 내밀었다. 엄마가 재촉하는 눈길로 쳐다보고 있어서 어쩔 수 없이 펜을 받아 들었다. 마리는 망설이다가 이렇게 적었다.

착한 딸이 되지 못해서 미안해.
-마리가-

엄마는 카드를 힐끔 보더니 씁쓸하게 웃었다.
"사랑한다는 말은 안 쓴 거야?"

"왜 이런 이상한 걸 시키는 거야?"
"나는 재미있는데, 너는 싫어?"
엄마는 원하는 걸 얻은 것 같은 만족스러운 미소를 지었다.
"엄마는 서상묵 교수가 성우의 거짓 알리바이를 만들어 줬다는 거 알아? 왜 그랬을까?"
"내가 지시한 거냐고 묻고 싶은 거야?"
"그래, 진실을 말해 줘."
"그날 나는 홍천에 있었어."
바람이 창문들을 동시에 우르르 흔들고 지나갔다. 마리는 혹시 잘못 들은 건가, 하고 엄마를 뚫어지게 쳐다보았다.
"왜 그런 얼굴을 해? 내가 거짓말하는 것 같아? 나는 그날 홍천에 있었다고. 마령이랑 같이."
"나를 죽이려고 했어?"
"그래, 널 멈추게 해야 했어."
"그게 무슨 소리야?"
"너는 성우랑 함께 윤기태와 도재수를 죽였어."

대문 앞에 윤기태가 서 있었다. 마리가 만나 주지 않자 집에 찾아온 것이었다. 윤기태 뒤로 보이는 아차산이 봄기운으로 싱그러웠다. 그가 집까지 찾아온 걸 엄마가 알게 되면 짜증스러운 일이 생길 것이기에 만나 주기로 했다.
"옆에 있는 건물로 들어와. 그쪽으로 갈게."
윤기태는 공방 입구에서 무릎을 꿇고 있었다.
"마리 너도 윤주가 얼마나 집요한지 알잖아. 자칫 잘못했다가는 그 애한테 평생 엮일 것 같았어. 알아, 내가 나쁜 놈이야. 후회하고 있어. 제발 나를 용서해 줘."

"용서는 내 몫이 아냐."

"윤주한테도 사과할게. 그러니까 다시 시작하자."

"지금 너 자신을 봐. 네가 끔찍하게 떼어 내고 싶어 하는 윤주보다 더 지독하게 굴고 있잖아. 다시는 상대하고 싶지 않아. 알겠어?"

윤기태는 한순간 표정을 바꾸더니 빠른 속도로 다가왔다. 마리는 뒷걸음치다가 그에게 어깨가 떠밀려 바닥에 곤두박질쳤다. 일어나려는데 윤기태가 배를 걷어찼다. 눈이 번쩍 뜨일 정도로 충격이 커서 욕이 튀어나왔다. 순간 윤주의 아이가 사산된 사고가 떠올랐다. 자기 아이를 죽일 정도로 잔인한 놈이니 마리에게 무슨 짓을 저지를지 모를 일이었다.

윤기태는 작정한 듯 마리의 자궁을 계속해서 걷어찼다. 숨이 가빠 오는가 싶더니 한순간에 턱하고 막혔다. 마리는 죽을 수도 있다는 공포를 느꼈다. 그때 갑자기 둔탁한 소리가 났고, 이어서 윤기태가 바닥에 얼굴을 처박으며 쓰러졌다. 그의 관자놀이에서 피가 흘러내렸다. 성우가 각목을 어깨에 척 걸치더니 손가락으로 브이를 그려 보였다.

"나는 윤기태를 죽이지 않았어. 성우가 죽인 거야."

이상하게 가슴이 두근거리고 어지러웠다. 마리는 와인잔을 테이블에 내려놓고 머리를 감싸쥐었다.

"어지러워. 약을 먹은 것처럼."

엄마는 자신의 잔에 있는 와인을 개수대에 쏟아 버렸다.

"결혼식 전날 나는 강간살인범에게 납치됐어. 간신히 풀려나 결혼식장으로 달려갔지. 결혼하고 나서 아이를 낳았는데, 그 아이는 네 아버지를 닮지 않고 강간살인범을 빼다박았더라고."

"…."

"평생 너를 바꾸려고 노력했어. 그런데 너는 착해지기는커녕 성우를 만나고 나서 사람들을 죽이기 시작했어. 네 몸에 돌고 있는 피에는 사람을 잔인하게 죽이는 것에 희열을 느끼는 저주가 들어 있었던 거야. 너는 괴물이야. 내가 괴물을 낳은 거야."

"아니야."

마리는 의자에서 일어나려다 중심을 잃고 넘어졌다. 심장이 비정상적으로 빠르게 뛰었다. 뭔가 대단히 잘못되었다고 느끼면서도 몸을 가눌 수 없었다.

엄마의 얼굴은 그림자가 져서 어두웠지만 눈은 촛불 빛에 반짝였다. 눈에 고인 눈물 때문이었는데 그 눈물은 마리를 가여워해서 흘리는 게 아니었다. 엄마는 자신에게 일어났던 과거의 일을 슬퍼하고 있었다.

"홍천에서 윤주와 미희도 너와 성우가 죽였어. 그 애들이 얼마나 끔찍하게 죽었는지 상상해 보면, 내가 왜 너를 저주받은 괴물로 생각하는지 이해할 거야."

"아니야, 나는 피해자야."

엄마는 소프라노 톤으로 비웃었다.

"이제 제발 죽어 줘! 그만 나를 놓아 줘, 이 괴물아!"

엄마의 아름다운 얼굴이 잔인하게 일그러졌다. 사람 하나쯤 쉽게 죽여 버릴 수 있을 정도로 사악한 얼굴이었다. 가까이 다가온 엄마의 입술이 유난히 붉었다. 의식을 잃기 전에 엄마의 거친 숨소리가 들렸다. 곧이어 암흑이 찾아왔다.

머릿속에서 뇌를 빼내고 물을 가득 채워 놓은 모양이었다. 머리가 자꾸만 아래로 쳐졌고 귀 안쪽에서 출렁거리는 물소리가 났다. 머리는 무겁고 차가웠지만 목구멍은 불을 삼키다 걸린 것처럼 뜨거웠다. 도대체 어찌 된 일인지 정신을 차려 보려고 해도 눈이 떠지지 않았다.

어디선가 목소리가 들렸다.
(눈을 떠. 어서! 정신을 차려. 넌 살아야 해!)
익숙한 목소리였다. 다시는 듣고 싶지 않은 목소리였다.
'졸려. 너무 피곤해.'
(잠들면 죽어. 눈을 뜨란 말이야!)
목소리는 날카로운 못으로 철판을 긁을 때 나는 소리보다 더 끔찍했다. 고막과 신경이 모두 터져 나갈 것처럼 파르르 떨렸다.

마리는 힘겹게 눈꺼풀을 들어 올렸다. 벽과 천장이 좌우로 흔들리고 있었다. 아니, 벽과 천장은 그대로였고 그녀의 몸이 공중에 붕 뜬 채로 흔들리고 있었다. 몇 초가 지나고 나서야 자신이 2층 계단 위 대들보에 목이 매달린 채 죽어 가고 있다는 걸 알았다. 터질 것 같은 갈증은 목에 감긴 줄이 살을 파고들면서 오는 고통이었다.

목을 죄는 올가미를 느슨하게 하려고 손으로 줄을 붙잡고 몸을 위로 끌어올렸다. 손바닥에 불이 일면서 유리 조각에 찔린 상처가 터져 피가 흘러내렸다. 피로 미끄덩거리는 줄을 놓으면 목이 꺾여 죽는다는 생각에, 마리는 필사적으로 줄을 움켜쥐었다.

누군가 힘껏 마리의 발목을 잡아당겼다. 잡아당기는 힘과 손바닥의 고통 때문에 마리는 줄을 놓치고 말았다. 몸이 심하게 좌우로 흔들리면서 눈알이 펑하고 튕겨 나올 것 같았고, 목뼈가 두 도막으로 절단날 기세였다. 혀가 길게 빠졌고 침이 흘러내렸다.

고통이 정점에 이르자 정신이 몽롱해지면서 편안함이 찾아왔다. 이대로 잠들면 모든 게 끝나는 건가…. 포기하고 싶은 생각마저 들려는 찰나, 기분 나쁜 불빛이 눈을 찌르고 들어왔다. 빛은 한곳에 머물지 않고 방향을 가지고 움직였다. 자동차 헤드라이트 불빛이었다. 순간 마리는 홍천 살인사건이 일어나던 펜션 마당에 와 있었다.

죽처럼 걸쭉해진 흙바닥에 빗줄기가 내리꽂혔다. 머리를 들어보려고 했지만 고개가 자꾸만 옆으로 틀어졌다. 가슴과 배에서 온기가 빠져나가고 있었고 지독하게 목이 말랐다. 피를 너무 많이 쏟아서 한기와 갈증이 찾아온 것이었다.

눈을 찌르는 불빛이 비쳐 들었다. 자동차 헤드라이트 불빛이라는 걸 알고 마리는 살았다고 생각했다. 자신을 구해 줄 누군가 왔다고 생각하니 새로운 힘이 생겼다. 마리는 온몸의 힘을 끌어모아 몸을 일으켰다. 그리고 한 발 앞으로 나아갔다.

누군가 차에서 내렸다. 헤드라이트 불빛에 비친 사람은 여자였는데 낯이 익었다.

'설마, 엄마?'

엄마는 두 손을 들어 얼굴을 가렸다. 마리는 엄마에게 가기 위해 발길을 돌리려고 했다. 불빛이 너무 강하다고 느낀 순간, 몸이 공중으로 튕겨 올랐다. 무슨 일이 일어났는지 알아챌 사이도 없이 그녀는 강한 충격을 받고 흙바닥에 던져졌다. 그 잠깐 사이 마리는 운전석에 앉아 있는 마령의 굳은 얼굴을 보았다.

마리는 대들보에 목이 매달린 채 흐느꼈다. 어서 심장이 멎고 폐가 딱딱하게 굳어져, 고통이 물러가고 생각마저 사라지기를 바랐다. 누군가 마리의 발목을 끌어내렸다. 마리는 공중그네를 타듯 앞뒤로 몸이 흔들렸다.

'살아야 해!'

그것은 귀 안쪽에서 들려오는 목소리가 아니었다. 마리의 본능이, 그리고 그녀의 모든 세포가 살아야 한다고 비명을 질렀다. 마리는 죽을힘을 다해 반동을 이용해 힘껏 누군가를 걷어찼다. 묵직한 뭔가가 발에 맞더니 계단 아래로 굴러가는 소리가 들렸다.

오른쪽 발끝이 계단 난간에 닿았다. 마리는 발끝으로 계단 난간을 딛고, 물에 빠졌다가 수면 위로 튕겨 오르듯 고개를 위로 빼고 숨을 들이마셨다. 느슨해진 줄을 풀어 내기 위해 몸을 더 위로 끌어올렸다. 목 언저리에 고여 있던 피가 폭발하듯 머릿속으로 흘러들었다. 그제야 바람 소리에 섞여 자동차가 멈추는 소리가 들렸다.

머리가 올가미에서 빠져나오면서 마리는 바닥으로 떨어졌다. 발목이 꺾였고, 다쳤던 대퇴골이 으스러지는 고통이 밀려들었다. 바닥에 쓰러진 채 눈물과 함께 기침을 쏟아 냈다.

호흡이 어느 정도 돌아오고 나서 계단 중간에 쓰러져 있는 엄마를 보았다.

"아아."

마리는 울부짖었다. 엄마는 목숨을 걸고 딸을 지켜야 하는 존재이지 살인을 저질렀다고 해서 딸을 죽여 버리는 존재가 아니었다. 마리는 여전히 자신이 사람을 죽였다는 생각이 들지 않았다. 피를 흘리는 윤기태와 도재수를 떠올렸다고 해서 자신이 그들을 죽였다고 단정할 수는 없었다.

 몸을 일으키려고 했지만 어쩐 일인지 똑바로 일어설 수 없었다. 마리가 와인을 마시려고 할 때 엄마의 눈에 떠돌던 긴장이 떠올랐다. 와인에 약을 탄 게 분명했다. 마리가 경계하자 엄마는 와인을 한두 모금 마셨다. 그렇다면 엄마도 지금 약에 취해 있을 것이었다.

 1층으로 이어진 계단이 구름다리처럼 흔들거렸다. 마리는 계단 난간을 잡고 발끝으로 더듬어 가며 조심조심 내려갔다. 엄마는 계단 중간에 쓰러져 뱃속의 태아처럼 웅크린 채 기절해 있었다. 엄마의 잔인하고 사악한 얼굴은 마리를 죽이면 모든 게 다 잘될 거라는 기대에 차 있었다. 엄마가 어린 마리를 산속으로 끌고 가서 나뭇가지를 채찍처럼 휘둘렀을 때도 같은 얼굴이었다.

 '엄마는 나를 죽이려는 시도를 몇 번이나 했던 걸까?'

 엄마는 다리가 부러진 마리를 병원에 데려가지 않고 다락방에 가두었다. 마령처럼 행동하라고 소리치며 옷을 벗기고 머리채를 흔들었다. 마리는 무엇을 잘못했는지도 모르고 빌었다. 어린 마리는 아무리 빌어도 용서받을 수 없는 일이라는 걸 몰랐다. 태어난 것 자체가 죄였다는 사실을.

 마리는 강간살인범의 유전자를 물려받았다는 것보다 엄마의 이기심에 치가 떨렸다. 마리를 엄격하게 훈육하고 마령처럼 행동하라고 했던 이유는 자신의 치부를 들키지 않기 위해서였다. 그런 줄도 모르고 엄마한테 사랑받으려고 애썼던 자신이 벌레처럼 느껴졌다.

엄마를 1층 아래까지 밀어 버리고 싶은 걸 간신히 참았다. 엄마와 똑같이 천륜을 배반하는 짓을 저지르고 싶지 않았다. 죽이는 것보다 더 고통스러운 게 없을지 천천히 생각해 볼 참이었다. 일단은 이 집에서 나가야 했다.

계단을 다 내려왔다고 방심한 탓에 발을 헛디뎌 넘어졌다. 현관문이 열리고 바람이 무섭게 들이치면서, 휩쓸린 낙엽과 함께 검은 그림자가 집 안으로 들어섰다. 마령이 굳은 얼굴로 마리를 굽어보았다. 오싹한 한기마저 느껴지는 그것이 '살기'라는 걸 알고 마리는 겁에 질렸다.

"엄마를 죽였어?"

마령이 말했다. 감정이 묻어 있지 않은 건조한 목소리였다.

"엄마가 먼저 나를 죽이려고 했어."

"그래서 엄마를 죽였냐고?"

"아니야."

마령은 믿지 못하겠다는 듯 마리를 지나쳐 엄마에게 다가갔다. 마리는 이때가 아니면 도망칠 기회가 없다는 걸 알고 몸을 일으켜 현관문을 향해 뛰었다. 문을 연 순간 바람이 얼굴을 후려쳤다. 뒤에서 마령이 뭐라고 고함치는 소리가 들렸지만 뛰기를 멈추지 않았다.

보안키를 입력하지 않고 문을 열었기 때문에 경보음이 울렸다. 보안업체에서 걸려 온 전화가 온 집 안에 울려 퍼졌다. 긴급 출동팀이 도착하는 데 걸리는 시간은 10여 분. 그 시간만 버티면 살 수 있었다. 마리는 걷는 것도 힘든 상황이었지만 살기 위해 휘청거리며 계속 뛰었다. 다리가 엉켜서 곧바로 넘어졌지만 다시 일어났다.

바람이 거세게 불고 있는 숲은 시커먼 동굴 같기도 했고, 아가리를 벌리고 있는 괴물 같기도 했다. 검은 소용돌이 안으로 빨려 들어가는 순간 사지가 찢길 것만 같았다. 돌아보니 마령이 집 안에서 달려나오고 있었다.

마리는 숲으로 들어갔다. 빽빽한 나무 때문에 빛이 차단되어 코앞에 있는 것조차 보이지 않을 정도로 완벽한 어둠이 펼쳐졌다. 뭔가에 걸려 넘어질까 봐 조심한다고 했는데도 발이 미끄러졌다.

비탈 아래로 끝도 없이 구르다가 흙 밖으로 튀어나온 나무뿌리를 한 손으로 움켜잡았다. 다른 손으로도 뭔가를 움켜잡았는데 그것은 쉽게 부러져 버렸다. 썩은 나뭇가지인가 하고 보니, 사람의 팔이었다. 너무 놀라서 움켜잡고 있던 나무뿌리를 놓치고 말았다.

계곡 옆 산비탈 아래로 굴러떨어졌지만 생각보다 고통은 크지 않았다. 낙엽이 켜켜이 쌓여 있어 완충제 역할을 했던 것. 마리가 일어나려고 바닥을 짚었을 때 뭔가 반짝이는 것이 눈에 들어왔다. 슈의 목에 걸려 있던 인식표였다. 낙엽을 조금 걷어 내자 썩어 가는 슈의 사체가 드러났다.

"아아아!"

10년을 키운 반려견이었다. 아무도 마리를 반겨 주지 않는 집에서 유일하게 그녀를 기다려 주던 충성스러운 녀석이었다. 엄마는 슈가 잔디를 헤집는다고 못마땅해했다. 마령은 아끼는 구두를 뜯어 놓았다고 펄펄 뛰었다. 그때마다 마리는 고함쳤다.

"내가 꼴 보기 싫으면 나한테 화풀이해. 슈를 괴롭히지 말라고."

마리의 방에 있는 모든 물건을 치워 버릴 때 엄마가 슈도 죽였을 것이다. 마리는 분노로 온몸이 뜨거워졌다.

흰색 원피스의 소녀가 산비탈을 내려왔다. 축축한 습기를 머금은 강한 바람이 불어왔다. 숲을 우르르 흔들고 지나간 바람이 마리를 힘껏 밀어냈다.

어느 사이 마리는 청운동 집 거실에 와 있었다. 깨진 유리창으로 비바람이 몰아치고 커튼이 펄럭이면서 젖어 갔다. 마리는 전화기를 들고 경찰에 신고하겠다고 소리쳤다. 아버지는 전화기를 빼앗아 부숴 버리고 마리를 밀쳤다. 다른 전화기를 가지러 2층으로 올라가는데 계단 중턱에 흰색 원피스를 입은 마령이 서 있었다.
"제발 그만 좀 해요. 그만하란 말이에요!"
흰색 원피스를 입은 소녀가 칼을 들고 서 있는 뒷모습이 보였다. 소녀의 발아래로 붉은 피가 번져 가고 있었다. 쓰러진 아버지의 몸에서 흘러나오는 피였다.

흰색 원피스를 입은 소녀는 산비탈을 거의 다 내려와 마리에게 다가왔다. 어둠 때문에 소녀의 얼굴은 보이지 않았다. 폭우로 부러진 나무와 빗물에 쓸려 내려온 나무로 발 디딜 곳이 없었다.
소녀가 마리에게 칼을 휘둘렀다. 마리는 칼을 피하려다 발을 헛디뎌 중심을 잃고 넘어졌다. 나무뿌리에 옆구리가 찍혀 숨을 쉴 수 없었다. 마리는 다가오는 소녀에게 손에 잡히는 것을 던졌다. 날아간 나무토막이 소녀의 손목을 때리자 칼이 원을 그리며 날아갔다. 마리는 재빨리 달려가 칼을 집어 들고 소녀를 향해 몸을 돌렸다.
소녀는 사라지고, 그 자리에 마령이 서 있었다. 마령의 길고 탐스러운 머리카락은 바람에 휘날려 괴기스러웠고, 총명한 눈은 검은 구멍처럼 암흑이었다.

마리가 외쳤다.

"네가 아버지를 죽였어?"

"미친 소리 하지 마."

"이제 네 말은 믿지 않아. 네가 홍천에서 나를 죽이려고 했던 게 기억났어. 구급차에 타고 있는 너를 봤다고."

"그럴 수밖에 없었어. 언니는 나와 엄마도 죽이려고 할 게 뻔했으니까."

"나는 엄마와 너를 사랑했어."

"언니는 괴물일 뿐이야."

마리가 칼을 떨어뜨렸다. 마령은 재빨리 칼을 주워 마리에게 달려들었다. 마리는 각목처럼 생긴 나무를 집어 들고 마령을 향해 휘둘렀다. 마령은 피하려다 나무 기둥을 밟고 뒤로 넘어갔다. 마리는 재빨리 마령의 손에서 칼을 빼앗았다.

"어서 일어나 무릎 꿇고 살려 달라고 빌어. 진심으로 용서를 빌면 없었던 일로 해 줄게. 내가 피아노 연주회에서 너를 버리고 온 걸 모른 척해 준 대가로 나도 모른 척해 줄게."

마령은 꿈쩍도 하지 않고 거칠게 숨을 내쉬었다.

"왜 그래?"

마리가 다가가자 마령이 소리쳤다.

"건드리지 마."

마령은 모로 누워있었는데 넘어지면서 나무에 부딪친 모양이었다. 고통 때문에 신음조차 내지 못했다.

"다친 거야?"

마령의 어깨를 억지로 돌려세우자 끔찍한 비명을 질렀다. 부러진 나무 위로 넘어지면서 복부를 찔려 피를 흘리고 있었다. 마령은 약이 올라 이를 갈았다.

"지겨운 인간. 결국 언니는 나까지 죽이고 살아남게 생겼어."

"나는 너를 죽이지 않아. 너는 내 동생이잖아."

"언니는 아버지도 죽였어."

"그건 너였어."

"나랑 약속했잖아. 모든 게 기억나기 전까지 함부로 오해하지 않겠다고."

"…"

"나는 아버지를 죽인 언니가 너무 미웠어. 아버지가 사랑했던 서운을 지키고 싶어서 엄마가 실족사로 처리하는 걸 모른 척했어. 하지만 언니를 홍천에서 죽이려고 한 건 복수 때문이 아니었어. 언니를 막아야 했어."

마령은 고통 때문에 더 이상 말을 잇지 못하고 헐떡였다. 마리는 마령이 편안하게 앉을 수 있도록 품에 안았다.

"말하지 마. 피가 너무 많이 나."

"어차피 나는 틀렸어. 간과 비장을 찔렸어. 슈를 죽인 것도 언니야. 엄마와 내가 보는 앞에서 슈를 죽였어."

"그럴 리가 없어."

"언니는 괴물이야."

마리의 귀 안쪽에서 소리가 들렸다.

(그래, 너는 괴물이야.)

"아니야."

"나는 더 큰 문제를 만들고 싶지 않았을 뿐이야. 다른 방법이 없었어."

마령이 피를 토해 냈다.

"언니가 피아노 연주회에서 나를 버리고 왔을 때, 왜 아무한테도 그 사실을 말 안 했는지 알아? 그때도 문제를 크게 만들고 싶지 않아서 참았던 거야. 언니 때문에 가족이 망가지는 게 싫었어."

"아아아."

마리는 마령을 끌어안고 울었다.

"처음부터 나한테 다 말하지 그랬어. 전부 다 말해 줬으면 이렇게는 되지 않았잖아. 네가 믿지 않을지 모르지만 나는 좋은 언니가 되고 싶었어."

"언니는 이제 동생이 없어."

마령은 화가 나고 억울해서 울었다. 마리는 마령을 더 힘껏 끌어안았다.

"죽지 마, 마령아."

"그동안 최선을 다해서 살았어. 아직 시작도 안 했는데 언니가 모든 걸 망쳤어. 언니는 살아 있으면 또 다른 누군가를 죽일 거야. 이제 그만 죽어 줘."

마령은 마리가 떨어뜨린 칼에 손을 뻗었다. 힘겹게 칼을 쥐고 나서 마리의 목에 겨누었다. 마리는 눈을 감았다. 목에 겨누고 있던 칼이 스르르 아래로 떨어졌다. 마리가 눈을 떠 보니 마령은 팔을 늘어뜨린 채 죽어 있었다.

멀리서 사이렌 소리가 들렸다.

사랑이라는 이유로

수철은 호프집 유리문에 '당기세요.'라고 적힌 걸 보고도 굳이 밀고 들어갔다. 문이 완전히 열리지 않아서 이마를 찧었다. 그 충격으로 다리가 꼬여 넘어지려는데 말캉한 뭔가가 기분 좋게 얼굴을 압박했다. 방금 튀겨 낸 치킨에 여자 화장품을 쏟은 것 같은 냄새가 코를 찔렀다.

"형사님, 괜찮으세요? 아휴~ 어디서 이렇게 술을 많이 드셨어요?"

밥숟가락이 채 들어가지 않을 만큼 작은 입이 오물조물 움직이면서 말이라는 걸 쏟아 냈다. 그 위에 작은 콧구멍이 달린 코가 보였다. 누구시더라. 마스카라를 떡이 지도록 바른 눈이 웃고 있었다.

"너, 우희 아냐. 여기는 어쩐 일이냐?"

"아휴! 여기가 제가 일하는 가게잖아요. 어디서 술을 이렇게 많이 드셨어요?"

"아하, 그런가? 여기가 네가 일하는 가겐가?"

"한 시간 전에, 형사님이 오신다고 문자해 놓고 짓궂게…. 얼른 앉으세요, 이쪽으로요."

우희는 수철을 끌어다 앉히고 나서 생맥주 500cc와 뻥튀기가 든 접시를 들고 왔다. 생맥주를 내려놓느라 허리를 숙인 사이, 그녀의 하얗고 통통한 젖이 들여다보였다. 아랫도리에 불이 일면서 술이 확 깼다. 맞은편에 앉으려는 그녀의 팔을 잡아당겨 무릎에 앉혔다. 우희는 "왜 이래요?"하면서 수철의 어깨를 살짝 밀어냈는데, 예의상 튕겨 보려는 의도라서 강도는 약했다.

그녀의 윗도리를 들어 올리고 머리통을 집어넣었다. 입안 가득 살들을 베어 물고 다른 손으로는 허벅지 안쪽을 파고들었다. 그것으로는 성에 차지 않아 우희를 번쩍 안아 테이블 위에 눕혔다. 그녀는 문으로 고개를 돌리고 콧소리를 섞어 말했다.

"문은 잠가야죠."

"이 밤에 누가 온다고 그래. 맥주보다 다른 게 더 먹고 싶은 시간이라고."

수철은 말이 끝나기도 전에 우희의 몸 안으로 들어갔다. 알코올에 신경이 마비되어 있어 짜릿한 쾌감은 느껴지지 않았다. 오로지 분출만이 목표였다. 거칠게 몸을 흔들어 대자 테이블이 심각하게 삐걱거렸다.

"하아."

우희가 음탕한 신음을 터뜨리며 수철의 귓불을 깨물었다. 길고 늘씬한 다리가 그의 허리를 감으면서 날카로운 손톱이 등에 박혔다. 우희의 양손을 잡아 찍어 눌렀다.

"아파아!"

간판 불빛에 그림자가 진 우희의 얼굴이 다른 여자처럼 보였다. 수철은 코가 닿을 만큼 가까이 그녀에게 얼굴을 들이밀었다.
"앗!"
마리가 한쪽 입술을 뒤틀면서 웃고 있었다.
"당신은 나를 지키지 못해. 당신 때문에 죽게 생겼어."
수철은 뒷걸음질치다가 뒤로 넘어지면서 잠에서 깼다.

집 앞에 차를 세워 놓고 잠깐 눈을 붙였는데 그사이 잠이 든 것이었다. 꿈을 꾸면서도 전화벨 소리가 계속해서 들려왔다. 천식에게서 걸려 온 전화였다.
"예, 선배님."
"광장동 박마리 집에서 살인사건이 일어났어."
"누가 죽은 거예요?"
"아직은 몰라. 나도 지금 현장으로 출동할 거니까 될 수 있는 한 빨리 와."
"알겠습니다."
수철은 얼떨떨한 상태로 광장동으로 차를 몰았다. 꿈속에서 보았던 마리의 얼굴이 자꾸만 눈앞에 어른거렸다.
'당신은 나를 지키지 못해. 당신 때문에 죽게 생겼어.'
수철은 살인범이 아무리 배포가 커도 경찰이 주시하는 상황에서 함부로 움직이지 못할 거라고 안심했다. 뒤늦은 후회를 하면서 희생자가 마리가 아니기를 간절하게 빌었다.
마리의 집으로 가는 동안 팀장과 천식에게서 전화가 걸려 왔다. 모두 현장으로 가는 중이라 정확한 상황은 알 수 없었지만, 시체가 한 구 더 나와서 인접 경찰서에 인력 지원을 요청했다는 것만 알 수 있었다.

마리의 집으로 올라가는 외길은 지구대 순찰차와 과학수사팀의 밴, 구급차, 경찰들이 몰고 온 차들로 주차장이 되어 있었다. 광진경찰서는 물론이고 구리경찰서에서도 지원을 나온 모양이었다. 수철은 언덕 아래 차를 주차하고 현장으로 달려갔다.

구경 나온 사람들이 폴리스라인 안쪽을 기웃거리며 수군거렸다.

"누가 죽은 거야? 엄마야, 그 딸이야?"

"숲에서 시체가 나왔다던데?"

"우리 조카도 서운대학교에 다니는데 이상한 소문이라도 돌아서 취직 안 되는 거 아냐?"

수철이 마당 안으로 들어갔을 때, 혜선이 이동 침대에 실려 집 안에서 나오고 있었다. 의식은 없었지만 크게 다친 것 같아 보이지는 않았다. 집 뒤에 있는 숲에서 부지런히 움직이고 있는 불빛들이 보였다. 랜턴을 밝히고 수색하는 경찰들이 얼마나 많은지, 숲 전체가 마치 반딧불로 가득 차 깜빡이는 것 같았다.

마스크를 쓴 과학수사 요원들이 숲 쪽에서 보디백에 담긴 시체를 들고나왔다. 보디백 지퍼를 열어 보자 썩어 가는 시체가 보였다. 보통 사람보다 몸집이 크고 얼굴 윤곽이 뚜렷해 한눈에 봐도 도재수라는 걸 알 수 있었다. 그의 아내 홍미정의 말대로, 도재수는 집에 돌아오고 싶지 않았던 게 아니라 돌아올 수 없는 상황이었다.

수철은 현장에 가장 먼저 출동한 지구대 경찰을 찾았다. 마리의 공방에 괴한이 침입한 사건을 맡았던 이 경위였다.

"안녕하세요, 이 경위님."

"원래 이 동네가 범죄 없기로 소문난 동네인데 요즘 들어 무슨 일인지 영문을 모르겠네요."

이 경위의 진술에 따르면 광장동 집에서 보안 경보음이 울린 건 밤 11시 35분. 지구대에 바로 연락이 되는 시스템이라서 순찰차가 출동했다. 대문이 잠겨 있어 초인종을 눌렀는데 아무런 응답이 없었다. 대문을 넘어 집 안으로 들어가야 하나 고민하던 중 보안회사 긴급출동팀이 도착했다. 보안회사 직원이 대문을 열었고, 집 안에 들어갔을 때는 자정이 조금 넘은 시각이었다.

혜선은 계단 중간에서 의식을 잃은 상태로 발견되었다. 이 경위는 119 구급대에 신고하고 나서 과학수사팀과 강력팀에 지원 요청을 했다. 보안회사의 CCTV를 확인해 보니, 비틀거리는 여자의 뒤를 칼을 든 여자가 뒤쫓는 모습이 녹화되어 있었다. 안 순경과 보안회사 직원 두 명이 숲을 수색해 죽은 여자를 발견했다. 이 경위는 희생자가 마령이라는 사실을 확인했다.

"박마령이 확실한가요?"

"네, 벤츠에 타고 있다가 제가 주의를 줘서 집으로 갔던 여자 의사가 확실해요. 전에는 언니가 다치더니 이번에는 동생이 죽었네요."

"박마리는 없던가요?"

"동원할 수 있는 인력을 다 끌어모아서 지금 숲을 수색하고 있는데, 남자의 시신과 개의 사체만 발견되었어요."

집 안으로 들어가자 2층 대들보에 매달려 있는 전깃줄이 보였다. 과학수사팀이 현장 감식을 하느라 분주했다. 박 경감이 수철에게 아는 체를 했다.

"최후의 만찬이라도 하려던 모양인가 봐. 와인잔에 흰색 가루가 말라붙어 있는데 감식해 보면 알겠지."

"방금 전 숲에서 도재수의 사체가 나왔습니다."

"도재수라면 용의자 아니었어?"

"제가 잘못 짚었던 용의자죠."

"이 사건에 연루되어 죽은 사람이 대체 몇 명이야?"

"지금까지는 다섯 명인데 더 늘어날 가능성이 커요."

"앞으로 살인사건이 더 일어날 거라는 거야?"

"이미 살해당했는데 모를 수도 있고, 앞으로 또 다른 피해자가 나올 수도 있어요. 그런 일이 생기기 전에 범인을 잡아야죠."

수철은 CCTV 영상을 재생해 보았다. 마리가 휘청거리면서 도망쳤고, 칼을 든 마령이 그녀의 뒤를 쫓았다. 강력팀이 모두 투입되어 증거를 수집하거나 현장 상황을 파악했다. 아침까지 숲속을 뒤졌지만 마리는 찾아낼 수 없었다. 마을 입구에 있는 CCTV에도 그녀의 모습이 없었다.

수철은 병원에 입원해 있는 혜선을 찾아갔다. 최 변호사가 옆을 지키고 있었는데 수철은 인사말 따위는 잊고 본론부터 꺼냈다.

"무슨 일이 있었던 겁니까?"

혜선은 증오를 담은 시선으로 수철을 노려보았다. 자신이 이런 상황에 놓인 게 마치 그의 잘못이라는 투였다.

"마리가 오랜만에 집으로 돌아와서 맛있는 걸 해 주고 싶었어요. 음식과 어울리는 와인도 한잔했는데 잠이 들어 버렸죠."

"와인에 수면제라도 들었던 겁니까?"

"그건 모르죠. 알았다면 제가 왜 마셨겠어요."

"집에 마리 씨와 정혜선 씨 말고 다른 사람은 없었나요?"

"마리와 나, 둘뿐이었어요. 의식을 잃고 나서 무슨 일이 있었는지는 몰라요. 마령이 언제 돌아왔고 왜 숲속에서 죽었는지 납득이 되지 않아요."

"박마령이 칼을 들고 마리 씨의 뒤를 쫓아가는 모습이 CCTV에 찍혀 있더군요. 숲에서 도재수의 사체가 나왔고요. 그의 아내도 만나 보셨으니까 도재수를 모르실 리 없고. 박마령이 마리 씨를 죽이겠다든지, 도재수를 죽이고 싶다든지 하는 말을 했었나요?"

"마령이는 완벽한 아이였어요. 나는 마령이의 엄마라는 사실이 항상 뿌듯했어요. 모두가 부러워했죠. 이제는 모든 게 다 망가져 버렸지만⋯."

혜선은 견고하던 막을 걷어 내고 평범한 엄마가 되어 딸의 죽음을 슬퍼했다. 흐느끼는 소리를 내지 않고 눈물을 하염없이 흘리는 그녀를 보며, 수철은 약해지려는 마음을 다잡았다.

"서상묵 교수가 가족 주치의 맞죠?"

"딱히 주치의를 정하지는 않았는데, 왜요?"

"서상묵 교수는 정혜선 씨의 최측근으로 알고 있는데 이번에 독일에서 잠적해 버렸죠. 그가 박우택 씨의 사망진단서를 작성했고, 한성우의 알리바이를 조작했어요. 우연인가요?"

혜선이 젖은 눈을 들어 싸늘하게 수철을 노려보았다.

"제가 범죄에 연루되었다고 말하고 싶은 건가요?"

"박마령이 마리 씨를 죽이려고 한 게 이번이 처음은 아니잖아요. 전혀 모르고 계셨나요?"

최 변호사가 끼어들었다.

"이사장님은 뇌진탕과 따님을 잃은 충격으로 무척이나 힘든 상황입니다. 말을 가려서 해 주시죠."

"그래도 답변은 들어야겠습니다."

수철은 변호사를 노려본 뒤 시선을 혜선에게 돌렸다.

"이름이 강수철 형사님 맞으시죠? 증거 없이 저를 마령이의 공범으로 묶으려고 하지 마세요. 예전이나 지금이나 어쩌면 그렇게 변한 게 없으세요."

"지금 무슨 말씀을 하시는 겁니까?"

"김우희라고 소매치기 전과가 있는 여자 기억하죠? 호프집 여종업원 살해사건으로 죽은 피해자말이에요. 내연관계에 있던 김우희가 살해되니까 개인적인 감정에 치우쳐서 범인을 잡지 못했잖아요."

혜선이 수철을 향해 비아냥거리듯 말했다. 최 변호사는 자신이 알아낸 정보에 흡족한 듯 입꼬리를 치켜 올렸다. 그녀의 지시를 받아 수철의 먼지를 탈탈 털었을 것이다. 그를 쥐고 흔들 만한 무엇이 필요했을 테니까.

수철이 부릅뜬 눈으로 노려보자 혜선은 그의 시선을 피하며 말했다.

"저 역시 살인범을 잡고 싶어요. 그렇지 않으면 다음 희생자는 제가 될지도 모르니까요."

"왜 그렇게 생각하시죠?"

"마리와 나, 두 사람밖에 살아남은 사람이 없잖아요. 살인을 해 본 사람과 안 해 본 사람은 달라요. 자신을 방어하는 데 많은 차이가 있죠. 우리 마리는 걱정이 없겠지만 저는 두려워요."

혜선이 두통을 호소해서 더는 진술을 얻어 낼 수 없었다. 독일에서 종적을 감춘 서상묵이 입국하거나, 공방에서 마리를 공격했던 이화식이라도 잡히면 수사가 급물살을 타게 될 텐데, 상황은 지지부진하게 흘러갔다.

며칠 후 과학수사팀의 감식 결과 보고서가 올라왔다. 광장동 주방에 있던 와인에서 수면제가, 전깃줄에서 마리의 피부 조직 일부가 발견되었다. 다용도실에서 윤기태의 사체에 묻어 있던 것과 동일한 섬유조직을 가진 침구가 발견되었다. 마령의 방에서는 사람의 혈흔이 묻은 칼이 발견되었다. 혈흔의 양이 적고 보존 상태가 좋지 않아서 아쉽게도 DNA를 추출하지 못했다.

광장동 사건에 팀원 전체가 투입되어야 하는 상황에서 화양동 연쇄 절도사건의 범인이 잡혔다. 그렇게 애써도 잡히지 않던 놈이 어처구니없게도 불심 검문에 걸려 이송되었다. 수사를 하다 보니 여죄가 끝도 없었다. 놈이 기억하는 사건만 70건이 넘었다. 피해를 입고도 신고하지 않은 사건과 놈이 기억하지 못하는 사건까지 합하면 피해 규모가 얼마나 될지 상상하기도 힘들었다. 끝도 없는 여죄가 드러나면서 사무실은 화양동 유흥가 일대의 상인들로 들끓었다.

수철은 마리의 생사가 가장 걱정이었다. 혜선이 마리를 죽이고 시치미를 떼는 건 아닌지, 아니면 이화식에게 변을 당한 건 아닌지 걱정스러웠다. 밤마다 수철의 악몽은 점점 더 심해졌다. 마리가 처참하게 살해되는 모습을 보고 있으면서도 몸이 굳어 움직일 수 없거나, 그녀가 우희처럼 호프집 바닥에 치마가 뒤집힌 채 죽어 있는 모습을 보았다. 우희를 죽게 만들고 마리를 지켜 내지 못한 죄책감이 만들어 낸 악몽이었다.

수철이 우희를 만났던 때는 정신없이 바쁜 시기였다. 연애할 시간도 없었고, 경찰이라는 직업 때문에 결혼을 약속했던 여자와도 헤어졌다. 지나치게 젊은 혈기를 쏟아부을 시간도, 그럴 만한 사람도 없었다. 터질 것 같은 그의 본능은 우희를 그냥 지나치지 못했다. 그녀가 약자인 데다가 수철의 경찰 같지 않은 외모에 호감을 가지고 있다는 걸 알아차렸다. 그가 우희를 풀어 준 건 연민 때문이었지만, 정신이 들었을 때는 이미 그녀를 사용하고 있었다. '사용'이라는 표현이 어색하지 않을 만큼 우희는 수철이 원하기만 하면 언제나 열리는 문이었다. 사랑이나 책임감 같은 단어는 없었다.

우희가 죽던 날에도 수철은 잠복이 끝나는 대로 호프집으로 가겠다고 약속했다. 잠복이 끝나고 나서 천식이 소주를 마시자고 잡았다. 술에 취하자 피로가 몰려들어 우희에게 기다리지 말라고 말하지 않고 집으로 가 버렸다.

아침에 팀장으로부터 호출이 왔다. 호프집에서 여종업원이 살해되었으니 현장에 나가 보라는 것이었다. 호프집에 들어설 때까지만 해도 설마 하며 상황을 회피했다. 죽은 우희를 보며 수철은 현실이 아니길 바랐다. 그녀가 수철을 기다리느라 호프집 문을 잠그지 않은 채 잠들었고, 그 때문에 술에 취한 또라이에게 강간당한 뒤 살해되었다는 사실을 인정할 수 없었다.

우희의 휴대폰 통화 기록에서 수철과 통화한 내용이 나왔다. 수철은 조사를 받는 상황이 되었다.

"강 형사, 너 김우희랑 어떤 사이야?"

"전에 소매치기 조직을 수사할 때 정보원으로 알던 아이입니다."

"그다음부터 개인적으로 사귄 거야?"

"사귀긴요. 절대 그런 사이 아닙니다. 술 마시러 오라고 해서 한

두 번 정도 갔을 뿐입니다. 정말 저는 그 여자와 아무 사이도 아닙니다. 제가 그런 여자하고 뭘 했겠어요?"

수철은 우희의 사건과 연관되었다는 누명을 쓸까 봐 겁에 질려 있었다. 시간이 지나자 우희를 죽게 만든 책임을 회피하고 끝까지 그녀를 싸구려 취급한 자신을 용서할 수 없었다. 수철은 양심도 자격도 없었기에 경찰을 그만두려고까지 했다.

답보 상태로 있던 홍천 살인사건의 수사에 갑자기 물꼬가 트였다. 수철의 정보원 중 한 명이 이화식과 소년원 동기였던 조두식에게 줄이 닿았다. 수철은 수소문 끝에 조두식을 만나 어렵게 설득해 이화식의 근거지를 알아냈다.

이화식이 머물고 있다는 안산의 고시원은 대한민국이 맞나 싶을 정도로 다양한 국적의 사람들이 살고 있었다. 오줌 지린내가 진동하는 좁은 계단을 올라가니 2층 입구에 유리로 막혀 있는 사무실이 나왔다. 고시원에 출입하는 사람들을 통제하고 관리하는 사무실인데, 전당포처럼 유리에 뚫린 구멍을 통해 안에 있는 사람과 이야기를 해야 했다.

"안녕하세요. 수고가 많으십니다."

40대 후반으로 보이는 턱수염은 수철과 천식을 번갈아 보더니 인상을 썼다. 눈치가 빨라 경찰이라는 걸 알아챈 모양이었다.

"또 뭡니까?"

수철은 경찰 신분증을 보여 주고 이화식의 사진을 내밀었다. 턱수염은 귀찮은 기색이 역력한 얼굴로 입맛을 다셨다.

"사연 많은 표정을 짓고 다니더니만, 젠장."

"지금 방에 있습니까?"

"어제는 봤는데 오늘은 모르겠네요. 내가 변소를 안 가는 것도 아니고."

턱수염은 307호라고 쓰인 열쇠를 내밀었다.

이화식이 지내고 있는 방은 창문이 없는 구석진 방이었다. 가구는 낡은 침대와 머리맡에 있는 선반, 그 아래 놓인 작은 냉장고가 전부였다. 벽에는 이화식과 그의 아내, 그리고 아기와 함께 찍은 사진이 붙어 있었다. 아이를 살리기 위해 청부 살인을 선택한 스물한 살 청년의 비애가, 이불에 배어 있는 찌든 땀 냄새처럼 비릿하게 맡아졌다.

겨울옷이라고 할 수 없는 얇은 옷가지 몇 개가 옷걸이에 걸려 있었고, 좁은 방은 빈 술병과 쓰레기들로 발 디딜 틈이 없었다. 컵라면의 빈 용기에 물기가 남은 것으로 보아 얼마 전까지 방에 있다가 나간 듯 보였다. 그가 돌아올 때까지 고시원 앞에서 잠복하는 수밖에 없었다.

수철과 천식은 방문을 잠그고 사무실로 돌아왔다. 턱수염이 못마땅한 기색을 감추지 않고 말했다.

"주의 안 주셔도 압니다. 경찰이 다녀갔다는 티 내지 마라, 그 말이죠? 저희도 일 크게 만들어 봐야 좋을 거 없으니 닥치고 있겠습니다."

주차된 차로 걸어가는데 성동경찰서 오 형사에게서 전화가 걸려왔다. 오 형사는 한성우가 마리에게 살해당한 사건을 조사하는 중이었다. 수철은 새로운 것들이 발견되면 연락을 달라고 부탁해 놓은 상태였다.

"네, 오 형사님!"

"광장동에서 살인사건이 또 일어났다는 이야기 들었습니다. 그것도 박마리 씨가 저지른 거라면서요?"

오 형사는 마치 마리가 흉악범이라도 되는 듯 말했다.

"그렇긴 한데 이 사건 역시 정당방위라는 정황이 발견되어서요."

"저도 들었습니다. 박마령이 칼을 들고 박마리를 쫓아가는 모습이 CCTV에 찍혔다면서요? 그래도 평범한 여자가 사람을 둘이나 죽였다는 게 쉽게 이해가 안 가서요. 그것도 연달아 며칠 사이에 말입니다."

"무슨 일 때문에 전화 주셨죠? 제가 지금 현장에 나와 있어서요."

"한성우가 윤기태와 도재수의 개인 신상을 해킹해서 통장 내역은 물론 통화 내역까지 파악하고 있었다는 건 형사님도 아시잖아요. 그런데 이번에 한성우의 PC에서 삭제된 파일을 복원했습니다. 강 형사님이 수사하고 있는 사건과 연관이 있는 것 같아서 수사 공조를 요청해도 되나 상의드리려고요."

"어떤 것이 발견되었는데요?"

"복원한 파일 중에 사진이 나왔습니다. 한성우가 윤기태를 살해한 정황이 들어 있는 사진입니다."

"그 사진을 지금 저에게 보내 주실 수 있습니까?"

"원본은 지금 당장 보내기 어렵고, 제가 휴대폰 카메라로 사진을 찍어서 보내 드릴게요. 현장 상황 마무리되는 대로 저희 서로 와 주실 수 있겠습니까?"

"그렇게 하겠습니다."

잠시 후 휴대폰에 사진이 도착했다는 알림음이 울렸다. 수철은 내려받기 버튼을 누르고 나서 추위로 얼어붙은 더러운 골목을 바라보았다. 차 안에 들어가 앉은 천식이 어서 오라는 손짓을 해 보였다. 수철은 잠깐만 기다리라는 수신호를 해 놓고 나서 휴대폰 화면으로 시선을 돌렸다.

사진 속의 윤기태는 암사병원 영안실에서의 모습보다는 조금 나아 보였지만, 그렇다고 완전한 모습은 아니었다. 맞아서 부어터진 눈두덩과 피딱지가 앉은 입술, 그리고 아직 생명이 남아 있음을 짐작하게 하는 고통스러운 얼굴이었다.

한성우는 한 손으로 윤기태의 머리카락을 움켜잡고, 다른 손으로는 브이 표시를 하고 있었다. 셀카를 찍을 때처럼 얼굴 가득 미소를 짓고 있는 그는 즐거워 보였다. 사진으로만 보자면 한성우가 윤기태를 죽인 게 확실했다.

수철의 심장이 덜컹하고 떨어졌다. 사진을 찍은 사람이 들고 있는 것으로 보이는 칼 때문이었다. 사진 아래쪽에 칼 일부가 찍혀 있었는데, 칼끝이 대각선으로 된 조각칼이었다. 마리의 공방에 널려 있던 흔한 조각칼 중 하나로 보였다. 사진을 찍은 사람이 마리일 거라고 의심하지 않을 수 없었다.

한성우를 죽였을 때 마리가 몸에 지니고 있던 조각칼과 칼끝의 모양은 달랐지만, 손잡이가 여자 손안에 꽉 들어찰 정도로 작고 사람을 죽이기에는 형편없이 부족해 보이는 모양은 똑같았다. 윤기태의 사체는 칼에 찔린 자국마다 둥글게 홈이 파여 있었다. 부검의는 길이가 짧은 칼에 찔리면서 손잡이 때문에 멍이 생겨 다른 조직보다 빨리 부패했을 거라고 했다.

마리가 한성우를 죽였다는 사실을 모르고 있던 마령은 살해 도구가 칼이라고 확신했다. 왜 칼로 죽였다고 확신하느냐 물었더니 마령은 대수롭지 않게 말했다. 마리가 목공예를 하는 사람이라 조각칼을 가방에 넣고 다닐 때가 많다고. 그때는 무심하게 흘려들었는데, 돌이켜 생각하니 마리가 칼로 사람을 찔러 죽였던 적이 없어서 쉽게 지나친 것인지도 몰랐다.

한성우를 죽인 마리가 자신의 손을 내려다보면서 했던 말이 떠올랐다.

"성우는 너무 쉽게 죽어 버렸어요. 사람이 어떻게 그렇게 쉽게 죽죠?"

혜선은 병실에서 두려운 얼굴로, 살인을 해 본 사람과 안 해 본 사람은 다르다고 말했다. 자신의 죄가 드러날까 봐 겁을 내는 줄 알았는데, 다시 생각해 보니 그녀가 두려워하고 있는 건 마리였다. 혜선만 빼고 마리의 주변 사람들 모두 죽었다. 그들 모두 마리가 죽였다. 혜선은 마리가 자신마저도 죽일까 봐 두려워하고 있었다.

"아아."

뺨이 얼얼할 정도로 차가운 바람이 불어와 수철을 후려치듯 훑고 나서 골목 끝으로 사라졌다. 수철은 현기증을 느꼈다. 자신을 가둬 놓고 있던 뭔가가 깨지면서 알몸으로 난데없는 세상에 던져진 것처럼 정신을 차릴 수 없었다.

"거기! 잡아!"

천식의 목소리가 꽝꽝 언 골목에서 쩌렁쩌렁 울렸다. 이화식은 수철이 있는 쪽으로 달려왔다. 수철은 놈의 앞을 가로막았다. 놈은 생각보다 날렵해서 수철 앞에서 방향을 틀더니 옆으로 난 골목 밖으로 뛰어갔다. 이화식의 뒤를 쫓던 천식이 고함쳤다.

"야! 강 형사. 너 정신 안 차릴래?"

수철은 기계적으로 천식의 옆을 달리고 있었지만 생각은 허공을 헤매고 있었다. 살해된 사람들의 얼굴이 스치듯 떠올랐다가 사라졌다. 마윤주, 정미희, 윤기태, 도재수, 그리고 한성우와 박마령.

마리와 한성우는 윤기태와 도재수를 죽였다. 마윤주는 사랑 때문에, 정미희는 자존심 때문에 마리와 한성우를 죽일 계획을 세웠고, 홍천으로 여행을 가게 된 것이었다. 혜선과 마령은 그곳에서 살인사건이 일어날 것을 미리 알고 있었던 게 분명했다.

마리가 최면수사를 받았을 때, 사건 현장에 죽은 마윤주와 정미희 말고도 두 명이 더 있었다고 했다. 마윤주와 정미희가 실패하자 혜선과 마령이 합류했던 걸까? 한성우는 도망쳐서 살아남았다. 그는 입을 다무는 조건으로 혜선에게서 거짓 알리바이와 돈을, 마령에게서는 약을 공급받았을 것이다.

마리가 기억을 잃은 채로 살아갔다면 더 이상의 살인은 일어나지 않았을 것이다. 그녀는 기억을 되찾기 시작했고, 혜선과 마령은 그녀가 모든 기억을 떠올리기 전에 죽여야 했다. 혜선이 이화식을 사주한 시점이 수철의 가설을 증명해 내고 있었다.

이화식마저 실패하자 혜선과 마령은 초조해졌을 것이다. 게다가 홍천 살인사건의 기억 일부를 떠올린 마리가 한성우를 죽였다. 마음이 급해진 혜선과 마령은 마리를 자살로 꾸며 죽이려고 했을 것이다. 수면제를 탄 와인과 마리의 자필로 보이는 쪽지, 그리고 2층 계단 위 대들보에 묶여 있던 전깃줄이 이러한 정황을 뒷받침해 주고 있었다. 그 계획마저 실패로 돌아갔고 마리는 자신을 죽이려고 한 마령까지 죽였다. 그리고 마리는 사라졌다.

수철은 발을 헛디뎌 넘어졌다. 천식이 그의 옆을 스쳐 뛰어가면서 소리쳤다.

"너 왜 그래! 인마!"

수철은 반사적으로 몸을 일으켰지만 생각이 뒤엉켜 어디로 달려야 할지도 몰랐다. 거칠게 숨을 내뿜으면서 머리를 움켜쥐었다. 모두가 마리를 죽이려고 했던 게 아니라, 마리는 모든 살인의 시작과 끝이었다. 유일하게 살아남은 생존자가 아니라 살인자였던 것. 박우택도 마리가 죽였을까?

수철은 비명이라도 지르고 싶었다. 마리에게 개인적인 감정을 가지고 수사하는 바람에 한성우와 마령, 두 사람의 피해자가 더 생기고 말았다. 우희가 죽은 뒤로 그는 어딘가에서 나사가 빠져나가고 말았다. 잘 가다가도 불쑥 멈춰 서는 고장 난 시계처럼 가다 서다를 반복했다.

수철은 자신이 이미 오래전에 길을 잃었다는 걸 깨달았다. 제 길로 돌아갈 수 있을지는 모를 일이었다. 애초에 경찰이 되지 말았어야 했다. 우희가 살해된 사건을 해결하지 못했을 때 경찰을 그만두었어야 했다. 아니, 술에 취해 우희를 안았던 그다음 날 바로 사직서를 내야 했다. 그렇게만 했어도 이런 결말을 겪지는 않았을 텐데.

"이쪽이야! 이쪽!"

이화식이 막다른 골목에 몰리자 천식을 향해 돌아섰다. 놈의 손에 칼이 들려 있었다. 천식이 고함쳤다.

"너 이 자식, 그 칼 못 내려놔?"

"나는 더 이상 갈 곳이 없다고요!"

"지금이라도 자수해. 누가 너한테 사람을 죽이라고 사주했는지 말하면 죄가 가벼워질 수 있어."

"차라리 나보고 죽으라고 해!"

이화식이 사납게 칼을 휘둘렀다. 천식은 칼을 감아서 빼앗으려고 오리털 잠바를 벗었다. 놈은 그사이를 이용해 도망치려고 천식이 있는 쪽으로 달려들었다. 수철이 천식을 향해 몸을 날렸다.

잠깐 정신을 잃고 나서 눈을 떴는데 천식이 수철을 붙잡고 고함을 질러 댔다. 수철의 몸에서 뭔가 빠르게 빠져나가고 있었다. 이화식의 칼이 심장에 깊이 박혀 버렸던 것. 수철은 몸을 지탱할 수 없어 차가운 시멘트 바닥에 누웠다. 추위는 느껴지지 않았다. 혁혁 내쉬는 하얀 입김 위로 흐리멍덩한 회색빛 하늘이 보였다.

수철이 천식의 귀에 대고 말했다.

"박마리가 홍천 살인사건의 범인이에요. 박마리를 잡아야 해요."

온몸의 힘을 쥐어짜 내 말했지만 천식의 귀에는 바람 빠지는 소리만 들렸다. 마지막 숨을 토해 내기 전, 수철은 언뜻 싸구려 향수 냄새와 섞인 치킨 튀기는 냄새를 맡았다. 문득 배가 고프다는 생각이 들면서 그는 눈을 감았다. 조금씩 식어 가는 수철의 몸 위로 첫눈이 내리기 시작했다.

∞∞

유리창에 신문지를 바른 듯 집 안은 회색빛으로 가라앉아 있었다. 시간마저 고여 있는 것 같은 정적을 깨고 비탈길 아래에서 자동차 바퀴가 자갈길을 튕기며 올라오는 소리가 들렸다. 마리는 얼서 뻣뻣하게 굳은 몸을 일으켜 창가로 다가갔다.
 커튼 사이로 대문 앞에 와서 멈추는 순찰차가 보였다. 어제는 경찰이 대문 안을 기웃거리다 돌아갔지만 오늘은 차에서 내리지도 않았다. 시동이 걸린 차의 배기통에서 하얀 김이 연신 뿜어져 나왔다.
 갑자기 추워진 날씨 탓에 순찰차 안의 누군가는 얼어 버린 차 밖으로 나가는 걸 망설이고 있는지도 몰랐다. 차창을 통해 서리가 내린 마당과 인적이 느껴지지 않는 집을 훑어보면서, 바보가 아닌 다음에야 사람을 죽이고 나서 자기 집 별장으로 숨어들겠냐는 농담을 하고 있을지도 몰랐다.
 순찰차가 미적거리다 출발하는 걸 보고 마리는 가슴을 쓸어내렸다. 언제까지 숨어 있을 수는 없었지만 다른 방법이 없었다. 품 안에서 마령이 숨을 거두었을 때, 마리는 등 뒤에서 문 닫히는 소리를 들었다. 세상으로 다시는 나갈 수 없다는 듯 무시무시한 소리였다.
 대신 다른 쪽 문이 열렸다. 닫혀 있던 비밀의 문. 마리의 기억이 열리기 시작한 것이었다. 충격 때문에 오른쪽인지 왼쪽인지도 모르겠고, 밤인지 낮인지도 분간할 수 없었다. 정신을 차렸을 때는 청운동 집 현관문을 열고 있었다. 냉기밖에는 아무것도 반겨 주지 않는 빈집에 엎드린 채 마리는 꿈도 꾸지 않고 잠을 잤다.
 얼마나 시간이 흘렀는지 알 수 없었다. 시간은 더 이상 마리에게 의미 있는 존재가 아니었다. 잠조차 오지 않는 밤이 이어지자 마리는 유령처럼 집 안을 돌아다녔다. 관리인이 정기적으로 환기를 하고 청소도 한다고 했지만 집 안 곳곳에서 퀴퀴한 냄새가 났다. 가구 틈새와 문 뒤의 어둠, 커튼 섬유에 배어 있는 그 냄새는 과거의 냄새였다.

마리는 순간순간 과거로 보내져 고통스러운 기억을 퍼내고 나서 탈진한 듯 아무 곳에나 쓰러져 울었다.

마리가 처음으로 살인을 저지른 건 고등학교 2학년 때였다. 아래층이 조용해져서 내려갔더니 서재 문틈으로 불빛이 새어 나왔다. 아버지는 자신이 저지른 폭력의 맨 마지막 수순으로 술잔을 기울이고 있을 터였다. 안방 문은 열려 있었고 엄마는 고통으로 몸을 뒤틀며 신음을 흘렸다.

"이러다가 맞아 죽겠어. 이렇게 살 수는 없어."

마리는 엄마의 손을 붙잡고 울었다. 마령과 비교당하면서 불량품 취급받는 것이 속상해 말썽을 일으키는 것으로 엄마와 부딪쳤지만, 누구보다 엄마를 사랑했다. 마리는 엄마에게 사랑받고 싶었고 인정받고 싶었다.

"엄마는 내가 어떻게 해 주면 좋겠어? 제발 말을 해 봐."

"내가 하라는 대로 할 수 있어?"

"뭐든 할게. 엄마를 이 지옥에서 구해 낼 수만 있다면."

"아빠를 죽여."

마리는 엄마가 하는 말을 알아듣지 못해 눈을 끔뻑였다. 엄마는 다시 한 번 말했다.

"죽여 버려."

"어떻게 그런 말을 해."

"너는 얼마든지 할 수 있어. 너는 다른 사람들과 다른 피를 가지고 있어. 그 사실을 곧 아버지도 알게 될 거야. 그렇게 되면 너도 무사하지 못해."

마리가 엄마의 손을 놓으려고 하자, 엄마가 마리의 손을 움켜쥐었다.

"네 몸에는 살인범의 피가 흐르고 있어. 아버지를 막을 사람은 너밖에 없어. 엄마를 구해 줘."

엄마는 결혼 전날 강간살인범에게 납치되었다는 이야기와 마리의 유전자 검사 결과에 대해 말했다. 아버지는 엄마가 납치당한 사실은 알고 있지만, 마리가 자기 딸이 아니라는 사실은 짐작하지 못한다고 했다. 아버지가 사실을 알게 되기 전에 마리가 해결해야 한다는 것이 엄마의 생각이었다.

"아무리 그렇다고 해도 어떻게 아버지를 죽여?"

"네 아버지가 아니야."

"살인을 하라는 거잖아."

"너는 너한테 생명을 준 놈을 꼭 닮았어. 네 눈을 보면 나는 알 수 있어."

"나는 살인자가 아니야. 내가 태어난 건 내 잘못이 아냐."

엄마는 냉정하고 사악했다.

"세상에는 두 부류의 사람이 있어. 살인을 할 수 있는 사람과 그렇지 않은 사람. 너는 어려서부터 개미를 죽였고, 개구리를 해부했고, 들짐승들을 돌로 쳐서 죽였어. 왜 그랬냐고 물으면 너는 대답했지. 재밌어서, 라고. 네 피는 살인을 원하고 있어."

마리는 그날 이후 자신이 병균처럼 느껴졌다. 마리 안에 내재된 그 피가 이성의 제어를 뚫고 누군가를 해치려 할지도 모른다는 강박에 시달리게 되었다. 근원을 알지 못했을 때는 잠들어 있던 무엇이 서서히 깨어났다. 마리는 내면에 들어차 있는 악의 존재를 인식하기 시작했다. 그것은 마리의 몸을 덮고 있는 피부처럼 벗어 버릴 수 없었다.

엄마는 포기하지 않고 마리에게 애원했다.

"엄마를 구해 줘."

"나한테 부탁하지 말고 엄마가 죽여. 나를 이용하려고 하지 마."

"나는 실패할 거야. 하지만 너는 달라."

"어떻게 딸한테 살인을 강요해."

엄마와 심하게 싸우고 나서 가출한 뒤, 이틀이 지나서 집에 돌아왔다. 아버지는 세상에서 가장 더러운 것을 보는 것처럼 경멸을 담아 말했다.

"하는 짓이 네 엄마처럼 천박하기 이를 데 없구나."

아버지는 말을 끝내고 나서 묘하게 일그러진 표정으로 마리의 눈, 코, 입을 살폈다. 아버지 뒤에서 엄마는 겁에 질려 숨조차 쉬지 못했다. 아버지가 어떤 의문을 품기 시작했는지, 엄마와 마리는 동시에 알아차렸다.

엄마는 모두가 잠든 밤에 마리를 찾아와 울었다.

"너도 느꼈겠지만 아버지가 의심하기 시작했어. 이제 모든 게 끝이야. 아버지가 엄마를 죽이겠지. 너도 무사하지 못할 거야. 네 아버지는 제정신이 아니야."

청운동 별장으로 내려간 그날 밤, 아버지는 마리를 죽일 것처럼 노려보다가 골프채를 휘둘렀다. 그때 마리가 아버지를 죽이려고 했던 건 아니었다. 어떻게든 멈추게 해야 한다는 생각밖에는 없었다.

마리는 피투성이가 되어 쓰러진 아버지를 보고 놀라서 뒷걸음질 치다가 붙박이장에 부딪쳤다. 등 뒤에서 옷장 문이 열린 순간, 화장대 거울에 비친 흰색 원피스를 입고 칼을 든 소녀의 뒷모습을 보았다. 옷장 문 안쪽 거울에 비친 마리 자신의 뒷모습을 화장대 거울로 보았던 것.

아버지의 죽음은 실족사로 처리되었고 장례식은 성대하게 치러졌다. 엄마는 남편의 폭력에서 벗어난 게 기뻐서 울었고, 마령은 아버지의 죽음을 모르는 척해야 하는 게 미안해서 울었다.

마리는 눈물이 나오지 않았다. 그녀의 내면에서 모든 것이 뒤틀려 버렸다. 살인자의 피를 물려받은 저주받은 존재가 아니라, 실제로 살인자가 되어서였다. 의식하지 못하는 사이 또 다른 살인을 저지를까 봐 두려웠다. 마리는 자기 자신이 가장 무서웠다.

엄마는 마리의 비밀을 아버지에게 들킬 염려가 없어지자 이전처럼 독하게 굴지 않았다. 마리가 가끔 저지르는 사소한 실수를 뒤처리하는 것으로 엄마 역할을 다할 뿐, 마리와 부딪치려 하지 않았다. 아버지의 자리를 물려받아 재단 이사장이 되어 바쁜 생활을 해야 하는 이유도 있었다. 마령은 공부에만 매달려 성적이 더 좋아졌고, 집에 들어오면 방 안에 틀어박혔다. 겉으로는 모두가 제자리로 돌아간 듯 보였다.

하지만 실상은 달랐다. 엄마는 마리가 살인하게 만들어 놓고 정작 마리를 두려워했다. 마리의 몸 안에 돌고 있는 살인자의 피가 언제 역류해서 칼을 들이댈지 겁이 나는 모양이었다. 그것은 마령도 마찬가지였다. 마리는 절대로 넘어서는 안 되는 경계를 넘었고, 다시는 예전으로 돌아갈 수 없었다.

아버지라고 믿었던 사람을 죽인 죄책감은 매일 밤 악몽으로 찾아왔다. 마리는 엉망으로 망가져 갔다. 자살을 시도하고 우울증으로 정신과 치료를 받아야 할 정도로 파괴되어 가고 있을 무렵, 성우를 만났다. 성우는 한눈에 마리의 본능 안에 있는 불꽃을 알아보고 명쾌하게 정의를 내렸다.

"나는 성악설을 믿어. 인간은 원래 악에서 출발해서 선을 추구하는 존재거든. 선이라는 게 반드시 밝음과 착함은 아니야. 혼란스러움을 정리하고 잘못된 것을 바로잡는 것도 선이야."

마리는 하얗게 김이 뿜어지도록 숨을 내쉬고 나서 차가운 바닥에 누웠다. 유일하게 그녀의 편이 되어 준 성우마저 그녀의 악이 죽였다. 그를 죽이고도 마리는 울지 않았다. 성우가 생각했던 것보다 마리는 돌이킬 수 없을 정도로 강한 악이었는지도 모른다.

마리가 두 번째로 죽인 사람은 도재수였다. 도재수가 마리를 납치하려다 실패한 그날 밤, 마리는 성우의 도움으로 놈을 기절시켜 광장동 집 뒷산으로 끌고 갔다. 다시는 그 좆도 아닌 것을 들이대 여자를 농락하지 못하도록 혼내 주려고 했다.

마리는 미희를 불러 얼마든지 분풀이하라고 했다. 미희는 겁에 질려 마리를 싸늘하게 노려보았다.

"이런 짓은 너무 하잖아."

"죽이고 싶다고 했잖아."

"그건 말뿐이었지. 이런 짓에 나를 끌어들이면 어떻게 해. 나중에 저 새끼가 경찰에 신고하면 내 인생은 망하는 거야!"

"경찰에 신고 못 하게 하면 되지."

"어떻게?"

"죽이면 되잖아."

"너 미쳤구나?"

"도재수를 죽이고 싶다고 했잖아. 도재수만 죽이면 살 것 같다고 했잖아."

"그건 말뿐이었어. 네가 이렇게 끔찍한 짓을 하는 애인 줄 알았으면 상대도 안 했을 거야."

미희는 파르르 떨면서 산을 내려갔다. 마리는 왠지 기운이 빠졌다. 성우는 별일 아니라는 듯 어깨를 으쓱하며 말했다.

"길들여져서 그래. 이 사회의 더러운 규칙에 개처럼 묶여 사는 거지."

도재수는 체격이 크고 건장했는데 의외로 너무 쉽게 죽었다. 놈을 숲속에 묻었다.

이틀 뒤 윤기태가 마리를 찾아왔다. 마리는 윤기태가 죽지 않는 한 윤주가 놈에게서 절대로 벗어나지 못할 것이기에 죽였다. 윤기태에게 피해를 입게 될 다른 여자들을 구해 주자는 의미도 있었다.

엄마와 마령은 마리가 살인에 가담한 사실이 밝혀지는 것도 걱정이었겠지만, 살인을 멈추지 않을 것이라는 데서 오는 공포가 더 컸으리라. 늦은 밤 목이 말라 잠에서 깨어 아래층으로 내려갔을 때, 서재에서 은밀히 대화를 나누는 엄마와 마령의 목소리가 들려왔다.

"언니를 어떻게 죽일 생각이에요?"

엄마와 마령이 속삭이는 목소리가 벽을 타고 전해졌다.

"마리는 점점 더 흉측한 괴물이 되어 가고 있어. 게다가 한성우는 마리의 피가 어디서 왔는지 알고 있어."

"언니를 왜 죽여야 하는지 물은 게 아니에요. 다시 물어요? 언니를 어떻게 죽일 생각이냐고요?"

마리는 폭발할 것만 같아 집에서 나왔다. 그리고 마당을 가로질러 공방으로 걸어갔다. 곧 슈가 달려와 컹컹대며 짖었다. 혼자 있고 싶어. 제발 꺼져 버려. 저리 가란 말이야. 아무리 떼어 내도 슈는 마리를 쫓아왔다.

공방까지 따라온 슈가 뒷발로 일어서 앞발로 마리의 가슴을 밀었다. 순간 마령이 아끼는 신발을 슈가 물어뜯었던 일이 떠올랐다. 마령은 마리가 지켜보는데도 슈를 때렸다. 마리가 하지 말라고 고함쳐도 매질을 멈추지 않았다. 참다못한 마리가 마령을 힘껏 밀어 버렸다. 마령은 균형을 잃고 넘어져서는 독한 눈빛을 하고 말했다.

"나도 죽이지 그래? 언니는 결국 나도 죽이고 말 거야."

"난 괴물이 아니야!"

마령이 마리를 죽이려는 이유가 슈 때문인 것 같았다. 마리는 나무토막을 집어 슈에게 던졌다.

"저리 가라고!"

슈는 장난을 치는 줄 알고 나무토막을 물어 왔다. 마리는 손에 잡히는 대로 집어 던졌다. 슈를 멈추게 하고 싶었다.

정신이 들었을 때 슈는 공방 바닥에 피를 흘린 채 죽어 있었다. 마리는 조각칼을 떨어뜨리고 슈 앞에 쓰러져 울었다. 엄마와 마령이 공방 입구에서 비명을 삼켰다.

"언니는 괴물이야."

마령은 싸늘하게 돌아섰다.

며칠 후 윤주에게서 전화가 걸려 왔다.

"마리야, 우리 홍천으로 놀러 가지 않을래? 미희도 간다고 했어. 성우 씨도 같이 가면 좋겠다."

호우주의보가 내려진 홍천의 펜션은 을씨년스러웠다. 정체를 알 수 없는 긴장이 지독한 악취처럼 맡아졌는데도, 마리는 친구들과 연락이 뜸했던 공백 때문이라고 오해했다.

술잔이 빠르게 돌았다. 미희가 아르바이트하는 약국에서 몰래 가져왔다며 하얀 봉투에 든 약을 꺼냈다.

"너랑 성우 씨 생각해서 슬쩍했지. 효과 죽인다고 하더라. 약사도 가끔 몇 알씩 먹는 것 같던데?"

성우는 지적이고 냉철한 이성을 가졌지만 약물에 의존하는 경향이 있었다. 평소에 억누르고 있던 자아가 약물로 인해 느슨해지면 위험하다고 느낄 정도로 거칠어지기도 했다. 사람마다 스트레스나 억눌린 감정을 터뜨리는 방식이 다르지만, 술이나 섹스같이 빤한 방식이 아니라서 걱정이 되기는 했다.

술과 함께 먹은 약 때문에 분위기가 급격하게 상승했다. 윤주는 오랜만에 크게 웃음을 터뜨렸고, 미희도 무척이나 표정이 밝았다. 축제 같은 기분이었다. 달콤한 음악, 꼬리를 길게 늘어뜨린 불빛, 사랑하는 친구, 연인이 있는 밤. 어쩌면 마리에게 가장 행복한 순간이 아니었나 싶었다.

눈앞에 불길이 번쩍하더니 폭죽이 터졌다. 자세히 보니 폭죽처럼 긴 꼬리를 달고 있는 빛이었다. 성우가 폭행에 가까운 관계를 끝내고 마리의 몸 위에 쓰러졌다. 유리창 밖에 윤주와 미희가 언뜻 보였다. 너희들 거기서 뭐 해? 말은 입 밖으로 나오지 않았다. 약기운을 이기지 못하고 눈꺼풀이 내려앉았다.

"마리야, 일어나야지."

아버지의 목소리가 마리를 깨웠다. 푸른 잔디밭을 배경으로 아버지의 얼굴이 그녀를 탔다. 아기인 마리는 까르르 웃음을 터뜨리면서 공중으로 솟구쳤다가 내려왔다.

"아버지, 미안해요."

마리는 잠이 든 채로 울었다.

"미안해하지 마. 나는 괜찮아."

서늘한 뭔가가 마리의 이마를 짚었다. 놀라서 눈을 떠 보니 펜션 방 안이었다.

미희가 하얀 통에 들어 있는 뭔가를 벽과 바닥에 뿌려 댔다. 시큼하면서도 톡하고 쏘는 화학 약품 냄새가 코를 찔렀다. 마리와 눈이 마주친 미희는 잔혹하게 웃었다. 미희의 등 뒤에서 윤주는 초조하게 입술을 깨물다가 마리와 눈이 마주치자 울상을 지었다.

"잘 가, 마리야."

마리는 무슨 일이 일어나는지 알지 못해 멍한 눈으로 말했다.

"물 좀 줘. 목말라."

미희가 비어 있는 통을 마리에게 던졌다. 마리는 몸을 일으키려다 미희가 던진 통에 머리를 얻어맞고 바닥에 얼굴을 처박았다. 미세한 고통이 얼굴과 온몸의 근육, 뒤통수와 엉덩이 안쪽에서 느껴졌다. 마비되었던 감각이 돌아오고 있었다.

"왜 화를 내는 거야?"

마리는 입가에 흐르는 침을 닦았다. 미희는 시퍼렇게 질린 얼굴로 파르르 떨면서 저주를 퍼부었다.

"죽었다가 깨어나도 네가 나한테 얼마나 큰 상처를 줬는지 깨닫지 못할 거야."

"아직도 그 소리를 하는 거야? 그건 너를 위해서였어."

"너는 나를 우습게 만들었어. 네가 날 위해 해 줄 수 있는 건 비

사랑이라는 이유로 343

참하게 죽는 거야."

마리는 도움을 청하려고 미희 뒤에 숨어 있는 것처럼 서 있는 윤주를 바라보았다.

"윤주야, 쟤 왜 또 저러는 거야."

윤주가 더듬더듬 입을 열었다.

"마령이가 그랬어. 네가 기태 씨를 죽였다고. 정말 네가 죽인 거 맞아?"

"네가 죽었으면 좋겠다고 했잖아. 윤기태가 없어졌으면 좋겠다고. 그래야 네가 살 수 있다고 했잖아."

윤주는 비명을 지르면서 방을 뛰어나갔고, 미희는 라이터를 켜서 들이댔다.

"너는 고통이 뭔지 몰라. 지옥에나 가 버려."

미희가 라이터를 던지자 불이 폭발하듯 방 안에 번졌다. 마리는 충격으로 뒤로 넘어가면서 벽에 머리를 찧었다. 벽과 장판이 타들 어가면서 유독 가스가 뿜어져 나왔다.

마리는 침대 옆에 있는 스탠드를 들어 유리창을 향해 던졌다. 순간 불길이 폭발할 것처럼 커졌다가 깨진 유리창 밖으로 빨려 나갔다. 숨이 쉬어졌고 눈물이 멈췄다. 마리는 성우의 얼굴을 후려쳤다.

"일어나. 어서 일어나!"

성우가 눈을 떠서 불길에 휩싸인 방을 보더니 욕실에서 물이 든 대야를 들고나와 이불에 뿌렸다. 불이 물을 따라 바닥을 둥둥 떠다 녔다. 그는 마리를 끌어당겨 젖은 이불을 덮은 다음, 깨진 유리창을 향해 몸을 던졌다. 잠시 후 폭발음이 들렸고, 이어서 불길이 무섭게 펜션 전체로 번져 갔다.

미희가 벤츠를 향해 달려가는 모습이 보였다. 성우가 휘청거리는 다리로 미희에게 달려갔다.

"거기 서!"

마리는 기침을 토해 내며 휘청거리다가 뒤에서 뜨거운 뭔가가 등을 관통하는 걸 느꼈다. 윤주가 마리의 등에 칼을 꽂고 나서 눈이 마주치자 비명을 질렀다.

"얼른 죽어. 죽어 버려!"

세상에는 두 부류의 사람이 있었다. 살인을 해 본 사람과 안 해 본 사람. 마리는 불이 붙은 각목을 집어 들어 윤주를 후려쳤다. 윤주는 죽처럼 질퍽거리는 마당에 엎어졌다. 마리는 바닥을 기어가는 윤주를 향해 고함쳤다.

"나를 정말 죽일 생각이었어? 나는 너의 가장 친한 친구였어. 너를 사랑했다고. 윤기태를 죽인 건 정말 너를 위해서였어."

창밖에 먼지처럼 흩날리는 것이 있었다. 첫눈이었다. 마리는 차갑게 식은 얼굴을 타고 흘러내리는 눈물을 닦았다. 수철은 마리가 홍천 살인사건의 생존자가 아니라 살인자였다는 사실을 알게 되면 얼마나 황당해할까? 어쩌면 지금 그는 모든 진실을 알고 마리를 찾고 있을지도 몰랐다.

수철과 마주치게 되면 어떤 표정을 지어야 할지, 어떤 사과의 말을 해야 할지 알 수 없었다.

"미안해요. 나를 지켜 주려고 한 것 감사해요."

마리는 다시는 전처럼 맑은 얼굴로 수철을 볼 수 없다는 걸 깨닫고 울었다. 먹먹한 슬픔과 외로움이 찾아왔다. 첫눈이 어둠 속으로 사라지고 있었다.

마리는 잠에서 깨어나 눈을 떴다. 아래층에서 전화벨이 울리고 있었다. 소리를 따라 서재로 갔다. 문을 열자 아버지의 품에서 나던 체취가 풍겼다. 아버지가 죽은 지 8년이나 지났으니 아마도 마리의 환상이 만들어 낸 착각일 것이었다.

마리는 책상 위에서 소리를 내고 있는 고풍스러운 전화기를 바라보았다. 수철일까? 엄마일까? 이제 누구든 상관없었다. 수화기를 들고 가만히 귀를 기울였다. 숨소리만으로도 엄마의 전화라는 걸 알 수 있었다.

"거기 있을 줄 알았어."

사랑받고 싶었는데 결국 살인을 하게 만든 엄마. 마리의 몸 안에 흐르는 본능을 깨어나게 한 사람. 그러고 나서 몇 번이나 반복해서 마리를 죽이려고 한 여자. 그래도 엄마가 반가웠다.

"마령이 일은 미안해."

"그건 마령이한테 사과해야지."

"엄마는 왜 나한테 사과하지 않아? 나는 엄마를 구하려고 아버지를 대신 죽였어. 윤주와 미희를 위해 윤기태와 도재수를 죽였던 거야. 사랑받고 싶었어. 그런데 모두 나를 죽이려고 했어."

"너는 사랑이 뭔지 몰라."

"엄마가 나를 괴물로 만들었어."

"너는 태어나기 전부터 그렇게 살기로 되어 있었어. 강간살인범의 피를 물려받았으니까."

"그렇지 않아. 나는 착한 딸이 되고 싶었어. 좋은 언니도 되고 싶었어."

"네가 정말 착한 딸이 되고 싶다면 지금이라도 자살해."

마리는 울고 싶지 않아서 입술을 깨물었다.

"나는 죽고 싶지 않아."

"너와 나, 둘 중 한 사람은 죽어야 해. 네가 죽지 않으면 내가 죽어야 해. 그래도 괜찮아?"

마리는 현관 기둥에 묶인 채 불타고 있는 윤주를 떠올렸다. 온몸에 불이 붙자 윤주는 비명을 질렀다.

"그냥 죽여. 빨리 죽여줘."

마리는 서재 벽에 걸린 십자가를 향해 마음속으로 말했다.

'신이 있다면 용서하지 마. 엄마도 나도, 그 누구도 절대로 용서해서는 안 돼.'

마리는 수화기를 움켜쥐고 말했다.

"얼굴을 보고 나서는 이 말을 못 할 것 같아서 말하는 거야. 나는 엄마를 사랑했어."

"집으로 와. 기다리고 있을게."

전화는 어느 사이 끊겨 있었다.

에필로그

　천식은 구속영장이 떨어진 정혜선을 체포하기 위해, 광장동 박마리의 집으로 가는 언덕길을 올라가면서 욕설을 내뱉었다. 전날 내린 눈이 꽝꽝 얼어 곳곳이 빙판이었다. 아스팔트 아래 열선을 깔아 놓아 눈이 저절로 녹게 한다는 건 천식이 지어낸 말이었다. 진짜인 줄 알고 진지하게 듣던 수철이 떠올라 천식의 눈가가 젖어 들었다.
　이화식이 내지른 칼에 맞아 수철은 즉사했다. 팀장을 포함해서 팀원들 전체가 정신적인 충격을 받았다. 슬퍼할 겨를도 없었다. 이화식은 정혜선의 사주를 받아 박마리를 죽이려 했다고 털어놓았다. 그는 아내와 아이를 지켜 달라고 거듭 당부했다. 그에게 살인을 지시한 중개인도 구속해 수사하는 중이었다.
　독일에 있는 서상묵이 귀국 의사를 알렸다. 정혜선이 시킨 일이라며 한성우의 알리바이를 거짓으로 만든 사실을 시인했다.
　누가 올렸는지 알 수 없는 동영상이 광진경찰서와 서운대학교

홈페이지에 게시되었는데, 홍천 살인사건이 일어나던 날 정혜선과 박마령이 구급차를 타고 서운대학교병원 뒤쪽에서 내리는 모습이 녹화되어 있었다. 구급차는 개인 정형외과병원의 것으로, 박마령이 빌려 쓴 후 폐차해 버렸다. 그날 펜션으로 향하는 도로의 CCTV에 구급차가 지나가는 모습이 찍혔지만, 화질이 좋지 않고 폭우로 인해 사건 사고가 많아 눈여겨보지 않았던 게 실수였다. 모든 정황으로 미루어 홍천 살인사건에 정혜선과 박마령이 개입되어 있었다.

한성우가 삭제한 컴퓨터 파일에서 도재수와 윤기태가 죽기 전에 찍은 사진이 복원되었다. 그것으로 미루어 그들을 살해한 사람이 한성우라고 짐작할 수 있었다. 홍천에서 마윤주와 정미희를 살해한 것도 그의 짓으로 판단되었다. 박마리가 살인에 얼마나 가담했는지는 밝혀지지 않았다. 그녀의 행방도 여전히 알 수 없었다.

눈이 온 다음날이라 햇살은 눈부셨고 공기는 폐를 찌를 것처럼 차가웠다. 천식은 대문 앞에 차를 세우고 초인종을 눌렀다. 망할 놈의 집은 초인종을 눌러서 한 번도 대답이 돌아온 적이 없었다. 문득 공방으로 이어지는 쪽문이 떠올라 그곳을 통해 안으로 들어갔다. 공방은 나무가 썩어 가는 냄새가 고여 있었다.

천식은 마당으로 향하는 문을 열었다. 누렇게 빛이 바랜 잔디 위에 눈이 내렸다가 얼어 버려 발걸음을 뗄 때마다 사각거리는 소리가 났다. 거실 전면에 난 유리창은 얼굴을 가까이 들이대도 안이 보이지 않았다. 현관으로 가서 손잡이를 잡아당겼다. 문이 잠겨 있지 않아 천식이 힘주는 대로 딸려 나왔다. 비릿한 피 냄새가 쏟아져 나왔다. 천식이 긴장해서 말했다.

"안에 아무도 안 계십니까? 경찰입니다. 안으로 들어가겠습니다."

현관에서 거실로 이어지는 복도 끝에 이르자 거실 중앙에 쓰러져 있는 혜선이 보였다. 주변이 핏물로 흥건했다. 그녀에게 다가가다 소파에 우두커니 앉아 있는 물체를 보고 천식은 소스라치게 놀랐다. 피투성이 마리가 옆구리를 움켜쥔 채 소파에 앉아 있었다.

천식은 먼저 혜선의 경동맥을 짚어 보았다. 그녀는 이미 싸늘한 시체였다. 몸을 틀어 마리에게 다가갔다. 마리의 옆구리에 칼이 꽂혀 있었다. 얼굴은 창백했고 정신이 나가 있었다.

"박마리 씨."

천식이 어깨를 가볍게 흔들자 마리가 옆으로 쓰러졌다. 그는 119에 전화하고 나서 팀장에게도 상황을 알렸다.

"박마리 씨, 조금만 참아요. 곧 구급대가 도착할 거예요."

마리의 눈에서 눈물이 흘러내렸다.

"저기요…."

천식은 마리의 목소리가 너무 작아서 귀를 바짝 가져다 댔다. 피를 너무 많이 흘려서 기력이 다한 듯, 그녀가 무슨 말을 하는지 정확하게 알아들을 수 없었다. 마리가 내뱉은 말 중 확실하게 알아들은 건 한 마디뿐이었다.

"살려주세요."

천식은 마리의 손을 힘주어 잡았다.

"걱정 말아요. 살 수 있을 거예요."

마리가 바라보고 있는 거실 유리창 밖으로 언덕 아랫마을과 한강이 보였다. 하얗게 얼어붙은 얼음이 햇살에 반짝거리고 있었다. 봄볕처럼 눈부신 햇살이 비쳐 들었다.

모두가 나를 죽이려고 해

초판 1쇄 발행: 2024년 11월 01일

지은이: 천지수
펴낸이: 고경호

기획 · 편집: 고경호
기획 · 마케팅: 박윤호
기획 · 디자인: 이상준

펴낸곳: 도서출판 닥터지킬
출판사신고번호: 제2023-000041호
전화: 010-9623-0327
이메일: dr.jekyll@kakao.com

- 이 책은 저작권법에 따라 보호받는 저작물이므로 무단전재와 무단복제를 금지하며, 이 책 내용의 전부 또는 일부를 이용하려면 반드시 저작권자와 도서출판 닥터지킬의 서면동의를 받아야 합니다.
- 잘못된 책은 구입하신 곳에서 바꿔드립니다.
- 이 도서는 2024년 문화체육관광부의 '중소출판사 성장부문 제작 지원' 사업의 지원을 받아 제작되었습니다.

ISBN 979-11-984443-2-5 03810